Claus Helmut Drese · Nachklänge

Claus Helmut Drese

Nachklänge

Fünf Künstlerschicksale

Erzählungen

Dittrich Verlag

Dieses Buch entstand mit freundlicher Unterstützung
von Klaus J. Jacobs

Bibliographische Information Der Deutschen Bibliothek
Die Deutsche Bibliothek verzeichnet diese Publikation
in der Deutschen Nationalbibliographie; detaillierte
bibliographische Daten sind im Internet über
<http://dnb.ddb.de> abrufbar.

ISBN 3-920862-44-9

Lektorat: Julia Kuschmann
Umschlaggestaltung: Guido Klütsch
Umschlagphoto: Wiebke Leister zu
»Zwillinge – how do I know I am me«, Angie Hiesl
Produktion 2001

www.dittrich-verlag.de

Inhalt

Vorbemerkung

Die fünf Geschichten, die ich hier preisgebe, stammen aus meinen Träumen. Sie beruhen auf Wirklichkeit, aber sie haben sich nicht so ereignet, wie ich sie erzähle. Phantasie ist im Spiel, sie verändert die Schauplätze, bedient den Zeitraffer. Mythische Urbilder werden transparent, Theaterfiguren begegnen uns im Alltag, Vergangenes klingt nach, bevorzugt die Moll-Tonarten. Schatten nehmen Fleisch und Blut an, Hauptdarsteller dieses Schattentheaters ist der Tod. Alle sind ihm ausgeliefert. Ob sie sich noch so sehr tarnen, spalten, verdoppeln – die Dramaturgie ist vorgezeichnet. Der Tod verleiht ihren Rollen im Leben erst den wahren Sinn.

Mehrfach habe ich versucht, meine Lebens- und Theaterzeit aufzuarbeiten und zu beschreiben. Vieles wurde verdrängt, vergessen, beiseite gelegt. Aber es lebt im Unbewussten weiter, meldet sich zu Wort. Träume sind Zwänge. Bilder verlangen nach Deutung. Aus anonymen Hintergründen kristallisieren sich geschichtliche Wahrheiten heraus, machen uns aktiv, Stellung zu beziehen. Wir sind nicht nur Zuschauer eines Filmes, der an uns und in uns vorbeiflimmert, wir sind Akteure. Sprechen und Bekennen wird zum Auftrag. Sprechen von Freunden, die uns nahestanden, von Ereignissen, die uns bewegten.

Meine Generation ist gezeichnet durch das Kainsmal von Auschwitz, auch wenn es heute nicht opportun oder zu plakativ erscheinen sollte, dies so zu sagen. Wir müssen uns immer wieder an die Schrecknisse erinnern, um aus ihnen zu lernen; die Zeit arbeitet gegen uns.

»Ein Mal gewesen zu sein ... scheint nicht widerrufbar« heißt es in der Neunten Duineser Elegie Rilkes. Theater dagegen ist widerrufbar. Anekdoten lösen sich auf, das Gelächter des Zufalls verklingt, die Grimassen der Betroffenheit sind bald entlarvt. Große Gebärden, eitle Klänge, fadenscheinige Kostüme. Und doch müssen wir immer wieder in den Spiegel schauen, nach der Wahrheit suchen hinter dem Schein der Masken. Wir brauchen das Theater, aber welches Theater? Verspielen wir nicht unser Spiel, indem wir die Historie verdrängen, nur den Events nachjagen? Aus Träumen können Albträume werden.

Die Personen, die durch meine Tagträume geistern, haben gelebt; aber nicht so wie sie hier erscheinen. Sie haben sich verwandelt, vermischt, dramatisiert. Wenn jemand trotzdem ihre Spuren und Konturen erkennen sollte, muss ich ihn enttäuschen: die Ähnlichkeit mit realen Personen oder Ereignissen ist rein zufällig. Das ist literarisches Gesetz. Sonst würde die Phantasie darben. Und Phantasie ist ein wirksames Mittel, mit dem wir unsere bedrohte Wirklichkeit verändern, verbessern können und dem Sinn unserer Existenz einen Schritt näher kommen.

Die Begegnung mit dem Vater
Ein Probentagebuch

Die Handlung spielt in einer Zeit als man noch an eine friedliche Koexistenz von Israelis und Palästinensern glaubte.

I

Die Maschine der ELAL aus Frankfurt hatte ausnahmsweise nur eine halbe Stunde Verspätung. Desto länger musste Johannnes Kerster an der Passkontrolle warten. Jeder Deutsche wurde ausführlich nach dem Zweck seiner Reise, nach den einladenden Personen oder Institutionen gefragt, man hatte offensichtlich Grund zum Misstrauen. Der Name Kerster hätte doch den Beamten bekannt sein müssen, dachte er; es war ja nicht das erste Mal, dass er in Israel Konzerte dirigierte. Er schaute mehrmals bedeutsam auf die Uhr, aber es war wohl auch hier nicht zu erwarten, dass Polizeibeamte Konzerte besuchen. Endlich reichte man ihm mit konventionellem Lächeln seinen Pass zurück und wünschte einen angenehmen Aufenthalt. Die Koffer waren natürlich schon längst ausgeliefert, er schleppte sie mühsam zum Taxistand. In einem der modernen Hotels an der Promenade hatte man ihm ein schönes Zimmer reserviert mit weitem Blick über das Meer. Er öffnete sofort das Fenster und atmete die frische Frühlingsluft ein. Am Horizont rauschte mit hoher Bugwelle ein Boot der Küstenwache vorbei.

Im Mann-Auditorium wartete man schon auf ihn. Freundliches Händeschütteln bei der Direktion … Hallo, was gibt es Neues? Sind die Solisten angekommen? Wann ist die erste Probe mit dem Chor? … Peter, sein Regieassistent, meldete sich und berichtete über die Probleme der Bühne … Ein Konzertpodium, nur wenig szenische Möglichkeiten … Aber eine große Projektionsleinwand könne als Hintergrund benutzt werden Das alles wusste Johannes Kerster. Improvisation war sein Prinzip. Wenn ein Dirigent schon auf die absurde Idee kommt, ein Konzert zur szenischen Aufführung einer Oper wie »Idomeneo« umzufunktionieren, muss er die räumlichen Probleme in Kauf nehmen. Noch dazu die Frage der Kostüme … Man wird schon sehen, wir helfen uns selbst … Die Direktion des Auditoriums schien überfordert.

In einem kleinen Probesaal waren die Solisten versammelt. Johannes Kerster wurde mit dem üblichen Sängerpathos begrüßt, wie in einer großen Familie. Lucia Martova fiel ihm um den Hals und gab ihm auf jede Wange einen herzhaften Schmatz, sie kannten sich schon seit Jahren und schätzten sich sehr, nicht nur künstlerisch. Dagegen schien Esther Cohn, obwohl sie ebenfalls bereits unter Johannes Kerster gesungen hatte, ein wenig reserviert. Die Herren stellten sich vor: Walter Halbach als Idomeneo, ein international sehr geschätzter Mozart-Tenor, große Erscheinung, Genießer des Lebens, ständig den neuesten Witz auf der Zunge – Peter Schmitten als Idamante, eher klein, bekannt wegen seiner Neigung zu pedantischen Querelen – Henry Nickel, Arbace, in vielen Charakterrollen bewährtes Ensemblemitglied – und John Bird, englischer Heldentenor, der oft Tristan und Lohengrin gesungen hatte und sich mit der kleinen Partie des Oberpriesters unterbeschäftigt fühlte.

Man schiebt den einzigen Sessel in die Mitte des Raumes, bittet den Dirigenten Platz zu nehmen und gruppiert sich um ihn herum. Was er mit ihnen vorhabe?

Die Probenzeit sei ja recht lang. Sie alle hätten ihre Partien gut studiert. Die meisten von ihnen waren bereits am Vortag angereist und hatten Kontakt aufgenommen. Sie kannten sich vom internationalen Sängergeschäft.

Als Erstes schlug Kerster vor, man solle auf alle Titel verzichten und sich beim Vornamen nennen, das sei in der Arbeit nicht nur praktisch, man fühle sich leichter als Kollegen in einem Ensemble … Ich heiße jedenfalls Johannes, sowohl als Dirigent wie als Regisseur und Bühnenbildner … Alle fragten sich im Stillen, warum er sich diese Arbeit antue, in einem Konzert sei doch alles viel leichter. Johannes erriet ihre Gedanken. Bei diesem Werk sei er vielleicht ein wenig verrückt, aber es gehe einfach darum, eine völlig unbekannte Oper dem Publikum verständlich zu machen … Die Zuschauer müssen die Situationen durchschauen, die Gefühle der Sänger nachvollziehen können, noch dazu weil wir in Italienisch singen, einer Sprache, die nur die wenigsten verstehen … Er sei kein professioneller Regisseur, dafür habe er Peter Haskin, den erfahrenen Assistenten, einen echten Theatermann und Alleskönner.

Also fangen wir an: »Idomeneo«, das erste große Meisterwerk Mozarts, bis heute im Original beinahe unbekannt … Man habe mit diesem Dramma per musica trotz der großen Musik nur wenig anfangen können, weil die barocke Form der Opera seria total aus der Theatermode gekommen sei, deshalb die vielen Bearbeitungen. Keiner habe an das Werk geglaubt.

Jetzt gebe es die neue kritische Ausgabe, Barockmusik werde wiederentdeckt. Die Stunde des »Idomeneo« sei gekommen … Auch weil der Inhalt so aktuell ist. Wir können uns in den Figuren wiedererkennen, die Grundfragen unserer menschlichen Existenz werden beantwortet. Friede, Toleranz, Menschenliebe, Glaube an eine bessere Zukunft. Das waren die Gründe, warum der fünfundzwanzigjährige Mozart sich bei »Idomeneo« so engagiert hat. Er wollte sich von der Vormundschaft seines Vaters befreien und ihm zeigen, wie seine künstlerische Welt aussehen und klingen soll. »Idomeneo« war sein persönlichstes, ureigenstes Werk, für das er immer gekämpft hat, bei dem er noch Jahre später Tränen vergossen hat. Dieses Werk wollen wir wie Mozart in uns entdecken und das Publikum davon überzeugen ...

Die Sänger hörten die Botschaft, es blieben jedoch auch Zweifel. Diese blumige, ausufernde, antiquierte Sprache, die antiken Götter mit ihrem Opferkult, das aufgesetzte Happy End, das repräsentative Ballett. Aber der Dirigent machte ihnen Mut, man werde gemeinsam Lösungen suchen, wie der Sinn einer Szene vereinfacht und verdeutlicht werden könne. »Idomeneo« sei ein Werk des Übergangs, acht Jahre vor der französischen Revolution komponiert, noch französische Klassik, aber bereits »Sturm und Drang«, im gleichen Jahr entstanden wie Schillers »Räuber«, Reformoper im Sinne von Gluck, nur musikalisch viel einfallsreicher – bereits Ansätze der Romantik. Kurz, ein Schlüsselwerk der Epoche, auch für die, die es neu entdecken.

Und er begann seinen Sängern ihre Rollen zu interpretieren: Idomeneo, ein alter Haudegen, Kriegsmann, Welteroberer, der es gelernt habe, sich durchzuschlagen, seine Vorteile zu suchen, der Heimkehrer, unverbesserlich in seiner Kriegsmentalität. Er müsse unbedingt eine heruntergekommene Uniform tragen. Dagegen Idamante, sein Sohn, Repräsentant der jungen Generation, optimistisch, vorurteilsfrei, unbedenklich und dazu verliebt. Er soll aussehen wie ein junger Hippie, lange Haare, Jeans, offenes Hemd, sehr spontan in seinen Gefühlen. Ilia, seine Geliebte, eine Kriegsgefangene, im Lagerdress, misshandelt, heruntergekommen, leidend, für ihre Mitgefangenen kämpfend, ein armes Mädchen, das befreit wird und in Liebe erblüht, ein aufrichtiger Charakter. Dagegen die noble griechische Dame Electra, aus altem Adel, viele Ansprüche und Vorurteile, der Vergangenheit nachtrauernd. Dann noch Arbace, der typische Staatssekretär und Politiker, Kompromisse suchend, servil und formell. Und der Oberpriester, wie ein Pope heute, die Götter bestens für sich nutzend. Und nicht zu vergessen: der Chor, wie in der griechischen Tragödie, betrachtend, kommentierend, aber auch in die Handlung integriert, leidend unter Sturmflut, Erdbeben, und aufrührerisch, wenn es um den eigenen Vorteil geht. Ein Schicksalsdrama von Menschen für Menschen mit der Parole: Endlich Frieden auf Erden.

Doch nun nicht länger theoretisieren. Wir wollen an unsere musikalische Arbeit gehen, daraus ergibt sich die Szene ... Ilia und Idamante bat er, zur Probe zu bleiben, den anderen schlug er vor, sich nach etwa einer Stunde in einem italienischen Restaurant zu treffen ... um unser Italienisch zu testen ... Es gebe ja noch viel zu besprechen.

Johannes setzte sich an den alten verstimmten Probenflügel. Ein geeignetes Cembalo habe man noch nicht aufgetrieben, die Musiker für die Rezitative seien heute nicht verfügbar, aber das dürfe einen nicht entmutigen. In Tel Aviv eine Barockoper aufzuführen, dazu brauche man den Entdeckergeist eines Marco Polo. Lucia begann mit dem großen Rezitativ der Ilia. Johannes unterbrach sie sehr bald und erklärte ihr die Situation der Gefangenen zwischen Hass und Liebe, ihre Verzweiflung über das elende Leben ... Sie will sterben ... Der Gesang müsse aus dem Ausdruck der Verzweiflung kommen. Also kein Herunterplappern von Text, große Pausen, starke Akzente, am Boden liegend, allmählich sich aufrichtend, knieend, und wieder zusammensinkend. Lucia verstand diese Situation sehr schnell, wolle an sich arbeiten. Auch die folgende Arie habe den Ausdruck des Lebensabschieds, klagender Gesang ohne Sinn für vokale Effekte.

Dem Sänger des Idamante seine Mission zu erklären, war viel schwieriger. Es brauche Temperament, Begeisterung, Idealismus, ihn glaubhaft darzustellen. Vergegenwärtigen Sie sich: endlich Frieden, die Jungen wollen ein neues Leben beginnen, aufhören mit den alten Feindbildern. Alle sind jetzt freie Menschen, wünschen sich nichts anderes als glücklich sein, gleichgültig ob Russen oder Deutsche, Israelis oder Palästinenser. Miteinander neu anfangen. Peter Schmitten lächelte nur ... Illusionen, wie kann jemand daran glauben? Wie können sich Israelis und Palästinenser je aussöhnen nach allem was durch die Gründung des Staates Israel geschehen ist: Vertreibung, Flüchtlingslager, soziales Elend ... das sei ein Religionskrieg biblischer Dimension.

Aber die Jugend will den Frieden, und Idamante ist sehr jung ... Dann sei er wohl eine Fehlbesetzung, meinte Schmitten, er bleibe Realist, Skeptiker. Auch sei die Partie ja eigentlich für einen Countertenor geschrieben. Johannes versuchte ihm die Gründe zu erklären, warum er sich für die Tenorfassung entschieden habe. Man einigte sich schließlich darauf, dass ein Bühnencharakter nicht mit der persönlichen Haltung identisch sein müsse. Aber als Hippie wolle er nicht auftreten ... vielleicht in Jeans mit offenem Hemd ... eine Perücke komme für ihn nicht in Frage. Das Publikum solle ihn als Sänger erkennen. Der Dirigent musste seinen Unmut hinunterschlucken. Diese Sängermentalität ... Eitelkeit, Applaus, Gage ... Er brach die Probe vorzeitig ab, nahm Lucia unter den Arm und schlenderte mit ihr zu dem Ristorante.

Die Sänger waren bester Stimmung. Walter erzählte seine neuesten Anekdoten über Otto Klemperer. Auch

Karl Böhm und Herbert von Karajan hatte er im Visier. Das Thema wechselte bald zur Situation in Israel, ob man dem Frieden trauen dürfe. Esther Cohn lud die Kollegen ein, in Jerusalem die Yad Vashem Gedenkstätte zu besuchen, sie kenne sich dort gut aus. Dabei schien sie besonders Johannes Kerster anzusprechen. Warum schaut sie mich an?, fragte er sich; seine Sympathie galt seit Jahren den Israelis, er wusste um die Schrecken des Holocaust, hatte oft gegen die allgemeine »Unfähigkeit zu trauern« protestiert, er empfand kollektive Scham, obwohl seine Generation ohne Schuld war. Offensichtlich erwartete man von ihm ein Beispiel. Er verabredete sich, Yad Vashem zu besuchen.

2

In den nächsten zwei Tagen wollte Johannes Kerster mit den Solisten die ganze Oper durcharbeiten, er probierte morgens, nachmittags und abends, fast ohne Pausen. Die Sänger ließen sich von seinem Elan mitreißen. Da inzwischen nicht nur ein Cembalo entdeckt worden war, sondern auch ein erfahrener Spieler dieses Instruments, konnte sich Johannes ganz auf den Ausdruck der Sänger, ihre Bewegungssprache und szenische Präsenz konzentrieren. Er korrigierte nicht nur mit Worten, sondern versuchte sogar hin und wieder die Rollen vorzuspielen. Dabei störte es ihn nicht im Geringsten, wenn die Sänger schmunzelten oder sogar laut loslachten. Dass er nicht eitel war, über sich selbst lachen konnte, wenn man ihn imitierte, zählte zu den sympathischen Eigenschaften, die er in seiner Dirigentenkarriere nicht verloren hatte. Sobald Musik erklang, sprudelte seine Phantasie über, er wirkte völlig frei, spielerisch leicht und zugleich inspiriert zu immer neuen Assoziationen.

Die Szene der Errettung des Idomeneo aus dem Sturm konnte ihm nicht realistisch genug sein. Walter Halbach musste immer wieder wie von Wellen geschleudert von hinten auf die Bühne stürzen, zusammenbrechen, erst nach langer Pause konnte er Atem finden, seine Situation allmählich verstehen, das törichte, grässliche Gelübde als Grund seiner Errettung verfluchen. Als Mörder weiterleben? Daraus entsteht seine

Gewissensarie, ein Selbstgespräch. Leise, so leise, dass man seine Worte kaum versteht. Immer nur die Qual über das, was ihm bevorsteht, wenn er einen Menschen erblickt. Und dieser Mensch naht, es ist sein Sohn. Also wegschauen, verschwinden, in die Erde versinken. Aber das Schicksal lässt sich nicht abwenden, der Sohn erkennt den Vater. Große Freude, Heiterkeit, Unbefangenheit gegen tiefste Erschütterung, Todesschmerz, ausweglose Flucht. Zurück bleibt der ratlose, entsetzte Sohn, Schauder über dieses Geschick.

In der Pause erregte Gespräche der Darsteller. Wie soll das Publikum diese befremdende Begegnung Vater – Sohn verstehen? Woher weiß es um den Gewissenskonflikt des Idomeneo? Das Gesetz der Bühne ist die Spannung des Ungewohnten ... Aber das hat es doch tausendfach gegeben ... verteidigt sich Walter Halbach. ... Als mein Vater aus dem Krieg nach Hause kam, habe ich ihn nicht umarmt, er war mir fremd geworden. Und meine Mutter hatte auch zwiespältige Gefühle. Da war doch diese Geschichte mit ihrem Freund, von der mein Vater nichts wusste. Es brauchte Jahre, bis wir uns wieder verstanden. Irgendwie hat der Krieg uns entfremdet. Bis heute wirkt das nach ...

Peter Schmitten widersprach. Der Vater war für ihn zeitlebens Vorbild, er habe die Hausaufgaben mit ihm gemacht, mit ihm gespielt, ihm die richtigen Ratschläge gegeben ... Mein Vater war wie mein anderes Ich. Ich habe ohne ihn nicht leben können. Und als er vor drei Jahren plötzlich starb, brach eine Welt für mich zusammen. Wenn ich in eine ähnliche Situation wie Idamante gekommen wäre, ich hätte mich selbstverständlich für meinen Vater geopfert ...

Johannes wollte nicht länger zuhören, er stand auf, um weiterzuprobieren ... Ihr Vatersöhne, ihr seid ja wie geschaffen für eure Rollen. Ich habe keinen Vater, ich kann mir nicht vorstellen, was in mir vorginge, wenn da so ein Mann aus dem Wasser käme und mir sagte, er sei mein Vater …

Allgemeines Kopfschütteln … Keinen Vater? … fragten sie ihn.

Wisst ihr nicht, dass ich ein Findelkind bin, von Adoptiveltern großgezogen. Ja, ja, meine Eltern haben alles für mich getan, mich gehätschelt, verwöhnt, mit mir die Schulaufgaben gemacht, mir meine Karriere ermöglicht. Natürlich bin ich ihnen immer dankbar gewesen, bis zu ihrem letzten Atemzug. Aber … Johannes Kerster schwieg, blätterte in seiner Partitur, wollte weiterprobieren, aber da war etwas, das sich in seinem Kopf festkrallte. Plötzlich starrte er den Darsteller des Idomeneo an, als wollte er ihn zur Rede stellen.

Nein, nein, mein Vater war er nicht! Da gab es einmal einen Streit, den ich nie vergessen werde: Ich wollte nach Amerika auswandern, bat ihn um Geld, er wehrte sich gegen meine Pläne, wurde so hart, wie ich ihn nie gesehen hatte. Ich stand ihm gegenüber, ballte die Fäuste, schrie ihn an. Plötzlich drehte er sich um, setzte sich an seinen Schreibtisch, hielt sich die Ohren zu.

Mach was Du willst, du bist nicht mein Sohn, sagte er mit weinender Stimme. Ich habe dir nichts zu sagen. Dann erfuhr ich die Wahrheit, ich sei adoptiert. Aber wer war mein richtiger Vater, meine richtige Mutter? Das könne und dürfe er mir nicht sagen. Das blieb ihr Geheimnis, sie haben es mit ins Grab genommen …

Das Geständnis verschlug allen die Sprache. … Du hast nie nachgeforscht, wer deine Eltern gewesen sein könnten? … fragte schließlich Lucia Martova.

Natürlich hat mich mein Ich nicht ruhen lassen, aber es war alles vergeblich. Ich weiß von mir nur, dass ich am 19. April 1933 geboren bin, einen Tag vor dem Geburtstag unseres »heißgeliebten Führers« in Prag. Vielleicht taucht irgendwann einmal ein Schiffbrüchiger auf und fragt nach seinem Sohn. Verweist ihn an mich …

Die Probe ging weiter, aber alle dachten noch an den vaterlosen Dirigenten, an seine ungewöhnliche Lebensgeschichte. Besonders die nachfolgende Szene, in der Idomeneo seinen Vertrauten Arbace in sein Geheimnis einweiht, seinen Rat sucht, um die Vollstreckung des Götteropfers zu vermeiden, hatte für die Sänger einen doppelten Boden. Soll man versuchen, das Geheimnis seines Lebens zu lüften und alle, möglicherweise schrecklichen Konsequenzen auf sich nehmen oder diplomatische Auswege suchen, wie man ohne die Wahrheit leben kann?

Johannes Kerster entzog sich nach der Probe allen weiteren Diskussionen, er sei mit Esther Cohn verabredet, um den Besuch von Jerusalem vorzubesprechen. Er machte sich Vorwürfe, sein Privatleben mit der Produktion zu verbinden. Dass ihn »Idomeneo« persönlich so beschäftigte, hatte gewiss nicht nur musikalische Gründe, aber sein Elterngeheimnis hätte er für sich behalten sollen. Was ging es die Sängerkollegen an, dass ihr Dirigent ein Adoptivkind auf der Suche nach seiner Herkunft war? Er hatte die Chance seines Lebens wahrgenommen, dank wohlhabender Pflegeeltern studieren und eine musikalische Karriere machen können. Der Name Kerster war durch sein Wirken international bekannt geworden, er brauchte sich keinen Undank vorzuwerfen. Aber ein bitterer Nachgeschmack war zurückgeblieben. Warum durfte er nicht den Namen der richtigen Eltern erfahren?

Da am nächsten Tag wegen anderer Veranstaltungen keine Proben stattfinden konnten, ließ er sich von Esther Cohn einladen, Yad Vashem zu besuchen. Sie hatte ein Auto mit Fahrer gemietet, um sich Johannes besser widmen zu können. Gut sah sie aus in ihrem grauen Hosenanzug, der roten Bluse, einen hellen Seidenschal um den Hals geschlungen. Ihre langen schwarzen Haare umrahmten ein intelligentes Gesicht mit schwarz glühenden Augen. Der schmale Mund war überdeutlich nachgezeichnet. Sie fühle sich als echte Israeli, hier geboren, hier Schulen besucht, studiert, aber sie war keineswegs unkritisch gegenüber der gegenwärtigen Politik. Schwere Zeiten stünden Israel bevor, da niemand bereit sei, sich mit den vertriebenen Palästinensern zu verständigen. Plötzlich wurde sie konkret. ... Mein Vater ist übrigens Sänger. Er könnte auch die Stimme des Orakels übernehmen, wenn Sie noch keinen Bass gefunden haben. Er wird Ihnen sicher gerne vorsingen. Früher hat er Opern gesungen, hier gibt es leider nur selten Opernaufführungen, deshalb ist er Kantor in einer Synagoge geworden, aber davon kann er nicht leben, er sucht sich Aufgaben als Dolmetscher. Auch beim Eichmann-Prozess war er beschäftigt, wegen Theresienstadt, Sie wissen... Er stammt übrigens aus Prag. Sie werden ihn nachher persönlich kennen lernen ...

Sie fuhren auf der berühmten Autobahn nach Jerusalem. Esther kannte die Strecke genau und auch die Geschichte ihres Landes. Sie plauderte von David, der hier vor der Bundeslade hertanzte auf dem Wege nach Jerusalem, von den römischen Legionären unter Titus, die den Befehl hatten, das jüdische Aufruhrgebiet um Jerusalem zu »befrieden«, von den Kreuzrittern, die in ihren Kettenhemden unter der glühenden Sonne beinahe verschmachteten, um Jerusalem von den Feinden ihres Heilands zu befreien. Und sie erinnerte an die blutigen Kämpfe im Jahre 1948, als die Arabische Legion Jerusalem von der Küste abgeschnitten hatte und die Juden sich den Weg freikämpfen mussten. Die Panzer am Straßenrand sollten an die heroischen Zeiten erinnern.

Die Straße führte aus der Ebene mit den Orangenplantagen hinauf in die Hügellandschaft Judäas, felsiges Karstland, dazwischen kleine Felder und Gruppen von Eukalyptusbäumen, einzelne Zypressen. Ein karges Land. Die Berghänge wurden steiler. Hier liege das Dorf Deir Jassin, in dem die Terrorkommandos der »Irgun« von Menachim Begin am 9. April 1948 unter der arabischen Bevölkerung ein Massaker anrichteten, das zum befohlenen Exodus der Palästinenser führte. Anfang aller Greueltaten, auf beiden Seiten.

Sie werden nicht aufhören, bis der biblische Hass und der Zorn des Propheten von der Botschaft der Vernunft überwunden werden, von der Liebesbotschaft des Jesus von Nazareth ganz zu schweigen ... Johannes wagte es, die offizielle Politik Israels zu kritisieren.

Esther war skeptisch ... Das wird noch Generationen dauern. Wer diesen Terror nicht aushält, muss auswandern, aber gerade das ist es, womit die Araber rechnen. Ich kenne meine Landsleute: Durchhalten, solange die Geschäfte blühen. Wehe, wenn die amerikanischen Milliarden einmal nicht mehr fließen ...

Dort drüben der Hügel mit dem Wald der Märtyrer, wo sechs Millionen Bäume zwischen den Felsen wachsen, zum Gedenken an die Nazi-Opfer. Mögen die Bäume wachsen und nicht einer neuen Brandkatastrophe zum Opfer fallen. Einfahrt in Jerusalem. Überall neue Siedlungen, zum Teil festungsartig aneinander gebaute niedrige Häuser, zum Teil hochragende Betonblöcke, die die Landschaft zerstören. Esther zeigte ihrem Gast die Knesset, den Sitz des israelischen Parlaments, einen flachen rechteckigen Bau, eine Art Betontempel aus der Schule des Mies van der Rohe, finanziert aus Geldern der Rothschilds. Gegenüber der siebenarmige Bronzeleuchter, die Menora, Symbol der israelischen Stämme und ihrer Leidensgeschichte. ... Man könnte bei den Lichterarmen auch an die heutigen Einwohnergruppen denken … erklärte Esther … die altorthodoxen Juden, die den Staat ablehnen, die neuen fanatischen Siedler aus Amerika, die sozialistischen Kibbuz-Zionisten, die askenasischen Juden aus Mitteleuropa, die Sepharden aus dem Mittelmeerraum, die neuen Flüchtlinge aus der Sowjetunion und schließlich die Araber mit jüdischem Pass. Sie alle sollen in diesen Staat integriert werden und halten zugleich fest an ihren alten Sitten und Gebräuchen. Und wie viele Menschen gibt es, die nicht einmal wissen, dass sie Juden oder Halbjuden sind. Im Geiste sind wir doch alle jüdisch geprägt, Jesus war Jude, seine Jünger, insbesondere Petrus und Paulus haben uns missioniert, wir glauben an den gleichen Einen, Allmächtigen Gott …

Wir sollten uns mit den Juden verbrüdern, statt sie zu vertreiben und umzubringen …

Johannes ließ sich von Esther zum Herzl-Berg führen, wo auf einem Militärfriedhof alle jüdischen Soldaten begraben sind, die seit der Staatsgründung ihr Leben lassen mussten. Vor dem Eingang von Yad Vashem wartete Esthers Vater, ein mittelgroßer, leicht gebeugter Herr im schwarzen Mantel, sein langer weißer, gekräuselter Bart verlieh ihm sakrale Würde.

Esther umarmte ihren Vater zärtlich und stellte Johannes vor. Es schiene ihr besser, wenn er die Gedenkstätte allein besuche, man könne sich danach in einem nahe gelegenen Restaurant treffen. Johannes dankte, nahm die schwarze Kippa, die man ihm reichte und betrat die unterirdische Halle.

Er schaute im Halbdunkel auf eine große Metallplatte, auf der die Namen der Konzentrationslager in zwei Sprachen zu lesen waren. Die Namen der Orte sagen mehr als Daten oder Texte. Eine Ölflamme beleuchtete den Raum. Er starrte ins Licht bis seine Augen in Tränen ertranken.

»Der Tod ist ein Meister aus Deutschland er ruft streicht dunkler die Geigen dann steigt ihr als Rauch in die Luft dann habt ihr ein Grab in den Wolken ...« Die Verse von Paul Celan schossen ihm in den Sinn. Er dachte an die Schrecken des Todes, die Güterwagen vollgepfercht mit Menschen aus ganz Europa, die Gaskammern und die, die das erdacht und ausgeführt hatten, nannten sich Deutsche wie er.

Seine Eltern hatten nie davon gesprochen, sie waren ja selbst Opfer des Krieges, 1945 aus Prag vertrieben, er erinnerte sich gut an die schreckliche Flucht, meist zu Fuß, bedroht von den Tschechen am Wege, aber sie hatten überlebt. Unrecht schafft Unrecht, Verbrechen führt zu Verbrechen. Das muss die Lehre sein aus dieser ideologischen Verblendung der Nazis, auch der Kommunisten. Endlich aussteigen aus diesem Teufelskreis der Geschichte.

Johannes Kerster brauchte lange, bis er wieder auftauchen konnte in die Gegenwart. Esther winkte ihn an den Tisch des Restaurants, wo sie sich verabredet hatten. Man vermied es, über Yad Vashem zu sprechen. Esthers Vater berichtete über die Opernpartien, die er gesungen hatte, über seine Ausbildung in Prag. Er sei ein Schüler der berühmten Sopranistin Rose Mladar gewesen, die 1933 Berlin habe verlassen müssen wegen ihrer jüdischen Eltern. Sie habe oft schwere dramatische Partien an der Prager Oper gesungen, auch in Wien, sich dann aber mehr den pädagogischen Aufgaben gewidmet. Eine wunderbare Frau sei sie gewesen, temperamentvoll, intelligent, bescheiden in ihrem Auftreten, zugleich politisch sehr engagiert. ... Sie musste sich der Pflege ihrer kranken Eltern widmen, leider hat sie Theresienstadt nicht überlebt ...

Sie sprachen über das Leben in Prag während der dreißiger Jahre. Johannes sah die Stadt als seine eigentliche Heimat an, dachte an die Wohnung seiner Eltern in Vyscherad, an die schönen Parks, wo er gespielt hatte, an die Nikolander-Realschule, an seinen Musikunterricht, aber auch an die Spannungen mit tschechischen Kindern und ihren Eltern, erst recht während der Sudetenkrise und dem Einmarsch der deutschen Truppen.

Esthers Vater musste damals fluchtartig die Stadt verlassen, um nach Palästina auszuwandern. Getrennte Wege.

Johannes Kerster hatte in den letzten Jahren wiederholt mit verschiedenen Orchestern in Prag gastiert, die Plätze seiner Jugend aufgesucht, um enttäuscht zurückzukehren. Prag war eine völlig andere Stadt geworden, sie hatte mit seinem Leben heute nichts mehr zu tun.

Esther mahnte zum Aufbruch. Ihr Vater wurde eingeladen, sich mit der Stimme des Orakels vorzustellen. Johannes blieb auch auf der Rückfahrt nach Tel Aviv wortkarg, er dachte an Prag, Theresienstadt, Auschwitz. Warum hatten seine Eltern ihm von dem Schicksal der Juden in Prag nichts erzählt? Gewiss waren sie keine Nazis, aber hatten sie den deutschen Truppen bei ihrem Einmarsch zugejubelt? Waren sie unter der deutschen Verwaltung privilegiert gewesen? Vater leitete eine Fabrik mit tschechischen Arbeitern, er hatte nie von Schwierigkeiten oder Streiks erzählt. Je länger er über seine Prager Jugend nachdachte, desto größer wurde seine Unsicherheit. Besser, sich auf »Idomeneo« konzentrieren.

3

Das Frühstück im Hotel pflegte Johannes gemeinsam mit Lucia Martova einzunehmen. Sie hatten sich bald an die koscheren Vorschriften gewöhnt und glaubten zudem, auf diese Weise ihrer Gesundheit zu dienen. Vor allem die selbst morgens übersprudelnde gute Laune war es, die Johannes an Lucia bewunderte. Meist hatte sie bereits mit Luffie, ihrem kleinen braunen Dackel, den sie auf alle ihre Reisen mitnahm, die morgendliche Promenade gemacht, dabei allerlei Kurioses beobachtet, über das sie mit viel Phantasie zu berichten wusste. Die Vermieter der Liegestühle am Strand kannte sie bald mit Vornamen, die Zeitungsverkäufer berichteten ihr über das, was nicht zu lesen war, auch kannte sie sich aus in genauen Wetterprognosen. Lucia hatte die Begabung, alles, was um sie herum passierte, sofort von der positiven Seite her zu betrachten. Wer hätte ihr je etwas übel nehmen können?

Es war ihr nicht entgangen, dass Johannes in nachdenklicher Stimmung aus Jerusalem zurückgekehrt war. Sie wollte ihn heimführen ins Vergessen und versuchte sich im Erzählen von jiddischen Witzen ... Was ist der Unterschied zwischen einem jüdischen und einem nicht-jüdischen Restaurant? Sehr einfach. In einem nicht-jüdischen Restaurant hört man die Leute reden und sieht sie essen ... Sie schaute sich um und flüsterte Johannes zu ... in einem jüdischen Restaurant hört man die Leute essen und sieht sie reden ... Sie verbarg ihr

Lachen hinter der Hand. Sie hatte nicht Unrecht. Auch über die lieben Kollegen wusste sie immer etwas Neues. Der Idomeneo habe sich eine schöne jüdische Chordame ausgewählt. Hoffentlich sei er nicht bald meschugge. Und der amerikanische Arbace versuche Iphrit zu lernen, damit er in New York bald größere Partien singen dürfe. Nur auf die schöne Esther schien sie ein wenig eifersüchtig zu sein. Ob Johannes sie bereits nach Deutschland engagiert habe?

Da die Probe erst am frühen Nachmittag stattfinden konnte, machten sie zusammen einen Strandspaziergang nach Jaffa, ließen sich vom Wind kräftig durchblasen und wateten durch die Wellen. Vor sich sahen sie den Andromeda-Felsen. Die Schöne soll hier von Neptun und seinen eifersüchtigen Nereiden gefangen gehalten worden sein, bis Perseus kam, um sie zu befreien und zu heiraten. Lucia hatte sich mythologisch informiert und bekundete ihre Sympathie für diese Andromeda, von der es hieß, dass sie jedem Fremden gefolgt sei als Sklavin, Gattin, Dienerin. Jedem, der es hören wollte, erzählte sie ihren goldenen Traum von den drei Männern ihres Lebens, dem genialen Dirigenten, wobei sie Johannes zuzwinkerte, dem Onassis, der ihr alle Wünsche erfülle, und dem besten Tenor, bei dessen Stimme sie dahinschmelzen könne. Als Bühnenwesen dürfe sie sich ja auch den idealen Tamino auswählen. Sie sei in drei Sprachen aufgewachsen, warum könne sie nicht auch mit einem deutschen Dirigenten musizieren, sich von einem Amerikaner verwöhnen lassen und einem Italiener zu Füßen liegen. Liebe sei ja international.

Obwohl die Luft kühl war, konnten sie in der Sonne ihr Mittagsmahl einnehmen auf der Terrasse über dem alten Hafen. Tausende von Vögeln bedeckten das Meer wie Blumen eine Frühlingswiese. In Schwärmen flogen sie immer wieder auf, kreisten und glitten ins Wasser zurück, rätselhafte Spiele. In den Antiquitätengeschäften rundum wurde ihnen die ganze Archäologie des vorderen Orients angeboten, von hellenistischen Öllämpchen und Amphoren bis zu schönen römischen Gläsern. Lucia verliebte sich in eine kleine Apollo-Statuette und feilschte wie auf dem Basar. Man wurde sich nicht einig, vielleicht komme sie nach der Premiere noch einmal vorbei.

Johannes schaute auf die Uhr, er musste sich beeilen, um zu der ersten Chorprobe nicht zu spät zu kommen. Das Taxi setzte Lucia im Hotel ab. Als er das Auditorium betrat, hörte er bereits von weitem das Stimmengewirr auf der Bühne. Mehr als achtzig Damen und Herren des Konzertchores waren auf der Bühne versammelt, um zum ersten Mal »Idomeneo« zu singen. Der junge Chordirektor stellte Johannes Kerster vor – großer Applaus. Nun musste er also den Damen und Herren jeden Alters sein szenisches Konzept vorstellen, sie waren weder gewöhnt, ohne Noten zu singen, noch dabei irgendwie zu agieren. Aber sie zeigten guten Willen und lauschten den Erklärungen.

Johannes erläuterte ihnen die Funktion des Chores in der griechischen Tragödie, in der französischen Opera seria und den Unterschied bei Mozarts »Idomeneo«. Also kein betrachtend-kommentierender Chor, sondern Menschen wie du und ich, aktiv beteiligt am Geschehen. Den ersten Chor ließ er sich vorsingen, machte allen Komplimente über die schönen Stimmen, die Harmonie des Klanges, um ihnen dann die Situation zu erklären: Endlich Friede nach zehnjährigem Krieg, Sieger und Besiegte umarmen sich, also Russen umarmen Deutsche, Israelis die Palästinenser, man kommt aufeinander zu, Soldaten befreien Gefangene, alle sozialen und nationalen Gegensätze sind aufgehoben. Einige schüttelten den Kopf, andere schluckten ihre Widersprüche hinunter. Als Johannes ihnen dann erläuterte, sie sollten keine dunklen Anzüge und Konzertkleider tragen, sondern Arbeitskluft, Uniformen, Trachten, möglichst bunt und gegensätzlich, wurde Widerspruch laut, man müsse das diskutieren. Nur ja keine Politik in der Kunst.

Im Laufe der Proben setzten sich dic Bereitwilligen durch, nur einige ältere Damen und Herren zogen sich von der Arbeit zurück. Bei der zweiten Volksszene wurde der Chor geteilt, der größere Teil blieb auf der Bühne und sollte vor sich das Meer beobachten, eine kleinere Gruppe wurde auf die Galerie geschickt, um von ferne den Rufen zu antworten. Die Echowirkung war bald überzeugend. Auch in der nächsten Szene am Hafen wieder der geteilte Chor. Die Heimkehrer werden realistisch begrüßt, dazwischen die Zeremonie der Priesterinnen. Schließlich der völlig unerwartete Ausbruch eines neuen Sturmes, allgemeines Entsetzen, chaotische Reaktion als ob die Erde bebe, ein Bombenangriff drohe. Man wirft sich zu Boden, schmiegt sich an die Wände, das Ungeheuer Krieg ist wieder da. Alle fliehen so schnell wie möglich von der Bühne.

Schließlich der größte und wichtigste Chor des Werkes: »O voto tremendo, spettacolo orrendo …« Dieses grausame Gelübde, das Idomeneo zwingt, seinen eigenen Sohn dem Gotte zu opfern. Der Tod herrscht, die Pforten des Abgrunds sind weit geöffnet. Jeder im Saal muss diesen furchtbaren Augenblick elementar miterleben, der Schrecken muss unter die Haut gehen. Deshalb soll der Chor von überall tönen, aus allen Ecken des Saales, von der Galerie, das Publikum muss vom Klang durchdrungen werden. Um dann die schönste Szene zu erleben, wenn der Sohn vor seinem Vater niederkniet, um sich selbst zu opfern. Wie in der Bibel: Abraham soll, dem Rufe Gottes folgend, seinen Sohn Isaak opfern, oder Jephta seine Tochter. Der Dirigent brauchte nichts weiter zu erklären, seine Sänger kannten genau die Texte. Und alle hörten wie in der Synagoge die Worte des Oberpriesters, der den Himmel anfleht, den schuldlosen Sohn zu verschonen. Und der Engel antwortet: Lege deine Hand nicht an den Knaben und tue ihm nichts, denn nun weiß ich, dass du Gott fürchtest. Bei Jephta dagegen wurde das Opfer vollzogen. Im Buch der Richter heißt es: »Daher ward es Brauch in Israel: Jahr um Jahr gehen die Töchter Israels hin, die Tochter Jephtas zu besingen, vier Tage im Jahr.« Ist das heute noch so?, fragte Johannes Kerster seine Chordamen. Sie begannen alle gleichzeitig zu reden, offensichtlich waren sie sich nicht einig.

In einer Chorpause meldete sich Esthers Vater, um vorzusingen. Er hatte sich auf die Arie des Sarastro aus der »Zauberflöte« vorbereitet. Johannes begleitete ihn selbst, da gerade kein anderer Pianist zur Verfügung stand. Die Stimme hatte kein großes Volumen mehr, aber sie klang wohl artikuliert, man verstand jedes Wort. Johannes wollte auch gleich den Originaltext der Voce aus »Idomeneo« hören. Sehr klar und suggestiv tönte es: »Ha vinto Amore ...« – »Die Liebe hat gesiegt«. Man brauchte nicht weiter nach einem anderen Bassisten zu suchen, Joseph Cohn wurde engagiert. Johannes erklärte ihm, dass er während der ganzen Vorstellung anwesend sein müsse, sein Platz sei der beste im Saal, der Ehrenplatz in der ersten Reihe der Galerie ... Und bitte einen eleganten dunklen Anzug anziehen. Sie stehen zu Ihrem Gesang plötzlich auf und verkünden den Götterspruch, wie der Präsident Israels oder der Veranstalter des Konzertes. Sie haben das letzte Wort. Und plötzlich ist die antike Tragödie beendet, das christliche Mysterium der Liebe beginnt. Vergessen wir nicht, Mozarts Librettist war ein Jesuitenpater am Salzburger Dom ...

Joseph Cohn lächelte, er müsse ja deshalb nicht zum Christentum konvertieren.

Den letzten kurzen Chor »Scenda Amor« verstand der Dirigent als einen Glückwunsch an das neue Herrscherpaar Ilia-Idamante. Alle sollten sich offiziell auf der Bühne aufstellen und nach dem Gesang zur Gratulation mit Verbeugung vorbeidefilieren. Aber nicht, um endlich abgehen zu können nach einem langen Abend, sondern um sich bescheiden an der Rampe vor dem Orchester auf den Boden zu setzen und der Ballettmusik zuzuhören. Leider habe man kein Ballett, um diese wundervolle Finalmusik zu tanzen, man solle sich die Inthronisation eines neuen Königspaares vorstellen, noch einmal die Geschichte dieser Liebe am geistigen Auge vorüberziehen lassen ... ein junger Isaak heiratet eine schöne Araberfürstin, vielleicht aus Jordanien oder Riad, mit sehr viel Geld. Der große Friede ist endlich Wirklichkeit ... Johannes Kerster erhielt großen Applaus.

Nach der Probe bat Joseph Cohn noch um ein kurzes privates Gespräch. Im Dirigentenzimmer holte er aus seiner Aktentasche ein altes Photo heraus und zeigte es Johannes ... Das ist übrigens Rose Mladar, die wundervolle Sängerin aus Prag, von der ich Ihnen erzählt habe. Ich habe das Photo bei meinen wenigen Erinnerungsdokumenten gefunden. Ist das nicht ein schönes Gesicht? Sie hatte leuchtend blau-graue Augen. Auf diesem Bild sind die Haare modisch hochfrisiert, meist ließ sie jedoch ihre Haare bis auf die Schultern fallen. Sie hatte eine sehr gute Figur, spielte, soweit ich weiß, gerne Tennis ...

Johannes schien in das Bild versunken ... Ja, ja ich kann sie mir sehr gut auf der Bühne vorstellen als Leonore in »Fidelio«, als Ariadne, Kundry, Elektra, Medea ... Diese Partien hat sie auch tatsächlich gesungen ... bestätigte Joseph Cohn ... zuletzt in Prag und Wien ...

Johannes wollte ihm das Photo zurückgeben ... Nein, Sie können es behalten. Es ist Ihre Mutter ...

Nein, was reden Sie? ... Johannes war aufgestanden, starrte Joseph Cohn an ... Ich habe in einer alten Biographie nachgelesen ... Er zog ein kleines vergilbtes Buch aus seiner Tasche ... Rose Mladar hat ein Kind gehabt, einen Sohn, aber ihn nicht bei sich behalten ... Er ist am 19. April 1933 im Prager Gertrudis-Spital geboren. War das nicht Ihr Geburtstag?

Sie phantasieren ... wehrte Johannes Kerster ab ... Und wer soll der Vater gewesen sein? ...

Das werde ich noch herausfinden. Wenn Sie es mir erlauben, will ich bei der jüdischen Gemeinde in Prag fragen, ob man dort etwas weiß, oder im Spital. Rose Mladar war eine so bekannte Persönlichkeit, dass sich gewiss noch irgendeine Spur findet ...

Johannes schaute auf das Photo. Es ist nicht wahr. Die Vergangenheit ist erloschen, dachte er, es führt kein Weg zurück. Ich darf nicht solchen Zufällen vertrauen. Was will dieser Sarastro von mir? Warum mischt er sich in mein Leben ein? Da taucht plötzlich in Israel dieses Bild auf, mein Blick bleibt an einem fremden Gesicht haften. Meine Mutter? Ein Grabgefühl wehte ihn an. Ich muss jetzt schweigen. Können Tote neu erblühen? Muss ich durch diese Augen hindurch sehen in schreckliche Zeiten? Werde ich vierzig Jahre danach verhaftet, abgeführt in mein Lager, wo die Bilder in Tränen zerfließen? Nein, nein, lasst mich atmen, aufs Meer hinausschauen, mich suchen in mir. Mit Fluch und Gebet. Wann, wo, Mutter ... Woher das Licht? Was abriss, wächst nie mehr zusammen. Ich habe keine Mutter ...

Er steckte das Photo in seine Brusttasche, ließ Joseph Cohn stehen und rannte davon.

4

Johannes Kerster konnte nicht schlafen. Er versuchte, sich mit der Lektüre griechischer Heldensagen abzulenken, aber immer wieder erschien das Photo seiner angeblichen Mutter vor seinem inneren Auge. Es war als ob ein anderer die Türe seines Zimmers öffnen und ihn verhören würde: Wer bist du? Wo kommst du her? Was suchst du hier? Der andere wurde immer zudringlicher, bis er merkte, dass der andere er selbst war, dass er sich selbst mit Nadelblicken durchbohrte, an seinen Nerven sägte, seinen Seelenatem behorchte. Kenne ich mich so wenig, dass mich diese Photoaugen verrätseln können? Wollen sie mich in die Irre treiben? Ich bin verfremdet, die Anfänge zerrinnen in gespaltenen Ahnungen. Bin ich schuldig, weil ich die Elternschleife nicht früher gelöst habe? Weil ich der Wahrheit nicht früher nachgeschlichen bin? Oder muss ich mit meinem verqueren Geheimnis leben, es mit ins Grab nehmen, ohne mich darüber zu zerquälen? Ist die lauernde Fahndung nach dem Ursprung etwa Sünde, Vermessenheit, Selbstverdammnis? Aber der andere ließ sich durch solche Selbstbeschwichtigungen nicht abweisen.

Bleierne Stunden vergingen, er grübelte sich immer tiefer hinein in die Anfänge seines Bewusstseins, forschte der Mutter in sich nach. Bilder blitzten auf, Klänge, gallige Reflexe.

Ein strenges Gesicht, die Augen hinter Brillengläsern verborgen, der schmale Mund sagte immer das Richtige, Notwendige: Hast du auch frische Wäsche angezogen? Deine Zähne geputzt? Die sauberen Schuhe an? Hast du dein Brot nicht vergessen? Nie war er zum Kindergarten, in die Schule zu spät gekommen, die Mutter war die Uhr, die den ganzen Tag tickte. Aber sie hatte ihm doch auch das Zeichnen mit Buntstiften beigebracht, Klavierstunden gegeben, ihm vorgelesen, wenn er krank war. Sein Leben war in eine feste Ordnung eingefügt, pünktlich die Mahlzeiten, wenn der Vater nach Hause kam, immer die gleichen Fragen und wie eine Belohnung der schnelle Kuss auf die Stirn. Je älter er wurde, desto stärker wuchs sein Widerspruchsgeist. Er wollte seine kleinen Freiheiten: das Zimmer nicht aufräumen, zu spät kommen, bestimmte Speisen verweigern. Er begann, sich im Trotz, im Nein-Sagen zu üben, wehrte sich gegen die allgegenwärtige Bevormundung. Es gab immer öfter laute Szenen. Er versteckte sich, lief davon, zusammen mit einem Klassenfreund, bis sie irgendwo die Polizei entdeckte und nach Hause brachte. Er wollte nicht fleißig und tüchtig sein. Das Wort Disziplin hasste er, aber die mütterliche Ordnung steckte in ihm, hinter seinem Willen, er konnte sie nie mehr abschütteln.

Später musste er Abbitte leisten. Er hatte gelernt, das für ihn Wichtige wahrzunehmen, das Positive zu entdecken, nach einem Sinn zu suchen. Das war Mutters Erbe. Als sie dann krank wurde, meist im Bett lag, brachte er ihr das Essen, las ihr aus der Zeitung vor, half ihr beim Aufstehen, deckte sie wieder zu. Nie hörte er ein Wort über ihre Schmerzen, ein wehleidiges Jammern über die Verschlechterung ihres Befindens. Und als sie eines Tages nicht mehr aufwachte, saß er an ihrem Bett und hielt ihre Hand. An ihrem Grab flossen seine Tränen. Er musste ihr dankbar sein für ihre Sorgfalt, ihre Ordnung, ihr Wissen. Sie hatte sofort seine Musikalität entdeckt und ihn auf seinen Weg gebracht. Wenn sie Klavier spielte, war sie eine andere, nicht die strenge Mutter, sie hüllte sich in Klangzauber.

Aber war da nicht doch etwas, was fehlte? Etwas wie körperliche Wärme, sinnliche Zärtlichkeit? Nie hatte sie ihn einmal richtig umarmt und an sich gedrückt, immer nur dieser fast formelle Kuss auf die Stirn vor dem Schlafen. Etwas Gläsernes umgab sie, verlieh ihr diese kühle Distanz. Später kamen ihm Zweifel an der Ehe seiner Eltern. Nie gab es auch nur den geringsten Hinweis auf Intimitäten, man sprach vom Alltäglichen, vom Geschäft, auch zuweilen von der Politik, kaum je gab es Einladungen oder Festlichkeiten. Nur das Deutsche Theater besuchten die Eltern regelmäßig, die Aufführungen wurden genau beobachtet und analysiert. Lag es an der Zeit, dass die sinnliche Seite des Lebens, alles Private, so wenig beachtet wurde. Oder war sein Elternhaus durch Prüderie verkarstet? Die Mutter stammte aus einer protestantischen Traditionsfamilie, besuchte auch gelegentlich sonntags die Kirche, der Vater dagegen war ein Freidenker, der jedes religiöse Gespräch mied. Ob die beiden überhaupt einmal ineinander verliebt gewesen waren? Oder ob es andere, vielleicht finanzielle Gründe für diese Ehe gegeben hatte? Die Maschinenfabrik, die der Vater leitete, gehörte ja eigentlich der mütterlichen Familie. Natürlich waren dies alles Gegebenheiten, über die Johannes kaum nachgedacht hatte, bevor dieses Photo aufgetaucht war.

Er wurde von Lucia geweckt, die ihn beim Frühstück vermisst hatte. Sie brachte ihm einen Kaffee ans Bett. … Wo steckst du denn? Hast du die Nacht durchgezecht oder sonst irgendwie gesündigt? …

Er zeigte ihr das Photo … Das soll meine Mutter sein. Erkennst du irgendeine Ähnlichkeit? …

Sie hat hypnotische Augen. Und schöne Haare. Und diese dunkelblütigen Lippen können Männer wohl verrückt machen. Die deinen ja vielleicht auch ... Lucia setzte sich zu ihm auf den Bettrand.

Johannes schlürfte den Kaffee, schaute auf die Uhr und sprang aus dem Bett ... höchste Zeit, ich habe ja um 10 Uhr Orchesterprobe ...

Während er sich anzog, plauderte Lucia vor sich hin ... Ich habe eigentlich auch zwei Mütter. Auf einem Bauernhof bin ich aufgewachsen mit sechs Geschwistern. Meine Mutter hatte nie Zeit für mich. Sie war immer in der Küche, im Stall, musste waschen, nähen, putzen. Meine Geschwister haben mich eigentlich großgezogen. Und das war sehr schön. Natürlich haben wir uns oft gezankt und gerauft, aber das gehört dazu. Ich bin eigentlich ein echtes Naturkind. Bis ich dann nach Bratislava kam in die höhere Schule. Dort hatte ich Pflegeeltern, die auf mich aufpassten und mir alles beibrachten – wie man sich benimmt, was man anzieht, welche Männer man anschauen, und wen man meiden soll. Tante Cecilia war meine eigentliche Musikmutter. Eigentlich freue ich mich über meine beiden Mütter ...

Johannes hörte nur oberflächlich zu ... Ja, ja, das muss ich also auch lernen ... Er nahm ihr das Photo aus der Hand und steckte es in seine Brieftasche.

Sie fuhren zusammen mit dem Taxi ins Auditorium. Vor dem Dirigentenzimmer wartete bereits Esther Cohn, um ihm das kleine Buch der Sängerin Rose Mladar zu geben, das er am letzten Abend vergessen hatte ... Jetzt bist du einer von uns ... Sie drückte ihm fest beide Hände ... Du weißt, nach jüdischem Recht bestimmt die Mutter über die Zugehörigkeit des Kindes ...

Johannes protestierte ... Aber ich bin doch von christlichen Eltern adoptiert und erzogen worden. Kein Wort mehr darüber. Das ist alles Legende ...

Der Vater bemühe sich um weitere Auskünfte, er werde bald Genaueres berichten können, beharrte Esther.

Die Geiger klopften mit ihren Bögen auf die Pulte, einige klatschten in die Hände, als Johannes Kerster vor dem Orchester erschien. Sein letztjähriges Konzert, bei dem er Haydn und eine Brahms-Symphonie dirigiert hatte, war ihnen in bester Erinnerung. Ein umgänglicher Dirigent, der musizieren ließ, kein Pedant oder Diktator. Wenn einmal etwas daneben ging, zwinkerte er mit den Augen oder hielt sich die Hand vor den Mund, um nicht loszuprusten. Aber er wusste immer genau, was er wollte. Und er war ein guter Probierer.

Wie immer, wenn etwas für das Orchester neu war, machte er ein paar grundsätzliche Ausführungen. Mozart habe bei der Uraufführung des »Idomeneo« in München über das beste Orchester seiner Zeit verfügt, deshalb sehr genau instrumentiert, sehr viele solistische Passagen eingefügt, vor allem bei den orchestrierten Rezitativen. Auf jede Note käme es an, denn alles sei seelischer Ausdruck der Personen. ... Also bitte kein Rokoko mit den lieblichen Verzierungen, kein Schönklang, sondern echtes Drama. Die Dialoge muss man verstehen, jedes Wort ist aufgeladen mit Emotion. Eine leidenschaftlich bewegte Welt klingt aus dieser Musik heraus. Entscheidende Situationen: Frieden oder Krieg, Liebe oder Hass, Leben oder Tod. Deshalb äußerste Spannung: forte-piano, hell-dunkel, andante-presto. Bitte fangen wir mit der berühmten Ouvertüre an ...

Johannes Kerster benutzte diesmal keinen Taktstock ... Achten Sie mehr auf meine Linke, der Rhythmus ergibt sich aus der Situation ... Mit beiden Armen hämmerte er den Musikern die Anfangsakkorde ein ... eherne Göttergesetze, Schicksalsschläge, dagegen die Klagen der Gefangenen, sehr zerdehnt, depressiv. In diesem

Kontrast der Ouvertüre ist die ganze Oper enthalten ... Nach einigen Wiederholungen hatte ihn das Orchester verstanden. Er suchte die lyrischen Klänge ins äußerste Pianissimo zurückzunehmen, in der Durchführung der Motive zog er das Tempo an, der Konflikt der Themen drängt zu seiner Lösung, und diese ergibt sich aus der Handlung der Oper, also kein Finale, sondern direkter Übergang in die Szene.

Nachdem er die Ouvertüre im Ganzen noch einmal wiederholt hatte und mit dem vorläufigen Ergebnis zufrieden schien, nahm er sich das Ballett-Finale vor, um den Musikern den großen Bogen des Werkes zu verdeutlichen ... Leider haben wir keine Tänzer ... beklagte er sich ... wir müssen die Balletthandlung in der Musik erkennen. Es ist das eigentliche Finale der Oper, wie es in der französischen Oper des 18. Jahrhunderts üblich war. Mozart hat sich mit diesem Ballett viel Mühe gegeben, es wäre grundfalsch, es, wie es leider üblich ist, zu streichen. Der Tanz krönt die Handlung als Apotheose, alles strebt in eine harmonische Zukunft. Idamante und Ilia sind das ideale Herrscherpaar, sie verwirklichen Liebe auf Erden. Also die große Menschheitsutopie. Nehmen wir diese Musik, wie eine kleine Symphonie in vier getanzten Sätzen ... Das Orchester suchte sich in den Noten zurechtzufinden. Mit einigen Detailkorrekturen konnte sich Johannes Kerster den Abschluss des Abends so vorstellen.

In der Pause meldete sich der Konzertmeister, er bedaure, dass die Musik ohne Anschauung bleibe. Ob man nicht ein paar Tänzer vom Israel Ballet fragen könne. Johannes war nicht abgeneigt, den Versuch zu unternehmen ... aber lieber die Musik ohne Tanz verklingen lassen als irgendeine oberflächliche Improvisation ... Der Konzertmeister schien nicht sehr befriedigt. Warum die große Rache-Arie der Elektra am Schluss gestrichen sei? Mit Esther Cohn verfüge man doch über eine hervorragende dramatische Sängerin, noch dazu eine Israelitin, die der Oper einen starken Schlussakzent geben könne.

Johannes verwies darauf, dass Mozart selbst bei der Uraufführung diese Arie gestrichen habe, nicht nur, weil die Oper zu lang schien, sondern weil sie nicht mit Hass und Rache, sondern mit dem Aufruf zu Liebe und Versöhnung enden solle. Das sei ihm besonders in Israel wichtig.

Aber der Konzertmeister gab sich immer noch nicht zufrieden. Gerade hier sei das Gesetz der Vergeltung liturgisch wohl bekannt: »Leben für Leben, Auge für Auge, Zahn für Zahn, Hand für Hand, Fuß für Fuß« heiße es in der Thora. Und auch die Politik heute gegenüber den Palästinensern komme nicht ohne Vergeltung aus.

Johannes schüttelte den Kopf. Das sei nicht die Botschaft Mozarts, nicht das Zeitalter der Aufklärung, in dem das Werk entstanden sei. »Idomeneo« brauche ein lieto fine, einen harmonischen Schluss. Johannes verwies ihn auf das Ende von »Don Giovanni«. Auf den Höllensturz des Giovanni müsse das Sextett der beteiligten Personen folgen, als Quintessenz und Rückkehr zur Normalität des Lebens. In »Idomeneo« sei das ganze dramatische Werk Mozarts vorweggenommen. Der Konzertmeister bedankte sich für die Belehrung … Schade, dass Esther Cohn diese Arie nicht singen kann … insistierte er noch einmal.

Nach der Pause waren die Sänger aufgeboten. Jeder sollte sein Rezitativ und eine Arie mit Orchester singen. Johannes stellte sie einzeln dem Orchester vor und machte ihnen die üblichen Komplimente, sie seien die besten ihres Faches, er sei stolz auf diese Besetzung. Lucia Martova begann mit dem eröffnenden Rezitativ und ihrer Arie. Die Orchesterakzente des Rezitativs waren für die Musiker völlig ungewohnt, man brauchte noch etliche Proben. Die Arie erhielt spontanen Applaus der Musiker. Lucia freute sich, dass ihre Koloratur so sauber gelungen war. Esther Cohn sang die Wut-Arie der Elektra in c-moll. Auch sie erhielt Applaus. Walter Halbach stellte sich mit der großen Szene seines Schuldbekenntnisses vor, er müsse leider ein wenig markieren, da er leicht erkältet sei, erklärte er. Umso brillanter wirkte Peter Schmitten mit seiner Idamante-Arie. Alle waren sich einig, sie könne kaum schöner gesungen werden. Peter bedankte sich und wollte ein paar Worte sagen.

Er habe sich anfangs innerlich gegen die Partie des Idamante gesträubt, weil sie nicht für sein Fach geschrieben sei. Das sei falsch, er müsse sich entschuldigen. Er denke jetzt immer an die Partie des Tamino in der »Zauberflöte« und an den Titus in »La Clemenza di Tito«, beide genau zehn Jahre später komponiert. In all diesen Partien habe Mozart sein politisches Bekenntnis gezeigt: die große Toleranz und Humanität. Auch der Idamante sei ein Bekenner, beinahe ein Freimaurer. Eine Idealgestalt, sanftmütig, opferbereit, eine reine, empfindende Seele. Er werde sich bemühen, einen standhaften Prinzen darzustellen. Er verbeugte sich vor dem Dirigenten.

Als Johannes Kerster mit der Partitur unter dem Arm in sein Dirigentenzimmer zurückkehrte, wartete dort der Direktor des Auditoriums auf ihn mit einem Herrn in grauem Trenchcoat, er trug eine Sonnenbrille. Der Herr sei von der Polizei, es gebe Ärger mit einem Sänger namens John Bird, der in »Idomeneo« einen Priester singen soll.

Johannes bat die Herren Platz zu nehmen. Der Direktor entschuldigte sich mit dringenden Geschäften

… Nun, was hat Mister Bird ausgefressen? Hat er jemanden umgebracht oder bestohlen? Er ist doch sonst ein vernünftiger, zuverlässiger Partner …

Mister Bird beabsichtigt, in einem Saal in Jerusalem ein Konzert zu geben … der Polizeibeamte zog sein Notizbuch heraus … In diesem Konzert will er unter anderem drei Arien von einem gewissen Richard Wagner singen. »Lohengrin«, »Tannhäuser« und »Tristan« Das können wir nicht zulassen …

Johannes stellte sich dumm … Und warum nicht? Das sind doch großartige musikalische Kunstwerke …

Der Polizist nahm seine Brille ab und starrte Johannes Kerster an … Das war die Lieblingsmusik von Hitler. Wagner hat uns Juden gehasst und verleumdet. Wir dulden seine Musik nicht in Israel. Und wenn wir sie dulden würden, gäbe es eine Demonstration. Ein solcher Vorfall kann Ihrer Arbeit hier nur schaden …

Johannes Kerster schüttelte den Kopf. Man müsse doch wohl zwischen musikalischer Kunst, die in allen Opernhäusern der Welt präsentiert wird und dem Verfasser eines Pamphlets gegen das Judentum in der Musik unterscheiden. Er sei ein Gegner von Vorurteilen jeder Art, aber er könne ja gewisse Empfindlichkeiten in Israel verstehen. Das Konzert sei eine Privatsache des Sängers Bird, doch werde er mit ihm reden.

Der Polizist schien befriedigt, setzte seine Sonnenbrille wieder auf und verbeugte sich leicht vor dem Dirigenten. Er hoffe, die Sache sei damit erledigt.

Wie viele Jahre müssen wohl noch vergehen, bis ein prominenter jüdischer Dirigent es wagen kann, »Tristan und Isolde« in Israel aufzuführen?, dachte Johannes. Aber in Bayreuth gingen seine jüdischen Freunde, die Dirigenten, Journalisten, Bankiers ein und aus. Politische Schizophrenie oder die berühmten zwei Seelen?

Er ging wie immer nach der Probe in das italienische Restaurant um die Ecke und fand dort die fröhliche Runde seiner Sänger.

Shalom, Shalom ... begrüßte ihn Walter Halbach, stand auf, um ihm seinen Platz anzubieten ... Jetzt liegt dir ja ganz Israel zu Füßen. Wirst du dich auch beschneiden lassen? ...

Johannes drehte sich um und verließ den Raum. Hinter sich hörte er den Tumult der anderen Sänger, die auf Walter empört einredeten. Kaum war er ein paar Häuser weit gegangen, hielt ihn Walter an der Schulter fest Das sei doch nur ein Spaß gewesen, er sei ein wenig betrunken und nehme seine Worte nicht so genau. Er entschuldige sich selbstverständlich.

Johannes kehrte zurück, setzte sich zwischen Lucia und Esther, bestellte seinen Wein und hörte der lebhaften Diskussion der Tischrunde zu. Es ging um Grundfragen der jüdischen Religion, um Moses und seine Gesetze, altägyptische Mysterienweisheit. Peter Schmitten, der Darsteller des Idamante, erwies sich als überzeugter Freimaurer, zitierte Schiller, der den Gottesbegriff der Ägypter so formulierte: »Ich bin alles, was da ist, war und sein wird. Kein Sterblicher hat meinen Schleier gelüftet.« Und das sei genau der Monotheismus des Echnaton, den der Ägypter Moses gekannt habe. Mit dieser Mysterienformel hätten alle Religionen leben können. Aber Moses schuf seine eigenen Gesetzestafeln und präsentierte seinem Volke den Nationalgott Jahwe. Statt der mystischen Erkenntnis der unendlichen Natur forderte er blinden Gehorsam dem Einen Gott gegenüber, dem Schöpfer und den Worten des Propheten. Damit habe er seinen Anhängern das Bewusstsein des Auserwählten Volkes gegeben. Und alles Unheil der Verfolgungen, Austreibungen, Tempelzerstörungen habe begonnen und drei Jahrtausende gedauert. Wer sich für »auserwählt« halte, müsse sich nicht wundern, in der Diaspora, im Ghetto zu enden.

Und in Auschwitz, das habe er wohl sagen wollen ... Esther Cohn war empört ... Ihr kennt doch das Judentum mit seinen religiösen Gesetzen überhaupt nicht. Wir sind nicht auserwählt, um besonders gottessüchtig, besserwisserisch, arrogant zu leben, sondern im Gegenteil besonders demütig, opferwillig, um Gott zu suchen. Nur die Gesetze der Thora sind uns heilig, und damit verletzen wir niemanden. Der Prophet Micha verkündet: »Recht tun, Güte und Treue lieben, in Ehrfurcht den Weg gehen mit deinem Gott.« Das haben Juden immer versucht, aber die Geschichte des Judentums ist eine Geschichte der Wanderschaft durch viele Länder und Kulturen, und immer haben wir uns anpassen müssen. Es gibt ja gar nicht *die* Juden, sondern Orthodoxe, Assimilierte, Zionisten. Und alle suchen Gott auf ihre Weise ...

Lucia Martova wollte die Diskussion entschärfen. Alle Menschen seien Gott suchend, auch die Christen. Die Vielfalt der religiösen Traditionen sei ein Zeichen für den unausschöpflichen Reichtum Gottes. Jeder muss seine eigene Wahrheit des Glaubens entdecken, aber er sollte immer bereit sein zum Dialog mit Andersgläubigen. Sie sei in katholischen Traditionen aufgewachsen, freue sich an den Bildern, Gebeten und Gesängen ihrer Kirche, aber sie bewundere auch die Moslems und ihre Moscheen, die buddhistischen Mönche, die jüdischen Rabbis in ihren Synagogen. Nur die Orthodoxie sei die große Gefahr der Menschheit. Wo Menschen sich um ihres Glaubens willen die Köpfe einschlagen, handeln sie gegen Gottes Gebot.

Am besten sei es, das Wort Gottes aus dem Spiel zu lassen, dadurch entstünden alle Missverständnisse und Katastrophen. Walter Halbach erklärte sich zum Agnostiker. Es gebe die Gesetze der Vernunft im Zusammenleben der Menschen, damit könne man zurechtkommen. Vor allem müsse der Mensch lernen, seine Umwelt zu respektieren, die Pflanzen, Tiere, die Rohstoffe dieser Erde. Er müsse über seine Rolle im Kosmos nachdenken und daraus die Konsequenz ziehen, seinen Egoismus, seine Besitzgier beherrschen zu lernen. Darin sehe er die religiöse Aufgabe der Zukunft.

Und Johannes Kerster? Alle erwarteten auch von ihm eine Erklärung. ... Musik ist mein Tempel auf Erden ... meinte er nach einer längeren Pause ... Musik ist nicht nur der Klangspiegel unserer menschlichen Gefühle, Wünsche, Gedanken. Musik führt immer wieder ins Unendliche, in den Kosmos. Am Anfang war der Klang, möchte ich variieren, der Raumklang, der Klang der Sterne, der Sonnengesang, das Crescendo und Diminuendo des Mondes. Wenn wir uns hineinhören in die Harmonien des Alls, werden wir in uns ganz still, entdecken unsere Innerlichkeit. Und damit gewinnen wir Respekt vor der Innerlichkeit des Anderen. Es ist ja so viel falscher Lärm in der Welt. Wir müssen die Leute dazu bringen neu zu hören, zuzuhören, zu lauschen und Klang zu entdecken. Mozart oder Beethoven oder Bruckner zu spielen, das heißt den Menschen heute ein Lebenselixier zu reichen. Damit sie gesund werden, innerlich offen und frei für die Schönheiten dieser Welt. Damit sie ihre Unrast und Gier verlieren, die Zeit neu erleben. Ist das nicht auch eine Art Religion? In der Musik klingt Gott, vielleicht können wir ihn entdecken ...

Bravo, bravo ... Damit waren alle Musiker einverstanden. Das war das Schlusswort des Abends. Man zahlte und fuhr zurück ins Hotel. Dort fand Johannes eine Nachricht vor. Joseph Cohn habe im Archiv von Yad Vashem nach Rose Mladar geforscht und überraschend einige Briefe aus ihrer Hinterlassenschaft gefunden, die eine Freundin mit nach Israel gebracht habe. Die Dokumente seien im Lesesaal einsehbar.

Johannes Kerster war so in den Proben zu »Idomeneo« aufgegangen, dass er sein privates Problem beiseite geschoben hatte. Nun stand das Bild seiner Mutter wieder vor seinen Augen. Ihre eigenen Worte sollte er lesen können. ... Sie will mir etwas sagen, will bei mir sein. ... Er starrte aus dem Fenster in die Nacht, hörte das Rauschen der Wellen, den Atem der Zeit. Waren da nicht Stimmen?

Es klopfte sanft an seine Tür. Er öffnete. Lucia schaute ihn an, sie habe vergessen, ihm einen Gute Nacht-Kuss zu geben, er sei ja innerlich so erregt, vielleicht könne sie ihm helfen, mit sich fertig zu werden, damit er endlich einmal gut schlafe.

5

Als Johannes Kerster am nächsten Morgen die Partitur aus seiner Tasche holte, um sich auf die Probe vorzubereiten, lag obenauf das kleine Erinnerungsbuch an Rose Mladar. Er wollte es beiseite legen, aber das Titelbild der Sängerin ließ ihn nicht los. Da war er wieder, dieser unentrinnbare Mutterblick. Er konnte nicht anders, er musste in dem Buch lesen.

»Erlebte Oper – ein neues Talent« war der Titel; Autorin: Elisa Reiss, Prag, 1936. Eine Biographie mit vielen kleinen Szenenphotos. Rose Mladar galt als eine Entdeckung von Otto Klemperer. Als dieser Chorleiter und Kapellmeister am Deutschen Theater in Prag war, wurde ihm eines Tages ein junges Mädchen vorgestellt, das sehr gut Klavier spielen konnte und eine glockenreine Sopranstimme hatte. Der Vater des Mädchens, ein bekannter jüdischer Arzt, bat Klemperer um seinen Rat, und dieser zögerte nicht einen Augenblick, eine solche Begabung habe Zukunft, müsse am Konservatorium weiter ausgebildet werden.

Nach dem Krieg setzte Rose Mladar ihre Ausbildung in Wien fort und erlebte dort viele große Abende der Ära Richard Strauss an der Staatsoper. Sänger wie Maria Jeritza, Lotte Lehmann, Alfred Piccaver, Jan Kiepura, Leo Slezak wurden ihr Vorbild. Bald durfte sie an der Volksoper kleine Partien singen, gewann an Selbstbewusstsein. Als sie sich in Wiesbaden bewarb und vorsingen musste, erkannte sie Otto Klemperer wieder, engagierte sie und wurde ihr künstlerischer Mentor. Die Pamina konnte sie singen, die Susanna, die Sophie im »Rosenkavalier« und entdeckte ihre Neigung zu der neuen Musik von Hindemith, Křenek, Schönberg, Strawinsky. Das war auch der Grund, warum sie Klemperer mitnahm, als er in Berlin die Kroll-Oper zum Zentrum des neuen Musiktheaters machte. Sie wurde besetzt in Werken wie »Neues vom Tage«, »Erwartung«, »Cardillac«, aber auch als Senta in der aufregenden, sehr umstrittenen Neuinszenierung des »Fliegenden Holländer«. Ihre Partien wurden immer dramatischer, die Stimme hatte offenkundig ein gutes Fundament. Er las, was namhafte Kritiker über Rose Mladar schrieben: Sie sei eine hauchzarte, übersinnliche Verkörperung verklärter Poesie und herber, reiner Jungfräulichkeit, eine scharf umrissene Individualität, deren besondere Eigentümlichkeit es ist, dass sie eigentlich nie Mittelmäßiges bietet, sie reißt hin, oder versagt. Sie sei eine feinnervige Künstlerin, aber ebenso sicher keine »Könnerin« im Sinne der alten Opernschablone. Die Elsa im »Lohengrin« und die Elisabeth im »Tannhäuser« seien die besten Wagner-Gestalten, die sie in kongenialer Weise erfasse und verkörpere. Aber auch die Marie in der »Verkauften Braut« zeige ihre Anmut, Spiellaune und Natürlichkeit auf der Bühne.

Als die Kroll-Oper wegen der Nazi-Intrigen in Berlin schließen musste, wurde sie in das Ensemble der Staatsoper übernommen. Dort traf sie auf die Dirigenten Erich Kleiber und Leo Blech, auch gastierte sie gelegentlich an der Städtischen Oper, wo Bruno Walter Direktor war. Johannes Kerster vergegenwärtigte sich das Niveau dieser Berliner Kulturszene vor 1933, las in den Spielplänen, stieß bei den Besetzungen auf Namen wie Frida Leider, Gitta Alpar, Lotte Schöne, Richard Tauber, Heinrich Schlusnus, Tino Pattiera. Und welche Fülle an neuer Musik mit Werken von Alban Berg, Franz Schreker, Kurt Weill. Das alles war schlagartig beendet, als die Nazis 1933 an die Macht kamen. Die meisten der Sänger und Dirigenten wurden entlassen, weil sie keine Arier waren, die neue Musik galt als entartet.

Auch Rose Mladar traf dieses Schicksal. Bereits im März 1933 nach dem Reichstagsbrand verließ sie Berlin und kehrte zu ihren Eltern nach Prag zurück. Nach einer Pause gastierte sie dann an verschiedenen Prager Theatern, sang auch in Wien, in Budapest, Warschau, Paris, London, Amsterdam, bis der Krieg das Reisen unmöglich machte. Sie blieb in Prag.

Johannes Kerster legte das Buch beiseite, schloss die Augen und stellte sich vor, wie sich ein solches Künstlerleben wohl in einer freien Welt ohne Krieg, ohne den Terror der Ideologien entfaltet haben würde. Stattdessen musste sie ihre Mutter nach Theresienstadt begleiten, unendliche Not und Angst erleben, schließlich den Weg nach Auschwitz antreten. Er rechnete sich aus, dass sie bei ihrem Tod gerade erst 47 Jahre alt war.

Das war seine Mutter? Er versank in sich, hörte eine Stimme, Punkte kamen auf ihn zu und verschlangen ihn. Waren es Augen, die in ihn eindrangen? Die graublauen Sterne der Rose Mladar, seiner Mutter? Er sah sie auf seiner Bühne als Iphigenie, geopfert dem großen Krieg, als Medea, wütend gegen ihre eigenen Kinder, als Electra, verblendet ihrem Vater opfernd, aber auch als unschuldig verurteilte Elsa, als klagende Elisabeth. Er begann ihr grauenhaftes Sterben, nackt in der Gaskammer, in sich zu spüren wie ein Feuer, das ihm in der Kehle loderte, ihm wurde übel, aber er konnte nicht erbrechen, der Brand schwelte weiter.

Lucia fand ihn auf seinem Bett liegend wie bewusstlos … Aber Johannes, weißt du nicht, wie viel Uhr es ist? Deine Probe hat längst begonnen, du wirst vermisst …

Er raffte sich auf, immer noch betäubt, stürzte sich ins Taxi. Das Orchester war gerade im Begriff, den Saal zu verlassen, als er eintraf. Er entschuldigte sich mit dringenden persönlichen Problemen. In der Probe zeigte er nur wenig Engagement, er ließ immer wieder die gleichen Passagen spielen, korrigierte nur wenig. Die Musiker wunderten sich nicht, als er die Probe vorzeitig abbrach.

Aber da wartete auf ihn der Tenor John Bird, den er wegen des Liederabends zu sich bestellt hatte. Er erklärte ihm die Situation, so wie der Polizeibeamte sie ihm dargestellt hatte und bat ihn, auf die vorgesehenen Wagner-Arien zu verzichten.

Der Sänger verfiel in einen hysterischen Lachkrampf ... Die Juden und Richard Wagner! ... Wenn er in London oder New York Wagner sänge, sei das Auditorum überfüllt, darunter sehr viele Juden. ... Sie lieben Wagners Musik wie besessen, geraten in Trance, aber hier in Israel ist es verboten, diese Musik zu singen? ...

Johannes erinnerte ihn daran, dass es hier in Israel noch viele Überlebende des Holocaust gebe, die das Trauma ihres Schicksals nicht überwinden können, dass der Staat Israel der Shoa vielleicht seine Existenz verdanke. Darauf müsse man Rücksicht nehmen, die Zeit für Wagner sei hier noch nicht gekommen.

John Bird klopfte Johannes jovial auf die Schulter ... Keine Angst, Chef. Dann werde ich eben Arien von Meyerbeer und Halévy singen und den Samson aus »Samson et Dalilah«. Das wird ihnen sicher gefallen ...

Peter Haskin meldete Johannes noch, dass die Diapositive für die Projektionen, die er bei einem bekannten Bühnenbildner bestellt hatte, angekommen seien ... wundervolle Bilder aus der gesamten europäischen Malerei. Meerbilder, Seestürme, grässliche Ungeheuer, Masken, aber auch idyllische Landschaften, klassische

Tempel, Götterstatuen. Eine reiche Auswahl ... Er werde jetzt mit der Beleuchtung beginnen, die technischen Mittel seien allerdings beschränkt.

Johannes dankte ihm und entschuldigte sich, er habe heute Wichtiges zu erledigen, morgen stünde er wieder zur Verfügung. Er ließ sich einen Wagen besorgen und fuhr nach Jerusalem zum Archiv Yad Vashem.

Eine sehr freundliche Bibliothekarin empfing ihn, man habe bereits auf ihn gewartet. Sie griff nach einem kleinen Bündel von Dokumenten, schnürte es auf und zeigte Johannes Kerster die Originalbriefe von und an Rose Mladar aus den Jahren 1933 bis 1942. Die Überbringerin dieser Dokumente sei eine gewisse Frau Jedlickova, mit Rose Mladar befreundet, nach dem Krieg nach Israel eingewandert. Sie war vor ein paar Jahren verstorben.

Johannes Kerster zog sich in eine Ecke des Lesesaales zurück, besorgte sich Papier, um wichtige Stellen aus den Briefen abschreiben zu können. Es waren etwa zehn Dokumente, zum Teil noch in ihren Briefumschlägen. Der erste Brief, den er in die Hand nahm, stammte von einem gewissen Heinrich Schallenberg, datiert 30. Januar 1933. Er war mit der Schreibmaschine geschrieben:

»Sehr geehrte Frau Mladar,
(mit der Hand hinzugefügt
»Liebe Rose«)
in diesen historischen Tagen, wo jeder gute Deutsche nur an die Zukunft seines geliebten Vaterlandes denkt, muss ich Ihnen leider diesen Brief schreiben. Ich habe mich entschlossen, mich der Bewegung unseres Führers anzuschließen und der SA beizutreten. Viele meiner Studienfreunde werden mir bald folgen. Das Parteiprogramm der Nationalsozialisten, ist das einzige,

das Deutschland aus seiner wirtschaftlichen Not befreien, das Versailler Diktat rückgängig machen kann. Dafür wollen wir alle kämpfen, unserem Führer Adolf Hitler auf seinem schweren Weg beistehen. Wer der Partei beitreten will, muss das Parteiprogramm genau lesen und befolgen. Das beinhaltet auch den Kampf gegen das Weltjudentum, das schuld ist an unserem Elend. Als Mitglied der Partei ist es mir künftig verboten, persönliche Beziehungen zu Juden aufrechtzuerhalten. Ich muss Ihnen deshalb offiziell mitteilen, dass unsere Beziehung nicht weiter bestehen kann. Ich verabschiede mich von Ihnen und wünsche Ihnen viele glückliche Stunden. Bitte haben Sie Verständnis dafür, dass der Dienst am Vaterland jetzt für mich Vorrang hat. Leider werden Sie über kurz oder lang Deutschland verlassen müssen. Ich bin überzeugt, Sie können auch an anderen Opernhäusern ihre Partien singen. Schade, dass ich Sie dort nicht beklatschen oder bewundern kann. Bitte haben Sie für meine Entscheidung Verständnis. Heute hat das Vaterland Vorrang vor dem Privatleben. Jeder muss sein Opfer bringen. Mit guten Wünschen

(handgeschrieben) Heinrich«

Der Atem stockte ihm bei der Lektüre. Wie war das möglich? Offensichtlich war dies ein offizieller Brief, vielleicht von irgendeinem Parteibonzen diktiert. Darf ein Deutscher zu einer Jüdin nicht mehr Du sagen? Ist das der Stil, wie ein deutscher Student dem Führer und seinen antisemitischen Wahnideen huldigt? Hat dieser politische Umbruch im Januar 1933 die Charaktere der Menschen gebrochen? Gewiss waren nicht alle solche idealistischen Opportunisten wie dieser Heinrich Schallenberg. Arme Rose Mladar. Wie hat sie wohl reagiert?

Der nächste Brief war, vom Adressaten verweigert, von der Post zurückgeschickt worden, datiert wenige Tage später.

»Lieber Heinrich,
Dein Brief hat mich ins Herz getroffen. Ich kann es nicht fassen, dass unsere Liebe aufhören soll, weil Du der SA beitreten willst. Gibt es nicht etwas, das mehr ist als alle Politik: die Liebe zwischen zwei Menschen, die sich einander zugehörig fühlen, das Vertrauen zueinander, komme was wolle. Erinnerst Du Dich nicht mehr an das gemeinsame letzte Jahr, an unsere Ferien auf Rügen, wie wir uns am Strand getummelt haben, in die Wellen hinausgelaufen sind. An unsere gemeinsamen Abende. Du hast mir Rilke vorgelesen. »Wie soll ich meine Seele halten, dass sie nicht an deine rührt ...« oder das wunderschöne Gedicht »Die Liebende«: »Ich dachte, ich würde schweben. Bis wohin reicht mein Leben und wo beginnt die Nacht ... Was bin ich unter diese Unendlichkeit gelegt, duftend wie eine Wiese, hin und her bewegt ...« Wir waren ja so verliebt und überzeugt, uns auf immer zu gehören. Da habe ich mir, auf der Wiese liegend, ein Kind von Dir gewünscht. Du weißt es. Das Kind unserer Liebe lebt in mir, ich spüre es, ab und zu stößt es mich an, um sich bemerkbar zu machen. Und es hört, wenn ich singe. Es soll viel Musik in sich aufnehmen, mit Musik atmen lernen. Dein Kind, ja wirklich Dein Kind, unser gemeinsames Liebesopfer. Und jetzt schreibst Du mir diesen Brief. Nein, das bist nicht Du. Wer hat Dir diese furchtbaren Sätze diktiert? Ja, Politik ist notwendig, aber es muss doch auch Respekt vor den menschlichen Beziehungen geben. Eine Politik, die diese persönlichen Dinge nicht respektiert, ist keine gute Politik. Das musst Du doch begreifen. Lass uns über alles Gemeinsame noch einmal spre-

chen. Ich kann nicht glauben, dass alles zwischen uns aus sein soll. Ich liebe Dich noch immer, trotz allem. Bitte komm zurück, zu mir, zu Deinem Kind.

Dein Röschen«

(darunter stand von fremder Handschrift: »Es gibt kein zurück. Bitte schreibe nicht mehr. H. Deshalb Brief retour.«)

Aber Rose Mladar gab nicht so schnell auf, sie hatte herausbekommen, dass ihr Freund umgezogen war, jetzt mit mehreren Kameraden zusammen wohnte. Eine gute Bekannte überbrachte den Brief persönlich. Aber auch dieser Brief wurde zurückgesandt mit dem Vermerk einer fremden Schrift: »Dem Empfänger sind weitere Briefe unerwünscht«. Dieser zweite Brief hatte folgenden Wortlaut:

»Trotz allem, lieber Heinrich,

Du willst nichts mehr von mir wissen, als ob ich eine Aussätzige wäre. Was habe ich Dir getan, dass Du so grausam zu mir sein kannst, dass Du mich verachtest und verstößt? Und Dein Kind nicht annimmst. Es ist auch Dein Kind und Du hast die Pflichten des Vaters. Das ist immer noch Gesetz. Muss ich Dich am Ende noch verklagen? Und das alles tust Du mir und auch Dir an, weil ich eine Jüdin bin? Das hast Du doch gewusst, es hat Dich bis jetzt nie gestört. Was heißt Jüdin? Ich bin in der deutschen Habsburgermonarchie Österreich-Ungarn geboren. Meine Eltern waren brave Untertanen des Kaisers Franz Joseph. Seit fast zehn Jahren lebe ich in Deutschland, liebe die deutsche Kultur, die deutsche Musik. Ich habe hier Anerkennung gefunden und Erfolg. Bis jetzt hat mich niemand gefragt, ob ich eine Jüdin bin. Ich weiß gar nicht, ob ich wirklich noch eine Jüdin bin, nur weil meine Eltern deutsche Juden in Prag waren. Ich bin nicht religiös erzogen

worden, habe kaum je eine Synagoge von innen gesehen. Wir haben jüdische Sitten und Gesetze nicht beachtet. Wir waren und sind moderne, liberale Menschen und freuen uns an den Errungenschaften der Aufklärung. Und doch sind wir unserer Herkunft nach Juden, wie andere Katholiken oder Protestanten. Warum können wir nicht alle zusammenleben? Ich beschwöre Dich, der Führer mag vielleicht gute Ideen haben, aber wenn er allein herrscht, kommen die bösen Geister in seiner Umgebung zum Zuge. Dann wird Hass, Brutalität, Größenwahn in die deutsche Politik einziehen, es wird schlimme Folgen haben, nicht nur für uns Juden. Das kannst Du doch nicht wollen. Oder hast Du Dich in den wenigen Wochen so verändert? Ich beschwöre Dich, ehe es zu spät ist, überlege Deinen Entschluss noch einmal.
Denke an unsere Liebe, an Dein Kind.

Deine Rose Mladar«

Erneut ein Appell an die Vernunft. Aber Vernunft schien damals abgemeldet in Deutschland. Nur der Marschtritt der braunen Kolonnen, das patriotische Geschrei beherrschte die Köpfe. Und erzeugte eine blinde Begeisterung. Jeder wollte mit dabei sein, besonders die Jungen, aber auch bekannte Schriftsteller und Professoren ließen sich täuschen. Noch hofften viele Juden, dass alles nicht so schlimm kommen werde. Andere packten die Koffer. Rose Mladar spürte offensichtlich auch in der Staatsoper Anfeindungen, sie wurde kaum noch eingesetzt. Bald erfuhr sie, dass Juden künftig vom Staatsdienst ausgeschlossen waren. Es entstand plötzlich im Ensemble eine Wand zwischen Juden und Nichtjuden. Kolleginnen wie Gitta Alpar, Irene Eisinger, Melitta Heim, Fritzi Jokl, Sabine Kalter, Lotte Leonhardt, Fritzi Massary, Lotte Schöne, die Baritone Benno Ziegler und Emanuel List, die Tenöre Joseph List und Richard Tauber wollten auswandern oder waren schon verschwunden. Und auch die berühmten Dirigenten traten nicht mehr öffentlich auf. Darüber berichtete sie ausführlich ihren Eltern nach Prag und fragte um Rat. Sie haben sie offensichtlich eingeladen, Berlin aufzugeben und nach Hause zurückzukehren. Wussten sie, dass Rose ein Kind erwartete?

Der nächste Brief, der Johannes Kerster interessierte, stammte bereits aus Prag. Auch dieser Brief, ein letzter Versuch, den Vater des Kindes zu alarmieren, kam unbeantwortet zurück.

»An Heinrich,
Du hast meine Seele zu Tode verwundet. Du hast Dich als treuloser Mann ohne Gewissen erwiesen. Ich will Dein Kind nicht zur Welt bringen. Die Liebe zu Dir war ein Irrtum. Ich war blind und darum bin ich schuldig. Nichts soll mehr an Dich erinnern. Ich hasse Dich, Deinen politischen Wahnsinn, nein mehr, Du wirst bald zum Verbrecher werden, ich weiß es. Die Deutschen haben mich zutiefst enttäuscht, es gibt nur noch wenige, denen man vertrauen kann. Sie sind eigentlich keine Menschen mit Herz und Seele mehr, sie verstehen nicht zu leben, können nicht mehr lieben. Lauter verblendete Idealisten. Ich habe Berlin gerne verlassen. Dieses ständige Geschrei, diese roten bluttriefenden Fahnen, dieser Mob auf den Straßen. Und keiner wagt, etwas dagegen zu sagen, jeder fürchtet, eingesperrt zu werden. Nein, das ist nicht die Atmosphäre in der ich leben kann. Und niemand wird mich vermissen. Im Gegenteil, sie werden jubeln: endlich haben wir die deutsche Kultur vor den Juden gerettet, vor Intellektualismus und Verfall. Dabei ist es eigentlich schade um diese Kultur, um Heinrich Heine und Felix Mendelssohn, um Arthur Schnitzler und Gustav Mahler, Franz Kafka und Arnold Schönberg. Sie gehören doch auch dazu. Die Deutschen wollen alles

besser machen und machen es nur schlechter, das schrieb bereits Heinrich Heine. Was nutzt alles Lamentieren? Meine Zeit ist vorbei, aber auch Deine Zeit ist vorbei, Du weißt es nur noch nicht. Du hast Dein Kind verstoßen. Du machst mich zur Mörderin. Ich will es nicht sehen, nicht hören. Es hat nichts mehr mit mir zu tun. Solltest Du Dich besinnen, Du hast noch Zeit bis Ende April.

Rose Mladar«

Es bleibt ungewiss, ob sie das Kind geboren oder ob sie ihre Absicht, es umzubringen, wahrgemacht hat. Die nächsten Dokumente stammen aus späterer Zeit. Ein Brief von Otto Klemperer, der sie auffordert, zu ihm nach Los Angeles zu kommen, er werde ihr in Amerika zu einem Engagement verhelfen. Sie ist diesem Ruf nicht gefolgt, sondern bei ihren Eltern geblieben. Auch zwei Postkarten aus Theresienstadt an ihre Freundin sind erhalten. Das Lager galt als Vorzeigelager für das Internationale Rote Kreuz, die Insassen durften anfangs Lebenszeichen von sich geben. Dann noch zwei Photos, Rose Mladar als Iphigenie in der Gluck-Oper und als Medea in der Oper von Cherubini.

Johannes Kerster war wie betäubt. Sein Kopf lastete in seinen Händen. Es war, als ob er den Tod dieser Rose Mladar in sich austragen müsste. Und dieses Kind? Hat sie es wirklich getötet? Die Zeit wehte eisig durch ihn hindurch, vierzig Jahre seitdem, Ewigkeiten des Ungewissen. Wird sich das Gewirr des Gewesenen je entflechten lassen?

Plötzlich hörte er Stimmen hinter sich. Joseph Cohn legte ihm die Hand auf die Schulter. Die Bibliothekarin habe ihn angerufen, ob er zu einem Gespräch bereit sei?

Johannes Kerster legte die Dokumente zusammen und brachte sie zurück, die Bibliothekarin verschnürte sie wieder. Sie schaute ihn an, wagte nicht eine Frage zu stellen. Joseph Cohn führte ihn in ein benachbartes Café.

Aber da war ja noch ein Herr in seiner Begleitung, als Simon Blumenthal stellte er sich vor. aber Johannes stand nicht der Sinn danach, sich ihn genauer anzuschauen.

Nachdem sie sich Getränke bestellt hatten, begann Joseph Cohn behutsam mit seinen Erkundungen. Dieser Heinrich Schallenberg sei kein Unbekannter, er habe im Nazi-Reich Karriere gemacht, sei zur SS übergetreten, Abteilungsleiter im SD geworden, in der gleichen Abteilung wie später auch Eichmann. Beim Prozess 1961 sei auch sein Name genannt worden. Er war allerdings nur ein Hauptsturmführer, also ein vergleichsweise kleines Rädchen im Machtapparat. Später sei er zu einer der Einsatzgruppen abkommandiert worden. Bei den Massenerschießungen in Riga sei auch er beteiligt gewesen. Aber dann habe sich seine Spur verloren. Er sei in amerikanische Gefangenschaft gekommen und dort von der CIA ausgebildet worden als Agent. Weiteres könne Herr Blumenthal berichten, er sei Mitarbeiter des israelischen Geheimdienstes.

Schallenberg heißt heute Otto Greben und ist ein bekannter internationaler Waffenhändler. Er hat nach seiner Gefangenschaft anfangs ehemalige deutsche Nazis bespitzelt für den amerikanischen Geheimdienst, auch in der DDR. Dann hat er sich freigemacht und bei der Industrie in Essen eine Stellung gefunden. Man konnte ihn offensichtlich gut gebrauchen dank seiner alten Verbindungen. Als seine Aktivitäten publik wurden, schickte man ihn ins Ausland. Heute arbeitet er hauptsächlich in Griechenland und seine Geschäftspartner stammen aus Ägypten, Syrien, Libyen. Wir beobachten ihn seit geraumer Zeit. Er ist für Israel ein gefährlicher Mann. Zur Zeit befindet er sich in Athen …

Johannes Kerster schüttelte den Kopf. … Und dieser Mann soll vielleicht mein Vater sein? Das glaubt ihr ja wohl selbst nicht. … Täuschen Sie sich nicht … wandte der Herr vom Geheimdienst ein … Herr Greben ist ein sehr gut aussehender Mann, intelligent, kultiviert. Niemand vermutet in ihm den Agenten oder Waffenhändler. Seine Vergangenheit hat er längst abgeschüttelt. Die Amerikaner halten die Hand über ihn …

Ich will ihn kennen lernen, diesen Typ. Wo, sagen Sie, hält er sich zur Zeit auf, in Athen? Helfen Sie mir ihn ausfindig zu machen. Ich verspreche Ihnen, Sie nicht zu verraten. Und was ich herausfinde, werde ich Ihnen selbstverständlich mitteilen …

Die beiden Herren schienen einverstanden und versprachen, Johannes Kerster genauer zu informieren. Man trennte sich, Johannes suchte seinen Wagen und kehrte ins Hotel in Tel Aviv zurück. Er fühlte sich wie ein Acker, den ein Pflug tief umgeschichtet hatte. Alles dampfte in ihm vor Erregung und Neugier. In welche Zeitwirbel war er da hineingeraten!? Er brauchte Gewissheit.

6

Die Maschine der Olympic Airways glitt fast lautlos durch das unendliche Blau. Tief unten, wie große Sandkörner, von Götterhand ausgestreut, die Kykladen. Apollo strahlte selbstsicher über die entschleierte See. Paros, Naxos, Mykonos zitierte der Pilot. Landung in Athen in etwa einer Viertelstunde.

Johannes Kerster hatte kein Auge für die hellenische Traumwelt. Sein innerer Sinn haftete noch an der gestrigen »Idomeneo«-Probe. Das große Quartett, das eigentliche Herz der Oper, pochte in seinen Schläfen. Der Vater, der seinen Sohn verstößt, um ihn nicht opfern zu müssen. Der Sohn, der einsam in die Irre wandern will, den Tod anderswo suchend, seine Geliebte ihm im Schmerz folgend, die abgewiesene Elektra auf späte Rache sinnend. Dieses Quartett hatte Mozarts Seele noch Jahre später zu Tränen gerührt. Er selbst sah sich als der Sohn in der Trennung vom Vater, nach Wien in die Fremde war er gezogen, in eine ungewisse Zukunft, hatte Konstanze geheiratet, ohne den Vater zu fragen, hatte seinen eigenen Weg gefunden. Der Kern dieses Seelenschnittes ist das Quartett, keine Note davon hat er den Sängern preisgegeben. Es geht um Leben oder Tod. Der Vater hat alles verursacht durch sein unsägliches Gelübde. Wie kann man sich nur einer solchen Götterideologie preisgeben? Sich abhängig machen von fremder Gunst und Gnade? Der Mensch scheint nicht auszukommen ohne eine höhere Instanz, sei es ein Gottesbegriff oder säkularisiert irgendeine Ideologie. Wie im Wahn schwört man irgendwelche Eide – treu bis in den Tod.

Die Maschine setzte zur Landung an. Unter sich sah Johannes die Insel Salamis, wo sich das Griechenschicksal gegen die Invasion der Perser entschieden hatte, die Akropolis schälte sich aus dem Dunst, der über der Stadt lag, heraus. Als er das Flugzeug verließ spürte er plötzlich die Kraft der Frühlingssonne, so muss wohl Helios auch Ödipus, Theseus oder Herakles empfangen haben, geblendet schützte er seine Augen.

Die Grenzkontrollen waren genauso streng wie in Israel, man spürte, dass eine Militärdiktatur Griechenland beherrschte. Als Grund für seinen Besuch nannte er touristische Interessen. Sein israelischer Berater wartete auf ihn im Hotel »Grande Bretagne«, dem alten englischen Luxushotel am Syntagmaplatz.

Als er sich an der Rezeption meldete, trat ein Herr hinter ihn, Palladis sein Name, er habe Informationen für ihn. Der Herr Greben, den er suche, sei noch nicht in der Halle erschienen, er wohne in Zimmer 324, sei oft unterwegs, habe viele Verabredungen. Sein Zimmer sei noch für die ganze Woche gebucht. Er werde ihn sofort anrufen, wenn er in der Halle auftauche.

Es war noch früh am Morgen, Johannes Kerster fühlte sich müde. Von seinem Zimmer aus konnte er frontal auf das alte Parlamentsgebäude sehen. Die Wachablösung der griechischen Nationalgarde in ihrer malerischen Tracht lockte viele Zuschauer an. Kaum hatte er sich eine Viertelstunde auf dem Bett ausgestreckt und war gerade eingeschlafen, als das Telefon läutete. Der gesuchte Herr sei soeben zum Frühstück in das Restaurant gekommen …

Johannes Kerster musterte sich im Spiegel: Er trug Jeans und ein leichtes blaues Leinenjacket, sein Gesicht wirkte etwas verwildert, da er sich seit drei Tagen nicht rasiert hatte. Sieht so ein Kriminalkommissar aus? Oder zeigte sein Auftreten doch noch eine Ähnlichkeit mit einem deutschen Generalmusikdirektor? Er hatte sich auf dieses Abenteuer eingelassen, nun konnte er sich nicht mehr drücken.

Der Herr am ersten Tisch links, er hat sich gerade Kaffee servieren lassen ... flüsterte ihm der Agent zu. Johannes Kerster betrat das altenglisch eingerichtete Restaurant, überschaute die runden Tische mit ihren Lederstühlen, an denen einige Gäste saßen. Links vorne erkannte er den allein frühstückenden Herrn, graues, nach hinten gesträhntes Haar, dunkel getönte Brille. Kurz entschlossen fragte er auf Englisch, ob am Tisch noch ein Platz frei sei. Sein Gegenüber schaute flüchtig auf und nickte. Er setzte sich und bestellte Kaffee und kontinentales Frühstück.

Um bei seinem Beobachten nicht zu sehr aufzufallen, holte er sich eine deutsche Zeitung und begann sie aufzublättern ... Sie sind Deutscher? ... sprach ihn sein Gegenüber an. Er nickte. ... Geschäftlich unterwegs oder als Tourist? ...

Johannes Kerster musste sich schnell etwas zurechtlegen, was Fangarme hatte ... Eigentlich beides. Wissen Sie, ich bin Musiker und soll hier im Sommer ein Konzert dirigieren. Da muss ich mir den Schauplatz vorher einmal ansehen und mit meinen Partnern reden ...

Der Fisch hatte angebissen, mit Musik schien man ihn ködern zu können ... Dirigent sind Sie? Ich wusste gar nicht, dass man in Athen auch Musik machen kann Ach, sicher bei diesem Festival im Herodes Atticus-Theater. Spielen Sie denn mit einem hiesigen Orchester? Oder bringen Sie Ihr Orchester mit? Von woher kommen Sie, wenn ich fragen darf? ...

Das Gegenüber hatte die Brille abgenommen und schaute Johannes Kerster freundlich lächelnd an. Graue

Augen, von wuchernden, dichten Brauen verschattet, unter einer kantig vorspringenden Nase ein kurz gestutzter kleiner Schnurrbart. Auf der rechten Wange die Narbe eines Schnittes. Das Gesicht eines Mannes, der offensichtlich weiß, wie er aussehen will.

Johannes Kerster zögerte, ob er sich vorstellen solle. Schließlich entschloss er sich, Namen und Herkunft zu tarnen und nahm den Namen eines Freundes aus Stuttgart an. Das Gegenüber identifizierte sich als Industriekaufmann aus Essen, Otto Greben. Er habe öfters in Athen zu tun, kenne die Stadt gut. Besonders seit die Militärjunta regiere, sei hier Sauberkeit und Ordnung eingekehrt, es mache Spaß, sich in Athen umzuschauen.

Woher sein musikalisches Interesse stamme, wollte Johannes Kerster wissen ... Lange Geschichte ... Er sei schon immer gerne in Konzerte, vor allem in die Oper, gegangen, seit seiner Studentenzeit. Wo er zu tun habe, schaue er auf die Spielpläne und oft habe er gute Sänger entdeckt. Er nannte Namen, aber das sei heute ja alles nicht mehr so wie in früheren Zeiten.

Johannes Kerster fragte nach diesem »früher« und erfuhr bald Dirigentennamen wie Furtwängler, Knappertsbusch und Sänger wie Cebotari, Konetzni, Lorenz, Manowarda, Schöffler ... Also die »großen« Dreißiger Jahre in Berlin, Wien ...

Das Gegenüber erkundigte sich dann auch nach dem Programm seines Konzertes. Er provozierte bewusst und nannte die zweite Symphonie von Gustav Mahler ... Aber das will doch heute niemand mehr hören. Spielen Sie lieber Beethoven, Brahms. Damit machen Sie sich hier Freunde ... Johannes Kerster fühlte sich in seinen Ahnungen bestätigt.

Beide vergaßen vor lauter Neugier beinahe zu frühstücken. Als das Gegenüber nach den weiteren Plänen des Tages fragte, geriet Johannes in Verlegenheit. Er wolle sich das Herodes Atticus-Theater einmal ansehen. Und sofort kam der Vorschlag, ihn dabei zu begleiten, man habe gerade keine Termine. Johannes Kerster willigte ein, man verabredete sich um drei Uhr in der Halle.

Dieser Greben war ein hochgewachsener Herr, hatte für sein Alter noch einen aufrechten Gang. Sein Anzug war von unauffälliger Eleganz, offensichtlich in einem international renommierten Atelier maßgeschneidert. Als Industriekaufmann fehlte es ihm wohl nicht am entsprechenden Portefeuille. Als er an der Rezeption den Schlüssel seines Zimmers empfangen hatte, drehte er sich noch einmal kurz um … So long … Lächelnd verschwand er im Lift.

War das der Gentleman, in dem er seinen Vater erkennen wollte? Ein freundlicher Globetrotter vom alten Schlag, konservativ wie die meisten seiner Generation. Eine Stimme, nicht unsympathisch, ein ausgewogenes baritonales Timbre. Kein Bösewicht, kein Intrigant, aber vielleicht ein wenig zu angepasst-konventionell, einer der Karriere macht, weil er die richtige Seite kennt. Johannes Kerster gab seinem Schatten noch kurz Auskunft über die Verabredung und zog sich auf sein Zimmer zurück.

Was wollte er eigentlich? Diesen fragwürdigen Herrn Greben mit seiner schäbigen Vergangenheit konfrontieren? Seine Motive, Ausflüchte, Bekenntnisse mit eigenen Ohren hören, so wie ein Sohn von seinem Vater Rechenschaft verlangt? Wollte er gar diesen möglichen Vater in seine Rechte einsetzen, trotz allem, was geschehen war? Oder wollte er Rache nehmen für das Unheil, das dieser Zeitgenosse seiner Mutter angetan hatte? Vielleicht ging es ihm nur darum, sich in diesem Vaterphantom selbst zu entdecken. Ödipus …

Greben bestellte beim Portier ein Taxi, er sprach sogar ein paar Worte Griechisch. Diese Jahreszeit sei die schönste in Athen … nur nicht im Sommer kommen bei der Hitze und den vielen Touristen ... In wenigen Minuten waren sie unter dem Felsen der Akropolis angekommen. Greben wollte ihm zunächst das Dionysostheater zeigen, aber es war wegen archäologischer Arbeiten geschlossen. Am benachbarten Herodes Atticus-Theater standen Militärposten und verweigerten ihnen den Zutritt. Greben wusste den Soldaten den Grund ihres Besuches zu erklären, man ließ sie passieren.

Johannes Kerster kannte natürlich dieses große römische Theater von früheren Besuchen her, aber er stellte sich naiv, bestaunte die Arena mit ihren hoch ansteigenden Sitzreihen direkt unterhalb des Parthenontempels. Man stieg die Stufen hoch und wendete sich der Bühne zu. Die hohe Abschlussmauer mit ihren Fenster- und Torbögen wirkte nicht nur dekorativ, sie war gewiss auch ein guter akustischer Abschluss des Bühnenraumes. Davor die halbrunde Orchestra, wo in der griechischen Tragödie der Chor aufgestellt war, um das Geschehen zu kommentieren. Johannes Kerster setzte sich auf eine der Steinbänke und überließ sich seinen Impressionen. Es wäre wirklich schön, hier einmal ein Konzert geben zu können, besser noch eine Oper – »Iphigenie in Aulis« oder »Alkestis« von Gluck, »Medea« von Cherubini, oder gar »Elektra« von Richard Strauss.

Sein Begleiter, der herumspaziert war, fragte ihn nach seinen Gedanken ... Ich sehe dort unten Medea auftreten mit ihren beiden Kindern, höre ihre Klage über Jason, der ihr untreu geworden ist, sich in die Tochter des Königs Kreon verliebt hat, weil sie ihm Macht und Wohlstand bietet. Medea klagt über ihr Flüchtlingslos und sinnt auf Rache, singt ihre große Arie ...

Warum kenne er diese Oper nicht?, fragte Greben ... Wer war diese Medea? ... Johannes Kerster referierte kurz die Geschichte vom Goldenen Vlies. Medea sei eine Fremde gewesen, eine magisch begabte Frau von irgendwo in Asien, vielleicht eine Inderin, Armenierin, Jüdin und Jason war natürlich ein reinrassiger Grieche, ein Abenteurer, ein Opportunist.

Greben schüttelte den Kopf ... Diese Geschichte muss ich nicht kennen, dann lieber »Elektra« oder »Salome« ... Er stieg ab zur Bühne und begann zu gestikulieren ... Können Sie etwas sprechen oder rezitieren, damit ich die Akustik prüfen kann ... rief ihm Johannes Kerster zu. Greben lachte nur ... Das könnte Ihnen so passen, mich für die Oper zu engagieren ... Nach einer Weile tönte es ... »Reiten, reiten, durch den Tag, durch die Nacht ...« Rilkes »Cornett« tauchte auf.

Johannes simulierte akustisches Interesse, ging hin und her, stieg aufwärts bis zur letzten Reihe. Und als Greben seine Rezitation abbrach, applaudierte er übertrieben ... Großartig wie Sie Ihren Rilke beherrschen ... Was man als Junge einmal gelernt hat, vergisst man nicht ... Greben lachte über sein Schauspielertalent.

Er müsse sich noch die Maße der Bühne notieren, damit er die Aufstellung des Orchesters überlegen könne. Die Breite und die Tiefe des Raumes schritt er ab, machte sich in seinem Taschenbuch eine Skizze, tat so, als sei das alles für ihn sehr wichtig. Sein Begleiter erklärte plötzlich, er habe Hunger, ob man nicht zusammen essen wolle, er kenne eine hervorragende Fischtaverne in Piräus, mit einem Taxi sei man in einer halben Stunde dort. Johannes Kerster war einverstanden, unter der Bedingung, seinen Begleiter einladen zu dürfen. Dieser wusste, wo die Taxis bereitstanden.

Während der Fahrt fragte Johannes ihn, ob er auch heute noch Rilke lese?

Jedes Lebensalter habe seine entsprechende Lektüre. In der Jugend sei alles Erleben vom Gefühl bestimmt. ... Da ist man hellsichtig und hellhörig, schwelgt in Liebe und übersinnlichen Erfahrungen. Dann kommt die große Ernüchterung, nur die Realitäten sind interessant, man muss seinen Platz im Leben finden. Aber im Unbewussten schwelen die Gefühle weiter …

Schade … unterbrach ihn Johannes Kerster … Wäre es nicht besser, seinen Gefühlen treu zu bleiben und mit ihnen die Wirklichkeit zu bestehen? Also das Schöne in den Alltag zu integrieren wie Musik, die in uns weiterklingt …

Der Begleiter lachte … Das sind Künstlerutopien. Denken Sie an die Zeiten. Es waren Jahre des Umbruchs, als ich meinen Rilke beiseite legte. Jeder war gefordert: Schluss mit den Träumereien! Man will mehr wissen als in den Büchern steht, vor allem, man will dabei sein, wenn es um die Zukunft geht. Das kann nur der beurteilen, der diese Jahre in Deutschland erlebt hat …

Johannes Kerster wurde mutiger in seiner Gewissenserforschung … Haben Sie ihre damaligen Entscheidungen nicht inzwischen bereut? Wenn man die Geschichte des Dritten Reiches von heute her beurteilt, war doch wohl alles falsch, was damals so verheißungsvoll begonnen hatte. Konnte man das nicht doch voraussehen? …

Ich möchte jetzt nicht darüber sprechen … brach Greben das Gespräch ab … vielleicht später, wenn wir uns besser kennen. Das Thema ist viel zu heikel, voll von Missverständnissen … Sie schwiegen sich an.

Die Taverne lag direkt an der Hafeneinfahrt von Piräus, Fährschiffe fuhren ein und aus, vereinzelte Fischerboote kehrten vom Fang zurück. Vor ihnen hielt ein Schnellboot der Kriegsmarine Wache. Der Wirt zeigte ihnen die frischen Fische, aus denen sie ihr Mahl zusammenstellen konnten. Johannes ließ sich von seinem Begleiter beraten. Sie bestellten sich einen frischen griechischen Weißwein.

Nachdem Greben ihm mit »Jammas« zugeprostet hatte, wollte er von seinem Gegenüber Näheres über dessen derzeitige musikalische Tätigkeit erfahren. Dieser zögerte ein wenig, entschloss sich jedoch, in die Offensive zu gehen. Er berichtete von »Idomeneo« in Tel Aviv.

Nein ... fuhr es aus seinem Begleiter heraus ... Wie kann man nur in dieser Zeit in Israel Musik machen!? ... Das sei doch viel zu gefährlich, jeden Tag könne es wieder Krieg geben. Die Araber hätten ihre Niederlage nicht verschmerzt , der nächste Krieg bedeute das Ende des Judenstaates.

Johannes Kerster stellte sich ahnungslos ... Aber sie sind doch so gute Soldaten und haben die modernsten Waffen ... Für Greben zählte das nicht ... Gegen die gesamte arabische Welt kommen sie nicht an. Es gibt bald einen heiligen Krieg. Und wieder folgt der Exodus und die Diaspora. Die Juden werden nie zur Ruhe kommen. Das haben sie sich selber zuzuschreiben ...

Moment mal ... unterbrach ihn Johannes ... als Deutscher kann man doch nicht so über die Vergangenheit sprechen. Die Täter sollten zum Thema Holocaust besser schweigen ...

Sein Begleiter fuhr ihm erregt ins Wort ... Was heißt Täter? Es war Krieg. Haben die Engländer und Amerikaner etwa nicht maßlos und brutal die deutsche Zivilbevölkerung bombardiert, haben die Russen nicht ganze Völker deportiert und umgebracht? Immer nur sollen die Deutschen schuld sein. Und diese Auschwitzlüge. Hitler hat nie etwas damit zu tun gehabt. Lassen wir dieses Thema auf sich beruhen. Die Deutschen müssen lernen zu vergessen, nur so können wir die Vergangenheit bewältigen. Wer immer nur auf ein schwarzes Loch starrt und die Opfer zählt, wird impotent. Schweigen können ist besser als viel reden ...

Die beiden Fische, die sie sich ausgesucht hatten, wurden ihnen auf einer großen Platte serviert. Während sein Gegenüber lustvoll begann, seinen Fisch zu zerlegen war Johannes der Appetit vergangen. Er musste jetzt zum Ziel kommen.

Haben Sie eigentlich nie mit Juden zu tun gehabt? ... fragte er harmlos.

Greben starrte ihn an ... Guten Appetit, geschätzter Musikmeister ...

Johannes Kerster begann ebenfalls, den Fisch zu probieren. Bei seinem jetzigen Sängerensemble sei eine bildschöne Jüdin, er könne sich richtig verlieben in ihre schwarzen Augen.

Sein Begleiter lachte zynisch ... Ja, ja von der Liebe verstehen sie sicher etwas, diese Esthers und Dalilas. Man muss nur aufpassen, dass man seine Liebe nicht bereut ...

Haben Sie eine gewisse Sängerin namens Rose Mladar gekannt? ...

Was soll die Frage! Wollen Sie mich verhören? ... fuhr ihn Greben an ... Ich will jetzt diesen köstlichen Fisch essen ...

Berliner Staatsoper 1933. Eine begabte, bildschöne Sängerin ...

Schluss jetzt mit dieser Rose Mladar, oder wie soll sie heißen? Es gab damals viele begabte Sängerinnen an unserer Oper ...

Sie war Ihre Geliebte. Und ich bin Ihr Sohn ...

Greben warf Messer und Gabel hin ... Sind Sie verrückt geworden? Schluss jetzt mit diesem Theater! Sie haben zu viel Phantasie ...

Nein ... Johannes zog das Photo aus seiner Tasche und hielt es seinem Gegenüber vor die Augen ... Sie müssen sie doch wohl kennen, Herr Schallenberg, Heinrich Schallenberg ...

Greben sprang auf ... Unsinn! Ich verbitte mir diese Verdächtigungen! Und außerdem bin ich es leid, mit Ihnen über diese Themen weiter zu diskutieren. Essen

Sie Ihren Fisch alleine … Er warf sich sein Jackett über und verschwand ohne sich noch einmal umzusehen.

Ja, Johannes Kerster war sich seiner Sache sicher. Dieser Greben war Schallenberg. In dem Moment, als er das Photo von Rose Mladar gesehen hatte, war ein Blitz durch seine Augen geschossen. Und dieses abrupte Ende ihres Gesprächs, galt es nicht als Eingeständnis von Schuld? Johannes lehnte sich zurück. Das war gewiss sein Vater, wenn sich bestätigen sollte, dass Rose Mladar wirklich seine Mutter war. Er hatte sie ja längst in seinem Innersten angenommen.

Der Appetit war ihm vergangen, er bezahlte und bestellte sich ein Taxi, jedoch nicht ohne vorher noch einen großen Schluck des köstlichen Weines getrunken zu haben. Im Hotel wartete auf ihn der Schatten. Herr Greben sei sehr eilig zurückgekehrt, habe seine Sachen gepackt, die Rechnung bezahlt und das Hotel verlassen … Ja, ja es ist Schallenberg, bestätigte Johannes Kerster, wir hatten eine erregte Diskussion … Morgen werde er mit der ersten Maschine nach Tel Aviv zurückkehren.

Die Nacht wurde für ihn zur Marter. Immer sah er dieses Gesicht vor sich, den alerten Geschäftsmann, den Liebhaber der Musik von Gestern, den amerikanischen Agenten, der für die Araber arbeitet, den ehemaligen SS-Mann, der immer noch seinem Führer nachtrauert, heute so unbelehrbar und blind wie vor vierzig Jahren und doch eigentlich ein Normalmensch, wenn nur die Zeiten andere gewesen wären. Ist der Mensch, entblößt von allen Charakterallüren, nichts anderes als ein farbensüchtiges Chamäleon oder ein nachschwätzender Papagei, wenn nur jemand die richtigen Farben und Klänge bereit hält?

Und Du, Johannes Kerster, bist du im Besitz der Wahrheit?

Ist unsere Zeit heute, global und permanent besser als der Gewitterhorizont der Vergangenheit? Nichts ist und wird sein ohne den Schatten des Vergangenen. Aber wer sagt, was dieser Schatten bedeutet? Für die einen Treue bis in den Tod, für die anderen Verhängnis und Untergang. Kann man wenigstens den Toten gegenüber gerecht sein? Auch den Tötern gegenüber? Wann wird Heldentum zum Verbrechen? Herakles tötet zuerst seine Feinde, dann seine Kinder, Blutrausch hat sein Hirn verstört. Also niemals die Finger krümmen, um irgendjemand zu bedrohen, sich lieber umbringen lassen? Auch das ist nicht die Lösung des Geschichtsproblems. Gibt es überhaupt eine Lösung? Was ist die Wahrheit der Geschichte?

Johannes Kerster kehrte zu seiner Musik zurück. Idomeneo war endgültig verbannt. Ob er wohl ein schlechtes Gewissen hatte?

7

Am Flughafen von Tel Aviv wurde er bereits erwartet. Schlimme Nachrichten. Ein palästinensisches Attentat mitten in einer Einkaufsstraße in Tel Aviv. Der Täter habe sich an einer Bushaltestelle mit der Bombe in die Luft gesprengt, mehrere Tote, viele Verletzte. Die Stadt sei alarmiert, jede Menschenansammlung solle vermieden werden. Auch die »Idomeneo«-Premiere sei gefährdet, müsse wahrscheinlich verschoben werden.

Joseph Cohn und der Herr des Sicherheitsdienstes warteten auf Informationen. Otto Greben sei ein freundlicher Herr, etwa siebzig Jahre alt, sehr musikinteressiert. Er habe sich vorgestellt als Industriekaufmann, er kenne sich offenkundig in Athen gut aus. Aus den Gesprächen habe er den Eindruck gewonnen, dass er mit Heinrich Schallenberg identisch sei, über die jetzige Tätigkeit habe er nichts in Erfahrung bringen können. Seine Vaterbeziehung zu diesem Herrn sei durchaus denkbar, werde aber ignoriert. Auf weitere Fragen ließ sich Johannes Kerster nicht ein.

Cohn informierte ihn, dass man in Prag im Gertrudis-Spital nach irgendwelchen Geburtsurkunden vergeblich gefahndet habe, alle Unterlagen seien nach 1945 vernichtet worden. Allerdings gebe es eine alte Hebamme und Krankenschwester in einem Altersheim, Schwester Ludmilla, die sich vielleicht noch an Vorgänge im Jahr 1933 erinnern könne. Ein Herr der jüdischen Gemeinde in Prag habe mit der Schwester Kontakt aufgenommen.

Als Johannes im Auditorium auftauchte, überfielen ihn die Sänger mit Fragen. ... Wird »Idomeneo« abgesagt oder nur verschoben? Kann man unter diesen Umständen mit Publikum rechnen? ... Er beruhigte die aufgeregten Gemüter, er werde sich bei der zuständigen Stelle informieren. Aber niemand wusste Bescheid. Erst wenn die Polizei die Hintergründe des Attentats ermittelt habe, könne man das Risiko von Veranstaltungen einschätzen.

Im Einvernehmen mit der Leitung des Auditoriums entschied er, dass die Generalprobe am Abend stattfinden müsse, aber ohne Publikum. Den Mitgliedern von Orchester und Chor, die auf öffentliche Verkehrsmittel angewiesen waren, musste man allerdings freistellen, zu Hause zu bleiben. Wie sich später ergab, waren dies jedoch nur wenige Personen.

Beim Mittagessen im Hotel erzählte er Lucia von seiner Vaterbegegnung in Athen ... Wie gut, dass politische Gesinnung nicht erblich ist ... meinte sie. Ihre Eltern seien auch Antisemiten gewesen, wenn auch gutartige ... Wer nicht damals in der Slowakei? An den Juden, die wir kannten, störte uns nicht, dass sie einer anderen Rasse angehörten, sondern, dass sie reich waren. Deshalb wurden sie bald enteignet, ihr Landbesitz wurde aufgeteilt. Mein Vater hat gewiss auch davon profitiert. Aber als die Juden dann verschickt werden sollten in polnische Ghettos, haben wir vielen geholfen, vor allem den Katholiken unter ihnen. Noch heute trauern meine Verwandten den Verhältnissen in Kakanien nach, als wir unter dem Kaiser miteinander auskamen ...

Johannes war anderer Meinung ... Macht euch nichts vor. Der Antisemitismus stammt aus Wien. Dort hat ihn Hitler kennen gelernt von Leuten wie dem Bürgermeister Lueger und dem Führer der »Alldeutschen« Ritter von Schönerer, von dort stammen seine Parolen von der »Jüdischen Weltherrschaft«. Und von Wien ist auch der Zionismus ausgegangen, den wir hier erleben. Die Juden hatten in Wien die Freiheit, sich zu entwickeln, bald waren fast die Hälfte aller Ärzte und Rechtsanwälte in Wien Juden, meist die besseren. Viele Wiener bekamen Ressentiments und wurden deshalb offen oder unterschwellig Antisemiten. 1938 durften sie ihren Gefühlen freien Lauf lassen ...

Lucia zuckte die Achseln ... Sie sind eben einfach intelligenter, fleißiger, anpassungsfähiger. Warum machen wir es ihnen nicht nach? Wer hat eigentlich diesen bornierten Nationalismus erfunden, von dem jetzt auch die Israelis befallen sind? ... Sie wollte keine Antwort hören, das Gespräch war ihr viel zu politisch. Mit einem Witz suchte sie abzulenken. ... Kennst du die Geschichte von den beiden Hundertjährigen, die sich scheiden lassen wollen? Also: Der Rechtsanwalt fragt sie, warum sie denn jetzt erst mit diesem Wunsch zu ihm kämen. »Wir schämten uns so, wir wollten erst warten bis unsere Kinder tot sind.« Ist das nicht rührend ... Lucia lachte allein.

Johannes konnte den Herrn in Athen nicht vergessen, seinen dornigen Blick, seinen schlacksig schlurfenden Gang, sein brennendes Lachen. Wo er jetzt wohl steckte? Irgendwo in Deutschland bei seinen alten politischen Freunden, den Unverbesserlichen. Oder in Ägypten, Syrien, Libyen, um die Ausrottung der Juden nachzuholen?

Johannes zog sich in sein Zimmer zurück, um sich vor der Probe auszuruhen. Schnell schlief er ein, aber Träume brachen in ihm aus. Irgendwo in antiken Ruinen, zwischen Tempeln und Palästen suchte er sich zurechtzufinden. Immer wieder tauchte ein Wärter in Uniform auf und schickte ihn in die Irre. Plötzlich stand er vor einer riesigen Sphinx, sie brüllte ihn an, verlangte gestreichelt zu werden. Aber er hatte Angst, lief davon, suchte sein Auto, es war verschwunden. Er schreckte hoch.

Die abendliche Generalprobe zögerte sich hinaus, weil die Mitglieder des Chores und des Orchesters erst nach und nach eintrafen. Das Attentat hatte alle tief verschreckt. Wann geht die nächste Bombe hoch? Und wo? Wie kann man sich schützen vor diesen Terroristen?

Endlich wurde es dunkel im Saal, Johannes Kerster konnte ans Dirigentenpult treten, über seine Musiker ein paar freundlich aufmunternde Blicke ausstreuen. Stille im Raum, niemand, der hätte stören können. Nur auf der Gallerie saß einsam Joseph Cohn, der Sänger der Orakelstimme und wartete auf seinen Einsatz.

Die Bühne war dunkel, allmählich blendete eine große Göttermaske auf mit weit geöffnetem Mund, tiefen Augenhöhlen, weit auseinander gerissenen Haarsträhnen. Und vorne erkannte man an einen Pfahl gebunden in zerfetzter Gefangenenkleidung Ilia, die Sklavin aus Troja. Sie klagt ihr Leid um den toten Vater, all die gefallenen Landsleute. Aber sie hat die Hoffnung, der Sohn des feindlichen Königs, Idamante, könne alles ändern. Der junge König erscheint, in weißem Sommeranzug, rotes Hemd, offenes Haar. Er löst die Ketten Ilias und der anderen am Boden liegenden Gefangenen. Es gibt keine Feindschaft mehr zwischen den Völkern, eine neue Zeit hat begonnen. Trojaner und Kreter fallen sich in die Arme. Der zehnjährige Krieg ist jetzt wirklich zu Ende. Aber da steht eine Griechin, die nicht vergessen will, Elektra. Sie sieht in dieser Verbrüderung Verrat an den Helden Griechenlands. Arbace, der Regierungsbeamte in offiziellem Dress bringt die Nachricht vom Tode des Kreterkönigs Idomeneo. Entsetzt fahren alle auseinander. Nur Elektra bleibt, sie sieht ihre Hoffnungen schwinden, beschwört die Furien.

Sturm jagt über das Meer. Bilder wild tobender See, Schiffe in Not, düstere Wolken. Wer dieses Wüten Neptuns hilflos mitansehen muss, kann nur um Gnade flehen, von ferne tönt die Antwort der Schiffbrüchigen. Einer von ihnen wird auf die Bühne geschleudert, endlich gerettet. Es ist Idomeneo, der Kreterkönig. Aber ein Gelübde belastet sein Gewissen. Für seine Errettung hat er dem Meeresgott versprochen, den ersten Menschen, der ihm begegnen wird, als Opfer darzubringen. Da kommt jemand und sucht den Strand ab nach Schiffbrüchigen ... Nicht hinschauen!... Es ist Idamante, sein eigener Sohn. Er erkennt den Vater nicht. Als er ihn endlich doch umarmen will, wehrt Idomeneo ihn ab ... Fürchte dich, mich je wieder anzusehen! ... Idamante fühlt sich verstoßen. Das Meer hat sich inzwischen beruhigt, schöne Bilder des Sonnenuntergangs. Die geretteten Seeleute danken den Göttern. Mit Gesang und Tanz wird man ein neues Leben beginnen.

Der Kreterkönig ist in seinen Palast zurückgekehrt und berichtet seinem Sekretär Arbace von dem Gelübde. Als Pragmatiker und Diplomat rät ihm dieser, Idamante mit Elektra nach Griechenland zurückzusenden. Aber kann man Götter überlisten? Ilia bekennt ihm ihre Gefühle für Idamante und würde gerne künftig Kreta als ihre Heimat ansehen. Idomeneo spürt, dass sein Plan nicht aufgehen wird. Elektra dagegen ist voller Hoffnung, Idamante für sich zurückzugewinnen.

Ein schönes Hafenbild. Betriebsames hin und her. Elektra ist dabei, sich einzuschiffen. Idamante nimmt von Ilia Abschied. Plötzlich bricht ein neuer Sturm aus. Grässliche Seeungeheuer werden sichtbar, Höllenfratzen, riesige Mäuler, Seeschlangen, Teufelsköpfe. Die

Erde wankt, die Lüfte heulen. Entsetzt werfen sich alle zu Boden, suchen Schutz an den Hauswänden. Der Schuldige muss gefunden werden.

Die Aufregung ebbt ab. Ilia macht sich wieder Hoffnung auf ihren geliebten Idamante. Aber dieser ist entschlossen, die Ungeheuer auf dem Meer zu bekämpfen und sich zu opfern. Der König befiehlt seinem Sohn, Kreta so bald als möglich zu verlassen, den Grund für diesen Befehl gibt er nicht preis. Das Volk von Kreta ist nicht länger willens, Sturm, Erdbeben, Seuchen als Schicksal hinzunehmen. Wütend wollen sie den Palast stürmen, wenn nicht bald Hilfe kommt.

Vor dem Tempel wird eine Opferhandlung vorbereitet. Der Oberpriester beschwört den König, dem Leiden seines Volkes ein Ende zu bereiten. Die Straßen sind von Blut überschwemmt, die Körper vieler Menschen von schwarzem Gift geschwollen. Immer neue Plagen stehen bevor. Deshalb hilft nur das Opfer, das der König dem Gotte schuldig ist. Idomeneo muss bekennen: Das Opfer ist Idamante, der eigene Sohn. Er ist bereit, ihm die Adern zu öffnen. Von allen Seiten tönt der Schicksalschor »O voto tremendo ...« Das Opfer Idamante in weißem Gewand, bekränzt mit Blumen, wird von den Priestern herbeigeführt. Vater und Sohn nehmen voneinander Abschied, da unterbricht Ilia die Zeremonie, sie will für ihren Geliebten sterben, sie kniet nieder.

In diesem Augenblick ertönt aus dem Raum eine Stimme: Die Liebe hat gesiegt, Idomeneo sei nicht mehr König, es herrsche jetzt Idamante und Ilia sei seine Gemahlin. Idomeneo fügt sich in das Gebot, er tritt zurück und verlässt Kreta. Die neue Generation wird Glück und Frieden für alle bringen. Das junge Königspaar besteigt den Thron und lässt sich huldigen. Bilder des Friedens ziehen vorüber.

So hatten sie es sich vorgestellt, Johannes Kerster, der Dirigent und Peter Haskin sein szenischer Mitarbeiter. Eine sinnvolle Handlung, nachvollziehbar für das Publikum in Israel heute, eine Botschaft des Friedens und der Liebe. Mozarts beglückende Sendung an die Menschen guten Willens.

Alle hatten sich voll eingesetzt für das Gelingen dieser Aufführung, nur das Publikum fehlte. Sie sangen, musizierten, agierten für sich selbst. Johannes Kerster war ihr einziges Echo, er applaudierte begeistert und dankte für den großen Einsatz, die Präzision, die Klangqualität. In Wien, München, London oder Mailand könne es nicht besser sein. ... Lasst uns alles so aufspeichern für den großen Abend der Premiere ... Toi, toi, toi, wie abergläubische Theatermenschen zu sagen pflegen ...

Die Solisten trafen sich wie immer im italienischen Restaurant um die Ecke. Walter Halbach, bekannt als Gourmet, fragte Giacomo den Wirt, nach irgendeiner Delikatesse, man habe Grund zu feiern. Wachteln konnte er anbieten und frische Artischocken. Als Johannes später dazukam, waren seine Sänger beim Schmatzen und Schmausen. Er ließ sich von ihrem Appetit anstecken.

Was wird eigentlich aus diesem Kreta, nachdem die Jugend an die Macht gekommen ist? ... fragte Johannes. Er wollte es nicht beim l'art pour l'art bewenden lassen.

Das ist doch völlig klar ... meldete sich sofort Walter ... Diese Blumenkinder lieben und vermehren sich, es geht alles drunter und drüber. Die alten Adelsfamilien gehen in die Opposition und bereiten den Umsturz vor. Idomeneo, der nach Kalabrien ausgewandert war, kehrt zurück und übernimmt wieder die Macht. Die Kinder der Liebe freuen sich weiter an Utopien und Drogen, ziehen singend durch die Lande, bis sie aus der Mode kommen. Die Welt bleibt, was sie immer war:

schlecht, egoistisch, korrupt. Selbst ein Jesus hat sie nicht zur Nächstenliebe bekehren können …

Nein, nein … meldete sich zum ersten Mal Henry Nickel, der Sänger des Arbace … Ihr kennt die Mythologie nicht. In der Abwesenheit von Idomeneo hatte sich seine Gemahlin Medea von einem gewissen Leukos verführen lassen, einem gerissenen Emporkömmling. Eine Weile spielte er den raffinierten Liebhaber, bis sie ihm vertraute und ihm die Macht im Staate übertrug. Da verjagte er sie und ihre Kinder aus dem Palast, sie flohen in einen Tempel. Eine Weile ignorierte er die Königin, als er sich seiner Macht sicher war, ließ er sie und die Tochter ermorden, der Sohn Idamante konnte sich retten und wartete auf die Rückkehr des Vaters, des rechtmäßigen Königs. Wie es weitergeht? Bürgerkrieg. Leukos der Usurpator, hat das stärkere Heer, Idamante dankt ab und emigriert, Ilia folgt ihm in die Verbannung. Leukos herrscht über Kreta und Arbace wird sein neuer Minister. Das sind die politischen Zeitläufe in Griechenland bis heute …

Warum so pessimistisch? … Lucia gab dem jungen Herrscherpaar eine Chance … Sie müssen natürlich zuerst eine Verfassung einführen, die demokratischen Grundrechte garantieren. Die Leute lieben ihre Monarchen, wenn sie eine noble Gesinnung haben und zu repräsentieren wissen …

Peter Schmitten lachte sie aus … Idamante und Ilia würden heute über die Monarchie nur spotten. In Paris oder Frankfurt demonstrieren sie gegen den Kapitalismus, gegen die Reichen und diskutieren nächtelang ihre sozialen Utopien. Karl Marx ist auferstanden, Herbert Marcuse heißt der Prophet. Die neue Herrschaft der Liebe bedeutet nicht Toleranz, sondern die große Weigerung, sich missbrauchen zu lassen. Die Verhältnisse müssen geändert werden. Notfalls mit Gewalt. Liebe ist das Glück jedes Einzelnen. Und niemand darf ihn daran hindern, hier und jetzt alles zu tun, was gefällt. Die bürgerlichen Götzen, Ideologien, Kulturmythen müssen verschwinden. Das ist die Botschaft der Jungen heute. Nichts mehr von Idealismus oder Religion … Er brauche nicht zu sagen, für wie verfehlt er die Tendenzen halte, fügte er hinzu.

Und was wird aus dieser Elektra? … Esther Cohn meinte, sie würde so schnell wie möglich Kreta verlassen, ihren Bruder Orest irgendwo in der Welt suchen, und wenn sie ihn nicht fände, Anarchistin werden … Oder im Untergrund für eine gute Sache kämpfen, für die Rückkehr der Juden ins Gelobte Land, für ein neues, besseres Israel …

Und Johannes Kerster? Er sah die Botschaft Mozarts darin, dass jeder zunächst einmal zu seiner Identität finden müsse. Und diese sei bestimmt durch seine Herkunft, sein Verhältnis zu Vater und Mutter, obwohl ja leider die Mutter in diesem Werk nicht vorkomme. Mozart sei geprägt durch den Tod seiner Mutter in Paris, den er allein als 22-Jähriger erlebt habe. Und von dem Vater habe er sich endgültig getrennt, ihn gewissermaßen in die Verbannung geschickt. Also das Stück einer Existenzkrise, einer Selbstfindung. Jeder müsse mit sich ins Reine kommen, den Vorhang aufziehen vor einer besseren Zukunft. Schluss mit den Gelübden der Vergangenheit, Schluss mit falschen Göttern. Die Botschaft vom Sieg der Liebe »Omnia vincit amor« sei eine Herausforderung an jede Epoche, an Christen, Juden, Mohammedaner. … Also keine Bomben mehr …

Schön gesagt, aber die Attentäter gehen leider nicht in die Oper. Künstler sind machtlos, Parasiten des guten Willens. Und wenn es ernst wird, schickt man uns nach Hause … Walter Halbach sagte das, was alle bedrängte.

Man brach auf. Und jeder dachte an nichts anderes als: Wann wird die Premiere sein?

8

Am nächsten Morgen erhielt Johannes Kerster die Nachricht: Die Veranstaltungen von »Idomeneo« müssen leider abgesagt werden. In Tel Aviv sind öffentliche Aufführungen in den nächsten zehn Tagen verboten. Er protestierte bei der Direktion des Auditoriums. Man hatte Verständnis. Leider höhere Gewalt. Die vereinbarten Pauschalvergütungen für die Proben würden bezahlt, hieß es, die Honorare für die drei Aufführungen könnten aufgrund der Rechtslage leider nicht angewiesen werden. Es bleibe allen Beteiligten vorbehalten, dagegen Einspruch einzulegen.

Die Sänger waren zu Recht enttäuscht. Einige drohten, nie mehr Verträge für Veranstaltungen in Israel zu unterzeichnen. Johannes Kerster versprach allen, sie zu einer der geplanten »Idomeneo«-Produktionen in Frankfurt oder Köln einzuladen. Die gemeinsame Arbeit dürfe nicht vergeblich gewesen sein. Der Abschied wurde bitter. Fast drei Wochen Arbeit ohne künstlerisches Ergebnis. Auch ohne Sinn? Sie hatten Mozarts Oper »Idomeneo« für sich entdeckt.

Mit Esther und ihrem Vater hatte Johannes noch eine Verabredung. Sie saßen sich gegenüber und schwiegen lange. Warum hatte das Schicksal gerade sie zusammengeführt – hier in Tel Aviv? Sein Leben habe eine neue Wendung genommen, bekannte Johannes. Das Bild dieser Rose Mladar sei in sein Herz eingebrannt. Ihren Tod werde er in sich austragen. Und der Charakter dieses angeblichen Vaters werde ihm ein Leuchtzeichen sein in allen Entscheidungen.

Er wollte nicht fragen, warum Esther und ihr Vater sein Schicksal in dieser Weise angenommen hatten, für ihn waren es historische Disharmonien, an denen sie gemeinsam litten. Ihre Bindung wollten sie ernst nehmen auch in den nächsten Jahren.

Der Abschied von Lucia war nur für kurze Zeit. Sie würden sich schon bald bei einem Konzert wiedersehen. Lucia umarmte Johannes, drückte ihn fest an sich. Sie möchte bald wieder mit ihm frühstücken und nächtliche Gespräche führen. Dazu käme sie auch wieder nach Tel Aviv oder an einen noch entlegeneren Ort.

Wenige Wochen später hatte Johannes Kerster ein Konzert in Prag. Auf dem Programm standen Werke von Dvořák und Martinu, er setzte es durch, dass zu Beginn ein Werk von Mozart gespielt werden konnte, die Ballettmusik zu »Idomeneo«. Er brachte die Noten mit und versuchte, den Musikern die Zusammenhänge zu erklären. Zu seinem großen Erstaunen musste er feststellen, dass nur wenige der Musiker sich ernsthaft bemühten, Mozarts Komposition stilistisch zu erfassen. Hatten sie völlig verdrängt, dass Mozart in Prag einst mehr gefeiert und anerkannt worden war als in Wien?

In seinen freien Stunden streifte Johannes Kerster wieder einmal durch die Stadt, in der er die ersten zehn Jahre seines Lebens verbracht hatte; er suchte das Haus seiner Eltern in Vyscherad auf, die Fassade mit ihren Jugendstilornamenten war völlig verblasst, überall klafften Risse im Mauerwerk, die Fenster waren verriegelt. Niemand schien an dem Gebäude ein Interesse zu haben. Auch seine frühere Schule wurde nicht mehr benutzt und verfiel, vielleicht weil sie vormals eine deutsche Schule gewesen war.

Er nutzte auch die Gelegenheit, nach der alten Hebamme zu forschen, die sich an den 19. April 1933 erinnern konnte. Esther Cohn hatte ihm die Adresse des Altersheims auf der Kleinseite vermittelt. Am Morgen nach dem Konzert meldete er sich bei der mürrischen Portiersfrau des Heimes und fragte nach Frau Senackova ... Schon wieder Besuch für Frau Senackova ... musste er hören ... Als ob sie jeden zweiten Prager zur Welt gebracht hätte ... Sie ging durch ein Gewirr von Gängen voraus und öffnete die Tür eines großen Zimmers, in dem mehrere Betten standen. ... Alicia, schläfst du? Ein junger Kavalier will dir seine Aufwartung machen ...

Vor dem Fenster saß eingesunken in einen Rollstuhl ein sanftes Wesen mit faltenzerfurchtem Gesicht, die Haare unter einer schwarzen Haube versteckt. Ihr Alter war unbestimmbar, mit zittrigen Händen suchte sie nach ihrer Brille, um den Gast genauer mustern zu können ... Wer gibt mir die Ehre? ... hörte Johannes sie flüstern.

Er setzte sich zu ihr, nahm ihre Hand und versuchte, das Jahr 1933 aus ihrem Gedächtnis herauszulotsen. Ja, an Rose Mladar könne sie sich gut erinnern. Es sei eine der schwersten Geburten gewesen, die sie je erlebt habe. Eine operative Entbindung, mehrere Ärzte, die Mutter habe sich gegen den Eingriff gewehrt, lieber sterben wollen. ... Das Kind, ein Junge, mindestens einen Monat zu früh geboren, schien zuerst nicht lebensfähig, aber wir haben ihn so gut gepflegt, dass er durchgekommen ist. Die Mutter wollte ihr Kind nicht sehen. Stellen sie sich vor, eine Mutter will ihr Kind nicht sehen, nicht stillen, nicht auf den Arm nehmen. Es ist der einzige Fall in meinem Leben, dass eine Mutter ihr Kind verweigert. Viele haben sich später von ihren Kindern getrennt, aus sozialen Gründen. Aber diese Rose

Mladar wollte nicht Mutter sein. Das Kind existierte nicht für sie. Wir mussten den Jungen sofort in Pflege geben. Er wurde später von einer befreundeten Familie adoptiert, sie hatten keine Kinder und haben den Jungen sehr verwöhnt …

Johannes Kerster drückte die Hand des zittrigen alten Frauchens an seinen Mund und schaute ihr in die Augen … Dieser Junge bin ich. Ich danke Ihnen, liebe Frau Senackova … Sie starrte ihn verwundert an und schüttelte den Kopf … Nein, nein, das ist nicht möglich … Sie wollte ihn fragen nach seinem Leben, seinem Beruf, aber Johannes Kerster sprang auf und rannte davon. Später schrieb er ihr ein Briefchen und sandte Blumen und Pralinen.

Wenige Tage später erhielt seine Agentin in London einen Brief. Johannes Kerster teilte ihr mit, dass er seinen Namen ändern wolle, er heiße ab jetzt Johannes Mladar. Sie schlug die Hände über dem Kopf zusammen. Diese Künstlerallüren … Wie soll ich das allen Partnern vermitteln? … Sein Dirigentenname müsse auf jeden Fall weiter Johannes Kerster sein.

Er akzeptierte dieses Argument, aber er ließ sich beim Meldeamt seiner Stadt offiziell als Johannes Mladar eintragen.

9

Einige Zeit später erregte ein merkwürdiger Unfall die Aufmerksamkeit der deutschen Presse. »Passagier über Bord« oder »Deutscher Urlauber vermisst« lauteten die Schlagzeilen:

»Auf dem italienischen Kreuzfahrtschiff ›Lionardo‹ ist auf unerklärliche Weise ein Passagier abhanden gekommen. Vermutlich ist er nachts über Bord gefallen. Auch Selbstmord wird nicht ausgeschlossen. Oder sollte er das Opfer einer Kriminalaffäre geworden sein? Die Polizei tappt im Dunkeln und sucht nach Hinweisen. Es handelt sich um einen erfolgreichen deutschen Industriekaufmann aus Essen, der in den letzten Jahren als Vertreter deutscher Firmen vornehmlich in Kairo tätig war. Sein Name ist Otto Greben. Er hatte die Mittelmeerreise von Genua aus gebucht und war an Bord nicht weiter aufgefallen. Nach Angehörigen oder Bekannten des Vermissten wird gesucht.«

Johannes Kerster meldete sich nicht. Das Geheimnis des Heinrich Schallenberg, alias Otto Greben, sollte im Mittelmeer versinken. Hatte der israelische Geheimdienst seine Hand im Spiel? Oder war es Neptun, der sich sein Opfer ausgesucht hat? Wie hieß das Gelübde, oder sollen wir von Ideologie reden?

Nein, nicht mehr an ihn denken, er ist nicht mein Vater!

Als ganz Israel den Versöhnungstag, Jom Kippur genannt, feierte, als alle der Sünden ihrer Väter gedachten, als sie fasteten, Groll, Hass und Eifersucht verdammten, um Vergebung ihrer Schuld beteten, an diesem Tag begannen arabische Truppen den neuen Krieg, überrannten die israelischen Stellungen und wollten Jerusalem zurückerobern. Der Angriff scheiterte, Israel überlebte auch diesen Krieg. Wann wird der nächste folgen? Das Recht des Stärkeren ist der falsche Weg, diesen Konflikt zu beenden. Solange es Palästinenser und Israelis nicht lernen ihre Traumata der Vertreibung und des Holocaust zu akzeptieren und zu verstehen, wird der Nahe Osten nicht zur Ruhe kommen.

Wann hören die Götter endlich auf, die Gehirne ihrer allzu gläubigen Anhänger zu vergiften? Oder sollten die Menschen nur versuchen, ihre Mythen und heiligen Schriften besser zu lesen und sie nicht mehr für ihre Interessen zu missbrauchen? Aber wer soll damit beginnen?

Der Fall des Holländers
Eine Kriminalstudie

I

Theater ist ein gefährliches Spiel. Immer wieder kommt es zu Unfällen, sei es aus Fahrlässigkeit, sei es, weil technische Vorrichtungen versagen. Die Öffentlichkeit ist schockiert, doch bald herrscht wieder Routine, die Spielpläne müssen eingehalten werden. Nur die unmittelbar betroffenen Kollegen, die Techniker, Schauspieler, Sänger, Tänzer können den Schreck nicht so leicht vergessen, sie haben schlimme Träume, ihre Phantasie kommt nicht zur Ruhe. Natürlich war in Wirklichkeit immer alles ganz anders, es bilden sich Legenden und jeder weiß es besser. Aber der Unfall ist nicht zu bestreiten und kann sich jederzeit wiederholen.

Im Stadttheater zu W. wurde vor einigen Jahren am Neujahrstag Richard Wagners romantische Oper »Der fliegende Holländer« gespielt. Es war die fünfte Aufführung einer mit großem Beifall aufgenommenen Neuinszenierung, die der Generalmusikdirektor der Stadt mit dem ihm eigenen Elan betreute. Die Inszenierung von Walter A. Ladin hatte gute Kritiken erhalten, weil sie konsequent eine neue Konzeption vorführte, ohne dabei die Handlung zu aktualisieren oder eigenwillig umzudeuten. Vor allem die Sänger waren in den Rezensionen sehr gelobt worden, besonders der bekannte Bassbariton Tobias Windhammer, der in der Titelpartie alle Register seiner großen Stimme und Darstellungskunst ausspielen konnte. Aber auch die Sängerin der Senta, die in W. sehr beliebte Beate Kennies, konnte einen ihrer größten Erfolge feiern. Die Aufführung war lange im Voraus ausverkauft, so auch, trotz der erhöhten Preise die festliche Neujahrsvorstellung. Die Theaterbesucher in W. galten als ein dankbares Opernpublikum; man freute sich an seinem neobarocken Rang- und Logentheater vom Ende des 19. Jahrhunderts, das im Krieg ausgebrannt war, aber bald danach beinahe originalgetreu wiederhergestellt werden konnte. Eine neuerliche Renovierung wurde seit Jahren diskutiert, doch fehlten dazu die notwendigen Haushaltsmittel.

Die Aufführung begann pünktlich. Das Publikum war festlich gekleidet und freute sich, das beliebte Werk Wagners, das seit mehr als zehn Jahren nicht mehr gespielt worden war, wieder einmal auf der Bühne erleben zu können. Das Saallicht erlosch, der Generalmusikdirektor Herbert Thalmann wurde mit großem Applaus begrüßt. Im Licht zweier Scheinwerfer aus den oberen Logen gab er dem erfahrenen Konzertmeister die Hand, musterte das Orchester von rechts nach links und hob seinen Taktstock. Die Trompeten intonierten das Holländerthema, das ganze Orchester entfachte in immer neuen Brandungswellen einen gewaltigen Seesturm, im Kontrast dazu sang das Englischhorn das Thema der träumenden Senta. Die Ballade von der Erlösung des zu ewiger Unrast verdammten Seefahrers durch den Opfertod eines Engels in Mädchengestalt wurde mit grellen Orchesterfarben ausgemalt. Die Ouvertüre ging pausenlos in die Szene über. Lautstark aus dreißig Männerkehlen erklang das »Hojohe … Hallojo …« Die Matrosen mühten sich, große Segeltücher zu raffen. Aus dem Hintergrund fluchte der Kapitän »Wer auf den Wind baut, baut auf Satans Erbarmen …« Allmählich kehrte Ruhe ein, die Matrosen kletterten nach unten, nur der Steuermann hielt Wache. Von Südwind und seinem Mädel träumte er. Da taucht aus dem Hintergrund mit blutroten Segeln das Geisterschiff auf, immer näher und bedrohlicher heranrückend. Die Lichtprojektionen hatten eine gespenstische Wirkung.

Mit großem Krach rasselt der Anker herunter: Der fliegende Holländer ist da. Der Sänger steht hoch oben auf einer Segelstange und hält sich am schwarzen Mast fest. So beginnt er seine Arie »Die Frist ist um ...«

Dann geschieht das Schreckliche. Er will sich mit einem Schiffstau auf die Vorderbühne schwingen, um dort die Arie zu singen, doch das Tau hält ihn nicht, es reißt ab. Der Sänger stürzt aus etwa vier Metern Höhe mit dem Rücken flach auf den Bühnenboden und bleibt regungslos liegen.

Ein Aufschrei geht durch das Publikum, einige springen auf, das Orchester bricht ab, der Vorhang fällt. Saallicht, gedämpftes Reden im Publikum: was dem Sänger wohl passiert ist ... ob er sich ernsthaft verletzt hat? ... ob die Vorstellung fortgesetzt werden kann? ...

Dann tritt der Intendant vor den Vorhang. Er bedaure den Unfall auf der Szene, der Sänger des Holländer, Herr Kammersänger Tobias Windhammer, habe sich bei seinem Sturz verletzt und müsse ärztlich betreut werden. Er bitte das Publikum ins Foyer, wo eine Erfrischung gereicht werde, in etwa einer halben Stunde werde er die Besucher weiter informieren, er bitte höflich um Verständnis für diesen Zwischenfall.

Lebhaft diskutierend standen die Zuschauer auf und begaben sich ins Foyer, einige verlangten ihre Garderobe und verließen das Theater. Kaum jemand rechnete damit, dass die Vorstellung fortgesetzt werden könne.

Auf der Bühne herrschte lähmendes Entsetzen. Alle Sänger standen um ihren unglücklichen Kollegen herum und rätselten über die Ursache des Unfalls. Der Theaterarzt kniete neben ihm und fühlte den Puls; vorsichtig öffnete er das Kostüm und untersuchte den Atem. Tobias Windhammer war ohne Bewusstsein, an seinem rechten Mundwinkel zeichnete sich eine feine Blutspur ab. Die Frau des Sängers in rotseidenem Abendkleid schien völlig die Nerven verloren zu haben, rannte von einem zum anderen und forderte sie auf, etwas zu unternehmen, ihr Mann brauche Hilfe. ... Mein armer Tobias ... weinte sie vor sich hin ... Er ist ein Pechvogel. Ausgerechnet ihm musste das passieren. Morgen sollte er in München singen. Ich muss sofort absagen ... Sie rannte in die Garderobe, um die Sachen ihres Mannes an sich zu nehmen.

Es dauerte endlos bis die Sanitäter des Notfalldienstes zur Stelle waren, den schweren Körper auf die Bahre hoben, zum Krankenwagen trugen, wo er künstlich beatmet wurde. Im Krankenhaus übernahmen sofort mehrere Ärzte die Untersuchung, man brachte ihn auf die Intensivstation. Eine schwere Gehirnerschütterung und mehrere Rippenbrüche ergab die Diagnose, vor allem jedoch Blutungen in der Lunge. Der Zustand wurde als ernst bezeichnet.

Auf der Bühne diskutierte man, wie es weitergehen solle. Der Intendant neigte dazu, aus Respekt vor dem Opfer dieses Unfalls auf eine Fortsetzung der Aufführung zu verzichten, der Generalmusikdirektor dagegen glaubte, es sei wichtiger zu zeigen, dass das Theater mit solchen Herausforderungen fertig werden könne. Er hatte deshalb den in der Regel bestens informierten und wendigen Leiter des künstlerischen Betriebsbüros beauftragt, sofort nach möglichen Ersatzsängern Ausschau zu halten, vor allem sollte er einen bekannten Sänger in der Nachbarstadt anrufen, in einer Stunde könnte er mit dem Auto in W. sein. Während man noch mögliche Namen gegeneinander abwog und auch die Sänger Vorschläge unterbreiteten, tauchte plötzlich

Hans Enders, der Agent von Tobias Windhammer, auf der Bühne auf. Er hatte den Unfall aus einer Loge heraus miterlebt, war sofort zum nächsten Telefon gestürzt, um mit seinem Büro und einigen Sängern seiner Agentur Kontakt aufzunehmen ... Ich habe die Lösung ... mischte er sich in die Diskussion ein ... Draußen steht ein junger amerikanischer Sänger, der sich heute morgen bei mir vorgestellt hat, er ist sehr begabt, hat die Partie des Holländer in seinem Repertoire. Ich habe mit ihm gesprochen, er ist bereit, sofort einzuspringen ...

Der Generalmusikdirektor war nicht begeistert, das künstlerische Risiko schien ihm zu groß, er wollte zunächst die Auskünfte des Betriebsbüros abwarten. Der Agent zuckte die Achseln ... Wenn Sie einen besseren finden, bitte sehr; ich habe meine Zweifel ... Er zog sich indigniert zurück. Nach wenigen Minuten meldete sich der Leiter des Betriebsbüros, der Sänger in der Nachbarstadt sei indisponiert und nicht bereit, einzuspringen, aber da sei noch der pensionierte Kammersänger Leibert, ob er ihn fragen solle. Der Generalmusikdirektor schüttelte energisch den Kopf ... Nein, nein, der hat keine Stimme mehr. Also gehen wir auf den Vorschlag des Agenten ein, ich will den jungen Mann jedoch erst kurz kennen lernen ... Er verließ eilig die Bühne und zog sich mit dem Agenten und dessen Schützling in ein Repetitionszimmer zurück. Alle warteten.

Nach wenigen Minuten fiel die Entscheidung, man wollte sich auf das Abenteuer einlassen und dem jungen Sänger eine Chance geben. John Simons, noch keine dreißig Jahre alt, hatte die Partie bisher nur einmal auf der Bühne gesungen, aber die Inszenierung war ihm nicht fremd. Es stellte sich heraus, dass er seit Wochen bei seiner Freundin in W. wohnte und oft bei den Vorstellungen im Theater gewesen war. Außerdem hatte er sich bei der Intendanz beworben und um ein Vorsingen gebeten, bisher jedoch keinen Termin erhalten. Er war sich seiner Sache sicher und schien gute Nerven zu haben.

Der Inspizient gab das Klingelzeichen, das Publikum kehrte aus dem Foyer zurück, alle waren gespannt, Näheres über den Unfall zu erfahren. Und wieder hatte es der Intendant persönlich übernommen, die Zuschauer zu informieren, er trat vor den dunkelroten Vorhang, bat um Aufmerksamkeit. Alle Gedanken, Hoffnungen und Wünsche seien jetzt bei Tobias Windhammer, der im Krankenhaus fachgerecht behandelt werde. Man habe nicht damit gerechnet, die heutige Vorstellung fortsetzen zu können, doch wie durch ein Wunder sei plötzlich ein junger amerikanischer Sänger aufgetaucht, der sich bereit erklärt habe, einzuspringen. Sein Name: John Simons aus Chicago. Das Publikum applaudierte spontan. Man müsse die Daumen halten. Er könne natürlich nicht die Intentionen der Regie erfüllen, sondern müsse improvisieren, aber gerade in solchen Augenblicken ursprünglicher Spontaneität könne großes Theater entstehen. Er hoffe trotz des schrecklichen Unfalls auf einen guten »Fliegenden Holländer«. Der Intendant verbeugte sich vor dem klatschenden Publikum und gab das Zeichen zum Anfang.

Die Aufführung begann mit der Arie des Holländers. Auf der Bühne stand ein junger, mittelgroßer Mann in Jeans, hellem Hemd, man hatte ihm einen weiten schwarzen Mantel umgehängt; die Kostüme von Tobias Windhammer hätten ihm nicht gepasst. Er sang mit frischer Intensität und dramatischem Ausdruck die schwere Arie, den Text jedoch verstand niemand. Das Publikum ermutigte ihn mit spontanem Applaus. Die Handlung nahm ihren Verlauf. Daland der norwegische Seefahrer entdeckt den Fremden, der von seinem Fluch erlöst sein will und eine Heimat sucht. Durch Perlen und Juwelen lässt er sich verführen, ihm seine einzige Tochter als Braut anzubieten. Wird sie der Engel sein, der ihn von seinem Fluch erlösen kann?

John Simons hatte während des folgenden Spinnerinnenchores und der großen Ballade der Senta Zeit, sich vom Regieassistenten auf Englisch den nächsten Auftritt erklären zu lassen, die deutsche Sprache kannte er bisher nur vom Gesang. Er sollte wie eine Vision auftauchen und sich ganz langsam Senta nähern, die Szene war genau ausgeleuchtet. Beate Kennies war eine routinierte Darstellerin, sie würde sich gewiss sehr glaubwürdig auf einen neuen Partner, den sie vorher nicht gesehen hatte, einstellen können. Aber es kam anders: Als der junge Simons, der beinahe ihr Sohn hätte sein können, in seiner Privatkleidung vor ihr stand, bekam sie plötzlich einen Lachkrampf, musste sich abwenden. Es blieb dem Dirigenten nichts anderes übrig als abzubrechen und ihr einen neuen Einsatz zu geben.

Der dritte Akt verlief ohne Probleme. Der Holländer belauscht die dramatische Auseinandersetzung zwischen Erik und Senta und tritt zwischen die beiden, als er von der ewigen Treue hört, die sie ihm geschworen haben soll. Er ist entschlossen, dem Land auf ewig Lebewohl zu sagen. Das Zeichen auf der Trillerpfeife hatte der Inspizient übernommen. John Simons klettert über einen Steg an Bord seines Schiffes und verkündet von dort seinen Namen und sein Schicksal als Schrecken aller Frommen. Die Dramatik dieser Szene gelang ihm sehr gut. Auch Sentas Sprung in die Fluten hatte wie immer seine Wirkung.

Das Publikum war von der Improvisation begeistert und feierte den jungen amerikanischen Sänger, als er allein vor dem Vorhang erschien, durch Klatschen im Takt. Alle Kollegen gratulierten, nur der Dirigent hielt sich zurück. In seinem Zimmer machte er seinem

Unmut Luft, das habe nichts mit Kunst zu tun. Nie mehr werde er unter diesen Umständen dirigieren. Hans Enders, der Agent, hatte beim Intendanten durchgesetzt, dass Simons auch die nächste Vorstellung singen dürfe. Auch erhielt er die gleiche Gage wie der verunglückte Kollege.

Über dem glücklichen Ende dieser Neujahrsvorstellung hätte man beinahe den tragischen Bühnenunfall vergessen.

2

In der Kantine saßen die Theaterleute noch lange zusammen und diskutierten den Unfall. Wie konnte so etwas passieren? Und wer hatte Schuld? War es ein technischer Fehler oder eine Nachlässigkeit des Personals? Jeder hatte seine eigene Theorie. Einer von denen, die am lautesten redeten, war Wolfgang Oertzen, der Sänger des Erik ... Er hätte den Sprung verweigern sollen, wir sind schließlich Sänger und keine Akrobaten. Wisst ihr noch? Windhammer hatte sich energisch gewehrt, während seiner Arie diesen Sprung auf die Bühne zu machen. Sein Argument war, dass Wagner ausdrücklich vor der Arie geschrieben habe: »Der Holländer geht an Land.« Von einem Sprung sei da nicht die Rede, schon gar nicht während der Arie ... Als Walter Ladin, der Regisseur, ihm dann den Sprung vormachte, um ihm zu beweisen, dass die Sache ganz und gar ungefährlich sei, hatten alle daneben gestanden und Ladin Beifall geklatscht. ... Windhammer fühlte sich blamiert, wollte nicht von uns gehänselt werden. ... Schließlich riskierte er den Sprung, obwohl er keine sportliche Übung hatte ... Wisst ihr noch, er sagte zum Regisseur »Auf ihre Verantwortung, Herr Ladin, wenn etwas passiert, leisten Sie Schadensersatz.« Ich glaube, er war deshalb beim Intendanten. Der Absprung gelang ihm zwar, aber er hatte vor jeder Aufführung Angst. »Nie mehr singe ich diesen Holländer!«, hat er noch heute vor der Vorstellung gesagt. Der arme Kerl, jetzt liegt er im Krankenhaus und muss für seine Nachgiebigkeit büßen …

Aber wir sollten den Unfall nicht auf die Regie schieben … meinte Fritz Haldorp, der Sänger des Daland … Es war schließlich ein technischer Fehler, das Seil hat nicht gehalten, war nicht vorschriftsmäßig befestigt. Auf unsere Techniker ist kein Verlass mehr. Immer neue Leute und nur wenige davon sind wirklich ausgebildet. Und dann noch diese verrückten Arbeitszeiten. Die, die nachmittags aufbauen, haben abends frei. Keiner weiß vom andern, was wirklich überprüft wurde. Bei diesen technischen Zuständen wundere ich mich, dass nicht schon früher etwas passiert ist …

Das führte natürlich zu Protesten bei einzelnen Technikern, die in der Nähe saßen … Kennt ihr unsere Arbeitszeiten? Wisst ihr, wie viel Überstunden wir machen müssen! Und wie wenig wir verdienen? …

Und warum hat das Seil nicht gehalten? Es war doch wohl nicht vorschriftsmäßig befestigt und keiner von euch Technikern hat den Fehler rechtzeitig bemerkt. Also Schlamperei. Oder glaubt etwa jemand an Sabotage? Wer hätte unserem Tobias Windhammer einen Streich spielen sollen? Das ist doch lächerlich …

So ganz ausschließen würde ich das nicht … meldete sich einer der Chorsänger zu Wort … Er ist kein besonders angenehmer Kollege. Hat ihn mal jemand lachen sehen? Nicht nur die Karriere ist ihm zu Kopf gestiegen, es sind auch diese Partien, die er singt, die auf seinen Charakter abfärben. Immer nur Bösewichter, Intriganten, arrogante Typen. Da muss man doch die Menschen verachten …

Und verdammt knauserig werden … ergänzte ein anderer … Die Garderobiers haben von ihm noch nie ein Trinkgeld erhalten, obschon er weiß Gott gut verdient …

Nein, lasst uns jetzt nicht über ihn herziehen, er ist schließlich unser Kollege. Wir können jetzt nur mit ihm solidarisch sein und hoffen, dass er bald wieder in unserer Mitte ist … Frau Altmayer, die Sängerin der Mary, seit Jahrzehnten in W. engagiert, hatte das richtige Wort gefunden. Die Gespräche verstummten nach und nach, man ging mit bedrückenden Gefühlen nach Hause.

Im Zimmer des technischen Direktors brannte die ganze Nacht das Licht. Anton Kleinert hatte seine engsten Mitarbeiter um sich versammelt, den Bühnenmeister Joseph Haldy und den Schnürmeister Antonis Jolassis. Und er fragte sie mit kriminalistischer Genauigkeit nach jedem Handgriff, nach jeder Minute vor dem Unfall aus. Er hatte keinerlei Veranlassung, seinen Mitarbeitern Misstrauen entgegenzubringen; sie arbeiteten seit mehreren Jahren zusammen und noch nie war es zu einem Unfall dieser Dimension gekommen. Aber jetzt ging es darum, der Polizei zuvorzukommen und die Zusammenhänge rücksichtslos aufzudecken.

Anton Kleinert erarbeitete ein Protokoll, das er am nächsten Morgen dem Intendanten vorlegen würde. Als Unfallursache stand eindeutig fest: das Seil, an dem sich der Sänger auf die Bühne schwingen sollte, war nicht vorschriftsmäßig an der Zugstange befestigt worden. Statt es mit einem Karabinerhaken festzuklammern, war es nur mit einer einfachen Schlinge um die Zugstange gebunden, ein bei gelernten Bühnentechnikern völlig unüblicher Handgriff. Der Karabinerhaken war verschwunden.

Der zuständige Bühnenmeister hatte dafür ebenso wenig eine Erklärung wie der Schnürmeister, der für alle Arbeitsvorgänge im Schnürboden verantwortlich war. Beide versicherten, das sie den Schnürboden nach der technischen Einrichtung der Vorstellung planmäßig überprüft und nichts Außergewöhnliches festgestellt hätten. Das Schiffstau sei wie immer vorschriftsmäßig verankert gewesen. Gemäß der besonderen Anweisung hätten sich nach Beendigung der Aufbauarbeiten zwei Bühnenarbeiter an das Schiffstau gehängt und über die Bühne pendeln lassen. Dann habe die Mannschaft Pause gehabt, die meisten seien sofort in die Kantine gegangen. Diese Vorgänge könnten alle Beteiligten bestätigen.

Also musste die Veränderung der Aufhängung des Schiffstaus in der Stunde vor Beginn der Vorstellung vorgenommen worden sein. Wer konnte ein Interesse an diesem technischen Eingriff haben? Und wer hatte Zugang zum Schnürboden und kannte sich in technischen Verrichtungen aus? Dafür kamen eigentlich nur die drei Mitarbeiter des Schnürmeisters in Frage.

Der technische Direktor nahm sich vor, am nächsten Morgen alle Personen, die Zugang zum Schnürboden hatten, einzeln kommen zu lassen und zu verhören. Und er bat seine Mitarbeiter, darüber nachzudenken, wer in irgendeiner Weise in letzter Zeit auffällig geworden war.

Allen war völlig klar, dass sie im Rahmen ihrer vertraglichen Verpflichtungen für einen Unfall verantwortlich waren, wenn sie sich auch persönlich keine Schuld vorwerfen konnten. Jeder musste mit sich ins Reine kommen, ob nicht doch eine Fahrlässikeit vorlag. Hätte der Schnürmeister nicht vor Beginn der Vorstellung die Zugstangen noch einmal überprüfen sollen? Und hätte der Bühnenmeister den Bühnenraum besser überwachen müssen? Die Arbeitsvorgänge hatten ihre alltägliche Routine, aber gerade diese Routine machte, wie der Unfall zeigte, ungewöhnliche Vorgänge möglich. Wie kann man sich dagegen schützen?

Der technische Direktor verbrachte die Nacht in seinem Büro, ging auf und ab, grübelte über mögliche Motive eines Täters. Dass einer von seinen Leuten auf die Idee eines solch bösen Streichs kommen könnte, wurde ihm immer unwahrscheinlicher. Man müsste einmal die Umgebung des Tobias Windhammer durchleuchten, um vielleicht irgendwelche Motive ausfindig zu machen. Wer kannte ihn näher? Seine Frau war öfters in der Kantine anzutreffen, sehr leutselig. Wer hatte Kontakt mit ihr?

Anton Kleinert war an seinem Schreibtisch eingeschlafen, als am nächsten Morgen die Kriminalpolizei anklopfte.

3

Der Intendant Christoph Dallert war bereits früh im Krankenhaus, um sich nach dem Befinden von Tobias Windhammer zu erkundigen. Die Ärzte weigerten sich, eine Prognose abzugeben, die inneren Blutungen seien trotz der verschiedensten Eingriffe nicht zum Stillstand gekommen, der Zustand bleibe kritisch. Ein Besuch auf der Intensivstation wurde nicht erlaubt. Vor dem Krankenzimmer traf er Windhammers Ehefrau, sie würdigte ihn kaum eines Blickes. Aber er hielt es für geboten, sie anzusprechen und ihr jede nur mögliche Hilfe anzubieten.

Sie fiel ihm ins Wort ... Sie haben eine Karriere zerstört, einen der besten Sänger unserer Zeit auf dem Gewissen. Er wollte nicht mehr auftreten, als ob er das Unheil geahnt hätte. Und ich bin mitschuldig, ich habe ihn fast gezwungen, auf die Bühne zu gehen ... Sie wandte sich ab und rannte laut schluchzend im Gang auf und ab. Vor einem Fenster blieb sie stehen, zog aus ihrer Handtasche einen kleinen Spiegel und tupfte sich ihre Augen ab. ... Mein armer Tobias ... Sie schüttelte immer wieder den Kopf, protestierte hilflos gegen das Schicksal.

Der Intendant versuchte erneut sie anzusprechen ... Glauben Sie mir bitte, wir alle im Theater teilen ihre Sorge und niemand weiß, wie es zu diesem Unfall kommen konnte. Ich möchte Ihnen helfen, Frau Windhammer, wir müssen jetzt zusammenhalten ...

Frau Windhammer musterte ihn mit ihren stahlgrauen Augen als ob sie ihn erschießen wolle. Ihr Zeigefinger flatterte hin und her, hasserfüllt zischte sie ihn an … Den gestrigen Abend werden Sie nie vergessen. Was man mir angetan hat, werde ich weitergeben. Ich werde die Schuldigen ermitteln, verlassen Sie sich darauf! Und alle müssen büßen. Ich mache Ihnen den Prozess, diesen Technikern, dem Regisseur, der Stadt. An den großen Opernhäusern wäre das nie passiert. Sie sollen zahlen, diese Provinzler. Den teuersten Anwalt werde ich mir nehmen, Sie werden bald von mir hören …

Sie griff nach ihrem Nerzmantel, warf ihn sich über die Schultern und verschwand. Der Intendant hatte Frau Windhammer immer nur in Gesellschaft als eine elegante Dame kennen gelernt, nun bestätigte sich, was man von ihren Auftritten in der Kantine gehört hatte; sie beherrschte das Leben ihres Mannes, diktierte die Termine und Gagen und war eine unangenehme Verhandlungspartnerin.

Nach einer Weile kam der Chefarzt aus dem Krankenzimmer und erlaubte dem Intendanten einen kurzen Besuch. Tobias Windhammer lag mit weit geöffneten Augen bewegungslos in seinem Bett, angeschlossen an verschiedene medizinische Geräte. Der Herzschlag klang leise, unregelmäßig aus dem Lautsprecher. Der Intendant setzte sich ans Bett, versuchte immer wieder, ihn behutsam anzusprechen. Der Chefarzt wollte nicht ausschließen, dass er vielleicht doch verstand, was man sagte.

Von der Teilnahme der Kollegen berichtete er, von den Anrufen aus dem Publikum. Und er versuchte, ihm Mut zu machen. Keine Reaktion. Als er länger in das regungslose Gesicht von Tobias Windhammer schaute, musste er an Heinrich Heines Beschreibung des Fliegenden Holländers denken »… als sei sein Leib nichts anderes als ein Sarg von Fleisch, worin seine Seele sich langweilt. Soll er die Irrfahrt fortsetzen oder ist er endgültig ins Meer der Bewusstlosigkeit gestürzt« ... Welche Abgründe hatte dieser Unfall aufgerissen! Unergründliche Augen starrten ihn an, wie aus einem Gemälde. Das Gesicht mit seiner hohen Stirn, der markant hervorspringenden Nase und den wülstigen Lippen wirkte wie eine weiße Maske, wie die Maske eines bedeutenden von großen Geistern oder Teufeln gejagten menschlichen Urbildes. Das war nicht mehr der Bassbariton Tobias Windhammer, das war die Bühnengestalt, die ihm zum Verhängnis geworden war.

Der Intendant musste den Sänger sich selbst und den Ärzten überlassen; am nächsten Tag werde er wiederkommen, telefonisch sei er immer erreichbar. Wenn Windhammer den heutigen Tag überstehe, sei Grund zur Hoffnung, meinte beim Abschied der Chefarzt.

Im Theater wartete bereits ein Polizeikommissar auf ihn um ihm einige Fragen zu stellen. Ob er den Aussagen der Techniker Glauben schenke, ob fremde Personen Zutritt zur Bühne erlangen könnten, ob Tobias Windhammer irgendwelche persönlichen Feinde habe und vor allem: warum es kein elektronisches Sicherheitssystem gebe, das solche Fehlschaltungen anzeige? Der Intendant verwies ihn an die Stadt, die geplante Renovierung der Bühne. Die technische Leitung habe sein vollstes Vertrauen; man werde jeden einzelnen Bühnenarbeiter genau überprüfen.

Dann bat der Polizeikommissar um die Personalakte. Vielleicht könne man daraus Kontaktpersonen ermitteln, auch wolle die Polizei in anderen Städten, in denen der Sänger regelmäßig auftrete, Ermittlungen anstellen. Der Intendant gab die entsprechenden Auskünfte, bat jedoch um äußerste Vertraulichkeit.

Der Polizeikommissar war bereits in der Tür, als er noch einmal zurückkam, er habe noch eine Information, die niemand sonst erfahren dürfe. Tobias Windhammer sei vor etwa zwei Wochen bei einer Polizeikontrolle in einem Lokal der örtlichen Drogenszene aufgefallen. Man habe bei ihm keine Drogen gefunden, es bestehe jedoch der Verdacht, dass er zumindest früher schon einmal Drogen konsumiert habe. Man habe ihn beobachten wollen. Der Intendant zuckte die Achseln. Es war nicht das erste Mal, dass Mitglieder seines Theaters mit Drogen zu tun hatten.

Gegen Mittag hatte er ein Interview mit dem Chefkritiker der führenden Tageszeitung. Paul Rendl war ein in Theaterkreisen gefürchteter Mann, niemand fand vor seinem zynischen Verstand Gnade. Besonders der Intendant stand seit langem auf seiner Abschussliste.

Wer hat Tobias Windhammer umgebracht? ... überfiel er den Intendanten.

Erstens lebt er – ich komme gerade aus dem Krankenhaus – und zweitens gibt es im Theater keine Mörder ...

Paul Rendl schaute über seine Brille kurz auf und grinste ... Wer einen Walter A. Ladin immer wieder gegen meine ausdrückliche Warnung als Regisseur beschäftigt, muss sich nicht wundern, wenn etwas passiert. Und diese Techniker sind in ihrer Ahnungslosigkeit zu allem fähig ...

Die Untersuchungen solle man getrost der Polizei überlassen; er habe keinen Anhaltspunkt irgendjemanden zu verdächtigen und Ladin sei schließlich an vielen Theatern mit Erfolg tätig. ... Leider ... kommentierte der Kritiker ... einer dieser Moderegisseure, denen es nur auf Gags und Aktualitäten ankommt, man sollte sie sabotieren ...

Aber ihre Zeitung hat die Inszenierung doch ausdrücklich gelobt ... wandte der Intendant ein.

Diesmal haben Sie Glück gehabt, ich war krank bei der Premiere, der Unfall ist wohl Grund genug, noch einmal auf das Spektakel zurückzukommen. Und da gibt es genug zu berichten. Was halten Sie eigentlich von dem Gerücht, die Kollegen hätten Windhammer einen Streich gespielt? Zuzutrauen wäre ihnen manches. Sie sollten ihre Ensemblepolitik einmal gründlich revidieren; es tut nicht gut, wenn man zehn oder gar zwanzig Jahre am gleichen Theater engagiert ist, da kommt man auf dumme Gedanken, besonders wenn ein Gast so erfolgreich ist wie Windhammer …

Das sind unhaltbare Verdächtigungen. Ich muss Sie sehr bitten, Ihre Phantasie im Zaume zu halten, Herr Rendl … konterte der Intendant.

Wissen Sie eigentlich, dass viele damit rechnen, dass Ihr Vertrag nicht verlängert wird, Herr Dallert? Der Unfall wird dabei eine große Rolle spielen. Ein Theater, in dem solche Geschichten möglich sind, braucht wohl eine neue Leitung.

Der Intendant stand auf … Darüber brauche ich mit Ihnen nicht zu diskutieren …

Auch der Kritiker erhob sich … Seien Sie doch nicht so empfindlich, man wird doch wohl noch darüber reden dürfen, was die Spatzen von den Dächern pfeifen. Ich rate Ihnen, mir bald Auskunft zu geben, wer an dem Unfall schuld ist … Paul Rendl nahm seine Tasche und ging zur Tür, drehte sich noch einmal um … Wir haben gute Informanten, glauben Sie mir … Er verschwand.

Der technische Direktor, der im Vorzimmer wartete, hatte die letzten Sätze mitbekommen … Jetzt hat die Presse endlich mal wieder ein Thema, das wird Ärger geben … Er wollte dem Intendanten von seinen Ermittlungen berichten.

Jeden Einzelnen der technischen Mitarbeiter hatte er verhört, besonders die Techniker des Schnürbodens. Dabei kamen interessante Einzelheiten heraus. Tobias Windhammer war mehrfach auf dem Schnürboden gewesen und hatte sich die technischen Vorgänge genau erklären lassen, besonders natürlich den Zug, an dem das Schiffstau befestigt war, das er bei seinem Sprung benutzte. Er hatte offensichtlich bei jeder Vorstellung eine panische Angst vor diesem Sprung gehabt. Der Schnürmeister berichtete, er habe ihm sogar Geld angeboten, damit er das Seil besonders sorgfältig überprüfe.

In letzter Zeit seien ferner mehrere Personen des städtischen Bauamtes auf dem Schnürboden angetroffen worden. Sie hätten die Pläne überprüfen wollen, die eine mit der technischen Erneuerung beauftragte Baufirma vorgelegt habe. Der technische Direktor hatte sich mit dem Bauamt in Verbindung gesetzt und nannte die Namen der drei Mitarbeiter. Er wunderte sich, erst jetzt von solchen Projekten zu erfahren und nicht als Experte gefragt worden zu sein.

Leider musste er berichten, dass der Zugang zur Bühne nicht kontrolliert werde. Wenn jemand beim Bühnenpförtner irgendeinen Grund nenne, werde ihm der Haupteingang geöffnet und damit könne er auch auf die Bühne gelangen. Während und nach den Vorstellungen seien immer wieder fremde Personen in den Kulissen angetroffen worden, teils Fans der Sänger, Agenten oder irgendwelche Presseleute. Es sei wenig wahrscheinlich, aber auch nicht unwahrscheinlich, dass Unbefugte sich an technischen Einrichtungen zu schaffen machten. Die Eingangskontrolle müsse unbedingt und sofort verschärft werden.

Der technische Direktor berichtete auch über die polizeilichen Ermittlungen und Verhöre. Die technisch Verantwortlichen seien in den nächsten Tagen auf das Polizeipräsidium bestellt, um Protokolle zu unterzeichnen. Es sei mit einer Klage des Staatsanwaltes zu rechnen.

Joseph Haldy, der Bühnenmeister sei fest der Meinung, dass ein Sängerkollege dem unbeliebten Tobias

Windhammer habe einen Streich spielen wollen. Er werde sich sehr diskret im Ensemble erkundigen. Auch misstraue er der Ehefrau des Sängers, es gebe Gerüchte, dass die Ehe der beiden nicht mehr intakt sei. Frau Windhammer habe einmal in der Kantine geäußert, wenn ihr Mann ihr weiter so wenig vertraue, müsse sie an eine Scheidung denken.

Der Schnürmeister Antonis Jolassis sei seelisch völlig zusammengebrochen, er mache sich Vorwürfe, vor der Vorstellung den Zug nicht noch einmal überprüft zu haben. An anderen Abenden sei er bei Vorstellungsbeginn auf dem Schnürboden gewesen, ausgerechnet bei der Neujahrsvorstellung habe er sich in eine politische Diskussion mit einem griechischen Landsmann verstricken lassen und sei deshalb ein paar Minuten zu spät auf die Bühne gekommen. Dabei müsse man gerade dem Schnürmeister besondere Zuverlässigkeit attestieren.

Im Bühnenpersonal sei ihm ein junger Mann aufgefallen, der von sich behauptete, Tobias Windhammer gut zu kennen. Er pflegte immer in der Gasse zu stehen, wenn Windhammer seine große Arie singe. Er wolle Sänger werden und von Windhammer technisch einiges lernen, behauptete er. Die Kollegen unterstellten ihm andere Interessen.

Übrigens habe er eine wichtige Sache beinahe vergessen, schloss Anton Kleinert seinen Bericht, die Polizei habe auf der Herrentoilette der Solisten hinter dem Wasserspüler einen Karabinerhaken gefunden und beschlagnahmt, um ihn nach Fingerabdrücken zu untersuchen. Vielleicht sei es der vermisste Haken.

4

Am nächsten Vormittag wurde der Intendant in aller Frühe vom behandelnden Arzt des Krankenhauses angerufen: Tobias Windhammer sei vor einer Stunde gestorben. Er habe das Bewusstsein nicht mehr erlangt, seine Ehefrau sei verständigt und habe bereits alles Notwendige veranlasst.

Die schlimmste Folge eines Unfalls im Theater war eingetreten: Das Spiel hatte sich in Todesernst verwandelt, die Bretter der Bühne waren zu Sargbrettern geworden. Und dieses Todeslos hatte einen der bekanntesten und erfolgreichsten unter den Darstellern der Werke Richard Wagners getroffen, der, gerade 55 Jahre alt, vor dem Höhepunkt seiner musikalischen Laufbahn stand. Die Dimension dieses Bühnenschicksals schien kaum fassbar.

Zunächst versuchte der Intendant, die Witwe des Verstorbenen persönlich zu erreichen, sie ließ sich nicht sprechen. Der jüngere Bruder meldete sich überraschend und gab Auskunft über Bestattungspläne. Es sei immer der Wunsch seines Bruders gewesen, in seiner Heimatstadt im Familiengrab beigesetzt zu werden; dies sei auch im Testament, das man gefunden habe, ausdrücklich erwähnt. Eine Bestattungsfirma habe bereits den Auftrag erhalten, die Leiche zu überführen.

Angesichts des traurigen Ereignisses gab der Intendant die Anweisung, die Inszenierung des »Fliegenden Holländer« sofort abzusetzen. Eine alte Inszenierung des »Fidelio« wurde stattdessen gespielt. Am darauf folgenden Sonntag sollte als Matinee eine Trauerfeier für Tobias Windhammer stattfinden. Die Fahne auf dem Theater wehte auf Halbmast.

Am nächsten Tag würdigte das Feuilleton der lokalen Tageszeitung Tobias Windhammer als »einen der größten Wagnersänger unserer Zeit«. Die Stationen seiner Karriere und seine wichtigsten Partien wurden genau beschrieben, vor allem natürlich die fünf Jahre, die er in W. verbracht hatte. Im Lokalteil der Zeitung war anderes zu lesen: »Theater bringt Sänger um« hieß die Schlagzeile eines Berichts über die polizeilichen Ermittlungen. Die Schuld für den Unfall wurde nicht nur der Technik zugeschrieben, in der unter unzulänglicher Führung chaotische Zustände herrschen sollten, auch das ganze Ensemble stand unter dem Verdacht den berühmten, aber höchst unbeliebten Gast umgebracht zu haben. Rollenneid und persönliche Intrigen seien die Motive, die dazu geführt hätten, dass man ihm einen Streich habe spielen wollen. Irgendeiner der Kollegen habe im Schnürboden den Karabinerhaken des Schiffstaus, an dem der Holländer sich an Land schwingen sollte, entfernt. Und dieser Haken sei jetzt auf der Toilette der Solisten gefunden worden – eindeutige Hinweise auf die mörderische Tat. An allem sei im Grunde doch der Intendant schuld, der nicht fähig sei, in seinem Theater für geordnete Zustände zu sorgen.

In der Redaktion hagelte es von Protesten, aber niemand war in der Lage, einen Gegenbeweis anzutreten. Die Polizei schwieg.

Am Montag der darauf folgenden Woche fand in T., einer kleinen Stadt in Niedersachsen, die Beisetzung von Tobias Windhammer statt. Viele Theater, an denen er gesungen hatte, waren durch Delegationen vertreten. Der ganze Chor der neugotischen Kirche war mit

Kränzen und Blumenarrangements ausgefüllt. Der lokale Gesangverein, bei dem Windhammer in jungen Jahren gelegentlich mitgewirkt hatte, sang aus dem Requiem von Mozart, der Organist bemühte sich bei den Zwischenspielen um klassische Harmonien. Da einzelne fachgerechte Würdigungen des Verstorbenen durch Intendanten oder namhafte Kollegen unerwünscht waren, blieb es allein dem Pfarrer vorbehalten, des Werdegangs und der Leistungen von Tobias Windhammer zu gedenken. Er schilderte ihn als einen Künstler, der über seinen beruflichen Aufgaben nie seine Verpflichtungen als bekennender Christ vernachlässigt habe. Es habe kaum einen Sonntag gegeben, an dem er nicht zur Messe in die Kirche gegangen sei. Aus Gesprächen mit den Angehörigen wisse er, dass Tobias Windhammer oft in der Bibel für seine Unrast Trost gesucht habe. Als Aussätzigen, der das Heil Jesu ersehne, pflegte er sich zu bezeichnen und im Innersten habe er sich oft wie von einem Dämon besessen gefühlt, seine Kunst sei wie teuflisch, gerade weil sie so verführerisch klinge. Auch den Unfall auf der Bühne bezeichnete der Pfarrer als Teufelswerk. Doch sei er gewiss, dass auch dieser Fallstrick nur den einen Sinn haben könne: dem Getriebenen zu ewigem Frieden zu verhelfen. Nach seinen Abwegen und Irrwegen sei der verlorene Sohn in den Schoß der Familie zurückgekehrt.

Viele in der Trauergemeinde wunderten sich über die eigenwillige Lebensdeutung des Pfarrers; von der Gnade und Sendung der Kunst der Musik und des Gesangs war da mit keinem Wort die Rede. War der internationale Ruhm des Tobias Windhammer nicht bis hierher vorgedrungen oder wollten die hiesigen Angehörigen davon nichts wissen?

Am Grab stand mit versteinertem Gesicht die Mutter des Sängers, die trotz ihres hohen Alters keine Stütze brauchte. Sie schaute durch die Menschen hindurch, die an ihr vorbei defilierten und sie ihrer Anteilnahme versicherten. Neben ihr in elegantem Trauerkostüm mit leuchtendem blondem Haar die Witwe, jeden Händedruck lächelnd zur Kenntnis nehmend. Und auf der anderen Seite der Mutter, fast einen Kopf kleiner und von rundlicher Figur der jüngere Bruder. Dahinter eine Reihe weiterer Verwandter. Der Sarg des Tobias Windhammer, vom Pfarrer gesegnet, versank an der Seite seines Vaters, der bereits seit zwanzig Jahren in dieser Erde ruhte.

Im Anschluss an die Beerdigung war in einen Gasthof zum Trauermahl gebeten worden, doch nur wenige der angereisten Trauergäste nahmen daran teil. Der Intendant suchte den Kontakt zur Mutter des Verstorbenen, um Näheres für seine eigene Trauerrede zu erfahren. Doch sie wirkte wie versteinert; auch zu dem sonst so leutselig wirkenden Bruder fand er kaum Kontakt. Den Pfarrer konnte er fragen, ob er die Bühnenkunst als Teufelswerk betrachte. Er lächelte verlegen. Er sei kein Jesuit, seine Informationen stammten von den Angehörigen.

Die Trauermatinee im Theater fand ein volles Haus. In allen Umgängen waren umflorte Bühnenaufnahmen von Tobias Windhammer ausgestellt. Eine Musikalienhandlung bot im Foyer seine Schallplatten an.

Der Generalmusikdirektor dirigierte die »Maurische Trauermusik« von Mozart. Man hörte auf einer Schallplatte die Stimme von Tobias Windhammer als Amfortas aus dem ersten Akt des »Parsifal«. Dann hielt Intendant Christoph Dallert die Gedenkrede.

Er erinnerte an das tragische Geschehen auf dieser Bühne am Neujahrstag. Das Leben jedes Künstlers sei ständig Gefahren ausgesetzt, inneren und äußeren Herausforderungen, ohne Risiko keine Kunst. Das sei keine

Entschuldigung, aber der notwendige Hinweis: Sicherheit wird zu Gefahr. Die künstlerische Existenz von Tobias Windhammer sei geprägt gewesen durch die Partien von Richard Wagner, vom Holländer bis zum Amfortas, von Alberich bis Hagen, von Graf Telramund bis König Marke, auf den Hans Sachs habe er leider vergeblich gewartet. Alles Charaktergestalten mit seelischen Abgründen, großem Ehrgeiz und großer Schuld, Geldgier und Liebesgier. Er sei ein Meister gewesen in der Darstellung versehrter Menschlichkeit. Das große Volumen und die Ausdrucksfarben seiner dunklen Stimme gaben ihm Dämonie auf der Szene, abgründige Gefährlichkeit und Leidensfähigkeit. Auch seine anderen Glanzpartien wie der Kaspar im »Freischütz« und der Jago in »Otello« hatten diese peitschende Bosheit. Und dabei war Tobias Windhammer ein stiller, in sich gekehrter Künstler, ein korrekter, zuverlässiger Partner, ein feinnerviger Musiker, der sich überall größter Achtung und Sympathie erfreute. Wahrscheinlich sehnte er sich nach Ruhe, Stille, einer heiteren Welt der Gedanken und Gefühle. Diese Freiheit sei ihm nun, leider viel zu früh, zuteil geworden.

Das Orchester spielte zum Abschluss »Isoldes Liebestod«, Beate Kennies, die Partnerin von Windhammer in der Todesvorstellung sang mit großer Innigkeit.

Das Publikm schien von der Feier sehr ergriffen, viele schüttelten dem Intendanten teilnehmend die Hand.

Im Büro wartete der technische Direktor mit einer Neuigkeit: Tobias Windhammer habe vor etwa vier Wochen eine hohe Unfallversicherung abgeschlossen. Er wisse genau, dass die Witwe bereits die Auszahlung beantragt habe.

5

Wochen vergingen, Monate, ehe die polizeilichen Ermittlungen abgeschlossen waren, ehe die Anklageschrift des Staatsanwalts eintraf. Anton Kleinert, der technische Direktor, hatte keine Geduld mehr, vor allem misstraute er dem städtischen Anwalt, der die Verteidigung übernehmen sollte. Die Gespräche, die er mit ihm führte, standen immer unter Zeitdruck, er war durch viele städtische Prozesse überlastet. Auch seine eigenen Bemühungen, die Hintergründe des Unfalls auszuleuchten, blieben wenig ergiebig; immer die gleichen Verdachtsmomente, immer wieder die gleichen Akteure in dem Theater auf dem Theater, das allmählich an Spannung verlor, so sehr auch sein eigenes Schicksal davon abhing. Während er so unbefriedigt über den Aktennotizen und Fallstudien brütete, machte ihn sein cleverer Bühnenmeister auf eine Person aufmerksam, die in heiklen Kriminalfällen als Experte galt und zugleich dem Sängertheater verfallen war.

Da saß doch jeden Abend im Café Landmann gegenüber vom Theater ein unauffälliger Herr mittleren Alters, verschanzte sich hinter Zeitungen, rauchte seine Pfeife und trank einen Kaffee nach dem andern. Wer genauer hinsah, bemerkte, dass er nur die Feuilletons der Gazetten beachtete, sich ab und zu mit der Hand den kahlen Schädel massierte und über den Zeitungsrand hinweg genau registrierte, welche Sänger drüben aus- und eingingen. Kurz vor sieben Uhr legte er die

Blätter beiseite, zahlte und verschwand, um durch einen Hintereingang die Garderoben des Extrachores und der Statisterie aufzusuchen.

Jeder im Theater kannte ihn, den ehemaligen Kriminalkommissar Scheible, der seinen Dienst vorzeitig wegen eines schweren Autounfalls hatten quittieren müssen und nun ganz seinem Hobby lebte, nämlich auf der Bühne mit dabei zu sein als Sänger kleiner Rollen, im Laienchor oder auch als Statist. Er kannte sie alle genau, die Sänger der großen Partien und war ihr größter Verehrer und Kritiker zugleich. Er sammelte mit unerschöpflicher Wartelust Autogramme und besaß eine der größten Schallplattensammlungen der Stadt. Aber eigentlich war er Privatdetektiv, wenn er sich auch nur wenigen ausgewählten Fällen verschrieb.

Anton Kleinert setzte sich eines Tages zu ihm ins Café Landmann und trug ihm seine Sorgen vor. Scheible kannte natürlich den Fall Windhammer ganz genau und hatte seine persönliche Meinung. ... Der Windhammer ist ein Opfer seiner unseligen Veranlagung geworden. Das war kein Zufall sondern ein Attentat, aber wie soll man das beweisen? Lassen Sie mich mit dem Fall des Holländers in Ruhe, Herr Kleinert. Ich will mir im Theater keine Feinde machen ...

Aber er war natürlich gerne bereit, die Angelegenheit genau zu verfolgen und den technischen Direktor kriminalistisch zu beraten, von Zeit zu Zeit.

Im Juni endlich war der Termin der Verhandlung im Amtsgericht. Mit viel List war es dem Intendanten gelungen, für seine Leute einen eigenen Verteidiger zu gewinnen, das städtische Rechtsamt hatte sich bereiterklärt, den Fall Windhammer abzugeben. Auf den neuen Anwalt setzten alle große Hoffnungen.

Der Staatsanwalt trug den Unglücksfall aus seiner Sicht vor und beantragte für den Schnürmeister, den

Bühnenmeister und den technischen Direktor als Verantwortlichen des Theaters Strafen wegen fahrlässiger Tötung in Höhe von drei Jahren, zwei Jahren und einem Jahr Gefängnis. Sie wurden angeklagt, ihren Dienst nicht vorschriftsmäßig ausgeübt zu haben.

Der Verteidiger plädierte auf Freispruch, da die Schuld der Techniker nicht erwiesen sei.

Jeder der Angeklagten wurde vom Richter einzeln aufgerufen und befragt. Als Erster musste sich der Schnürmeister verantworten. Der Grieche, der bereits seit zehn Jahren am Theater tätig war, ein gelernter Ingenieur, war bei allen sehr beliebt und hatte sich nie etwas zu Schulden kommen lassen. Warum er an dem Unglückstag seinen Dienst allein ausgeübt habe, fragte der Richter. Sonst sei immer auch ein zweiter Mann zum Dienst auf dem Schnürboden eingeteilt … Wo war ihr Vertreter, Piotr Lissitzki? …

Jolassis geriet in Verlegenheit: Lissitzki fühlte sich nicht wohl, er habe ihn nach Hause geschickt … Aber er ist kurz vor der Vorstellung noch in der Kantine gesehen worden … Der Schnürmeister zuckte nur die Achseln … Leider zu viel Alkohol …

Und was sei mit dem jungen Mann, der zwei Tage zuvor den Schnürboden besichtigt habe? … Ein Fan von Tobias Windhammer, der sich dafür interessierte, in der Technik zu arbeiten …

Und wann habe Windhammer selbst die Züge sehen wollen? … Zwei Mal war er auf dem Schnürboden, vor der Premiere und der zweiten Vorstellung, danach nicht mehr. … Er sei zu schwindlig, um den Beleuchtungssteg zu betreten, von dem aus man den Zug 24 mit dem Schiffstau bedienen kann.

Hat er Ihnen Geld angeboten, wie viel und wofür? … Ja, einmal 50 Mark, damit ich jeden Abend, wenn er singt, neben dem Zug stehe und aufpasse, er war sehr misstrauisch. Ich habe das Geld natürlich nicht genommen ... Aber Sie waren am Unfalltag auch nicht auf dem Schnürboden ... konterte der Richter.

Dann musste sich der Bühnenmeister Haldy verantworten. Ob die Bühne vor der Vorstellung für jeden Neugierigen offen sei, warum die Dekoration nicht auch in den Arbeitspausen überwacht werde? Haldy schob die Verantwortung dafür, dass Unbefugte Zugang zur Bühne hätten, den Pförtnern zu, die allzu lässig seien in ihrer Kontrolle. Im Übrigen sei er fast immer in seinem Arbeitsstand und habe die Bühne im Blick, auch am Unglückstag. Vor allem machte er den Sänger selbst für die gravierenden Folgen des Unfalls verantwortlich. Er habe nicht, wie angewiesen, das Schiffstau ergriffen und sich auf die Bühne schwingen lassen, sondern völlig falsch einen Anlauf genommen, um besonders viel Schwung zu haben. Dadurch sei er mit voller Wucht auf dem Rücken aufgeschlagen, die rechte Lunge sei geplatzt. Bei richtigem Sprung hätte er sich gewiss auch verletzt, aber keineswegs mit diesen Folgen, das sei für die Beurteilung sehr wichtig.

Der technische Direktor wurde nach den genauen Vorschriften für die Benutzung der Bühne gefragt ... Es gab natürlich eine Betriebsordnung und technische Anweisungen, die in der Regel beachtet wurden. Für die Bedienung der Handzüge konnte nach kurzer Einweisung jeder Bühnenarbeiter eingeteilt werden. Und mit dem Arbeitslift fuhr jeder, der die steilen Treppen scheute ...

Also auch die Künstler oder irgendwelche betriebsfremden Personen? ... Der technische Direktor musste einräumen, dass es leider keine besonderen Kontrollen gab. Aber dann ging er in die Offensive: Das gesamte technische System der Bühne sei inzwischen veraltet, seit Jahren melde er die Missstände der alten Anlage bei der Stadtverwaltung, fordere die Erneuerung der gesamten Bühnentechnik … Immer die gleiche Antwort: kein Geld. … Und statt ihn bei den Umbauplänen zu Rate zu ziehen, gehe das zuständige städtische Amt eigene Wege. Er wisse nicht, welche Firmen bereits angefragt worden seien und sich im Hause unkontrolliert aufhielten.

Der Richter erteilte dem Betriebsrat des künstlerischen Personals, einem sehr aktiven Chorsänger, das Wort: Das gesamte Ensemble sei betroffen über gewisse Vorwürfe, irgendwer habe dem verunglückten Kollegen einen Streich spielen wollen. Er müsse solche Verdachtsäußerungen nachdrücklich zurückweisen. Gewiss habe sich Tobias Windhammer oft isoliert, sei kein jovialer Charakter gewesen, aber niemand würde es wagen, sich an ihm zu vergehen, allenfalls mal einen kleinen Scherz. Ein Kollege habe einmal die Schatztruhe, die er als Holländer auf der Bühne übergebe, mit Kartoffeln und Zwiebeln gefüllt, um ihn einmal lachen zu sehen – vergeblich, … Windhammer hatte keinen Humor … Wenn man nach einem hausfremden Täter suche, müsse man die schwierige Veranlagung des Sängers bedenken, mehr wolle und könne er nicht sagen. Es sei dem Gericht sicher bekannt, dass Windhammer vor langer Zeit einmal vorbestraft worden sei und weshalb.

Große Unruhe entstand im Saal. Der Anwalt von Frau Windhammer protestierte energisch. Der Richter beruhigte die Gemüter, das stehe hier nicht zur Debatte. Er rief den nächsten Zeugen auf, es war Walter A. Ladin, der Regisseur der Aufführung. Er platzierte sein Regiebuch vor sich auf dem Tisch, nahm Platz. Der Richter wartete, bis er seine dunkle Sonnenbrille abgelegt hatte.

Warum verlangt heute ein Regisseur von seinen Sängern Aktionen, die ihnen körperliche und seelische

Schwierigkeiten bereiten und nicht einmal im Text stehen? …

Der Regisseur schüttelte den Kopf. Zunächst einmal seien die Zeiten vorbei, in denen der Sänger an der Rampe seine Arien ins Publikum schmettere, um möglichst viel Applaus zu kassieren … Der Sänger verkörpert eine im Text und in der Musik genau dargestellte Person, einen bestimmten Charakter in einer bestimmten Zeit. Er singt nicht nur, er realisiert die vorgeschriebene Szene mit seiner physisch-psychischen Persönlichkeit; das wissen wir seit Max Reinhardt, Walter Felsenstein, Günther Rennert … Theater sei eine Kunst im Wandel der Zeiten, dem vom Fernsehen und Film her verwöhnten Publikum müsse man eine glaubwürdige Realität bieten, es komme auf die Interpretation im Geiste der Gegenwart an.

Muss deshalb der Fliegende Holländer an Land springen und sich dabei den Hals brechen? … unterbrach der Richter den kulturhistorischen Sermon.

Er habe nichts Ungewöhnliches oder besonders Gefährliches verlangt. Das habe er sich sowohl vom technischen Direktor als auch vom Intendanten bestätigen lassen. Er legte dem Richter zwei Schriftstücke vor. In ihnen war auch von den Sicherheitsmaßnahmen des Theaters die Rede, durch die ein Unfall verhindert werde. Der Regisseur fragte, ob damit die Sache für ihn erledigt sei? Der Richter verzichtete auf weitere Fragen.

Auch der Bühnenbildner des »Fliegenden Holländer« war geladen worden. Widerwillig erhob sich Max Schalmers, behielt aber die Hände in den Hosentaschen. Nie mehr werde er ein solch altmodisches und inkonsequentes Bühnenbild abliefern. Das Holländerschiff real auf die Bühne zu bringen, sei für ihn Kitsch, man mache das heute mit Projektionen viel wirkungsvoller, dann wäre auch dieser dilettantische Sprung überflüssig gewesen. Aber der Regisseur wollte es so, da sei ein Bühnenbildner machtlos.

Warum er dann den Sprung nicht verhindert habe, wollte der Richter wissen. Er sei nach den Beleuchtungsproben abgereist, habe viel zu viel zu tun.

Der Kulturdezernent der Stadt, ein politisch sehr bekannter Mann, der oft mit seinen provokanten Reden für Schlagzeilen sorgte, war ermächtigt, eine offizielle Mitteilung zu machen: Der Unfall im Theater sei beklagenswert, habe dem Image der Stadt geschadet. Deshalb könne er jetzt die Erklärung abgeben, dass der Beschluss gefasst worden sei, die technische Erneuerung der Bühne in den nächsten fünf Jahren zu realisieren. Auch werde man schon bald die gesamte Leitung des Theaters auswechseln, damit auch künstlerisch ein neuer Anfang möglich sei. Für alle finanziellen Folgen des Unfalls komme die Stadt natürlich auf, man habe der Witwe des Sängers bereits ein großzügiges Angebot gemacht und hoffe auf einen entsprechenden Vergleich. Er übergab dem Richter einen offiziellen Brief.

Die Anhörung eines technischen Sachverständigen brachte nichts Neues. Er beschrieb die normalen Vorsichtsmaßnahmen des Bühnenbetriebs und bestätigte, dass sie in der Regel auch im Stadttheater Anwendung fänden. Es könne sich in diesem Fall nur um eine versehentliche Fehlleistung handeln oder darum, dass jemand absichtlich den Unfall herbeigeführt habe. Auf die Frage des Richters, ob man nicht diese Unregelmäßigkeit rechtzeitig hätte bemerken müssen, zuckte der Sachverständige nur die Achseln. Auch der Bühnenbetrieb habe seine Routine, solche Ereignisse seien ungewöhnlich und nicht voraussehbar.

Zum Abschluss der Verhandlung gab der Richter der Witwe des Opfers das Wort. Marion Windhammer zog den Schleier ihres kleinen schwarzen Hutes hoch und zeigte ihr bleich gepudertes Gesicht mit der spitzen Nase und den stark umfärbten Augen, sie suchte offensichtlich eine theatralische Wirkung, schaute über die Zuhörer hinweg, trat selbstbewusst vor den Richter.

Die Partie des Holländers sei die erfolgreichste ihres Mannes gewesen, er habe sie in den letzten Jahren mindestens zweihundert Mal an den größten Häusern Europas gesungen. Die Aufführungen in W. seien für ihn eine Qual gewesen, er zitterte immer wieder vor dem Sprung auf die Bühne und habe sie mehrfach gebeten, bei der Intendanz vorstellig zu werden, um eine andere Lösung für diese Szene zu ermöglichen. Sie sei auf taube Ohren gestoßen. Der eigentlich Schuldige sei der Regisseur, der keine Achtung vor den menschlichen Problemen seiner Darsteller gehabt habe und nur seine Gags durchsetzen wollte. Und jetzt: mehr als 80 vertraglich bereits fixierte Vorstellungen habe sie annulieren müssen, der Schaden betrage mehr als eine Million Mark … und das nur wegen einem Gag …

Und warum hat Ihr Mann diesen Gag nicht verweigert? Er war doch ein Star und konnte es sich leisten … fragte der Richter.

Mein Mann hatte eine sehr sensible Natur, wollte sich anpassen, ein ganz normaler Mensch sein, wie die anderen, dabei hatte er so viele Komplexe, wie eben ein ganz besonderer Künstler …

Hatte Ihr Mann persönliche Feinde? … wollte der Richter wissen.

Marion Windhammer überlegte sich ihre Antwort lange … Welcher erfolgreiche Mensch hat keine Feinde? Theaterleute sind oft voller Neid und Missgunst, doch glaube ich persönlich nicht, dass daraus kriminelle Absichten entstehen. Ich möchte niemand verdächtigen …

Der Richter gab sich damit nicht zufrieden … Und außerhalb des Theaters? Gab es da Leute, die ihm nicht wohl wollten? Vielleicht frühere Lebenspartner oder wirtschaftlich Interessierte? … Habe er einmal zu kriminellen Kreisen irgendeinen Kontakt gehabt?

Die Witwe reagierte gereizt … Das Privatleben meines Mannes steht hier nicht zur Debatte …

Der Richter erteilte der Verteidigung das Wort. Anstelle eines umfassenden Plädoyers hörten die Anwesenden nur wenige Sätze. Die generelle Verantwortung der technischen Leitung stehe außer Frage, aber es gehe hier vor allem um eine kriminelle Handlung Außenstehender. Die Polizei habe in ihren langen Ermittlungen total versagt, deshalb vier Fakten, die dringend aufgeklärt werden müssen: Erstens: Warum wird verheimlicht, dass im Blut des Verunglückten Spuren von Drogen gefunden wurden? Tobias Windhammer stand während der Aufführung unter Drogen. Woher hatte er diese Drogen? Zweitens: Als er den Schnürboden aufsuchte, um seine Sicherheit zu prüfen, war seine Ehefrau dabei. Sie hat, da er zu schwindlig war, den schmalen Beleuchtersteg betreten und die Aufhängung geprüft. Drittens: Kurz nach Probenbeginn, also vor etwa vier Monaten, hat der Verunglückte eine hohe Unfallversicherung abgeschlossen. Seine Frau als Alleinerbin hat bereits die Auszahlung des Betrages angemahnt. Wo war Frau Windhammer in der Stunde vor Vorstellungsbeginn? Viertens: Welche Fingerabdrücke hat die Polizei an dem Karabinerhaken festgestellt, der auf der Herrentoilette gefunden wurde? Waren daran auch Spuren von Herrn und Frau Windhammer zu finden? Es sei klar, wie das Urteil auch ausfallen werde, man gehe in jedem Fall in Berufung.

Der Anwalt der Sängerwitwe protestierte gegen diese beleidigenden Verdächtigungen und verlangte einen Verweis gegen seinen Kollegen. Das Gericht mahnte zu mehr Sachlichkeit und zog sich zur Beratung zurück.

Nach einer Stunde das Urteil im Sinne der Anklage: fahrlässige Tötung gemäß Paragraph 222 – drei Jahre

Gefängnis für den Schnürmeister, 18 Monate Gefängnis für den Bühnenmeister und ein Jahr Gefängnis für den technischen Direktor. Der Witwe des Opfers wurde ein Schmerzensgeld in Höhe von 500.000 Mark zu Lasten der Stadt zugesprochen.

Der Schnürmeister Jolassis brach in Tränen aus und musste von seinen Kollegen aus dem Saal geführt werden. Bühnenmeister Haldy ließ sich keine Betroffenheit anmerken, er zündete sich eine Zigarette an und meinte, das Urteil komme doch nicht zur Vollstreckung. Anton Kleinert fühlte sich in seiner Berufsehre gekränkt und schwor sich, diesen Fall aufzuklären, koste es was es wolle und bis an sein Lebensende gegen dieses Urteil anzukämpfen.

Unter den Zuhörern der Verhandlung befand sich auch der ehemalige Kriminalkommissar Scheible. Er versuchte, die Verurteilten zu trösten: Er sei jetzt bereit, für sie zu ermitteln. Der Fall interessiere ihn, auch aus künstlerischen Gründen.

6

Mathieu Scheible war eigentlich kein Wagnerianer, er zog den blühenden Belcanto des Südens dem bedeutungsschwangeren Pathos germanischer Mythen vor. Trotzdem hatte er auch in den Musikdramen Wagners seine Lieblingsstücke, die er von berühmten Sängern immer wieder hören konnte, vor allem die Tenorarien des Tannhäuser, Lohengrin oder Stolzing. Die Oper, die er eigentlich Wagner missgönnte, weil sie so perfekt im romantischen Volkston komponiert war, der »Fliegende Holländer«, zählte zu den Werken, die er beinahe auswendig kannte und wohl gelegentlich nach seinen Schallplatten selber dirigierte. In seiner Sammlung befanden sich alte Aufnahmen mit Rudolf Bockelmann, Friedrich Schorr, Jaro Prohaska; besonders beeindruckt auf der Bühne hatte ihn früher Hans Hotter mit seinem strahlenden Heldenbariton als Partner von Astrid Varnay. Viele dieser großen Wagnersänger waren wohl auch politisch sehr gefährdet, sei es als Exponenten germanischer Ideologie oder als Widersacher, die ins Exil gehen mussten. Wer sich auf die Hybris dieser nationalen Kunstreligion einlässt, wird von Dämonen verfolgt, dachte Scheible. Der tragische Tod des Hermann Uhde auf offener Bühne kam ihm in den Sinn.

Dass er jetzt den Fall des »Holländers« in seine Ermittlungen aufnahm, war wohl auch in seiner psychologischen Neugierde begründet; der große Sänger Tobias Windhammer, so fremd er ihm persönlich geblieben war, schien ihm fast wie ein Abbild dieser tragischen Bühnengestalt. Seine Psychologie war geheimnisumwittert, wer konnte ihm nur helfen, seine Biographie zu durchleuchten? Mit der Witwe des Verunglückten zu einem offenen Gespräch zu kommen, schien aussichtslos, aber da war doch dieser Bruder, der auch bei der Trauerfeier im Theater zugegen war. Äußerlich hatte er nicht die geringste Ähnlichkeit mit dem Sänger, war klein, untersetzt, aus seinem rundlichen Gesicht zwinkerten lebensfrohe Augen. Es gelang ihm bald, seine Adresse ausfindig zu machen; er lebte auf Teneriffa und betrieb dort eine Immobilienfirma. Scheible beschloss spontan, einen Kurzurlaub auf Teneriffa zu buchen und dem Winfried Windhammer auf die Spur zu kommen.

Sein kleines Hotel im Süden der Insel lag nur wenige Minuten entfernt von dem Büro der Immobilienfirma. Er begann das Leben Winfried Windhammers auszukundschaften. Dieser wohnte in einem Nachbardorf, fuhr einen weißen offenen Sportwagen und war offensichtlich viel unterwegs. Gegen Abend pflegte er eine kleine Bar in der Nähe seines Büros aufzusuchen und sich dort mit Freunden zu treffen, eine recht internationale Gesellschaft, man hörte viel Englisch und Deutsch. Scheible hatte bald Gelegenheit, Windhammer anzusprechen. Er interessiere sich für eine Wohnung auf Teneriffa, um sich hier in den Jahren seines Alters niederzulassen. Bald verriet er, dass er aus W. stamme, oft ins Theater gehe. Sofort war das Schicksal des Bruders ihr Gesprächsthema.

Winfried war auf seinen Bruder keineswegs gut zu sprechen, er sei ein unfroher Mann gewesen, besessen von seinem Beruf und der Geldgier. Er habe ihn ein paar Mal finanziell gebraucht, um hier Grundstücke oder Häuser kaufen zu können, seine eigene Kapitalkraft sei beschränkt, aber der Bruder sei ja ein reicher Mann gewesen mit Häusern in B. und einem Parkhaus in F., außerdem natürlich Aktien und Goldreserven. Er habe äußerst sparsam gelebt und seine Frau sei ein Genie in Finanzfragen. Wucherzinsen müsse er zahlen, mehr noch als bei den Banken und alles nur gegen Hypotheken und Gewinnbeteiligungen. Er kannte sich in den Geschäften perfekt aus, hat ja früher auch Wirtschaftswissenschaft studiert und ein Bankpraktikum absolvieren müssen – die Eltern wollten es so. Von Musik könne man ja nicht leben, dachten sie. Wenn sie wüssten.

Ob er den Unfall persönlich miterlebt habe, wollte Scheible wissen … Ich war in diesen Tagen in W. aber nicht in der Vorstellung, ich habe im Appartment meines Bruders die Katze gehütet, Marion ist ganz närrisch nach Katzen. Als sie mich telefonisch von dem Unfall verständigte, bin ich natürlich sofort auf die Bühne gestürzt. Schreckliche Erinnerung …

War es denn wirklich ein Unfall? … fragte Scheible. In den Zeitungen sei auch von Verbrechen die Rede gewesen.

Ich könnte mir denken, dass ihm einer von seinen Freunden einen Streich spielen wollte. Sie wissen sicher, dass er andersartige Neigungen hatte, besonders wieder in letzter Zeit, was seine Frau sehr verbittert hat. Es gab zwischen ihnen harte Auseinandersetzungen. Aber das wird man wohl nie herausbekommen. Jetzt ist sie natürlich eine reiche Frau, hat mir auch bald ein Darlehen zukommen lassen, vielleicht, damit ich nicht über gewisse Dinge rede …

Scheible wollte nicht weiter in ihn dringen, sondern verabredete sich am nächsten Tag, um freie Wohnungen und Häuser zu besichtigen. Sie fuhren mit dem Sportwagen quer durch die Insel, wurden immer vertraulicher. Als sie unterhalb des Teide eine Rast machten, bot Winfried Windhammer ihm das Du an und erkundigte sich nach den persönlichen Verhältnissen seines möglichen Kunden. Scheible schwindelte ihm etwas vor von seinem Beamtenverhältnis und wohlhabenden Eltern. Er hatte sich bald ein günstiges Objekt in der Nähe von Los Cristianos ausgesucht, eine schöne Dreizimmerwohnung in einem abgelegenen Landhaus, Mathieu gab sich begeistert, Winfried lud ihn zum Essen ein, und bald erfuhr der Detektiv alles, was er wissen wollte.

Die beiden Brüder waren in einem streng katholischen Elternhaus aufgewachsen, der Vater hatte zwar der Partei beitreten müssen, um seine Stelle nicht zu verlieren, aber besonders nach dem Krieg beherrschte die Religion den Alltag der Familie, lange Tischgebete, regelmäßiger Kirchenbesuch, strenge Moral. Während der fünf Jahre jüngere Bruder es verstand, sich immer zu drücken, wurde Tobias Ministrant. Der Pfarrer wollte ihn für den Priesterberuf gewinnen, er hat ihm Nachhilfeunterricht erteilt, liebte ihn wie seinen Sohn, vielleicht nicht nur wie seinen Sohn. Tobias marterte sich, sein Onanieren zu unterdrücken, um es nicht als Sünde wider das sechste Gebot beichten zu müssen, und wurde doch immer wieder rückfällig. Dann geriet er in die Hände seines Freundes Gustav, eines widerlichen Angebers. Als Gymnasiasten trieben sie sich am Wochenende gelegentlich in H. herum, wurden in zweifelhaften Kreisen von der Polizei erwischt und nach Hause geschickt. Der Vater hat den Ausreißer verprügelt, die Mutter saß in der Ecke und betete ... Winfried erinnerte sich genau an diese Szenen ... Das hat meinen Bruder geprägt, er wurde abhängig von seinem Freund, sie hatten Kontakt bis zuletzt ...

Und die Musik? ... wollte Scheible wissen ... Ja, Mutter gab ihm Klavierstunden, bemerkte auch bald seine Musikalität, er durfte natürlich im Kirchenchor singen, aber sonst förderte sie seine Begabung wenig. Erst als Tobias nach dem Abitur in K. studierte, besuchte er auch das Konservatorium und ließ sich ausbilden. Er schwankte immer zwischen den Geldinteressen und den Musikgefühlen …

Das persönliche Verhältnis der beiden Brüder interessierte Scheible … Wir haben nur wenig miteinander gespielt … erklärte Winfried … Der Altersunterschied. Dann kam Tobias in ein Internat, um sein Abitur zu machen. Wir sind uns fremd geblieben. Plötzlich, als seine erste Ehe zerbrochen war, hat er sich an mich erinnert und mich gefragt, ob ich nicht seinen Haushalt führen wolle, als sein Privatsekretär gewissermaßen. Dabei wusste er doch, dass ich einen Beruf hatte als Lehrer an einer Behindertenschule. »Bei mir verdienst du mehr«, meinte er. Es drehte sich immer alles nur ums Geld. »Ich mache das alles nur für mich«, pflegte er zu sagen …

Genau wie Richard Wagner … das habe er irgendwo gelesen, ergänzte Scheible … Kein Wunder, er spielt ja immer nur Rollen wie Alberich, Hagen, Telramund. Entweder ein Sänger hat seine Lust an diesen Bösewichtern oder er geht daran zugrunde …

Die ganze Wagnerei ist mir suspekt, dieser Siegfriedkult, diese Parteitagsästhetik, vom Antisemitismus ganz zu schweigen … Winfried hatte sein Thema … In letzter Zeit haben wir öfters miteinander diskutiert. Nein, Tobias war kein Nazi, aber er sah in allem, was um ihn herum passierte, immer nur das Negative. Anarchie, Destruktion, Korruption. Als Wagnerianer verstehe er die Sehnsucht nach Weltverbesserung, nach Ideologie, nach Erlösung, meinte er, aber diese Zeiten seien vorbei, das Ego regiert die Welt, man müsse den Augenblick nutzen …

Und wie kommen Sie nach Teneriffa? … wollte Scheible wissen. Winfried erzählte von den Achtundsechziger Jahren, von den Hoffnungen der neuen Generation auf politische Änderungen, auf mehr Demokratie. Er habe es dann nicht mehr länger ausgehalten in diesem Klima politischer Repression, sei ausgewandert zusammen mit ein paar Freunden. Zuerst habe er ein privates Altersheim betreut, als dieses geschlossen wurde, sei ihm die Mitarbeit in einer Immobilienvermittlung angeboten worden. Kein sehr sinnvoller Job, aber man lerne Leute kennen und sei ein freier Mann.

Jedenfalls besser als dieses Rennen von Termin zu Termin, von Partie zu Partie, von Gage zu Gage auf diesem internationalen Sängermarkt. Wer sich am besten verstellt, am lautesten singt, den cleversten Agenten hat – daran muss ein sensibler Mensch ja zugrundegehen. Dieser Agent ist ein Menschenschinder und die liebe Marion war früher die Sekretärin dieses Agenten. Ich will sie nicht schlecht machen, sie hatte es gewiss schwer mit Tobias, seine Hysterie, seine Seitensprünge ...

Dann war er wohl selbst an dem Unfall schuld? ...

Winfried wehrte sich gegen die Zudringlichkeit ... Bin ich ein Hellseher? Vielleicht, vielleicht hatte er aus Trotz eine Tablette zu viel genommen, er stand unter ärztlicher Behandlung und musste Psychopharmaka schlucken. Vielleicht hatte er wieder eine seiner Launen, wollte ausbrechen. Weil sein Freund Gustav da war. Er hat sich wohl vor der Vorstellung mit ihm getroffen. Ich war es gewiss nicht, auch wenn Sie mich noch so oft fragen ...

Winfried bestellte die Rechnung, er wollte nichts mehr wissen von dem Thema ... Grüßen Sie mir die Bekannten in W., besonders natürlich Marion, wenn Sie Kontakt mit ihr haben sollten ... Mathieu verabschiedete sich, nachdem er einen Vorvertrag für die Wohnung unterschrieben hatte. Die Perspektive, bald nach Teneriffa überzusiedeln, war sehr verführerisch.

7

Bald stand Scheible auf dem Friedhof in T. am Grab von Tobias Windhammer, dachte an die vielen Aufführungen, in denen er den Sänger erlebt hatte und summte fast unbewusst eine Melodie aus der ersten Arie des Holländers »Tag des Gerichts, jüngster Tag, wann brichst du an in meine Nacht? Wann dröhnt der Vernichtungsschlag, mit dem die Welt zusammenkracht. Wann alle Toten auferstehen, dann werde ich in Nichts vergehen …« Wann … wann … wann … Ob Tobias Windhammer Ähnliches im Sinn hatte, als er seinen letzten Sprung wagte? Das Leben als Nacht, immer auf der Flucht vor Menschen, die ihn ausbeuteten, ihn verfolgten, ihn innerlich nicht zur Ruhe kommen ließen. Er legte ihm ein paar dunkle Chrysanthemen auf die mit Efeu überwucherte Fläche des großen Familiengrabes, auf dem nur eine schmale Namensplatte an sein Leben erinnerte.

Das ansehnliche Patrizierhaus in einer Seitenstraße nahe der Kirche war nicht schwer zu finden. Er hatte sich angekündigt als ein Autor, der über den großen Sänger eine Biographie schreiben wolle. Frau Windhammer war zunächst sehr ablehnend, doch dann hatte sie eingesehen, dass es besser sei, ihre Ansichten offen darzulegen, als den Autor seinen Mutmaßungen über ihren Sohn zu überlassen. Also hatte sie ihn zum Tee eingeladen.

Scheible musste lange warten, bis geöffnet wurde. Dann stand eine schwarz gekleidete Dame vor ihm, die fast einen Kopf größer war als er; ihr weißes Haar, oder trug sie eine Perücke?, zeigte eine streng nach hinten gesträhnte Frisur. Sie schaute ihn eindringlich durch ihr Lorgnon an und bat ihn einzutreten, er möge sich aber bitte auf der Matte sehr gründlich die Schuhe abputzen, da er sonst den Straßendreck ins Haus trage.

Im Salon stand in der Mitte ein runder Tisch, umgeben von einigen steifen Armsesseln; an einer Wand ein altdeutsch geschnitzter verglaster Bücherschrank, an der anderen Seite ein Buffet mit ausgestelltem altem Porzellan. Der ganze Parkettboden war überdeckt mit echten Perserteppichen. Frau Windhammer bat ihn Platz zu nehmen, sie läutete mit einer kleinen Tischglocke, eine alte gebeugte Bedienstete mit weißer Schürze brachte den Tee, einiges Gebäck und fragte die Herrschaften nach weiteren Wünschen … Nein, danke, wir sorgen für uns selbst … antwortete die Hausherrin … Nehmen Sie Kandiszucker oder Zitrone? …

Scheible versuchte das Gespräch in Gang zu bringen, indem er von den vielen Aufführungen berichtete, in denen er den großen Sänger gehört habe, seine Kunst müsse man für die Nachwelt festhalten.

Frau Windhammer sagte geradeheraus, sie sei kein Freund des Theaters, sie habe ihren Sohn nicht einmal auf der Bühne gesehen. An seiner Karriere habe sie keinerlei Verdienst, im Gegenteil, sie habe am Anfang alles unternommen, um ihn vom Theater fern zu halten … Hätte er doch auf mich gehört und seine Banklaufbahn fortgesetzt, es wäre ihm Vieles erspart geblieben.

Der Opernliebhaber Scheible schüttelte den Kopf … Ich bitte Sie, gnädige Frau, was gibt es Schöneres im Leben als Musik? Und die Opernkunst ist eine der größten Errungenschaften unserer Kultur. Ihren Sohn in einer seiner besten Partien, als König Marke im »Tristan« oder als Amfortas in »Parsifal« auf der Bühne zu erleben, das hätte Sie stolz machen müssen …

Hören Sie auf! … fuhr die alte Dame dazwischen … Theater ist für mich Teufelswerk. Sie werden wissen, wir sind sehr überzeugte Christen und lehnen es ab, dem Schöpfer ins Handwerk zu pfuschen, Menschen anders darzustellen, als der Herrgott sie geschaffen hat, all die Versuchungen und Sünden zu zeigen, denen wir ausgeliefert sind. Das ist alles, auch wenn es vielleicht gut gemeint sein sollte, nichts als Gotteslästerung. Die Theater sollte man schließen, sie verderben die Phantasie der Menschen, zerstören ihren Glauben …

Scheible schlug die Hände über dem Kopf zusammen … Wir sind doch nicht mehr im Mittelalter! Wie kann man so etwas heute nach Händel, Mozart, Verdi, Wagner noch sagen … Ob sie irgendeiner Sekte angehöre oder in einem Kloster lebe? Kein Radio oder Fernsehen habe? … Wie kann man nur heute leben, ohne sich der Welt zu öffnen, der Welt der Kunst und Musik? …

Frau Windhammer schwieg lange … Lassen Sie uns über Tobias reden, Sie werden sehen, wie Recht ich habe … und sie begann, ihm das Leben ihrer Familie zu erzählen.

Die Windhammers waren in der niedersächsischen Kleinstadt ansässig seit Generationen. Johann Lukas, der Vater, hatte 1932 eine Josefine Mayers aus einem Nachbardorf geheiratet, er war Beamter bei der städtischen Sparkasse, später übernahm er sogar die Leitung, ein angesehener Mann in der Gemeinde. In der Nazizeit musste er wohl oder übel der Partei beitreten, aber man hielt sich in erster Linie an die katholische Kirche. Als die Euthanasie-Verbrechen bekannt wurden, organisierte Johann Lukas Windhammer den religiösen Widerstand, fiel deshalb bei der Partei in Ungnade und wurde zeitweise vom Dienst suspendiert. Seitdem beschlossen sie, kein Radio mehr zu hören, in den Zeitungen nur gerade die Überschriften zur Kenntnis zu nehmen und sich ganz intensiv der Bibellektüre zu widmen. In diesen Jahren wurden die Kinder fern gehalten von aller Politik, das Kriegsende verlief für sie recht glimpflich; in den Jahren der englischen Besatzung wurde der Vater sofort rehabilitiert und bald Mitglied der neuen christlichen Partei. Aber zu Hause sprach man nicht über Politik.

Die beiden Söhne Tobias und Winfried hatten Schwierigkeiten im Gymnasium, vor allem in den alten Sprachen. Der Pfarrer musste Nachhilfeunterricht geben, wurde ein enger Freund der Familie. Die außergewöhnliche Musikalität von Tobias stellte sich bald heraus, er erhielt Klavierunterricht von der Mutter, musste vor allem die Sonaten von Bach üben, war auch im Kirchenchor, wo er mit seiner besonders reinen Stimme sogar Soli singen durfte. Die Erziehung der Kinder entwickelte sich sehr harmonisch, wenn da nicht dieser Freund gewesen wäre.

Gustav hieß er, seine Eltern hatten einen angesehenen Gasthof, aber sie kümmerten sich nicht um ihren Sohn, er trieb sich überall herum, wo etwas los war, auf dem Fußballplatz, in den Kinos und den Kneipen; bald wusste er, sich bei den Mädchen wichtig zu machen und Tobias war ihm regelrecht verfallen. Er kam nicht mehr pünktlich zu den Mahlzeiten, und trotz aller Ermahnungen und Strafen war er auch nachts unterwegs. Ein richtiger Verführer, dieser Gustav, oft kam er der Mutter vor wie der Teufel selbst, sie betete, ließ sich pädagogisch beraten. Tobias wurde in ein fernes Internat verbannt, machte dort mit Not sein Abitur. Aber als er in H. sein Studium der Volkswirtschaft beginnen wollte, tauchte Gustav wieder auf. Er hat Tobias in die Musikszene eingeführt, zuerst machte er Popmusik, sang

Schlager, dann entdeckte jemand seine Stimme für die Bühne; er ließ sich in K. ausbilden. Weil er von den Eltern keine finanzielle Unterstützung erhielt, sang er abends in irgendwelchen Lokalen und Gustav wurde sein Manager.

Nehmen Sie noch etwas Tee? ... fragte Frau Windhammer ... Und dieses Gebäck sollten Sie probieren, eine unserer Spezialitäten ... Sie lehnte sich zurück und bedeckte die Augen, bevor sie weitererzählte.

Eines Tages hat mein Mann ihn in H. aufgesucht, er wohnte in einer Kommune zusammen mit einigen anderen Jungen und Mädchen, die von zu Hause weggelaufen waren – babylonische Zustände! Mein Mann hat ihn zur Rede gestellt, ihm Geld angeboten für eine solide Existenz. Er wollte von all dem nichts wissen, fühlte sich offensichtlich wohl in diesem Sündenbabel. Dann hat mein Mann ihm verboten, je wieder nach Hause zu kommen ...

Damit war er aber nicht gerade ein christliches Vorbild ... wagte Scheible einzuwenden.

Leider, wir haben oft darüber Tränen vergossen. Mein Mann ist früh gestorben. Er hat die Heimkehr des verlorenen Sohnes nicht mehr erlebt. Als Tobias sein erstes Bühnenengagement antrat, hat er ein liebes Mädchen geheiratet, das gut für ihn sorgte; ich war zur Hochzeit eingeladen, es schien sich alles zum Guten zu wenden, aber beim ersten Engagementswechsel ging die Ehe auseinander, wahrscheinlich hatte wieder der Teufel seine Hand im Spiel. Tobias litt an der Wunde, die ihm in frühen Jahren dieser Gustav beigebracht hatte, es war wie ein Höllendrang seiner Triebe. In der Pein seines schrecklichen Sehnens wurde er wieder rückfällig und das bei diesem Beruf, bei dem er von Versuchungen ständig umgeben war. Erst als er zum zweiten Mal heiratete kam wieder etwas Ruhe in sein Leben. Diese

Marion wusste ihn zu nehmen, aber ich bin nicht sicher, ob dieser Teufel nicht auch an dem Unfall schuld war …

Scheible fragte nach dem Nachnamen dieses Gustav. Er habe viele Namen, erfuhr er, ursprünglich habe er Friedrichsen geheißen, später nannte er sich Klingmann oder so ähnlich. Auch die Adresse wechselte er ständig.

Ob Tobias wirklich so oft in die Kirche gegangen sei, wie der Pfarrer bei der Beerdigung verkündet habe?

Warum sollte er es nicht getan haben? Jedenfalls wollen wir es von ihm glauben. Mein Sohn hat sich seine letzte Ruhe wohl verdient …

Diesen Trost wollte er der alten Dame nicht nehmen; deshalb fragte er nicht, ob nicht gerade der religiöse Puritanismus des Elternhauses zur Verwirrung der Sinne und zur Unrast seines Lebens beigetragen habe. Scheible bat, sich verabschieden zu dürfen; er dankte für die wichtigen Informationen und versprach, er werde dem Teufel auf die Schliche kommen.

Der nächste Zug nach H. ging erst in einer Stunde, so konnte Scheible noch ein wenig durch die Straßen bummeln und auch einen Blick in die Kirche werfen, es roch nach Weihrauch, vor einem Marienbild brannten viele Kerzen, mehrere Frauen knieten und beteten den Rosenkranz. Ob sie die Welt entsündigen oder nur sich selbst durch Beten den Himmel öffnen wollten?

In H. musste er sich in einem Hotel in der Nähe des Bahnhofs ein Nachtquartier suchen, mehrfach wurde er von Zigaretten rauchenden Mädchen in kurzen Röcken angesprochen, auch wollte ihm ein junger Mann Drogen verkaufen. Im Hotel durchforstete er das Telefonbuch nach irgendeiner möglichen Adresse dieses Gustav, selbst die Auskunft konnte nicht weiterhelfen.

Am nächsten Morgen entschloss er sich, im Polizeipräsidium einen alten Bekannten aufzusuchen. … Scheible, was machen Sie denn hier? Wieder auf der

Suche nach einem anonymen Verbrecher? Oder in den Ferien? ... Der ehemalige Kollege klopfte ihm auf die Schulter, er lud ihn zum Essen ein – damit man sich nach all den Jahren mal richtig austratschen könne. Er hörte von politischen Skandalen, ständigem Wechsel der Verantwortlichen, von Korruption, Sexaffären und Ausländerproblemen. Und er erzählte den Grund seines Besuches.

Der Kollege lachte ihn aus, in diesem Sumpf etwas herauszufinden sei fast aussichtslos. Aber er nahm ihn mit in die Computerzentrale und begann zu suchen: Friedrichsen, Klingmann, irgendein Sexappartment oder einen Club Homosexueller, Stichwort Gustav. Auf dem Erotikmarkt gab es ja so viele Etablissements mit klingenden Namen, Venus und Aphrodite hatten Konjunktur. Da lasen sie plötzlich *Minne Club chez Gustave*, abgekürzt MC. Dort wollte Scheible sein Glück versuchen.

Aber melden Sie sich vorher auf dem Polizeirevier, damit wir helfen können, wenn es Probleme gibt; diese Leute sind nicht ungefährlich ... Der Kollege zwinkerte ihm zu ... Viel Spaß bei diesem Abenteuer ...

Scheible fand die Straße in dem berüchtigten Vorort sehr bald, in der Nähe lag ein großer moderner Hotelkomplex; das vermutete Etablissement war in einem der üblichen Nachkriegsbauten untergebracht, wirkte jedoch recht gepflegt, er suchte vergeblich nach einem Namensschild. Eine Weile beobachtete er, ob sich wohl irgendwelche möglichen Klienten dort einfinden würden, und er wurde nicht enttäuscht, immer wieder tauchten einzelne wohlgekleidete Damen und Herren auf, drückten den Klingelknopf und verschwanden.

Das Abenteuer bereitete ihm, je länger er wartete, Herzklopfen. Er gab sich einen Ruck, klingelte. Eine hübsche junge Dame öffnete, bat ihn herein und stellte sich vor. Sie fragte nach seiner Clubkarte, da sie ihn persönlich noch nicht kennen gelernt habe. Er nannte einen falschen Namen, sei ein Freund von Tobias gewesen und von ihm auf den Club aufmerksam gemacht worden. Da er gerade in H. sei, wolle er die Gelegenheit wahrnehmen. Die Empfangsdame bat ihn Platz zu nehmen, telefonierte. Nach einer Weile setzte sie sich zu ihm und legte ihm zwei Papiere vor, die Statuten des Clubs und ein Formular ... Lassen Sie sich Zeit, unser Angebot zu studieren; ich werde Monsieur Gustave von ihrem Besuch informieren ...

Ein Club zum körperlichen und seelischen Wohlbefinden seiner Mitglieder. Das Angebot: Wellness-Center mit Sauna, Massage, medizinischer Betreuung, Kosmetiksalon, Filmstudio, Modeshow, Bar, verschiedene Salons, Venustempel. »Den Clubmitgliedern wird erotische Unterhaltung jeder Art geboten. Es herrscht völlige Freiheit, jeder kann die Rolle spielen, von der er träumt, alle seine Wünsche werden von den Damen und Herren des Minnedienstes erfüllt. Alles ereignet sich in einer geschlossenen Gesellschaft, Voraussetzung absolute Diskretion. Die Clubmitglieder zahlen einen Jahresbeitrag und bei jedem Besuch eine Pauschalgebühr. Die genannten Zahlen garantieren dem Club finanzielle Exklusivität und entsprechende erlesene Qualität des Angebots.«

Die Empfangsdame kehrte zurück, M. Gustave werde ihn in einer halben Stunde empfangen, er möge bitte das Formular unterschreiben und ihr dann folgen. Scheible musste eine Kaution hinterlegen und sich verpflichten, bei eventuell negativen Eindrücken seines Besuches keinerlei Regressansprüche zu stellen.

Er wurde in eine Garderobe geführt ... Wollen Sie es sich bequem machen, wir haben hier sehr schöne seidene Anzüge, oder einen Kimono vielleicht? ... Ein attraktives Revuegirl stand vor ihm und zog ihm sein Jackett aus, ehe er sie daran hindern konnte. Der weite Kimono gefiel ihm recht gut, man musste sich ja anpassen. Das Girl führte ihn in einen höhlenähnlich dekorierten großen Raum, wo sich in Nischen und Logen bereits verschiedene Gäste aufhielten. Er wurde von einer graziösen Dame mit einem Glas Champagner begrüßt und zu einer Couch geführt ... Das ist unser Venustempel ... sie lächelte verführerisch ... Unser Chef hält es mit den antiken Göttern und mit Richard Wagner. Wir können die Musik schon nicht mehr hören, aber er glaubt, nur so empfänden die Gäste die richtige Wonne und Lust; aber wenn Sie moderne Musik bevorzugen, führe ich Sie in unseren Flowergarden ...

Scheible ließ sich treiben und versuchte die Atmosphäre aufzunehmen. Eigentlich war es ja eine altmodische Bühnendekoration, in die er hier geraten war, er sah an den Wänden Bilder von nackten Jünglingen und Nymphen, Amoretten und einladenden Grazien. Und diese Paare in den Nischen schienen recht angeregt in ihren Liebesspielen. Ein parfümierter Nebel in wechselndem hell-dunklem Farbenspiel narkotisierte die Phantasie.

Oder sollen wir zunächst einen anregenden Film ansehen? ... wollte seine Dame wissen ... Es gibt da sehr raffinierte Bilder ... Scheible winkte ab, er warte zunächst auf M. Gustave ... vielleicht später ...

Und er erfuhr interessante Details über dieses Sexparadies, das schon fast zehn Jahre existierte, immer wieder mit der Polizei Probleme hatte, aber dank der guten Verbindungen von M. Gustave immer komfortabler und raffinierter geworden sei. Mehr als zehn junge Damen und Herren seien ständig beschäftigt, er sei ein großzügiger Chef, dieser M. Gustave, ein Opernnarr, der keine Premiere verpasse … Und das große Hotel gegenüber gehört ihm auch. Dort wohnen all die noblen Gäste von außerhalb, aus Skandinavien und aus England. Wir sind weltberühmt, solch einen Liebesservice finden Sie in Europa kein zweites Mal … Sie legte die Hand um seine Schulter und wollte ihm einen Kuss geben.

M. Gustave hielt Wort, er kam persönlich, um Scheible zu begrüßen und zu sich in seinen Salon zu bitten. Da war er also, dieser große Verführer, der Teufel, wie ihn Mutter Windhammer immer wieder genannt hatte. Ein schlanker Herr, wohl Ende Fünfzig, in lila Smoking mit hellem Revers, gemusterter Schleife, gerüschtem, beigefarbenem Seidenhemd, eleganten Lackschuhen. Er tarnte sich mit einer dunklen Brille, sein bleiches Pergamentgesicht schien künstlich gerafft, auf seinem Kopf trug er eine rote Samtkappe, die wohl seinen kahlen Schädel verbergen sollte.

Sie wollen mir von meinem Freund Tobias erzählen? … fragte er, bot Scheible einen der mit dunkelrotem Plüsch gepolsterten Liegesessel an … Sie sehen hier an den Wänden viele Bühnenphotos von ihm, auch Privatbilder. Es gab keinen besseren Holländer als ihn, und Mephisto, Jago, Scarpia. Warum er so früh sterben musste. Ich war in seiner letzten Vorstellung und dann im Krankenhaus. Es war schrecklich … Gustav musste sich Tränen aus den Augen tupfen.

Wissen Sie mehr über den Unfall? … fragte Scheible unvermittelt.

Ach, hören Sie, das ist eine lange Geschichte. Ich kannte Tobias seit mehr als vierzig Jahren, er war mein bester Freund. Ein sehr sensibler Mensch, er hatte es schwer in der Welt mit seiner Veranlagung und sicher war er wieder auf irgendeinen Ganoven hereingefallen. Er konnte den Augenblicksversuchungen nicht widerstehen, aber gewiss hat auch seine Frau an dieser Entwicklung schuld, er wurde von ihr ausgepresst, kam nicht zur Ruhe; wen wundert es, wenn er immer auf der Flucht war? Aber was haben Sie mit Tobias zu tun gehabt? ... wollte Gustav wissen.

Scheible musste sich etwas einfallen lassen. Er sei ein Opernfan, Autogrammjäger, sei Windhammer oft nachgereist, dann von ihm zum Essen eingeladen worden, Tobias habe viel von sich erzählt, eben auch von Gustav, bei dem er immer wieder Zuflucht finden könne, er sei der einzige Mensch, der ihn wirklich verstehe.

Solche Komplimente schienen seinem Gegenüber zu gefallen. Er bot ihm eine Zigarette an, aber Scheible sagte, dass er nur Pfeife rauche ... Dann gewiss eine Zigarre? ... Das konnte er nicht ablehnen. Er schälte seine Brasil aus ihrer Verpackung und begann mit dem Kult des Anzündens, Gustav hielt ihm die Flamme ... Sie trinken sicher auch einen Whisky? ... Er bestellte durch sein Tischmikrofon und lehnte sich zurück.

Was ich Ihnen sage, bleibt unter uns. Ich kann mich auf Sie verlassen? ... Gustav wartete bis die Whiskys serviert wurden ... Kennen Sie das Gastmahl von Plato? Und darin die große Rede des Aristophanes? Am Anfang sei die ganze Gestalt des Menschen eine Kugel gewesen mit vier Armen und vier Beinen, zwei einander völlig gleichen Gesichtern und natürlich auch zwei Schamgliedern. Aufgrund dieser genitalen Dualität gab es damals nicht zwei, sondern drei Geschlechter: ein männliches mit zwei männlichen Geschlechtsteilen, ein weibliches mit zwei weiblichen Geschlechtsteilen und ein mannweibliches. Die Menschen rückten den Göttern zu Leibe; Zeus beschloss zur Strafe, sie in zwei gleiche Hälften zu zerteilen. Seither ist jeder dazu verdammt, seine andere Hälfte zu suchen. Haben Sie ihre andere Hälfte gefunden?

Es ist klar, es gibt die männlichen und die weiblichen Homosexuellen, die Heterosexuellen und die Androgynen, die beides in sich vereinen. Mein Freund Tobias zählte zu den unglücklichen Menschen, die zu beiden Geschlechtern hinneigen. Es hat viele Jahre gedauert, bis er das Rätsel seiner Natur zu lösen begann, und ich habe ihm dabei geholfen. Keiner der vielen Ärzte, die er konsultiert hat, wusste mit seiner Veranlagung etwas anzufangen. Und wenn er in Not war, kam er zu mir, vielleicht war er sogar abhängig von mir, weil ich so genau durchschaut hatte, auf welche sexuelle Weise ich ihm helfen konnte …

Dann waren Sie also sein Psychoanalytiker? … wollte ihm Scheible ein Kompliment machen.

Ja und nein … antwortete Gustav … Die eigentliche Erfüllung für Tobias war das Theater. Auf der Bühne war er mit seiner Rolle identisch, er wusste, was er zu tun, zu sprechen, zu singen hatte. Deshalb konnte er sich so perfekt verwandeln, er brauchte nicht er selbst zu sein, war frei von seinen Komplexen, Albträumen, Lüsten, musste sich nicht verstellen nach der einen wie nach der anderen Seite. Und wenn der Vorhang fiel, machte er ein verzweifeltes Gesicht, grinste hilflos ins Publikum, wusste nichts mehr mit sich anzufangen. Das haben viele ausgenutzt, nicht zuletzt die Frauen. Und er war viel zu hilflos und schüchtern, um sich von ihnen loszusagen …

Wie ein Blitz schlug diese Charakterisierung bei Scheible ein. Ja, jetzt konnte er sich vieles bei Windhammer erklären, wusste auch, von welcher Seite ihm Gefahren drohten. Diesem psychologischen Sonderfall war natürlich weder die Familie noch die Gesellschaft gewachsen. Er begann die Philosophie von Gustavs Venus Club zu verstehen und das sagte er seinem Gegenüber.

Es gibt unendlich viele Menschen in unserer Welt, die mit ihren sexuellen Problemen nicht fertig werden, weil sie nicht den Mut haben, das zu tun, worauf sie Lust haben und was ihnen gemäß ist. Sie gehen oft an sich zugrunde, werden kriminell oder verdrängen ihre Neigungen entsprechend der christlichen Moral. Dieser Augustinus mit seiner Lehre von der Erbsünde hat Millionen von Menschen unglücklich gemacht und zerstört. Jetzt endlich kommt die Zeit, wo wir uns von den alten Vorurteilen und Dogmen lösen. Entschuldigen Sie, wenn ich predige – das ist mein Thema. Dieser Club hier hat eine sozialpsychologische Funktion, auch von einigen Ärzten anerkannt, und trotzdem ist uns die Polizei auf den Fersen …

Scheible beobachtete diesen Menschheitsbeglücker im lila Smoking an der Havanna paffend, und stellte sich seinen Freund Tobias vor, vielleicht ebenso gewandet, oder etwa als elegante Dame, auf seinem Schoß sitzend, oder beide nackt als androgynes Pärchen. Aber hatte er nicht Recht, die sexuellen Fragen bei ihrem Namen zu nennen und entsprechend zu leben?

Gustav glaubte, einen Zuhörer zu haben, dem er seine Philosophie vortragen konnte. Er sprach von dem Fluch der christlichen Verdrängungs- und Sündenpraxis, dagegen die Weisheit der alten Ägypter, die ihren Körper ernst genommen hatten, den Phallus überall, auch bei Göttern abbildeten, weil sie wussten: Wer die Wollust liebt, ist ein Gott. Oder die Weisheit Mohammeds, der den Männern mehrere Frauen zugesteht und auch nichts dagegen hat, wenn die Männer unter sich bleiben wollen. Und die Offenheit der alten Griechen, man brauche nur die Odyssee genau zu lesen.

Eros ist ein Dämon unter vielen Masken, der ebenso im Glück der Erfüllung wie in der Not des Unvermögens seine Spiele spielt, man muss es ein Leben lang lernen, mit diesem Dämon umzugehen. Wer das nicht kann, leidet an Frustration. Es gibt nichts Sehnlicheres – das wusste auch bereits Freud – als die Wiedererlangung des paradiesischen Gleichgewichts. Und dazu möchte ich jedem verhelfen …

Scheible konnte nur klatschen; in vielem hatte er ihm aus der Seele gesprochen. Gustav wollte gerade einen weiteren Whisky bestellen, als ihm am Telefon gemeldet wurde, ein Polizist habe sich gemeldet und nach einem Herrn Scheible gefragt.

Haben Sie mit der Polizei zu tun? … Gustav war wie verändert … Was wollen Sie von mir? Ich habe Windhammer nicht umgebracht, da müssen Sie bei den Pfaffen suchen, die ihn in ihren Beichtstühlen gemartert haben! Oder bei den Weibern, die ihn bis zuletzt ausgenutzt haben und sich jetzt als Märtyrer aufspielen. Oder bei seinen lieben Kollegen …

Scheible entschuldigte sich. Er sei Privatdetektiv und der Wahrheit auf der Spur.

Hinaus! … schrie Gustav … Sie falscher Teufel! …

Scheible rannte zur Tür, durch die Venusgrotte, fand endlich die Garderobe. Das Girl warf ihm seine Sachen vor die Füße. Am Empfang verlangte er seine Kaution, der Betrag lag schon bereit. Der Polizist hielt ihm die Tür auf, gerettet.

8

Vor dem Spiegel in der Maskenbildnerei des Theaters saß ein fremder Mensch. Mathieu Scheible hatte seinen Freund, den Chefmaskenbildner gebeten, ihm zu einem völlig neuen Aussehen zu verhelfen, niemand in der Stadt dürfe ihn erkennen. Elegant wolle er wirken, wie ein eitler Dandy, ein südländischer Typ. Der Maskenbildner klebte ihm einen grau melierten Spitzbart an, die Oberlippe wurde mit einem schmalen Schnurrbart dekoriert und auf dem Kopf sorgte ein gewelltes Toupet für den letzten Chic. Buschige Augenbrauen und geschwärzte Wimpern machten den Ausdruck seiner Augen unwiderstehlich. Als Manrico oder Germont würde er jetzt auf der Bühne sicher Erfolg haben, meinte der Maskenbildner. Er wünschte ihm toi, toi, toi für den großen Auftritt. Im Kostümfundus suchte sich Scheible einen grauen, eleganten Anzug, den dazugehörigen Mantel und Hut, auch ein leichter Spazierstock mit silbernem Griff durfte nicht fehlen.

Nur so glaubte er sich in einem bestimmten Café am Boulevard, wo sich, wie man wusste, Herren mit bestimmten Ambitionen zu treffen pflegten, sehen lassen zu können. Dies war das Café wo Tobias Windhammer einmal in eine Polizeikontrolle geraten war, und hier war er auch mit dem jungen Opernfan gesehen worden, der bei den Vorstellungen manchmal in der Gasse stand und sich angeblich für die Bühnentechnik interessierte. Scheible war es nicht gelungen, Näheres über diesen jungen Mann herauszufinden, außer dass er offenkundig ein Türke oder Armenier war, der nur gebrochen deutsch sprach.

Das Café war gut besucht; da kein Tisch mehr frei war, musste Scheible um Erlaubnis bitten, sich zu einem einzelnen Herrn hinzusetzen. Er bestellte einen Campari-Soda und versuchte seine Neugierde zu tarnen. Es herrschte ein reges Kommen und Gehen in dem Café, manche Gäste schienen nur die Toilette aufzusuchen. In einer Ecke hockte ein halbes Dutzend junger Burschen zusammen und unterhielt sich so laut, dass das ganze Lokal an ihren Späßen teilhaben konnte. An anderen Tischen jeweils zwei Herren in eher intimem Gespräch. Sein Tischnachbar schien vergeblich auf jemanden zu warten, schaute immer wieder auf die Uhr. Scheible wagte nicht, ihn anzusprechen, bald verschwand er, sichtlich enttäuscht. Ein junger Mann, auf den die Beschreibung der Bühnenleute gepasst hätte, war unter den Gästen nicht zu entdecken.

Allmählich leerte sich das Café; Scheible dachte auch bereits daran zu gehen, als der Wirt, der von seiner Bartheke aus die Kunden beobachtet hatte, zu ihm kam. Ob er jemand bestimmten erwarte? Vielleicht könne er helfen. Scheible gab sich als einen früheren Freund Tobias Windhammers zu erkennen, er sei zum ersten Mal in W., forsche nach einem gemeinsamen früheren Bekannten. Der Wirt lachte und setzte sich zu ihm. Vertraulich flüsterte er ihm zu, ob er sich wohl Lafir nenne? Ein Kurde, sehr hübscher Junge. Wie er eigentlich heiße, wisse niemand, Windhammer habe immer von Lafir gesprochen. Scheible gab sich erfreut, er brauche einen gewissen Stoff. … Kein Problem … meinte der Wirt, er könne Lafir verständigen.

Also morgen um die gleiche Zeit? … Scheible bedankte sich und stand auf. Der Wirt half ihm in den

Mantel. Er schlenderte langsam über den Boulevard, betrachtete die Auslagen der vornehmen Geschäfte, hatte auch ein Auge für die Mode der Damen. Plötzlich hastete Anton Kleinert, der technische Direktor an ihm vorbei. Er sprach ihn an ... Woher kennen wir uns? ... fragte er. Großes Gelächter. Er teilte ihm eine Neuigkeit mit, er verlasse bald die Stadt, habe ein anderes gutes Engagement, in W. gebe es für ihn keine Zukunft; solange der Prozess nicht in zweiter Instanz entschieden sei, habe er keine Autorität beim Personal und bei den Behörden.

Bald, bald ... vertröstete ihn Scheible, er sei auf gutem Wege.

Er kehrte in die Garderobe zurück und ließ sich abschminken ... Morgen die gleiche Prozedur bitte, ich habe wieder eine Verabredung ...

Auf dem Gericht hatte sich Scheible über den Prozess informiert, in dem Windhammer vor mehr als zwanzig Jahren verurteilt worden war – ein Sexualdelikt mit einem Jugendlichen: In einem Strandbad hatte er einen 12jährigen Jungen beobachtet, ihn dann angesprochen und sich mehrfach mit ihm verabredet, um ihn zum Eisessen einzuladen. Dann muss es wohl auch zu sexuellen Berührungen gekommen sein. Windhammer hatte behauptet, den Jungen aufgeklärt zu haben. Die Eltern bestanden auf einer Verurteilung: ein Monat Gefängnis auf Bewährung. Offensichtlich keine späteren Wiederholungsdelikte. Ob Monsieur Gustaves »Sexualpädagogik« gefruchtet hatte?

Am nächsten Tag ließ sich Scheible wieder verfremden und tauchte am späten Nachmittag im Café auf. Er begrüßte den Wirt, der ihm eine intime Sitzecke reserviert hatte. Der Wirt telefonierte und gab ihm ein positives Signal. Es dauerte keine Viertelstunde bis ein junger Herr erschien, sich umschaute und vom Wirt an ihn verwiesen wurde. Das war also Lafir – mittelgroß, er trug einen weißen Pullover, Jeans, hatte langes schwarzes Haar, das fast die Schultern berührte.

Scheible stellte sich als René Curzius aus M. vor und bat seinen Gast Platz zu nehmen. Sofort war von Windhammer die Rede, dem großen Sänger und seinem tragischen Tod. Warum konnte er nicht weiter sein Publikum erfreuen, seine großen Wagner-Partien gestalten? … Er hatte ja noch so viele Pläne, trotz der psychischen Labilität, trotz der Intrigen der Kollegen … Scheible beobachtete die nervösen Hände des jungen Mannes, seine scheuen Blicke. Allmählich schien es ihm zu gelingen, ihm die Zunge zu lösen.

Lafir erzählte von sich. Er war ein iranischer Kurde, seit fünf Jahren zum Studium in Deutschland. Sein Vater hatte das Missfallen der Mullahs erweckt und musste eine Gefängnisstrafe abbüßen, seine Mutter war bei der Geburt gestorben. Die Pflegeeltern hatten seine Ausreise erwirkt, aber sie konnten sein Studium nicht bezahlen, er musste Geld verdienen, zum Teil durch Aushilfsarbeit, zum Teil durch illegale Geschäfte. Scheible konnte sich denken, was gemeint war.

Mit Windhammer war er vor mehr als einem Jahr hier in diesem Café bekannt geworden, er habe ihn ins Theater mitgenommen, auch in andere Städte eingeladen … Ein guter Freund … sagte Lafir … er brauchte mich, war oft sehr melancholisch, ich konnte ihm helfen. Ich bringe ihm Heil und Erlösung sagte er immer wieder. In den Vorstellungen fühlte er sich wie neu geboren, es sei wie ein Wunder. Ich stand oft in der Gasse und habe ihm zugehört. Ich verstehe zwar nicht viel von Oper, aber seine Stimme war sehr berührend. Einmal wurden wir hier im Café von der Polizei kontrolliert, mich haben sie eingesperrt und verurteilt wegen Drogenhandels, aber bald war ich wieder frei …

Scheible behauptete, Windhammer habe ihm von dieser Wunderdroge erzählt. Er sei in einer ähnlichen psychischen Depression und brauche Hilfe. Lafir schaute sich um. Nein, nicht hier, draußen im Park könne man besser reden.

Wusste denn seine Frau von der Droge? … fragte Scheible. Lafir lachte … Sie hat uns einmal überrascht, seitdem musste alles heimlich geschehen … Lafir rieb sich verschmitzt die Hände … Nach seinem Tod hat sie mich zu sich bestellt und mir eine große Summe Geld gegeben – Bedingung: Ich darf nie etwas von dieser Droge der Polizei oder dem Gericht erzählen, das hätte sonst schlimme Folgen bei der Versicherung …

Dieser kurdische Student wurde Scheible immer sympathischer, offensichtlich ein sensibler, phantasievoller junger Mann, der um die Geheimnisse von Tausendundeiner Nacht zu wissen schien … Und wie ist Windhammer zu Tode gekommen? … fragte er ihn.

Am Unglückstag war ich nicht dabei, aber ich kann mir einiges denken. Das Tau zu lösen war kinderleicht, ich hätte das auch gekonnt, aber warum hätte ich das tun sollen, Tobias war mein Freund und guter Kunde. Ich lebte von ihm. Aber da waren andere, sie haben sich gegen ihn verschworen. Seine Frau, dieser Agent, der andere Sänger, der immer darauf wartete, dass Windhammer absagte, aber Tobias hatte ja mein Wundermittel und sagte nicht ab. Ich habe es speziell für ihn gemixt, Sie müssen wissen, ich studiere Pharmazie und meine Pflegeeltern hatten auch mit Ähnlichem zu tun. In Persien haben wir alle unsere Geheimnisse …

Scheible zahlte, dankte dem Wirt und ging mit Lafir in den Park zu der Bank, wo er sich immer mit Windhammer getroffen hatte … Geben Sie mir auch einmal zur Probe eines von Ihren Wundermitteln? … Lafir drehte sich um, griff irgendwohin unter seinen Pullover und brachte einen kleinen Papierbeutel zum Vorschein ... Nur zur Probe ... sagte er ... 100 Mark ...

Das war ihm das Exempel wert. Er suchte seine Brieftasche, holte einen Schein, sie tauschten ... Wenn es Ihnen guttut, melden Sie sich beim Wirt. Wir bleiben in Kontakt, ich vertraue Ihnen ... Lafir hatte ihn kurz umarmt und war verschwunden.

Scheible kehrte mit seiner Droge ins Theater zurück und ließ sich abschminken ... Soll ich selbst dieses Wundermittel einmal probieren oder es gleich im Labor untersuchen lassen? ... Während er so mit sich verhandelte, stürzte der Chefmaskenbildner in den Raum, mit der Abendzeitung winkend ... Habt ihr gelesen: Intendantenwechsel in W. Intendant Dallert wird abgelöst. Unter den möglichen Nachfolgern auch Hans Enders, der bekannte Theateragent aus M. Um Gottes willen, dachte Scheible, der kann nicht genug kriegen. Höchste Zeit, dass ich mich auch mit ihm verabrede. Enders, ja dieser geschickte Fadenzieher, Geschäftemacher, Intrigant. Ihm war alles zuzutrauen. Warum habe ich ihn nicht schon früher unter die Lupe genommen?

Er telefonierte und telefonierte, es schien nahezu ausgeschlossen, einen Termin zu bekommen. Scheible entschloss sich, geradewegs nach M. zu fahren und Hans Enders zu stellen.

Im Vorzimmer musste er mit einem halben Dutzend junger Sänger wohl eine Stunde warten. Als er schließlich aufgerufen wurde, fragte die Sekretärin nach dem Grund seines Besuches. Scheible gab sich als Journalist aus W. aus, der mit Herrn Enders über seine Bewerbung sprechen wolle. Das öffnete ihm die Tür.

Enders saß an einem großen Schreibtisch, auf dem ein Papierchaos herrschte ... Bewerbungen, Spielpläne, Verträge, Zeitungsausschnitte ... Aber er schien sich auszukennen. Als Scheible vom Theater in W. sprach, hatte er sofort einen Brief des Kulturdezernenten in der Hand, den er Scheible zu lesen gab … Komplimente, Komplimente, Enders wurde aufgefordert, sich der Ratskommission vorzustellen … Was soll ich den Leuten erzählen? … fragte er den angeblichen Journalisten.

Dass Sie gewiss alles besser machen als Dallert, das Repertoire erneuern, die modernen Regisseure fern halten, bessere Sänger engagieren, davon verstehen Sie ja sehr viel, wie man weiß, und vor allem, dass das Theater renoviert werden muss, damit solch ein schrecklicher Unfall nicht wieder vorkommen kann …

Enders lachte … Darf ich Sie engagieren für die Öffenlichkeitsarbeit? Sie wissen die richtigen Parolen … Das Telefon klingelte … Die Oper aus Paris, entschuldigen Sie … Scheible stand auf und studierte an den Wänden des Zimmers die Spielpläne der europäischen Opernhäuser.

Je größer die Häuser, desto dilettantischer die Organisation. Enders berichtete kurz, in Paris streike wieder eine Bühnengewerkschaft, alle Vorstellungen müssten abgesagt und verschoben werden, und in London grassiere eine Grippe … die meisten Sänger krank, von Mailand und Rom ganz zu schweigen … Und wieder das Telefon … Nein, nein, jetzt keine Störung, das soll die Meyer übernehmen. Entschuldigen Sie …

Scheible fragte nach dem jungen amerikanischen Sänger, der damals bei dem Unfall so mutig einspringen konnte.

Hören Sie auf … lamentierte Enders … ein Versager. Mehrfach habe ich ihn vermittelt, aber nach wenigen Monaten wird er unverschämt, will alles singen, dabei hat er keine gute Ausbildung und weiß sich auf der Bühne nicht zu bewegen. Schade. Ich wollte ihm in W. eine Chance geben. In G. hat er noch ein paar Vorstellungen, dann kehrt er wohl nach Amerika zurück. Ich tue nichts mehr für ihn …

Also das genaue Gegenteil von Tobias Windhammer … gab Scheible ein Stichwort … Der Agent schaute ihn fragend an … Windhammer? Haben Sie ihn gekannt? Es kann keinen schwierigeren Sänger geben als ihn – die Daten, die Rollen, die Verträge, nie war ihm etwas recht. Er wollte andere Partner, einen anderen Dirigenten oder Regisseur und immer mehr Geld. Ein Nervenbündel, nie wusste man, ob er wirklich singen wird, aber abgesagt hat er auch höchst selten. In W. damals beim »Fliegenden Holländer« musste ich ihm einen Cover engagieren, den Mister Simons, aber dann dachte er nicht daran, einmal abzusagen, um dem Jungen eine Chance zu geben. Nein, das Geld, das liebe Geld …

War daran nicht auch ein wenig seine Frau schuld? … fragte Scheible.

Sie meinen, sie hat es als meine Sekretärin hier gelernt? … Enders lachte … Vielleicht. Ein Agent muss immer so viel herausholen wie möglich. Die Kunst ist, es sich dabei weder mit den Theatern noch mit den Sängern zu verderben. Man wird Jongleur, aber manchmal reißt das Seil. Im Grunde das gleiche Spiel wie an den Theatern. Deshalb ist eine Sängeragentur keine schlechte Vorübung für den Ernstfall …

Und jonglieren mit der Presse, den Politikern, dem Publikum … ergänzte Scheible … Nur nicht zu viel Charakter zeigen oder Prinzipien oder intellektuelle Überlegenheit wie dieser Dallert. Die Kasse muss stimmen …

Für welches Blatt schreiben Sie eigentlich? … Der Agent wurde stutzig, aber Scheible spielte seine Rolle weiter … Mal rechts mal links, von Fall zu Fall verschieden. In W. liest man sowieso immer nur den Rendl, der weiß alles besser, hat immer Recht. Den müssen Sie zum Essen einladen und ihm viele Informationen geben, dann schreibt er über Sie nur Gutes …

Enders lachte … Ich kann Sie trösten, das ist bereits geschehen. Also auf Wiedersehen in W. … lachte Scheible und erhob sich.

Und was wollten Sie von mir wissen? … fragte Enders … Ob er wenigstens einen Anteil an der Unfallversicherung des Tobias Windhammer kassiert habe … Scheible streckte dem Agenten die Hand hin und lächelte ihn an.

Die Hand blieb in der Luft … Viel Glück für Ihren großen Auftritt in W. Ich werde mich erkundigen … Und wenn Sie mich brauchen sollten, ich stehe Ihnen zur Verfügung … Er gab ihm seine Karte als Privatdetektiv. Der Agent warf wütend die Tür hinter ihm ins Schloss.

Nach W. zurückgekehrt, versuchte Scheible immer wieder, einen Kontakt zur Witwe Windhammers herzustellen, vergeblich. In ihrem Hause hieß es, sie sei verreist, man wisse weder wohin, noch wann sie zurückkehre.

Den technischen Direktor, seinen Mandanten, beruhigte er … Noch eine Reise … dann werde sich das Rätsel lösen.

9

Scheible traute seinen Augen nicht: Vor ihm lag eine Einladung zum Hochzeitsfest von Joseph Haldy, dem lebenslustigen Bühnenmeister des Theaters, mit Marion, geborene Donken, verwitwete Windhammer. In einem Nobelhotel in M. sollte das Fest stattfinden, und geladen waren, wie er bald feststellte viele Theaterfreunde aus W. Nichts hatte er von dieser Liaison erfahren; freilich hatte Haldy schon bald nach dem Urteil das Engagement gewechselt und war nach M. verzogen. Und dort muss er wohl auch den Kontakt gewonnen haben zur Witwe des verunglückten Sängers. Vieles hatte er Haldy zugetraut, aber gewiss nicht, dass er als Schuldiger die Witwe des Opfers heiraten würde. Das gab dem Fall eine völlig neue Perspektive. Natürlich nahm er die Einladung mit Freuden an, gratulierte und überlegte sich ein besonders sinnvolles Geschenk.

Ein Sängerfreund aus M. konnte ihm Näheres berichten: Bei einer Auktion seien sie sich zufällig begegnet, Marion habe ein wertvolles Gemälde ersteigern wollen, Haldy, der Malen als Hobby pflegte, sei nur aus Neugierde dort gewesen. Er habe die Witwe dringend vor überhöhten Preisen gewarnt, aus der Fachsimpelei sei dann eine regelmäßige Beratung geworden und wie es bei Haldy kommen musste, bald auch ein erotischer Flirt. Sie seien des Öfteren gemeinsam verreist und jetzt ein strahlendes Paar. Die Witwe habe sich völlig verändert, von der kalt berechnenden selbstherrlichen Art ihres früheren Auftretens sei nichts mehr zu spüren, sie zeige sich immer liebenswürdig und konziliant.

Mehr als hundert Gäste waren ins Hotel Intercontinental geladen, darunter viele prominente Sänger und Theaterleute. Haldy begrüßte die Gäste in seiner bekannt witzigen, nonchalanten Art. Vom Fall und Aufstieg des kleinen Jim war die Rede, vom Sündenfall, und dem siebenten Himmel der Liebe, von der lustigen Witwe und dem Happy End einer traurigen Geschichte. Er sage jetzt dem Theater Lebewohl, er habe die dankbare Aufgabe übernommen, eine vielseitig interessierte Frau liebend zu beraten und im Übrigen seinem Hobby nachzugehen, das sei nicht nur das Malen sondern auch den Theatern ihren Humor zurückzugeben ... Schluss mit diesem Wagnerkrampf ... Alles sei Spaß auf Erden und alle seien am Ende nur die Gefoppten, wie es Verdi im »Falstaff« verkünde. Er erhob sein Glas, alle standen auf und stießen mit den glücklichen Brautleuten an.

Vor dem Hochzeitsmenü wollte auch Marion noch ein paar Worte sagen. In ihrer mondänen brünette-rotblond gesträhnten Frisur, dem goldglänzenden Seidenkleid, mit ihren strahlenden Augen wirkte sie wie ein Leuchtfeuer in dieser ein wenig konventionellen Gesellschaftsrunde. Sie wandte sich an alle, die sie als Frau Windhammer kannten. Sieben Jahre sei sie mit dem Holländer durch die Lande geflogen, von Oper zu Oper, sieben Jahre habe sie sich aufgeopfert, einen von seinem Beruf Besessenen vor seinem Geschick zu bewahren, großes Theater habe sie erlebt und viele private Enttäuschungen ... Die Gespenster sind verjagt. Lassen wir dem Armen seine verdiente Ruhe ... Jetzt fühle sie sich wie neu geboren. Spät, aber nicht zu spät sei sie zu der Erkenntnis gelangt, dass der Erik der Oper eigentlich der richtige Mann für sie sei, und nicht ein

Phantom der Kunst, und der heiße Jim Haldy. Jeder Mensch habe das Recht, Fehler zu machen und sie zu bereuen. Sie sei ihrem Retter dankbar, er habe sie wieder das Lachen gelehrt.

Der Erik umarmte seine gerettete Senta, alle applaudierten. Er heiße jetzt übrigens Jim, vom keuschen Joseph wolle er nichts mehr wissen.

Nur Scheible sträubte sich innerlich, dieses Theater mitzuspielen. Er dachte an das große Vermögen, das ihr dieser unselige Holländer eingebracht hatte, an die Unfallversicherung, an die Abfindung durch die Stadt W. Diese strahlende Braut hatte an ihrem fleißigen Sängerpartner glänzend verdient, hatte ihn unter Druck gesetzt, nur keine Vorstellung abzusagen, hatte als gelernte Agentin seinen Kalender auf Jahre hinaus mit Terminen gefüllt. Davon war jetzt nicht mehr die Rede. Tobias Windhammer galt als der von seinem Beruf Besessene, den man nicht aus Satans Klauen, der Goldgier, befreien konnte.

Wie man sich sein Leben zurechtlügt, die Sprache ist geduldig. Oder ist es diese unselige Eigenschaft des Chamäleons Mensch, von heute auf morgen, der Konjunktur entsprechend, die Farbe zu wechseln? Opportunismus – aus jeder Situation das Beste machen. Überlebensstrategie? Früher rot, jetzt schwarz, früher braun, jetzt goldgestählt und zu jeder Farbe der passende Mann. Charakter ist ein Wort für die Annalen, sprechen wir lieber von Fortuna und ihren Günstlingen. An ihnen mangelt es in unserer perversen Zeit gewiss nicht.

Als er so seine Gedanken spann, stand plötzlich die Braut neben ihm … Lieber Herr Scheible, wir sollten uns einmal treffen. Wie ich höre haben Sie Ihre Ermittlungen immer noch nicht aufgegeben. Es ist da einiges zu klären. Kommen Sie doch morgen Abend einmal zu uns, wir sind dann ganz unter uns. Abgemacht? …

Diese Aussprache konnte ihm nur recht sein. War es Gedankenübertragung?

Den ganzen folgenden Tag trieb es ihn durch die Stadt. Er musste immer wieder an die Fragen denken, die er Marion Windhammer stellen würde. Und er suchte ein passendes Geschenk. In einem Antiquariat fand er eine bibliophile Heinrich Heine-Ausgabe … nein, nein, nicht an die »Memoiren des Herrn von Schnabelewopski« erinnern … Plötzlich sah er eine wunderschöne Ikone: Georg kämpft mit dem Drachen. Das schien ihm weniger verfänglich, er griff tief in seine Tasche … Drachen gibt es immer wieder, nicht nur auf der Bühne …

Die Neuvermählten lebten am Stadtrand in einer Wohnung, die auch der Sänger benutzt hatte, wenn er in M. seine Vorstellungen singen musste. Alle Erinnerungen an ihn waren verschwunden, keine Bilder keine Klavierauszüge, keine alten Schallplatten, die irgendwie mit ihm zu tun hatten Das ganze Mobiliar wirkte neu. Scheible überreichte seinen Heiligen Georg als Schutzpatron für eine gute gemeinsame Zeit, frei von irgendwelchen Höllengeistern. Marion zwinkerte ihm zu, gab ihm einen Kuss auf die Wange.

Bei einem guten Glas Burgunderwein kam das Gespräch in Gang, Scheible hatte um die Erlaubnis gebeten, seine Pfeife rauchen zu dürfen.

Wir sollten noch einmal über das Leben von Tobias Windhammer sprechen und seinen Unfall, so schwer es Marion auch fällt … meinte Jim Haldy … Wir müssen das Thema endlich abschließen, damit uns die Dämonen in Ruhe lassen …

Marion schüttelte sich … Wenn es denn unbedingt sein muss … Sie wendete sich ab und schaute zum Fenster hinaus. Angefangen hatte die Beziehung in der Agentur von Enders, sie war eine der Sekretärinnen, die auch Termine von Windhammer betreuen musste. Man sah sich zuweilen bei Vorstellungen oder im Büro, telefonierte öfters, und irgendwann begann sie zu spüren, dass die Gespräche immer länger, persönlicher, intimer wurden. Der Sänger brachte ihr die Blumen, die er am Abend zuvor auf der Bühne erhalten hatte, lud sie zum Essen ein und verwöhnte sie mit kleinen Geschenken.

Aus heiterem Himmel seine Frage: ... Willst du mich heiraten? Alles wird viel einfacher, wir gehören zusammen ... Anfangs wehrte sie sich gegen den Gedanken, einen zwanzig Jahre älteren Mann zu heiraten, dann begann sie seine bescheidene, dezente Lebensart zu schätzen, er war ja auch eine stattliche Erscheinung, groß, schlank, sein markantes Profil, immer sehr gepflegt in seiner Kleidung und in seinem Auftreten. Sie sagte ja.

Die Hochzeit in der Kirche seines Heimatortes war wohl die prunkvollste, die dort je gefeiert worden war. Obwohl nicht katholisch, musste sie sich der Zeremonie unterziehen, der lieben Mutter wegen, hieß es. Der Pfarrer, bei dem Tobias schon zur Kommunion gegangen war, gab ihnen Eheunterricht, seine Prüderie war peinlich. Bei der Hochzeit musste sie ein weißes Spitzenkleid mit langer Schleppe tragen, das Tobias für sie ausgesucht hatte; weiß gekleidete Mädchen hielten Lilien in den Händen, sie schritten über einen weißen Blumenteppich ... Das Fest war ein Albtraum ...

Marion konnte nicht weitererzählen, die Erinnerungen an ihren früheren Mann widerten sie an, sie verschwand. Jim Haldy, der wusste, was sie noch beichten müsse, entschuldigte sich und ging hinaus, um sie zu trösten. Nach einer Weile erschienen die beiden wieder, Marion hatte verweinte Augen, schluchzte.

Die Ehe hatte drei verschiedene Phasen ... erklärte sie: Zuerst musste sie den schüchternen, scheuen Engel spielen; die Liebesspiele bestanden in sanften Berührungen, als ob sie noch keine sexuellen Erfahrungen gehabt hätte. Dann begann er sie zu photographieren, in allen möglichen erotischen Posen, in Kostümen, die er aus dem Theater mitbrachte, er schenkte ihr die raffinierteste Unterwäsche und umgab sich mit diesen Bildern. Sie musste die große Verführerin spielen, die Venus mit all ihrem Raffinement. Dabei kam es nur selten zu wirklichem Geschlechtsverkehr. Sie merkte plötzlich, dass ihr Mann auch andere Freundschaften pflegte, sich mit jungen Männern traf ... Eines Tages war Tobias verschwunden ... Sie musste seine Vorstellungen absagen ohne einen rechten Grund zu wissen, nach einigen Tagen verständigte sie die Polizei.

Plötzlich meldete sich am Telefon ein früherer Freund ihres Mannes, namens Gustave. Ihr Mann sei bei ihm untergetaucht, wolle seine bisherige Existenz aufgeben, in Anonymität leben, er kehre nicht mehr zurück, sie solle ihm Geld schicken, die Bankkonten auflösen und alle Sachen zurechtlegen, er komme um sie abzuholen.

Marion gab sich nicht geschlagen, nahm den Kampf auf, um ihren Mann aus den Fängen der Gangster, die möglicherweise seine Veranlagung ausnutzten, zu befreien. Kurz, sie fuhr nach H., ermittelte die Adresse Gustaves, tauchte dort als verführerisch gekleidete Dame auf, simulierte ein Interesse an den Spielen des Clubs. Sie traf auf ihren Mann, in Frauenkleidern. Er umarmte sie und ließ sich von ihr entführen.

Marion musste eine Pause einlegen. Sie schüttelte sich bei ihren Erinnerungen ... Lasst uns etwas essen, von anderen Dingen sprechen, vielleicht kann ich dann über die dritte Phase berichten ... Ihr Mann Jim brachte aus der Küche kalte Platten mit Delikatessen, die man sich von einem Restaurant hatte kommen lassen ... Es muss viel mehr getrunken werden ... meinte er und öffnete eine neue Flasche Beaune.

Das Ende der Geschichte: fünf Jahre professionelle Bühnenarbeit. Tobias Windhammer hatte zuerst mehrere Monate in einem Sanatorium verbringen müssen, war in ständiger Behandlung bei einem bekannten Psychiater. Dann fand er wieder zu sich, es begann die Zeit seiner größten Erfolge. Seine Stimme hatte metallischen Glanz gewonnen, das Publikum jubelte ihm zu. In wenigen Jahren konnte er seine Gage verdreifachen. Marion wusste mit Intendanten, Dirigenten, Regisseuren umzugehen, war ständig an der Seite ihres Mannes. Und er begann wieder Klavier zu spielen. Wenn er von seinen Stimmungen geplagt wurde, übte er Beethoven, Schubert. Nach einiger Zeit begann er sich auch für Mozart zu interessieren. Aber sie hat ihn nie lachen hören. In ihm war so etwas wie eine kontrollierte Anarchie. Er schimpfte auf alle Politiker, hielt sie für falsch und feige, freute sich über die Nachfolger des Bakunin, wie Wagner und ließ sich mit Orden dekorieren.

Dank der ärztlichen Kontrolle blieb Tobias zuverlässig, ihre ehelichen Beziehungen waren völlig versachlicht. Man reiste durch Europa, Marion saß während der Vorstellungen in der Garderobe oder in einer Loge und klatschte immer als Erste. Alles ging gut, bis plötzlich der jüngere Bruder von Tobias auftauchte, er brauchte Geld für seine Unternehmungen auf Teneriffa, hatte Schulden und erhoffte sich von seinem erfolgreichen Bruder eine finanzielle Beteiligung. Er war es, der ihm die Unfallversicherung aufgeschwätzt hat. Wochenlang lebte er mit ihnen zusammen.

Hast du eigentlich etwas mit ihm gehabt? ... wollte Jim wissen.

Ich habe mit ihm geflirtet, er ist ein lebenslustiger Bursche, na ja, so eine harmlose kleine Affäre, kein

Grund sich aufzuregen … entschuldigte sich Marion.

Aber dein Mann hat sich wohl aufgeregt? Fühlte er sich zurückgesetzt … insistierte Jim. Er nahm ihre Hand … Uns kannst du es ja sagen …

Vielleicht … gab sie zu … Ich spürte, wie Tobias misstrauisch wurde. Sein Bruder gewann an Einfluss, überredete ihn, seine Tabletten nicht mehr zu nehmen, das sei nur Gift, man müsse der Natur vertrauen. Er gab meinem Mann Naturprodukte, die er selber besonders schätzte. Ich musste mit ansehen, wie Tobias immer mürrischer und aggressiver wurde. Er redete sich ein, ich hätte ihn ins Unglück gestürzt, ich würde ihn ausnutzen, um mich selbst zu bereichern. Es kam zu einer Krise. Ich wurde für ihn zu einer Hexe, er sprach kaum noch mit mir, bemitleidete sich, begann sich selbst zu zerstören. Ich habe ihn erwischt, wie er sich Drogen beschaffte, ein Kokainpräparat mit euphorisierender Wirkung, er brauche es für die Vorstellungen, behauptete er. Wiederholt habe ich versucht, ihn zu einem befreundeten Arzt zu bringen. Er ließ sich nicht mehr beraten. Immer wieder hat er mich belogen, mich mit seinem neuen Freund hintergangen, diesem Kurden, der auch bei den Vorstellungen auftauchte. Ich gebe es zu, ich hätte ihn manchmal umbringen können. So, jetzt wisst ihr alles, lasst mich bitte mit diesem Thema in Ruhe …

Du Engel, Venus, Teufelsweib, jetzt sehe ich, was ich zu erwarten habe … Jim umarmte sie, sie schloss seinen Mund mit ihren Lippen.

Nur noch eine Frage … Scheible war damit beschäftigt, seine Pfeife zu reinigen und neu zu stopfen … Wer hat denn nach Ihrer Meinung das Seil gelöst und damit seinen Tod herbeigeführt? Die Richter werden Sie fragen. Entschuldigen Sie meine Penetranz, aber wo waren Sie in der Stunde vor Vorstellungsbeginn? Etwa auf dem

Schnürboden, den Sie ja gut kannten? Ich bitte um Nachsicht, ich frage ja nur in Ihrem Interesse …

Das ist wie ein Verhör, aber wenn ihr es genau wissen wollt, zuerst habe ich nach dem Kurden Ausschau gehalten, ich wollte verhindern, dass er wieder diese Drogen bekommt, dann lief ich meinem früheren Chef, dem Herrn Enders über den Weg und sprach mit ihm über neue Sänger; er schwärmte von einem jungen Amerikaner, den er gerade gehört habe. Ist das ein Alibi? …

Aber Scheible gab nicht auf … Und was machte der Bruder von Ihrem Mann? War er nicht auch in der Vorstellung? Und haben Sie diesen M. Gustave gesehen? Irgendjemand behauptet, er habe sich mit Tobias getroffen, vielleicht heckten sie neue Pläne aus? …

Marion protestierte. Das sei die letzte Antwort, sonst laufe sie davon … Also Bruder Winfried war vermutlich in unserer Wohnung bei der Katze, genau weiß ich es natürlich nicht. Und dieser Gustave – ihm ist alles zuzutrauen, aber umbringen wollte er seinen Freund gewiss nicht. Schluss des Examens. Vor Gericht werde ich jede Aussage verweigern, das Thema ist für mich abgeschlossen und ich bringe das Zeugnis eines Psychiaters, dass mir eine weitere Beschäftigung mit der Vergangenheit nicht zuzumuten sei …

Alles klar, dachte Scheible … Und wann macht ihr eure Hochzeitsreise? Und was habt ihr vor? …

Wir werden in die Berge gehen und klettern. Marion ist eine geübte Alpinistin und ich kann mir nichts Schöneres vorstellen als gemeinsam mit ihr das Matterhorn zu bezwingen …

Scheible verabschiedete sich. Er werde demnächst nach Teneriffa fliegen und dort seine neue Wohnung einrichten, ob er Winfried grüßen solle? Marion schaute ihn erstaunt an … Ja, ja und wenn er wieder Geld braucht, soll er sich melden …

Zurück in W. mischte Scheible die Karten neu und entschloss sich zu einer letzten Reise in dieser Sache.

10

Über ein Jahr war seit dem Verfahren der ersten Instanz vergangen, als das Landgericht den Prozess gegen die angeklagten drei Bühnenmitglieder, den technischen Direktor Anton Kleinert, den Bühnenmeister Joseph Haldy und den Schnürmeister Antonis Jolassis wieder aufnahm. Nur noch wenige Zuschauer hatten sich eingefunden, der Fall des Holländer-Sängers war bereits in Vergessenheit geraten. Im Theater stand ein Intendanzwechsel bevor, der nicht nur das Feuilleton beschäftigte, sondern auch viele Sänger, die um ihre Existenz fürchteten.

Der Richter rekapitulierte die Prozess-Situation und fragte nach dem Ergebnis der Ermittlungen der letzten Zeit. Der Anwalt der Nebenklägerin, Frau Haldy, verwitwete Windhammer, entschuldigte seine Mandantin aus persönlichen Gründen. Es sei ein wichtiges Dokument entdeckt worden, das den Fall in einem anderen Licht erscheinen lasse. Bei der Auflösung einer Wohnung des Tobias Windhammer in W. habe man einen Klavierauszug der Oper »Der fliegende Holländer« gefunden, den der Sänger bis zum Schluss benutzt hatte. In ihm lag ein Zettel, auf den er mit eigener Hand, fast unleserlich folgende Worte gekritzelt hatte:

»Marion, du hast mich verlassen. Du warst mein Engel in dieser fluchbeladenen Welt. Jetzt bin ich wieder in des Teufels Hand. Wann kommt das Ende meiner Sünden?

Ich verfluche mein Schicksal. Ich verfluche den Tag, an dem ich auf die Welt gekommen bin. Ich verfluche meinen Körper, der mich versklavt. Ich verfluche die Gesellschaft, die mit den Fingern auf mich zeigt. Ich will nichts anderes als das Ende, den Tod. Wer diesen überflüssigen Kadaver beseitigt, sei bedankt. Krähen sollen an mir ein Festmahl halten, ich höre sie schreien.«

Hier bricht die Notiz ab. Die Witwe hatte diesen Brief dem Psychiater vorgelegt, der ihn seit Jahren behandelt hat. Der Anwalt bat Professor Langhans um sein Gutachten.

Der Psychiater trat vor und zog ein Manuskript aus seiner Tasche. Tobias Windhammer sei seit Jahren sein Patient. Der Text, den er geschrieben habe, sei Ausdruck einer tiefen Depression, an der der Patient immer wieder gelitten habe. Es könne auch nicht ausgeschlossen werden, dass er in einer solchen Verfassung Hand an sich legen wollte. Vielleicht sei auch ein vorübergehender Drogenentzug mit schuld an seiner Depression. Im Blut des Verstorbenen seien Spuren eines Kokainderivates festgestelllt worden. Tobias Windhammer habe seine wahre Identität nur auf der Bühne sinnvoll verwirklichen können, sein Leben sei geprägt durch die Störung der Libido, was zu Verdrängungen und Schuldkomplexen geführt habe. Seine androgyne Veranlagung sei die Ursache seiner inneren Anarchie, die den Individuationsprozess negativ beeinflussen musste. Er habe sich deshalb immer wieder in ein Doppelleben geflüchtet wie viele schöpferische Menschen vor ihm. Man dürfe nie vergessen, dass Schizophrenie oft Anfang aller Phantasie und Kunst bedeute. Tobias Windhammer sei daran gescheitert, sein Unbewusstes sich kreativ anzueignen und darin sein Selbst zu finden … Ein tragischer Fall individueller und sozialer Ambivalenz, ein auseinanderfallendes Leben, dem letztlich nicht zu helfen war, es sei denn durch Überweisung in eine Anstalt. ... Aber wer möchte einen Sänger wie Tobias Windhammer auf unseren Bühnen missen ...

Da nie aufgeklärt werden könne, ob nicht Tobias Windhammer selbst an seinem Bühnenunfall beteiligt gewesen war, beantragte der Anwalt des Nebenklägers die Einstellung des Verfahrens gegen die drei verantwortlichen Techniker des Theaters.

Der Richter gab der Verteidigung der drei Angeklagten das Wort. Der Anwalt dankte zunächst der Witwe des Opfers für diese noble Geste, sie habe das Dokument nicht unbedingt dem Gericht präsentieren müssen. Jetzt erscheine die Person des großen Sängers in einem neuen Licht, er habe die Bühnenrollen nicht nur gespielt, er sei der Fliegende Holländer, der Alberich, der Amfortas und Klingsor gewesen, so wie Richard Wagner die Gestalten in seiner Phantasie erschaffen habe und wer sich mit diesen Charakteren identifiziere, sei dazu verurteilt, wie sie zugrunde zu gehen.

Doch leider müsse er alle Dramaturgen enttäuschen, die Tiefendimension des Todes könne er Wagner nicht anlasten, es gebe auch ganz andere triviale und kriminelle Hintergründe des Unfalls. Dank der Ermittlungen von Mathieu Scheible, dem man für seinen Einsatz nicht genug danken könne, sei inzwischen erwiesen, wer den Eingriff im Schnürboden vorgenommen habe: John Simons, der Sänger, der am Neujahrstag für den verunglückten Sänger eingesprungen sei. Er legte dem Gericht einen Bekennerbrief von John Simons vor.

Der Richter nahm den Originalbrief entgegen, er war in englischer Sprache abgefasst – die Übersetzung las der Richter vor:

»Lange habe ich mit mir gerungen, ob ich meine Mitschuld am Unfall des geschätzten Kollegen Windhammer zugeben soll. Ich wurde jetzt überzeugt, dass nur meine Ehrlichkeit vor Strafe schützen kann.
Durch die Agentur Enders wurde ich als Cover für Windhammer gegen eine winzige Gage verpflichtet. Ich sollte bereit stehen, falls der Kollege absagt. Aber er sagte nicht ab, auch nicht am Neujahrstag. Am Vormittag habe ich dem Agenten Enders im Hotel vorgesungen, er war nicht zufrieden, nur auf der Bühne könne er beurteilen, ob er mich weiter engagieren werde. Ich war verzweifelt. In dieser Stimmung beschloss ich leichtfertig, den Kollegen daran zu hindern, am Abend zu singen. Ich kannte die Bühne von den Vorstellungen, die ich mitansehen musste. Natürlich wollte ich nichts Schlimmes, ich hielt den Sprung für kein großes Risiko. Nachdem ich das Schiffstau gelöst, den Karabinerhaken in der Toilette gewaschen hatte, bin ich zurückgekehrt. Der Unfall passierte, ich durfte singen und wurde vom Agenten weiterverpflichtet. Er hat eine Prämie kassiert. Ich bedaure zutiefst meine Mitschuld am Tode von Tobias Windhammer. Ich kehre jetzt nach Amerika zurück und habe mich entschlossen, den Sängerberuf aufzugeben.

John Simons«

Alle im Saal hielten die Luft an. Mit diesem Schuldigen hatte niemand gerechnet. Die Bühnentechniker auf der Anklagebank waren außer Fassung, wussten kein Wort zu sagen. Der Prozess musste jetzt eine neue Wendung nehmen.

Das Gericht zog sich zur Beratung zurück. Auf dem Gang vor dem Saal stürzten alle auf Scheible und gratulierten ihm zu der Ermittlung des Täters und seinem Geständnis. Er wehrte ab … Ihr Theaterleute denkt alle nur an euch selbst. Seid vorsichtig mit der Verurteilung dieses Jungen. Er war leichtsinnig und allzu ehrgeizig. Er konnte nicht richtig ermessen, welche Gefahren dieser Sprung für einen nicht sportlich trainierten Kollegen bedeutete. Das ist kein Krimineller. Natürlich hat er Schuld auf sich genommen und er weiß es, aber eigentlich war es ein Dummejungenstreich …

Aber der Agent hat ihn angetrieben zu der Tat … mahnte der technische Direktor … Das wird er natürlich immer abstreiten …

Es klingelte, der Gerichtsdiener drängte zur Fortsetzung des Verfahrens. Das Gericht reduzierte das Strafmaß für die Verantwortlichen der Technik, sie wurden jedoch von der vernachlässigten Aufsichtspflicht nicht freigesprochen. Die Anklage wegen fahrlässiger Tötung wurde revidiert in unbewusste fahrlässige Körperverletzung mit Todesfolge. Statt Haftstrafen nur noch Geldbußen. Gegen den eigentlichen Verursacher des Unfalls, den amerikanischen Sänger, wurde Anklage erhoben.

Die Verurteilten mussten das Strafmaß hinnehmen; sie hatten die Hoffnung, das Trauma dieses Unfalls im Laufe der nächsten Jahre überwinden zu können. Anton Kleinert, der technische Direktor, hatte in der Staatsoper in H. eine größere Verantwortung übernommen und sofort mit der Revision der technischen Dienstanweisungen begonnen. Jim Haldy pfiff auf das Urteil, er war ein reicher Mann. Und Antonis Jolassis hatte seinen Vertrag in W. gekündigt. Er wollte sich in seine Heimat zurückziehen und auf der Insel Thassos ein kleines Hotel übernehmen.

Scheible hatte für sich gelernt: dem Rumoren in der Gerüchteküche des Theaters und den Selbstdarstellungen von Künstlern zu misstrauen. Aber wahrscheinlich braucht das Theater diese Überschätzung seiner selbst, um in der Gesellschaft seine Rolle zu spielen. Theater-Theater. Und er nahm sich vor, in der Beurteilung von

Menschen, die Grenzen ihrer Persönlichkeit nicht zu eng zu ziehen, sexuelle Vorurteile abzubauen.

Das Theater in W. wurde für die kommende Saison wegen der technischen Erneuerung geschlossen. Man musste provisorische Spielstätten akzeptieren. Wieder hatte sich erwiesen, dass die Behörden erst etwas unternehmen, wenn ein Unfall passiert.

Zum neuen Intendanten des Theaters wurde Hans Enders gewählt. Er versprach grundlegende Reformen des Spielbetriebs und die Erneuerung des Ensembles.

Auf dem Wege nach Arkadien
Eine Pastoralgeschichte

1

Das ist Arkadien, hier möchte ich Esel treiben, wenn ich einmal frei bin. Warum muss man seine Zeit damit vergeuden, überflüssige Waschmittel zu verkaufen? Warum können wir nicht ein einfaches Leben führen, uns der Natur anvertrauen und auf all diesen zivilisatorischen Schnickschnack verzichten? …

Christian Hanke holte eine Zigarettenschachtel aus der Tasche seines grauen Blazers, steckte sich eine Parisienne in den Mund und suchte sein Feuerzeug, vergeblich, er hatte es offensichtlich in einem anderen Anzug vergessen. Auch seine Frau Mirella, die neben ihm stand und mit einem Fernglas die schneebedeckten Gipfel der Berge bestaunte, konnte ihm nicht helfen. Er ließ seine tote Zigarette fallen, warf sich lässig ins Gras und zwinkerte der Sonne zu. Plötzlich meldete sich ein Kuckuck; meint er etwa mich? fuhr es ihm durch den Kopf … Du musst zählen, wie oft er ruft, das bringt Glück … erinnerte ihn Mirella und versuchte, das genaue Intervall nachzusingen.

Auf der nahen Wiese standen Schafe und schauten ihnen zu, nur ein junges weißes Lamm hüpfte übermütig herum. Mirella näherte sich behutsam, um es zu fangen, es wäre ihr beinahe gelungen, doch dann musste sie plötzlich über sich lachen und verscheuchte die ganze Herde. In einer Oper von Donizetti hatte sie einmal eine Arie singen müssen mit einem kleinen Schäfchen auf dem Arm, das brave süße Wesen hatte ihren

Koloraturen ganz verliebt gelauscht. ... Wenn wir uns einmal hier ein Haus bauen, darfst du auch ein paar Schafe züchten ... tröstete sie Christian ... dann werden wir unseren Garten bestellen, in den Wäldern Kastanien sammeln und all unsere Sorgen im Kaminfeuer verbrennen ... Mirella legte sich zu ihm ins Gras und streichelte seine Stirn ... Du träumst, bei deinen Geschäften wird das noch lange dauern. Ich wette, dass du auch jetzt wieder einen Werbespruch im Kopf hast ...

Nach einer Weile sprang Christian auf, streifte sich mit der Hand die Gräser und Blüten von seinem Blazer und mahnte Mirella zum Aufbruch ... Wir brauchen noch mindestens eine Stunde, bis wir wieder im Hotel sind; du weißt, ich habe heute Abend einen Termin ... Er half Mirella beim Aufstehen und wollte sich wieder eine Zigarette nehmen, aber er hatte ja kein Feuerzeug bei sich. Mit großen Sprüngen ließen sie sich ins Tal fallen, immer wieder den See vor Augen, der in der Nachmittagssonne golden glänzte. Als sie endlich, außer Atem, den Park ihres Hotels mit seinen blühenden Kamelien erreicht hatten, wurde Christian bereits von seinem Geschäftspartner aus Zürich erwartet.

Er entschuldigte sich ... Beinahe wären wir oben geblieben, meine Frau war so in ihre Schäferspiele verliebt, dass sie ihren Beruf aufgeben wollte ... Und du hast von Arkadien geschwärmt und wolltest Esel treiben ... gab sie ihm lachend zurück.

Das ist doch kein Problem ... meinte der Herr aus Zürich ... Sie verlegen Ihr Büro an den Lago Maggiore, wir kommen Sie gerne besuchen ...

2

Christian Hanke und Mirella Reiser, ein ungleiches Paar. Was hatte das Schicksal nur im Sinn, diese beiden zusammenzumogeln? Christan, ein selbstbewusst und redegewandt auftretender Vertreter der Werbebranche, fest entschlossen, jeden Rivalen aufs Korn zu nehmen – und Mirella, eine zarte und sensible Künstlerin der Bühne, voller Lust und Laune, durchpulst von Melodien, hüpfend von Rolle zu Rolle, von Ort zu Ort. Waren es die bekannten Gegensätze, die sich anziehen oder die verdrängten Wünsche in ihnen, zu sein wie der andere? Jedenfalls bewunderten sie sich und suchten sich immer wieder zu ergründen. Und plötzlich wussten sie, dass sie zueinander gehörten.

Und so hatte es angefangen: Mirella sang an einer der Opernbühnen des Ruhrgebiets die Susanna in Mozarts »Hochzeit des Figaro«. Ihr leichter, schlanker Sopran betörte nicht nur den Kammerdiener auf der Bühne, er machte auch Christian, einen Opernfan, so unruhig, dass er zum ersten Mal am Bühneneingang auf ein Autogramm warten musste. Und als sie endlich erschien, übermütig sprudelnd, als ob sie gerade aus Sevilla käme, hakten sich seine Augen bei ihr ein. Bei der nächsten Vorstellung war Christian wieder im Zuschauerraum und applaudierte, dass es allen auffiel, auch der koketten Susanna auf der Bühne. Als er sie dann wieder am Bühneneingang erwartete und sie zu einem Glas Wein einlud, konnte sie nicht Nein sagen. Und es erwies sich, dass dieser gut gekleidete junge Mann mit den zudringlichen blaugrauen Augen, der mutig sich profilierenden Nase und den lustig agierenden Händen von der Oper etwas verstand, über viele Sänger ein treffendes Urteil zu formulieren wusste. Mirella freute sich auf die nächsten Begegnungen. Und Christian lud sie zu sich nach Düsseldorf ein und bereitete ihr in seiner noblen Wohnung ein betörendes Fest, bei dem sie als Höhepunkt eine Arie singen durfte. Christian versuchte sie am Klavier, so gut er konnte, zu begleiten. Bald wurden sie regelmäßig zusammen gesehen. Es dauerte kaum ein Jahr, bis sie ihre Hochzeit feierten.

Doch diese Romanze lag nun schon Jahre zurück. Christian war die treibende Kraft einer Düsseldorfer Werbeagentur, hatte auf jede Frage eine Antwort, skizzierte mit leichter Hand Plakate, sprudelte über vor Werbesprüchen. Bald übertrug man ihm eine eigene Abteilung. Seine Mitarbeiter ließen sich von seinen Einfällen, seiner immer guten Laune anspornen und gingen für ihn durchs Feuer. Dabei machte es ihnen die Konkurrenz nicht leicht, immer wieder wurde eine Agentur von einer größeren aufgekauft. Das konnte auch Christian Hanke nicht verhindern, aber es gelang ihm, rechtzeitig abzuspringen und bei einem großen Waschmittelkonzern eine leitende Position zu erobern. Von jetzt ab sprudelte das Geld, er konnte sich jeden Luxus leisten, zog in eine elegante Villa am Stadtrand und fuhr auffällige Autos. Auch in der Gesellschaft der Stadt wusste er sich Geltung zu verschaffen, man suchte in der Politik seinen Rat. Er mischte mit hinter den Kulissen.

Mirella genoss den unverhofften Wohlstand, ließ sich verwöhnen, aber sie gab ihre Bühnentätigkeit nicht auf. Bald wurde sie an ein größeres Staatstheater als lyrische Sängerin engagiert, musste viel Zeit auf Reisen verbringen. Christian versuchte nicht, ihr die künstlerische

Tätigkeit auszureden, war immer bei Premieren oder wichtigen Gastspielen bei ihr und bemühte sich, sie zu inspirieren und zu beraten. Am liebsten wäre er früher selber zum Theater gegangen, wenn ihn die Eltern nicht zu einem sichereren Beruf ermahnt hätten. Leider zeigte sich bald, dass Mirellas Stimme für schwerere lyrische Partien nicht ausreichte. Und außerdem musste sie oft Vorstellungen absagen, weil der Bühnenstaub sie immer wieder zum Husten reizte. Die ärztliche Diagnose hieß allergisches Asthma, sie musste starke Medikamente mit Nebenwirkungen nehmen. Schweren Herzens gab sie ihr festes Engagement auf und sang nur noch, wenn sie sich wohl fühlte, vor allem in Konzerten. Sie war oft längere Zeit zu Hause, konnte sich um den Haushalt kümmern. Aber ihren Mann sah sie nur selten. Die neue Stellung in seiner Firma zwang ihn oft zu reisen, er musste Geschäftsverbindungen in aller Welt wahrnehmen, war ständig in Terminnot. Seine Frau zeigte wenig Lust, ihn bei diesen überhetzten Reisen zu begleiten. Ihr Eheleben verdorrte allmählich. Nur in den seltenen Ferien versuchten sie sich wieder zu entdecken. Leider hatten sie keine Kinder. In den ersten gemeinsamen Jahren wäre die Sorge um die Kinder mit der Bühnenlaufbahn schwer vereinbar gewesen, dann verweigerte sich trotz ärztlicher Beratung ihre Natur. Jeder ging seinen Weg, ohne dabei den andern zu verletzen. Diese äußere Geschäftigkeit fand ein jähes Ende.

Eines Tages meldete sich am Telefon die Notaufnahme des Krankenhauses: Christian Hanke sei mit einem Herzinfarkt eingeliefert worden. Mirella fand ihren Mann auf der Intensivstation ohne Bewusstsein. Die Ärzte hatten die möglichen Rettungsmaßnahmen eingeleitet, doch sie legten sich nicht auf eine Prognose fest. Mirella saß an seinem Bett, drückte seine Hand und betete. Am zweiten Tag schlug Christian die Augen auf, erkannte sie, kehrte ins Leben zurück. Die Krise schien überwunden. Aber auf den Krankenhausaufenthalt folgte eine mehrwöchige Rekonvaleszenz in einem Sanatorium, auch in der Folgezeit war größte Vorsicht bei körperlicher und seelischer Belastung geboten. Er musste sich von seiner Firma verabschieden, stand nur zur Beratung in besonderen Fällen zur Verfügung.

Ein neues Dasein begann. Das Stadtleben war mit der gebotenen gesundheitlichen Vorsicht schwer vereinbar, ein Umzug in eine ländliche Region und günstigere Klimazone schien notwendig. Erinnerungen an ihre Tessiner Ferien tauchten auf. Man ließ sich von Immobilienvermittlungen beraten, reiste nach Locarno und Lugano, um die Angebote zu studieren. Schon bald war das Richtige gefunden: eine ältere Villa in einem Blumenhang am Ortsrand von Ronco mit weitem Blick über den See bis tief nach Italien. Der Wohnraum war groß genug, den Bösendorfer-Flügel aufstellen zu können. Christian hatte ein geräumiges Zimmer für seine Bücher und Bilder. Und unterhalb der Terasse befand sich ein kleiner Swimmingpool, in dem er sich täglich seiner Gesundheit widmen konnte. Der Abschied von Düsseldorf fiel ihnen nicht schwer. Geschäftliches erledigte er per Telefon oder Computer. Sie begannen miteinander eine neue Ehe.

3

Viel Bewegung hatte der Arzt ihm geraten, jeden Tag einen langen Spaziergang, auch bergauf, bergab; er müsse sein Herz trainieren und natürlich auf das Rauchen verzichten. Christian Hanke hatte viele gute Vorsätze, aber seine Gewohnheiten waren stärker, trotz der ständigen Ermahnungen seiner Frau. Er reduzierte seinen Zigarettenkonsum, versuchte sich auf die Pfeife umzustellen, aber er brauchte nun mal die Stimulation, um sich auf seine geschäftlichen Aktionen oder seine Lektüre konzentrieren zu können. Nur die täglichen Fußmärsche, allein oder mit seiner Frau, hatte er gerne akzeptiert. Er durchstreifte die Gärten und Wälder am Westhang des Lago Maggiore bis zur italienischen Grenze und zum Monte Verità oberhalb von Ascona und wusste immer neue botanische oder historische Entdeckungen zu machen. Mirella blieb ihrer Musik treu, aber sie gewann auch große Freude an dem Garten, der das Haus auf Terrassen umgab, pflegte die vielen mediterranen Blumen, pflanzte alle Küchenkräuter, die sie für eine gesunde Ernährung brauchte. Und sie hatte sich mit Yoga-Übungen vertraut gemacht, um ihre Atmung besser zu kontrollieren und sich entspannen zu können. Es war ihr jedoch nicht gelungen, auch ihren Mann von den Vorteilen meditativer Lebensführung zu überzeugen; er belächtelte ihren Eifer ein wenig, aber er war tolerant genug, sie nicht bekehren zu wollen.

Sie lebten schon bald ein Jahr in ihrem Refugium, hatten in der Nachbarschaft Freunde gefunden und besuchten auch gelegentlich Veranstaltungen in den umliegenden Orten, aber es wurde ihnen auch bewusst, dass sie die Landschaft, in der sie wohnten, eigentlich nicht kannten. Ihre Neugierde wuchs und sie begannen, bei günstiger Witterung Streifzüge in die nährere und fernere Umgebung zu unternehmen. Sie besuchten alte Kirchen mit schönen Barockaltären, malerisch gelegene Bergdörfer mit alten Bauernhäusern, versteckte Villen, wo berühmte Dichter geistige Kreativität gefunden hatten, sie übernachteten in kleinen Gasthöfen, fern von jedem Tourismus, setzten sich mit den Alten vor den Kamin, um von ihnen bei einem Glas Merlot mehr über das eigentliche Leben der Tessiner zu erfahren. Und sie spürten es immer klarer, sie lebten eigentlich in einer armen, von der Zivilisation ausgesogenen Landschaft, in der nur noch die Alten dahinvegetierten; die meisten Familien waren in die Städte abgewandert und kamen nur noch zur Ferienzeit in die frühere Heimat zurück. Hier herrschte Stille, der Atem der Natur war ungestört. Immer mehr ließen sich Mirella und Christian von diesen abgelegenen Tälern mit ihren verlassenen Dörfern faszinieren.

An einem besonders klaren Sonnentag im Frühling hatten sie sich vorgenommen, eine verlassene Alm zu erwandern, von der es hieß, von hier aus habe man die schönste Aussicht auf die westlichen Alpen mit ihren Viertausendern. Sie benutzten zuerst den Bus, dann fuhren sie mit der abenteuerlichen Bahn über hohe Brücken, durch unzählige Tunnels durch das Centovalli, bis sie das kleine Dorf erreichten, von dem aus der Aufstieg begann. Christian schulterte den Rucksack, nahm seine beiden Wanderstöcke und stapfte langsam los, er musste Rücksicht auf sein Herz nehmen und immer wieder kurze Pausen einlegen. Mirella hatte den schnelleren Schritt und war oft weit voraus.

Sie stiegen durch einen lichten Wald mit uralten verknoteten und zerfurchten Kastanienbäumen hoch, der Weg war dicht bedeckt mit den gelben Blättern und stachligen Hülsen der Maroni vom letzten Jahr. Rehe hatten sich hier ihr Winterfutter gesucht. Bald verlor sich der Pfad in dichtem Gehölz aus Haselnusssträuchern, Birken und Erlen.

Plötzlich hört Christian laute Rufe seiner Frau, sie kommt aufgeregt den Weg zurück. Außer Atem klammert sie sich an ihn … Da oben liegt ein Mann auf dem Weg, ich glaube, es ist ihm etwas zugestoßen. Sein Hund hat mich angeknurrt. Ich hab Angst … Christian beruhigt sie. Er geht vorsichtig voraus, schaut nach allen Seiten. An der nächsten Wegbiegung stockt er. Ja, da liegt quer über den Weg ein Mensch am Boden, dahinter ein Hirtenhund mit zottigem grauem Fell und knurrt. Als Christian näher treten will, fletscht er bedrohlich die Zähne, bellt ihn an.

Ist der Mann bewusstlos oder schläft er nur, vielleicht betrunken oder Opfer eines Verbrechens, ein Jagdunfall? Ein Toter? Er scheint auf die linke Seite gefallen zu sein, der Ellbogen des rechten Arms bedeckt sein Gesicht, der linke Arm ist weit nach hinten ausgestreckt, als habe er einen Halt gesucht. Wollte er sich gegen etwas wehren? Seine Finger sind zu Fäusten geballt, wie verkrampft. Nein, so schläft man nicht, er ist geschlagen worden oder hingefallen. Mit seinen groben Lederstiefeln hat er den Waldboden aufgewühlt.

Christian versucht den Hund durch gutes Zureden zu beruhigen. Er kann bei dem Mann niederknien, den linken Arm ergreifen, er tastet nach dem Puls, spürt Leben, die Herzschläge stocken immer wieder. Dann schiebt er den rechten Arm ein wenig zur Seite, um das

Gesicht zu erkennen. Die Augen sind geschlossen, offener Mund, er scheint schwach zu atmen. Ungepflegter krauser Bart auf Backen und Kinn, ausgeprägte Hakennase, hohe Stirn, darauf Kratzspuren. Der Mann mag zwischen vierzig und fünfzig Jahre alt sein, Waldarbeiter oder Hirte von der Alm, schlank, muskulös. Zerrissene Jeans, eine schmutzige alte graue Militärjacke.

Christian beugt sich über das Ohr des Mannes und versucht ihn aufzuwecken, zuerst leise flüsternd, dann schüttelt er ihn leicht und ruft ihn auf Italienisch an. Keine Reaktion. Mirella hat die Farne zurückgebogen und entdeckt einen alten Rucksack, angefüllt mit Broten, Mehlsäcken, Päckchen, Flaschen. Irgendeine Beschriftung oder Adresse ist an dem Gepäck nicht zu erkennen. Der Hund lässt sie gewähren, hat offensichtlich Vertrauen zu ihnen gefunden. Er wedelt mit dem Schwanz, man kann ihn streicheln.

Was ist zu tun? Sofort zurücklaufen, eine Rettungsstation oder die Polizei verständigen? Selbst versuchen, erste Hilfe zu leisten? Mirella legt dem Mann ihre Hand auf die Stirn und beginnt sie leicht zu massieren. Sie benetzt seine Lippen mit dem Tee, den sie mitgenommen hat. Christian versucht vergeblich die verkrampften schwieligen Hände zu lösen. Sie legen gemeinsam den Mann auf den Rücken, öffnen sein Hemd, stützen seinen Kopf mit ihrem Rucksack. Immer noch kein Zeichen des Erwachens. Sie werden sich nach einer Viertelstunde des Wartens einig: Mirella soll zurücklaufen ins Dorf und Hilfe holen, Christian will bei dem Mann bleiben, um ihm beizustehen, wenn er zu sich kommt.

Plötzlich hören sie weiter oben auf dem Weg ein Geräusch, sie springen auf, Äste knacken, Tritte, ein Tier. Langsam wie suchend tappt ein Esel den Weg herunter, bleibt stehen und lauscht mit hochgereckten Ohren. Er lässt sich anlocken, tastet sich vor. Mit zwei schweren Säcken ist er beladen. Mirella nähert sich vorsichtig, kann ihn anfassen. Der Esel ist offensichtlich allein weiter getrottet, hat dann seinen Herrn vermisst und will ihn suchen.

Während sie sich noch mit dem Esel beschäftigen, hat der Mann die Augen aufgeschlagen, beginnt seine Hände zu bewegen. Christian kniet bei ihm nieder und spricht ihn an. Er beginnt tiefer zu atmen, will seine Glieder recken. Plötzlich entdeckt er seine beiden Helfer und starrt sie mit glasigen geisterhaften Augen an. Mirella bietet die Teeflasche an, mit zittriger Hand führt er sie zum Mund und gießt sich einen Strahl zwischen die Zähne, viel fließt in den Bart. Er reibt sich mit der Hand das Gesicht, beginnt wahrzunehmen, wo er sich befindet. Der Hund winselt vor Freude, will sein Gesicht ablecken … Lass das … es klingt wie Schweizerdeutsch. Mit Christians Hilfe kann er sich knien, versucht in seiner Hosentasche zu wühlen … Meine Pillen … hören sie ihn stammeln. Endlich findet er eine Streichholzschachtel, kann sie jedoch nicht öffnen. Mirella ist ihm behilflich, nimmt eine weiße Tablette heraus und legt sie ihm in die Hand. Er wirft sie sich in den Mund, trinkt noch einmal.

Sollen wir Hilfe holen? Oder Sie ins Dorf zu einem Arzt bringen? … fragt Christian.

Der Mann schaut ihnen beiden eindringlich in die Augen, als ob er ihre Seelen erforschen wolle. Was sind das für Gestalten, was wollen sie hier? Wahrscheinlich wieder diese Touristen, die uns nicht in Ruhe lassen. Er überlegt, ob er sich auf diese Leute einlassen soll. Schließlich richtet er sich auf … Ach, wissen Sie, niemand kann mir helfen, der Teufel steckt in meiner Brust. Hier. Weiß nicht, wer mir das angetan hat. Was lebt, muss sterben …

Christian hilft ihm beim Aufstehen, er muss sich sofort an einem Baum festhalten, um nicht wieder umzufallen. Er sucht seinen Rucksack. Mirella holt das Gepäck aus dem Gebüsch. Mit Christians Hilfe wirft er es sich über die Schulter. Kann er denn so weitergehen?

Können wir Ihnen denn nicht helfen? Der Rucksack ist doch viel zu schwer. Wir werden Sie begleiten … Christian nimmt seine Stöcke, um ihm zu folgen. Aber der Hirte dreht sich um … Dank für Ihre Hilfe, ich schaffe das allein, habe ja meinen Esel … Kommen Sie mich bald mal auf der Alm besuchen … Er wollte nicht, dass ihm jemand folgt. Sein Hund lief ihm laut bellend voraus. Der Esel trottete hinterher.

Mirella und Christian schauten sich unschlüssig an. Es blieb ihnen nichts anderes übrig als ihre Wanderung abzubrechen und ins Dorf zurückzukehren. Ihre Gedanken kamen nicht los von diesem seltsamen Mann, der wieder ins Leben zurückgekehrt war. Ein Almhirte? Gewiss kein Mann aus dieser Gegend, er sprach nicht den italienischen Dialekt. Was war das für eine Krankheit, die seinen Anfall verursacht hatte? Vielleicht eine Art Epilepsie oder eine geistige Störung. Er hatte im Dorf Proviant eingekauft, ob man ihn dort kannte?

Der Wirt in der Trattoria wusste nichts von einem Bewohner der Alm. Sie sei vor Jahren an eine Familie aus Graubünden verkauft worden, weil der Bauer im Dorf, der sie als Sommerweide für sein Vieh benutzt hatte, seine Landwirtschaft aufgeben musste … Von der Landwirtschaft kann hier keiner mehr leben … begann er zu schimpfen … Die Bauern suchen sich eine andere Beschäftigung, in den Steinbrüchen, in kleinen Handwerksbetrieben, oder sie emigrieren. Das sind elende Zeiten mit dieser Massenproduktion. Wir kommen nicht mehr mit …

Dann suchten sie den Dorfladen und fragten den alten Krämer. Er kannte den Almhirten. Gerade heute Morgen habe er wieder bei ihm eingekauft. Er sei nicht von hier, sondern irgendwoher aus dem Norden, vermutlich ein Alternativer, wie die jungen Leute, die sich im Nachbardorf angesiedelt hätten. Seit etwa zwei Jahren sei er dort oben, niemand kümmere sich um ihn, er wolle wohl allein gelassen werden. ... Wir befinden uns hier am Ende der Welt. Glauben Sie mir, hierher kommen nur noch die Gescheiterten, die nicht mehr weiterwissen. Sie sind wie Einsiedler. Aber von denen können wir nicht leben. Früher, da gab es den Schmuggel, da hatten wir was zu verdienen, aber heute läuft alles über die Banken. Nicht einmal die Maffia hat uns entdeckt. Wer kaufen will, fährt in die großen Einkaufszentren, da ist alles billiger. Bei mir kaufen nur die paar Alten und die haben kein Geld ... Er kramte in seinen Regalen und ließ die beiden stehen.

Mirella und Christian saßen am Bahnhof und warteten auf den nächsten Zug ... Vom Teufel besessen, hat er gesagt. Sollte er wirklich an den Teufel glauben? Von einem religiösen Wahn befallen sein? Vielleicht ein Sektierer, der an Dämonen glaubt oder an den baldigen Weltuntergang ... spottete Christian ... Warum ließ er sich von uns nicht helfen? Und warum durften wir ihn nicht begleiten? Vielleicht ist er ein Krimineller, der sich dort oben verborgen hält? Oder ein Terrorist, von der Polizei gesucht? ...

Hast du seine Augen gesehen? Da war keine Schlauheit, keine Aggression. Sie steckten voller Trauer, hatten etwas von Hilflosigkeit, Resignation, Melancholie. Nein, das ist kein böser Charakter ... rätselte Mirella ... eher einer, der viel durchgemacht hat und sehr allein ist. Er tut mir Leid ...

Christian war nicht nach Mystik zumute, er ärgerte sich über den verdorbenen Tag ... Hat nicht jeder seinen Teufel in sich, irgendeinen bösen Geist, der einen zu falschen Entschlüssen verleitet, zu Übermut, Leichtsinn, Schadenfreude, kleinen Bosheiten? Profitieren wir nicht täglich von den Fehlern der anderen und freuen uns teuflisch darüber? Auch ich war oft in meinem Büro vom Teufel besessen … lachte er … Was wäre nur, wenn wir unsere Teufelchen nicht hätten, die kleinen Hexen und großen Drachen …

Mirella schüttelte die Ironie von sich ab. Die Begegnung hatte für sie etwas Unheimliches, vielleicht sogar Schicksalhaftes, dem man sich nicht entziehen durfte. Sie drängte Christian, die Wanderung auf die Alm so bald als möglich nachzuholen.

Wir wollen nicht aufdringlich sein, der Hirte hat seine Geheimnisse. Du musst in deiner Phantasie noch ein wenig spekulieren, wie auf der Börse, wer zu schnell kauft, verliert meist … Er vertröstete seine Frau von Tag zu Tag.

4

Nach etwa drei Wochen schien Christian die Zeit gekommen, nochmals nach dem sonderbaren Almhirt Ausschau zu halten. An der Stelle, wo sie sich über den Scheintoten erschrocken hatten, verharrten sie eine Weile. Ob sie ihn finden würden? Und ob ihm ihr Überfall heute recht sei? Mirella drängte, weiter hochzusteigen. Die Farne warfen in der Sonne filigrane Schatten, einzelne Maulbeerbäume trugen schon erste Früchte, die Dolden der Ebereschen begannen sich rot zu färben. Es roch nach Pilzen. Der Lärchenwald wurde immer lichter, sie sahen die Wiesen der Hochalm vor sich.

Der Aufstieg auf 1600 Meter hatte Christian zugesetzt, er wischte sich den Schweiß ab und prüfte seinen Puls … viel zu schnell … er warf sich ins Gras und verschnaufte. Mirella ging noch hundert Meter weiter, um einen besseren Ausblick zu haben.

Plötzlich Hundegebell, es dauert nicht lange, bis der zottige graue Hirtenhund auftaucht und sie umwedelt. Er erkennt sie wieder. Will er sie zur Hütte führen? Da stehen zwei steingedeckte alte Holzhäuser, eng nebeneinander in den Hang hineingebaut, darunter grobe Granitblöcke. Unten Ställe, seitlich führt eine Treppe zu einer Holzgalerie, dahinter vermutlich die Wohnräume. Beide Häuser überwölbt von der Krone eines alten zerzausten Bergahorn, daneben in seinem Schutz ein kleinerer Nussbaum. Etwas abseits entdecken sie das spitze

Dach einer kleinen Flurkapelle. Ein weiter Blick nach Westen und Süden … Was für ein Panorama! …

Während sie noch staunend bestimmte Bergformationen zu erkennen suchen, taucht hinter ihnen, durch das Gebell seines Hundes aufmerksam geworden, der Almhirt auf. … Menschen, Menschen … ruft er lachend und versucht zu jodeln … Treten Sie näher, wenn Sie es ehrlich meinen …

Warum so skeptisch? … Christian schaut dem Hirten in die Augen, die Todestraurigkeit scheint verflogen, eigentlich hat er ja ein markantes Profil mit dieser Geiernase und der hohen, sonnenverbrannten Stirn. Was wohl dahinter steckt? Einen solchen Bart könnte auch ein Klostermensch tragen.

Der Hirte drückt ihnen die Hand, so fest, dass Mirella Grimassen schneidet. Er entschuldigt sich und versucht lachend, ihre Hand zu küssen. … Nehmen Sie mich nicht so ernst, meine Reden sind von gestern, ich habe mich noch nicht gehäutet …

Er spricht ein klares Schriftdeutsch, wie schnell hat er uns erkannt, denkt Christian, das ist bestimmt kein Bauernmensch.

Beim nächsten Besuch lecke ich Ihnen die Hand, wie Müpfeli. Ich reiße Possen, ich weiß. Wenn Sie monatelang keinen Menschen sehen, werden Sie wieder zum Affen. Kommen Sie herein in mein Bolo-Bolo, wir trinken einen Kaffee zusammen, ich hoffe, ich habe noch genug …

Sie folgen ihm über die Treppe auf die Holzgalerie. Er öffnet die Tür und warnt sie: Wundern Sie sich nicht über das Tohuwabohu, hier oben ist Ordnung überflüssig. …

Das große Zimmer mit Holzbalken an der Decke scheint Küche, Wohn- und Schlafraum in einem zu sein, vielleicht auch noch Stall. Auf dem breiten Holzbett liegt eine schwarz-weiße Katze und spielt mit ihren drei Jungen, der Müpfeli genannte Hund hat sich auf einem zerkratzten Ledersessel in der Ecke niedergelassen, offensichtlich seinem Stammplatz, unter dem Tisch gackern zwei Hühner, der Hirt scheucht sie mit dem Fuß vor die Tür. Und rechts in der Ecke hängt ein alter großer Vogelkäfig, in dem eine Eule hockt und sie mit halbgeschlossenen Augen mustert.

Quer durch das Zimmer eine alte Hängematte mit Konservendosen, Päckchen, Tüten ... Das sind meine Vorräte, damit die Tiere nicht ran können ... erklärt ihnen der Hirte. Er macht sich in der Ecke an einem alten Gaskocher zu schaffen, um seinen Espresso zuzubereiten. Müpfeli und die Katze müssen Platz machen, damit die Gäste sich setzen können. Es dauert nicht lange, bis Mirella die kleinen schwarz-weiß gefleckten Kätzchen auf dem Schoß hat und mit ihnen spielt. Christian versucht die Eule aus dem Tagesschlaf zu wecken, ab und zu scheint sie zu zwinkern. Es gibt noch mehr zu entdecken in diesem idyllischen Durcheinander: alte Plakate an den Wänden, deren Anlass nicht mehr zu entziffern ist, ein paar Bücher auf einem Regal und auf einem brüchigen Kleiderschrank, dessen Tür nicht mehr schließt, ein Radiogerät.

Sie haben hier oben ja auch Unterhaltung? ... Christian dreht an den Knöpfen.

Ich muss doch wissen, wann die Weltrevolution endlich ausbricht ... Ihr Gastgeber scheint zu lachen.

Haben wir das nicht hinter uns? ... Christian gibt das Radio auf.

Der Hirt dreht sich zu ihm um und wirkt aggressiv ... Glauben Sie, die lassen sich unsere Ausbeutung noch lange gefallen? Irgendwann kommt es zum Aufstand der Dritten gegen die Erste Welt oder wie Sie unsere westliche Zivilisation nennen wollen. Die Armen gegen die

Reichen, die Gläubigen gegen die Ungläubigen. Es gibt noch viele Illusionen, und die müssen irgendwann explodieren. Aber lasst uns jetzt Kaffee trinken …

Er sucht vergeblich im Schrank nach zwei unbenutzten Tassen, muss die gebrauchten erst in einem Wasserbottich unter dem Tisch spülen und ausschwenken, ein Tuch zum Abtrocknen findet er nicht. Als Mirella helfen will, entschuldigt er sich … Sie sehen, ich bin auf Gäste nicht vorbereitet, das nächste Mal wird ein Kellner servieren …

Mirella hält die Tassen, in die der heiße Kaffee sprudelt. Er selbst nimmt sich von der Fensterbank eine Karaffe und gießt sich in einen Becher ein … Salve, das ist nicht etwa Wein, wie Sie denken könnten, sondern mein Tee, den ich mir selber braue, um den Teufel auszutreiben. Sie wissen, was ich meine …

Christian bietet ihm eine Zigarette an und fragt, ob er rauchen dürfe. Der Hirt winkt ab … vielleicht draußen, später … Er holt aus einem Blechkasten einen großen Laib Brot … Selbstgebacken, wollen Sie probieren? … Aus der Hosentasche zieht er ein Klappmesser, schneidet zwei lange Scheiben ab, reicht sie ihnen. Das Brot schmeckt nach Tannennadeln oder Harz, aber sie nicken höflich … Ungewöhnlich, aber sicher gesund … Mirella, die selber Brot backt, will das Rezept wissen. Der Hirt lacht … Ich nehme, was ich finde …

Christian schaut auf den Kamin, in dem neben Holzscheiten zerknülltes Papier liegt, auch zerrissene Bücher … Und hier backen Sie? … fragt Christian. Der Hirt lacht … Das ist mein Scheiterhaufen. Was ich nicht akzeptiere, zerreiße ich augenblicklich. Es soll niemandem schaden …

Ihre Zensur ist offensichtlich sehr streng … bemerkt Christian. Ersetzen Sie die verbrannten Bücher durch neue, selbstgeschriebene? Würde ich gerne mal lesen … Nein, Bäume sind mir lieber als Papier, ich lese in der

Natur ... oder besser, ich versuche es. Doch lassen Sie uns an die frische Luft gehen, hier drinnen riecht es nach Winter ...

Sie hatten ihren Kaffee getrunken, das Brot heruntergewürgt, standen auf und setzten sich draußen auf die Holzbank. Der Hirte nahm das Geländer zwischen die Beine und lehnte sich an den Tragebalken des Daches. Er musterte seine Gäste, sie stammten wohl aus der Stadt, also diese Sorte Menschen, mit denen er nichts mehr zu tun haben wollte. Er spürte einen Kitzel, sie zu provozieren.

Sie kommen also aus dem Norden, verbringen Ihre Ferien im Tessin und wollen sich in Ihrer Freizeit das Terrain zurückerobern, das Ihre Väter dem Fortschritt geopfert haben, ist es nicht so? Das schale Zeitalter ist angebrochen, zurück auf die Bäume, ihr Affen. Pardon ...

Christian lächelt nur ... Aber Sie sind auch kein gelernter Bauer, vielleicht finden wir Affen etwas Gemeinsames auf den Bäumen ...

Erraten. Ich sollte mich wohl endlich einmal vorstellen. Ich heiße Sixtus Indermauer, stamme aus Graubünden, einem kleinen Dorf am Vorderrhein. Meine Vorfahren waren Bauern, meine Eltern hatten eine Garage. Deshalb habe ich die Landwirtschaft nicht gelernt, war aber in den Ferien oft mit auf der Alm. Das, was ich hier treibe, kann jeder, wenn er nur die Natur liebt und auf ihre Stimmen hört ...

Die beiden nennen ebenfalls ihre Namen und erklären ihre Herkunft und ihre Berufe ... Wo haben Sie Ihr reines Schriftdeutsch gelernt ... will Mirella wissen ... Sie können übrigens auch Schwyzerdütsch mit mir reden, meine Vorfahren stammen aus dem Aargau, ich hoffe, ich habe noch nicht alles verlernt ...

Der Hirt schweigt lange und schaut durch seine Besucher hindurch, streicht unter dem Kinn seinen

Bart. Soll ich mich diesen Leuten zu erkennen geben? Kann ich ihnen vertrauen? Ich wollte doch mit diesen Geldbürgern nichts mehr zu tun haben, und jetzt holt mich die Mischpoke wieder ein. Aber diese Frau mit den langen schwarzen Haaren und neugierigen Augen scheint ja ganz nett zu sein. Eine Sängerin? Also spielen wir Theater.

Er presst seinen Rücken an den Balken der Galerie, beschreibt mit der Rechten einen weiten Bogen durch die Luft, klopft sich mit der Linken aufs Herz … Schauspieler, ja ich war einmal Schauspieler, vor langer Zeit. Wissen Sie, wo Celle liegt? Und Memmingen? Schöne alte Theater gibt es da und ich war »Jugendlicher, Held und Liebhaber«, so nannte man das damals. Kein bedeutender Schauspieler, aber ich spielte den Carlos und den Mortimer, sogar den Hamlet. Ob ich meine Texte noch kann? »Sein oder Nichtsein, das ist hier die Frage: Ob es edler im Gemüt, die Pfeil und Schleudern des wütenden Geschicks erdulden, oder sich waffnend gegen eine See von Plagen durch Widerstand sie enden …« Er verbeugt sich und dreht sich um, die Hände vor dem Gesicht.

Mirella klatscht … Dann sind wir ja eigentlich Kollegen. Wollen Sie mich hören? »Batti batti o bel Masetto, la tua povera Zerlina …« Sie improvisiert ein paar Takte Mozart und kniet vor Sixtus nieder, als ob sie seine Leidensgenossin sei. Alle lachen, das Eis scheint gebrochen.

Und wie kommt ein Hamlet auf diese Alm? Das Theater habe ihm nicht mehr gefallen, die Intendanten seien von gestern gewesen, die Regisseure unfähig. Es waren aufrührerische Zeiten, die Achtundsechziger Jahre. Man demonstrierte lieber gegen den Vietnamkrieg als auf Gastspielreise zu gehen, las Marcuse und diskutierte, um die Kunst bald gegenstandslos zu machen, Schluss mit der affirmativen Kultur … Wir wollten selbst bestimmen, was und wie wir spielen. Damit waren die Intendanten nicht einverstanden. Ich wurde gekündigt. »Nichtverlängerung« nannte man es höflich. Und saß auf der Straße, wie so viele damals. Wenn wir uns irgendwo bewarben, brauchten wir nicht erst vorzusprechen, man sah unsere langen Haare und erklärte, man habe keine Vakanz … Sixtus schweigt, er wolle keinen langen Monolog halten, das sei ja alles so unwichtig. Er springt auf und sucht drinnen seinen Becher Tee.

Christian geht auf der Galerie auf und ab, betastet das alte Holz der Wände … Wie kommt ein gescheiterter Schauspieler auf die Idee, sich hier in die Einsamkeit zurückzuziehen? … Mirella hat sich in die Sonne gesetzt, die Augen geschlossen, sie summt ihren Mozart vor sich hin.

Wollen Sie meine Tiere sehen? … unterbricht der Hirte ihre Gedanken … Sie können frische Eier mitnehmen, meine Hühner sind allzu fleißig. Und nicht vergessen: Wasser trinken. Ich zeige Ihnen das beste Mineralwasser der Welt, Sie können es nicht bezahlen … Er führt sie hinter dem Haus zu der Quelle. Ein armdicker Strahl schießt in eine steinerne Viehtränke. Er hält sein Gesicht in das Wasser und saugt es ein. Christian versucht es ihm nachzumachen und hat bald ein nasses Hemd.

Sixtus legt die Hände um den Mund und beginnt lustige Lockrufe auszustoßen. Seine Stimme hallt weit über die Alm. Bald sehen sie eine Schafherde auf sich zukommen, voran ein Widder mit geschwungenen Hörnern. Alle traben hinterher. … Sehen Sie ihn an, er ist schon bald sieben Jahre alt und immer noch ein jugendlicher Liebhaber. Ich habe jedes Jahr im Frühling und im Herbst die entzückendsten Lämmer. Leider muss ich sie verkaufen … Er greift dem Tier, das ihn zutraulich beschnuppert, in die Wolle … Sie hätten schon längst geschoren werden müssen. Wollen Sie mir nicht dabei helfen? … Er schaut Mirella an, die sich mit einem Lämmlein beschäftigt … Aber das ist gewiss nichts für Ihre Pianistenhände …

Auch die graue Eselin kommt dahcrspaziert und streckt ihre Ohren. … Annie kennen Sie ja schon, sie ist mein Auto und besorgt die Transporte. Sie ist ja so genügsam … Er krault die Eselin am Kopf und steckt ihr etwas zwischen die Zähne. Ehe sie es sich versieht, hat er Mirella unter die Arme gegriffen und auf die Eselin gesetzt. Sie schreit ein wenig kokett, aber im Grunde macht es ihr Spaß. Sixtus führt den Esel im Kreis herum und kommt sich vor wie ein Dompteur im Zirkus.

Das nächste Mal werde ich auf dem Esel zurückreiten, aber das ist etwas für meinen Mann, er wollte schon immer Esel treiben … Sie springt ab … Danke Annie …

Im Winter habe ich noch mehr Gäste. Rehe und Hirsche kommen hier zur Tränke. Ich muss sie auch füttern, wenn Schnee liegt. Mit einem Hirsch habe ich mich angefreundet, ich nenne ihn Leonardo. Man kann sich mit ihm richtig unterhalten. Er hat eine Art von Bellen und Knurren, das ich gut verstehe. Ein stolzes Tier mit prächtigem Geweih. In der Brunft schreit er so, dass ich nicht mehr schlafen kann. Meine Sorge ist nur, dass diese staatlichen Tiermörder ihn abknallen …

Sixtus zeigt seinen Gästen noch den Gemüse- und Kräutergarten, der von einem hohen Drahtzaun umgeben ist … gegen die ungebetenen Mitesser, von Schnecken und Hasen bis hin zu Wildschweinen und Hirschen … Sixtus schaut zur Sonne und entschuldigt sich, er müsse unbedingt noch etwas tun, er zeigt auf einen Berg Holzklötze, die darauf warteten, mit der Axt kleingehackt zu werden.

Mirella will noch einmal die kleinen Kätzchen sehen … Nehmen Sie sich eins mit, hier werden sie doch nur bald wildern, bei Ihnen lernen sie singen … Sixtus sucht sich das frechste aus, das ihn in die Finger beißt und steckt es in einen alten Rucksack … Beim nächsten Mal bringen Sie mir das Ding wieder mit, ich brauche es jetzt nicht … Mirella schaut Christian an, ob er wohl einverstanden sei, wenn sie eine Katze großzögen? Aber er ist ja auch ein Tierliebhaber.

Wenn Sie wiederkommen, können wir vielleicht einmal zusammen musizieren, ich spiele gelegentlich ein wenig Gitarre, die Tiere sind mein Publikum … Er holt noch eine Hand voll Eier, verpackt sie und gibt sie Christian. »Sterben – schlafen – vielleicht auch träumen. Ja, da liegt's: was in dem Schlaf für Träume kommen mögen …« Gute Träume wünsche ich Ihnen, nicht nur vom Teufel. Und kommen Sie bald wieder … Er dreht sich schnell um und beginnt mit seiner Arbeit.

Mirella und Christian glaubten jetzt schon zu träumen, von den Schafen, dem Esel, dem Hund, den Kätzchen. Und sie trugen ein Stück Traum behutsam vor sich im Rucksack. Es wimmerte und kratzte unentwegt. Ob sie selbst wohl auch da oben leben könnten wie dieser Hamlet? Wie lange wohl? Und wie mag es im Winter sein, wenn der Schnee das Haus zuschüttet?

Als sie unten im Dorf ankamen, suchten sie wieder den Krämer auf und fragten ihn, ob nicht jemand für sie ein Paket auf die Alm bringen könne. Da dies kein Problem zu sein schien, kauften sie ein: Schokolade, Kaffee, Honig, getrocknete Früchte, Reis. Alles wurde zusammengepackt, sie schrieben ein Briefchen dazu: »Für einsame Abende – Ihre neuen Freunde«

5

Das Kätzchen tobte in den Zimmern herum, kratzte und biss alles, was es anfassen wollte und konnte nicht genug Milch bekommen. Selbst beim Klavierspielen war es mit dabei, Mirella hatte rote Spuren auf ihren Händen, aber sie gab die Hoffnung nicht auf, es zu domestizieren. Immer, wenn es wieder etwas angestellt hatte, musste sie an Sixtus Indermauer denken, sie fühlte sich verzaubert, wenn sie sich seine chaotische Einsiedelei vorstellte, hörte seine Stimme, sah seine Gesten. Am liebsten wäre sie schon wenige Tage später zu ihm zurückgekehrt, um mehr von ihm zu erfahren über sein Leben. Wie war er nur auf diese Alm geraten? Wie konnte man ihm helfen?

Christian hatte seine eigene Theorie: Diese Landschaft hier zieht alle Außenseiter der Welt, alle gescheiterten Idealisten an, die Anarchisten, Kommunisten, Nihilisten, Spiritisten, Nudisten. Hier glauben sie, ihre Utopie verwirklichen zu können, hier auf dem Monte Verità. Hier können sie nach ihrer Wahrheit leben, hier gelten nicht die Gesetze des Macchiavelli, die die Welt beherrschen, hier gilt nur die Phantasie, und jeder ist der, der er sein möchte. Solch ein seltsamer Heiliger wird auch der Hamlet auf der Alm sein mit seinen Ideen von vorgestern. Aber es muss sie ja geben, diese Heiligen der Phantasie, besser ein guter Hirte auf der Alm als ein fanatischer Weltverbesserer, der sich und die andern heilen will und dadurch umbringt. Aber Sixtus ist ja nur ein Schauspieler, der sein Publikum verloren hat. Richtige Schauspieler haben noch nie jemandem geschadet, es sind immer nur die falschen, die schreien und die Welt zerstören mit ihrer Hysterie.

Nach einigen Wochen meldete sich überraschend am Telefon der alte Krämer aus dem Dorfladen, bei dem sie das Paket für Sixtus Indermauer zusammengestellt hatten. Der Hirte sei vor ein paar Tagen bei ihm gewesen und habe sich nach ihrer Adresse erkundigt. Er solle Grüße bestellen, es sei anscheinend wichtig.

Gleich am nächsten Tag, obwohl regnerisches Wetter angekündigt war, fuhren sie wieder hinaus ins Centovalli. Im Rucksack hatten sie für alle Fälle einige Medikamente gegen Herzstörungen und allgemeines Unwohlsein. Der Weg war ihnen inzwischen vertraut, sie erkannten die Spuren der Eselin. Je weiter sie in die Höhe stiegen, desto nebliger wurde die Luft. Die Alm lag bereits in den Wolken. Stille umgab sie.

Plötzlich standen sie vor den Mauern der beiden Häuser, stiegen die Treppe hoch, klopften an die Tür, niemand antwortete ihnen, die Stube war leer, kein Sixtus Indermauer, auch die Katzen fehlten, der Vogelkäfig stand offen, wo war die Eule? Besorgt setzten sie sich draußen auf die Bank, suchten nach Gründen für die Abwesenheit des Hirten. Sie aßen ihre mitgebrachten Brote, gaben die Krümel den Hühnern, die um sie herumstocherten, tranken aus der Quelle.

Mirella entdeckte im Nebel die kleine Kapelle, ein Eisengitter hinderte sie, näher an den Altartisch heranzutreten, doch sie konnte ein Marienbild erkennen, davor verwelkte Blumen. Auf beiden Seiten alte Fresken, zwei Engel im Profil mit sehr strengem Gesichtsausdruck, hohen Flügeln. Am Deckengewölbe ein verblichenes Kreuzeszeichen in einem sonnenähnlichen Kreis. Die Schrift auf dem Altarstein konnte sie nicht entziffern. Hier hätte ein Franziskus beten können, dachte sie.

Sie wollten bereits den Rückweg antreten, als sie in der Ferne Gebell hörten. Nach einer Weile taucht Müpfeli auf und begrüßt sie, also kann der Hirte nicht mehr weit sein. Er trägt ein junges Schaf auf seinen Armen, ist sichtlich erschöpft, Schweiß tropft von seiner Stirn.

Das Tier ist von einem Felshang heruntergestürzt und hat sich beide Vorderbeine gebrochen, es war schwer, es im Gestrüpp zu finden. Ich werde es wohl schlachten müssen ... Er bringt das Schaf in den Stall, kehrt zurück und reibt sich mit dem Ärmel seiner Jacke den Schweiß ab ... Sie haben einen schlechten Tag gewählt. Bei mir ist alles durcheinander. Die Eule hat mich verlassen, ein böses Vorzeichen, aber Sie bringen mir sicher Glück ... Er drückt ihnen flüchtig die Hand und zieht sich zurück ... Sie müssen mich entschuldigen ... Er wirft sich im Zimmer auf sein Bett, macht ein paar Übungen mit den Armen, um sich zu entkrampfen. Mit geschlossenen Augen atmet er wiederholt durch. Sie lassen ihn gewähren und warten draußen auf der Bank, bis er sich erholt hat.

Er lehnt plötzlich im Türrahmen und reckt sich ... Ja, ich habe nach Ihnen gefragt, hätte sie beinahe angerufen, es ging mir nicht gut, aber die Freunde im Nachbardorf haben mir geholfen. Wenn ich sie nicht hätte ...

Er berichtet ihnen von einer Kommune junger Alternativer, die sich vor etwa zehn Jahren in ein paar leer stehenden Häusern niedergelassen hatten, einige junge Künstlerinnen seien darunter, sie lebten von ihrer Schaf- und Ziegenzucht, machten einen sehr guten Käse. Man habe früher in Zürich gemeinsam in einem besetzten Haus gewohnt, versucht, alternatives Theater zu machen. Aber es seien kaum Zuschauer gekommen, um Subventionen von der Stadt hätten sie vergeblich ersucht. Alles Geld verschluckten die etablierten Theater. Kulturpolitik für die reichen Bürger von der Goldküste, nichts für die Anderen, die Jungen, die Rock- und Popmusiker. Da seien sie auf die Straße gegangen und hätten sich mit den Bullen angelegt – Tränengas, zertrümmerte Fenster, Barrikaden. Im Gefängnis hatte ich dann genügend Zeit, über das Theater, die Gesellschaft, die Zukunft nachzudenken. Je dunkler, desto mehr Licht. …

Aber jetzt habe ich Hunger … Sixtus macht sich am Herd zu schaffen … Wollen Sie einen Teller Minestrone mit mir essen? Es ist noch genug da …

Mirella spült Teller … Lassen Sie uns von schöneren Dingen reden, von Ihrem Garten, von den wundervollen Kletterrosen am Haus. Was machen Ihre Katzen? … Aber Sixtus bleibt im Gefängnis seines Kopfes. Während sie stumm die Suppe löffeln, erinnert sie Müpfeli, dass auch er Hunger habe. Sixtus schüttet ihm den Rest aus dem Topf in seinen Napf.

Wir haben aneinander vorbeigelebt damals, statt miteinander zu reden. Alle hatten ideologische Scheuklappen, aber wir haben gelernt. Während ich revolutionäre Pläne schmiedete, starb meine Freundin. Sie ging in einem Meer von Tränen unter – Drogen. Ich musste sie ihr beschaffen und wollte sie doch kurieren. Jede Hilfe war vergeblich. Ich sah, wie sie sich allmählich umbrachte. Sie wollte mich mitreißen in ihren Taumel. Wäre ich ihr doch damals gefolgt! …

Sixtus steht plötzlich auf und verlässt den Raum, er starrt in den Nebel, klammert sich an dem Balken des Daches fest. … Warum muss ich leben? Nichtsein wäre besser. Die Türen hinter sich schließen, auf einen Felsen klettern, in die Sonne schauen, hinunterstürzen – Aus, alles vorbei, ein unnützes Wesen weniger auf der Welt, an einem besonders schönen Tag, wenn das Licht verrückt macht. Endlich Schluss mit dem Bohren im Kopf, den Krämpfen des Herzens. Niemand wird mich vermissen …

Christian muss den Versuch machen, ihn zurückzuholen aus seiner Leere … Nein, Sixtus, Sie haben hier Ihren Platz, Ihre Verantwortung. Denken Sie an Ihre Tiere, schauen Sie sich um, das ist Ihr Paradies, Sie müssen es lieben, dann werden Sie geliebt …

Paradies? Ihr verdammten Christen mit euren Illusionen! Es steht ein Engel davor mit flammendem Schwert und durchbohrt euer Gehirn, versengt eure Nächte, zertrümmert eure Pläne. Und wenn die Dirne Glück euch gerade wieder einmal überlistet, sticht er zu. Wohin fliehen? Er verfolgt uns … Lange angestaute Verzweiflung platzt aus ihm heraus.

Nach langer Pause wagt Christian etwas zu sagen … Sie sollten einmal Ferien machen, Ihr inneres Gefängnis verlassen. Kommen Sie uns besuchen für einige Tage oder Wochen, wir laden Sie ein …

Was heißt Gefängnis? Leben Sie nicht in einem Gefängnis …? Sixtus Indermauer hat ein Thema gefunden, um sich freizustrampeln … Sie betäuben sich mit Ihrem Luxus und Konsum, aber eines Tages merken Sie, dass ein Wärter vor Ihrer Zelle auf und ab geht und mit den Schlüsseln rasselt. Die Illusionen, mit denen Sie sich umschleiern, sind hauchdünn, plötzlich passiert's, die Nähte reißen, Sie sind nackt und niemand hilft, niemand schaut Sie an, alles ist kahl, grau, stumm. Sie schreien. Wie wir damals, wir wollten ausbrechen aus diesem Betrug, dieser verlogenen Welt. Wir wollten versuchen, ohne Ansprüche, ohne Geld zu leben, ohne Wirtschaft, ohne Staat. Wir kämpften gegen den Wahnsinn, den man Fortschritt nennt, verweigerten uns der technischen Entwicklung. Wir wollten andere Lebensformen finden, durch Selbstversorgung unabhängig werden von der Maschine. Und was ist geschehen? Die Technik hat uns alle überwältigt, korrumpiert, versklavt. Was machen wir ohne Computer, Roboter, Handys? Alles umsonst. Nirgendwohin kann man fliehen, nicht einmal auf diese Alm …

Wie kann man diesem gescheiterten Träumer helfen? Mirella denkt an die Medizin, die sie mitgebracht haben, vielleicht kann man jetzt mit ihm darüber reden. Sixtus ist ins Haus gegangen und sucht etwas.

Lesen Sie das, ich habe es zusammen mit einem Freund vor Jahren formuliert: Der Kampf gegen PAM, das heißt »Planetare Arbeitsmaschine«, das ist das System, in dem wir alle gefangen sind. PAM wächst ständig, weil nur das Wachstum ihr Überleben sichert. Wohin wollen wir nur wachsen? Alles wird immer schneller, die Zeit rast. Die Maschine, heute entworfen, ist morgen bereits wertlos, das Gebirge von Müll wächst von Tag zu Tag. Alle Erfahrungen der Vergangenheit werden sinnlos, alles starrt in die Zukunft, erfindet immer neue Produkte, immer mehr Überflüssiges. Und wir sind die Sklaven in diesem System, passiv, gleichgültig, krank, aber wir beten den Fortschritt an, verschlingen die Informationen, vergiften uns mit all diesen Freiheiten, die keine sind. Und so zerstören wir diese Erde, die uns ja untertan ist …

Er beendigt seine Predigt und drückt Christian sein Manifest in die Hand … Sie verkünden mir nichts Neues … versucht dieser behutsam zu Wort zu kommen … »Es gibt nichts Praktischeres als eine gute Theorie« hat Kant einmal gesagt. Ihre Theorie klingt politisch sehr effektvoll, aber sie führt in eine Sackgasse. Nicht resignieren und aussteigen kann die Konsequenz unserer Entwicklung sein, sondern Lernen, ständiges Lernen, wie man die Probleme immer neu anpacken muss, um zu bremsen, zu korrigieren, zu helfen. Es genügt nicht, der Welt einen Spiegel vorzuhalten, irgendeine Futurologie herbeizuzaubern …

Christian bemerkt, dass sein Gesprächspartner an ihm vorbeihört. Es ist, als ob man Steinen Vernunft predigt, mochte der wohl denken.

Unsere Hoffnung in den Achtziger Jahren war die Schattenwirtschaft. Also partielle Verweigerung, Subversion, Bildung von alternativen Zellen. Wir wollten die Maschine unterwandern. Die Sache hatte gut angefangen, doch PAM ist nicht zu stoppen. Wir wurden von der Maschine gefressen, sie infizierte unsere Köpfe. Ich bin übrig geblieben hier oben in meinem Bolo-Bolo.

Weil Sie nicht weitergedacht haben. Man braucht manchmal in seinem Leben einen Radiergummi, um im Kopf Informationen auszuradieren und Platz zu schaffen für neue Ansätze … Christian sucht die Hand seines Gegenübers … Leben heißt, ständig bereit sein, sich zu wandeln. Es gibt nicht nur schwarz oder weiß, sondern viele Farben, Töne, Gedanken dazwischen …

Sixtus entzieht sich der Belehrung … Hören Sie auf mit dieser ewigen Relativierung, mit dieser Tüchtigkeit der Korruption. Sie zerstören mich und sich selbst, Sie wissen es nur nicht. Der Mensch ist der grässlichste Parasit auf diesem Planeten. Wie ein Ungeziefer fällt er über alles her, zerstört seine Umwelt und rottet sich am Ende selbst aus …

Er greift Christian unter den Arm und zieht ihn einige Schritte zum Waldrand hin … Leider ist jetzt Nebel, ich kann Ihnen die Erlen nicht zeigen. Im letzten Jahr waren die Bäume kahl gefressen, kein Blatt war mehr übrig. Die Baumspinner sind wie eine Invasion über die Erlen hergefallen, haben sich vermehrt und ausgebreitet, bis es nichts mehr zu fressen gab. Jetzt ist die Plage vorüber, sie sind an sich selber zugrunde gegangen. Leider ist der Mensch viel gefährlicher, er greift in die kosmischen Gesetze ein, zerstört das Klima, beutet die Erde aus, bevor er sich am Ende selbst umbringt. Jetzt sechs Milliarden Menschen, bald 60. Sie fressen sich selber auf. Hoffentlich gibt es vorher den großen Knall …

Christian packt ihn an den Schultern, schaut ihm in die Augen … Nein, dazu lassen wir es nicht kommen. Jeder hat seine eigene Methode. Ich glaube an den Menschen, an seine Lernfähigkeit, an seine Vernunft. Ich glaube auch an Sie. Das, was Sie uns heute erzählt haben, ist nicht Ihre letzte Weisheit. Es war ein guter Monolog aus Ihrem Repertoire, aber Sie haben noch mehr zu bieten. Haben Sie eigentlich den Faust oder den Mephisto gespielt? …

Sixtus lacht … »Mir wird von alledem so dumm, als ging mir ein Mühlrad im Kopfe herum.« Ich war immer nur der Schüler, den Faust überlasse ich gerne Ihnen. Was macht unser Gretchen? …

Mirella hatte sich mit Müpfeli angefreundet. Es schien ihnen Zeit, sich zu verabschieden. Der Nebel wurde immer dichter. Und die Medikamente, die sie für Sixtus mitgebracht hatten? Mirella macht einen Versuch, ihm die einzelnen Präparate zu erklären.

Sie wollen mich wohl vergiften … Sixtus bricht in ein hysterisches Gelächter aus … Medikamente, damit kann ich nur den Teufel füttern, nein, eher fliege ich in die Sonne …

Christian schüttelt Sixtus die Hand … Das nächste Mal erklären Sie uns, warum Sie nicht weiter Theater spielen, Sie sind ja so begabt … Und wann machen wir zusammen Musik? … will Mirella wissen.

Sixtus Indermauer hat sie einfach stehen lassen … Ich muss mein Schaf schlachten, wollen Sie mir nicht helfen? … Er kommt noch einmal kurz aus dem Stall zurück … Wenn Sie meine Eule finden, greifen Sie zu, sie ist zahm, vielleicht bringt sie Ihnen gute Gedanken …

Beim Abstieg setzten sie die Diskussion fort. Christian war skeptisch, er glaube ihm kein Wort von seinen Phantasien; statt anzufangen, Probleme zu lösen, ziehe man sich beleidigt ins Innenleben zurück. Außerdem sei Sixtus gewiss sehr krank, ein Fall für einen Psychiater. Er glaube nicht, dass er dieses Leben lange durchhalte, er habe zu viele Programme, die nichts taugen und er wisse es. Die Zweifel seien vielleicht die Ursache seiner Krankheit.

Mirella glaubte nicht an diese Diagnose. Sie hatte gesehen, dass in der Kapelle vor der Madonna in einem Leuchter eine Kerze brannte, wer sollte sie angezündet haben?

6

Der Herbst wurde am Lago Maggiore sehr nass. Im Gegensatz zu früheren Jahren kamen sie kaum dazu, in den Wäldern Kastanien zu sammeln, es regnete oft Tage lang ohne Unterbrechung. Auch der Garten machte ihnen keine Freude, die Dahlien und Astern ließen die Köpfe hängen, die letzten Rosen am Haus wagten nicht mehr, sich zu öffnen. Graue Wolken zogen tief über den See, von den gegenüberliegenden Bergen waren kaum noch die Umrisse zu erkennen. Der Wasserspiegel des Sees stieg und stieg, viele Uferbewohner brachten ihre Möbel und Wertsachen in Sicherheit. Es hieß, die Erwärmung des Klimas sei an dem vielen Regen Schuld.

Christian hatte aus seiner Heimatstadt Düsseldorf eine Einladung zu einem Vortrag erhalten, er sollte vor einem Wirtschaftsforum über die Risiken des Fortschritts sprechen, die radikalen Ideen des Sixtus Indermauer hatten ihn zum Nachdenken gebracht. Er besann sich auf die von Max Weber formulierte »Verantwortungsethik« und suchte diese Theorien zeitgemäß anzuwenden. Also eine neue Kultur des Lernens, der Wertung von Informationen, des globalen Denkens, nicht unbegrenzte Gewinnmaximierung, sondern die Berücksichtigung sozialer, ökologischer Risiken. Ob er damit die Wirtschaftsmanager überzeugen könne, blieb für ihn ein spannendes Abenteuer.

Er wollte auch Mirella bewegen, sich einmal wieder um ihre früheren Gesangsschüler zu kümmern, in der

Jury an einem Gesangswettbewerb teilzunehmen, aber sie zeigte wenig Lust, sich von ihrem Haus im Tessin zu trennen. So musste er sie denn allein zurücklassen, in vierzehn Tagen sei er wieder zurück, tröstete er sie.

Wenige Tage nach seiner Abreise kehrte plötzlich der Sommer ins Tessin zurück, man konnte sich wieder auf der Terrasse sonnen und die gewohnten Spaziergänge machen. Mirella war in ihren Gedanken oft bei Sixtus Indermauer auf seiner Alm; ob er noch die Kraft habe, mit den Teufeln in seiner Brust fertig zu werden. Sie träumte von den Tieren, der Stille, dem Ausblick. Seit Wochen hatten sie keinen Kontakt mehr gehabt. Plötzlich fasste sie den Entschluss, die Wanderung auf die Alm auch allein zu wagen. Sie stopfte frisches Obst, Schokolade und Kaffee in ihren Rucksack, vergaß auch homöopathische Medikamente nicht, und machte sich auf den Weg. Es war ein schwüler Tag, der Aufstieg fiel ihr schwerer als sonst. Unterwegs suchte sie nach Kastanien, aber die grünen Igel, die sie mit dem Fuß zertrat, hatten kaum Inhalt. Es war ein schlechtes Jahr für die Rehe.

Auf der Alm sieht sie Sixtus bereits von weitem, er mäht auf seiner Wiese das hochgeschossene Gras. Müpfeli kommt ihr entgegen, will getätschelt werden. Sixtus ist sehr erstaunt, sie allein zu sehen ... Wo steckt Ihr Mann? Habe ich ihn mit meinen »Predigten« verärgert? ... Er wirft seine Sense beiseite und breitet die Arme aus ... Seien Sie willkommen ... Mirella zögert nicht, sein Pathos ernstzunehmen, wie eine Ophelia schmiegt sie sich an seine Brust.

Er ist beruflich unterwegs, ich konnte nicht warten, bis er zurück ist; ich hatte Sorge um Sie. Was macht ihr Teufel? ... Sie versucht, ihm in den Augen zu lesen.

Sixtus ist nicht nach Spaß zumute, bereits zweimal habe er ihn in diesen Giftwochen überwältigt ... Kurz vor Vollmond will er aus mir heraus und auf den Wiesen tanzen, mein Hirn hämmert zum Zerplatzen, plötzlich falle ich um und weiß nichts mehr …

Sie gehen in die Stube, Mirella legt die Orangen, Bananen, Äpfel auf den Tisch … Sie sollten einen Arzt konsultieren, da muss doch etwas geschehen … Sie kann kaum zu Ende sprechen, Sixtus überfällt sie mit einem Redeschwall … Diese elenden, geilen Giftpanscher haben mich zu ihrer weißen Maus gemacht, um ihre Chemie an mir zu testen. Zuerst lag ich wie gelähmt da, nachdem ich ihre Pillen geschluckt hatte, beim nächsten Präparat musste ich mich dauernd übergeben. Man hat mich elektrisiert, dass mir das Blut aus der Nase rann, ich habe Wochen lang gehungert. Dann bin ich weggelaufen, kam zu einem Quacksalber, der hat mich mit einer Nahrung gefüttert, dass ich aufging wie ein Hefekuchen. Er wollte mein Drüsensystem umstülpen. Auch mit Hypnose haben sie es versucht, diese Psycholytiker, Theropathen, Benilisten. Wenn ich noch einmal einen weißen Kittel sehe, werde ich kriminell …

Mirella hält sich die Ohren zu … Sie spielen Ihre Rolle gut, sie könnte von Molière sein, nur leider sind Sie kein eingebildeter Kranker. Ich bringe Ihnen demnächst einen neuen Regisseur mit, einen guten Freund von uns, der wandert gerne …

Sixtus macht sich daran, einen Espresso zu kochen. … Aber nur, wenn er auf Teufel spezialisiert ist, vielleicht so einer im schwarzen Rock … Er schaut Mirella verschmitzt an … Wollen Sie nicht einmal versuchen, die Canaille zu becircen? …

Wo soll ich das Biest denn suchen? … Mirella streichelt seine Arme und seine Schultern

Weiter so, vielleicht ist es das, was mir fehlt … Sixtus setzt sich hin und zieht sie auf seinen Schoß. Sie spiegeln einander in ihren Augen. Plötzlich springt Mirella auf, der Espresso zischt auf dem Herd. Während er den Kaffee in die Tassen gießt, schaut sie sich im Raum um ... Die Eule ist ja wieder da, wo war sie denn? ...

Sie hatte sich nur einen kleinen Urlaub genommen, nach ein paar Wochen kam sie reumütig zurück, mein bester Gesprächspartner, sie versteht mich gut, zwinkert mir zu, wenn ich herumschimpfe ... Sixtus nimmt die Eule aus dem Käfig und gibt sie Mirella ... Jetzt sehen Sie aus wie eine griechische Göttin ... lacht er.

Was soll man dem klugen Tier nur sagen? Es krallt sich an ihren Händen fest. ... Im Käfig gibt es ein Stück Banane zu fressen. Wo sind übrigens die Katzen? ...

Sixtus hört sie nicht. Er steht auf der Galerie und macht Atemübungen. Die Sonne hatte sich inzwischen verschleiert, ein fahles Licht liegt über der Landschaft ... Sie werden heute nicht mehr zurückkommen, das Gewitter zieht schneller auf als ich gedacht habe. Sie können bei mir übernachten ...

Nein, darauf bin ich nicht vorbereitet, Sie haben doch keinen Platz. Ich sollte versuchen, den nächsten Zug zu erreichen ... Während sie an den baldigen Aufbruch denkt, hört man bereits in der Ferne das Grollen.

Ich will Ihnen den Raum zeigen, wo Sie diese Nacht schlafen werden ... Er nimmt ihre Hand und führt sie in das Nebenhaus, das unbewohnt scheint. Sixtus holt von der Wand eine Leiter, steigt hoch und öffnet eine Bodenklappe. Er zieht Mirella mit kräftigem Schwung hoch. Nur durch ein kleines Fenster dringt Licht in den weiten Dachraum, man erkennt die dicken Holzbalken, die das aus Granitplatten geschichtete Dach tragen. An der Rückwand ein großes, geheimnisvolles Mandalabild, unter der Dachschräge aufgereiht kleinere Holzstatuen.

Während sich Mirella staunend umschaut, holt Sixtus aus einem Verschlag eine große Matratze und rollt einen Teppich aus. Auch Decken stehen zur Verfügung. ... Sie wundern sich über die orientalische Pracht? Das ist mein Meditationsraum, leider habe ich seit Monaten meine Übungen vernachlässigt, das ist eine große Sünde …

Mirella bekennt sofort, dass sie regelmäßig Yoga-Übungen mache, das helfe ihr sehr, beweglich zu bleiben. Ihr Guru habe ihr Hatha-Yoga gezeigt, zur Meditation sei sie jedoch nie vorgedrungen … Das können wir dann zusammen versuchen … erklärt Sixtus und macht eine indische Verbeugung.

Ist das wieder eine seiner theatralischen Rollen oder sollte er wirklich schon einmal in Indien gewesen sein? Mirella hockt sich auf die Matratze … Hier soll ich übernachten? …

Sixtus steht am Fenster, seine Silhouette mit der aggressiven Nase und der hohen Stirn zeichnet sich gegen den gelben Himmel ab. Eigentlich hätte er eine Filmkarriere machen können, denkt sie.

Sie müssen mich für verrückt halten – ein Schauspieler, der die Welt verbessern will, plötzlich spielt er den Buddhisten, und träumt sich ins Nirvana … Sixtus setzt sich zu ihr … Jeder Mensch hat seine Krisen und muss mit sich fertig werden. Wer sich nicht häuten kann, wird an sich ersticken, das ist meine Erfahrung. Und jetzt bin ich wieder in einer Krise, der Teufel muss aus mir heraus, aber wie wird das enden?

Sie nimmt seine Hand … Ich helfe Ihnen, Sie müssen mir nur vertrauen. Erzählen Sie, wie hat das angefangen mit dieser Reise nach innen? …

Sixtus schaut sie skeptisch an, lässt sich dann zurückfallen auf die Matratze. Satz für Satz sucht er seine Vergangenheit … Sie wissen, wie mich der Tod meiner Freundin getroffen hat. Ich habe bald die alternative Szene verlassen, obwohl ich viele von diesen Ideen noch heute vertrete. Das Theater war mir vergällt. Ich wollte und konnte nicht länger für andere den Affen machen. In der Brust spürte ich erste Anzeichen von meiner Krankheit, die ärztlichen Behandlungen nutzten nichts. Ein ganzes Jahr habe ich verloren. Da kam plötzlich ein Freund und machte mich neugierig auf Maharishi. Mit Religion wollte ich nichts zu tun haben, Opium fürs Volk. Aber dieser Buddhismus war etwas anderes. Es hat Wochen gedauert, bis ich lernte, meinen Kopf zu vergessen. Die transzendentale Meditation hat mir geholfen, die Leere des Alltags zu überwinden. Mit diesen uralten vedischen Methoden erreichte ich in mir etwas wie die Verschmelzung von Körper und Geist. Ich sah durch die Dinge hindurch, fühlte mich so leicht, als ob ich schweben würde. Das brauchte viel Geduld, Demut. Die Weisheit des Ostens erfüllte mich mit Staunen, am liebsten wäre ich nach Tibet emigriert. Ich glaube, ich sollte jetzt schweigen … Er legt seine Hände vors Gesicht, lauscht in sich hinein.

Mirella steht nach einer Weile auf und geht zum Fenster, eine schwarze Wolkenbank zieht herauf … Warum geben Sie Ihre Erfahrungen nicht an andere weiter, statt hier Ihr Vieh zu versorgen? Ich würde gerne von Ihnen lernen …

Es gibt kommunikative Naturen, die lehren, predigen, missionieren, dazu bin ich nicht geboren. Ich eigne mich nicht zum Funktionär meines Gurus. Er will das reine Leben verwirklichen, aber er hat sich zu viel vorgenommen mit seiner geistigen Weltregierung. Vielleicht kann er nicht anders, ist ein Bote des Lichts. Aber er hat auch sehr irdische Seiten. Vergessen Sie nicht, diese Weisheit zu erlernen, kostet Geld, viel Geld … Der Tempelpalast in Seelisberg da oben über dem Vierwaldstättersee ist teuer. Wir mussten uns selbst helfen. Gott sei Dank hatte ich da noch meine Eltern …

Draußen donnert es, die Dunkelheit im Zimmer verbirgt sie voreinander … Das müssen wir uns ansehen … meint Sixtus plötzlich … Ich lasse mir dieses Naturtheater nie entgehen, es ist wie eine Vorstudie des Weltuntergangs …

Sie steigen über die Leiter nach unten und können von der Galerie aus, gegen den einsetzenden Regen geschützt, den bizarren Raketen zusehen und die Sekunden zählen, bis die Explosion folgt. Bald sind sie vom Gewitter umzingelt, die Bergkulissen werden von allen Seiten beleuchtet, Blitze reißen den Himmel auf. Windböen jagen durch die Bäume, heulen im Dach. Die Wiesen verwandeln sich, wenn das Licht darüber hinjagt, in glitzernde Diamanten. Das Trommelfeuer wird zum Konzert.

Sixtus ist wie von böser Lust erfüllt, lacht, schreit gegen den Wind, als ob er das Unwetter anfeuern wolle. Es kann ihm nicht brutal genug sein, und wenn das eigene Haus getroffen worden wäre, hätte er noch gejauchzt. Mirella hat sich in eine Ecke zurückgezogen, hockt am Boden, hält sich die Hand vor die Augen. Drinnen jault der Hund. Allmählich kommt das Gewitterdrama zu seinem Finale, das Wechselspiel von Licht und Ton hat größere Intervalle, die Symphonie verklingt. Sixtus streift nach und nach seine Ekstase ab, schaut wie verwirrt um sich. Die Wolken lichten auf.

Ich spüre ein Grollen in meinem Magen; haben Sie nicht auch Hunger? Meine Küche ist zwar nicht auf Besuch vorbereitet, aber Spaghetti könnte ich Ihnen anbieten mit einer Pesto, die ich selber zusammengebraut habe mit Pilzen und viel Knoblauch, Kräutern … Mirella bietet sich an, ihm zu helfen, aber er hat bereits Wasser aufgesetzt … Allein geht es schneller, erzählen Sie mir etwas aus Ihrem Leben. Was macht die Kunst des Gesanges? …

Das sei ein trauriges Kapitel, redet sie vor sich hin, vor drei Jahren habe sie zuletzt auf der Bühne gestanden, dann nur noch die Sorge um Christians Gesundheit, die häuslichen Probleme, der Umzug ins Tessin, aber jetzt bereite sie einen Liederabend vor, man habe sie in Lugano zu einem Konzert eingeladen. Schumann-Lieder studiere sie ein, das mache ihr viel Freude.

Schade, dass hier kein Klavier ist. Ich habe früher gerne Gitarre gespielt und selbst ein wenig gedichtet, aber mit meinen Bauernfingern bringe ich nur noch Misstöne zustande und außerdem bin ich immer zu müde; aber vielleicht nutze ich die langen Winterabende, damit ich nicht zum Murmeltier werde ... Sixtus drückt die Spaghetti in das kochende Wasser und räumt den Tisch auf, um Platz für die Teller zu finden.

Als Schauspieler haben wir uns immer geduzt, sind wir nicht auch Kollegen? ... Mirella steht auf, er gibt ihr einen Schmatz auf beide Wangen und hält ihr seinen Bart hin, sie küsst ihn auf die Stirn ... Ich sage jetzt Miranda zu dir, nicht Mirella, du bist keine kleine Pflaume und mich kannst du Prospero nennen, dann spielen wir den »Sturm« miteinander ...

Die Spaghetti sind fertig, er stellt ein Glas seiner Sauce auf den Tisch, sie lassen es sich schmecken. Plötzlich steht Sixtus auf und holt aus einer Ecke eine Flasche Wein, öffnet sie ... Meine letzte Flasche, das Ereignis muss gefeiert werden ... Er gießt den Tessiner Merlot in Wassergläser, sie trinken sich zu: ... Miranda ... Prospero ...

Mirella macht ihrem Kochkünstler Komplimente und lässt es sich schmecken. Ach, hätte er doch wirklich etwas von dem Zauberkünstler Prospero, könnte seinen Teufel verbannen und sich aus seiner Phantasie kurieren. Sie schaut ihm in die Augen und glaubt einen neuen Glanz zu erkennen oder ist es der Wein?

Sie setzen sich draußen auf die Bank und bestaunen die vom Mond versilberte Landschaft. Sixtus legt seinen Arm um ihre Schulter ... Wie schön, dass du gekommen bist, ich fühle mich wie befreit von diesem Teufelsspuk. Jetzt fehlt nur noch die Musik der Elfen. Hörst du sie? ...

Als es ihnen zu kühl wird, führt Sixtus sie ins Atelier, wie er den großen Raum im Nachbarhaus nennt. In der Ecke steht ein altes Sofa ... Hier hat einmal eine Bildhauerin gearbeitet, die Holzstatuen wollte sie nicht mitnehmen ... Er rollt einen geschnitzten Stamm in die Mitte, aus der anderen Ecke holt er eine übergroße Maske. Mirella entschuldigt sich, sie verstehe nicht viel von moderner Kunst, das sei mehr etwas für Christian, der oft Auktionen besuche.

Wollen wir nicht etwas musizieren? ... Wie Miranda befiehlt, ich hole Ariel ... Irgendwo an der Wand hängt seine Gitarre, er improvisiert ein paar Akkorde, sie ist fürchterlich verstimmt. Während er sich bemüht, den Saiten die richtigen Töne zu entlocken, memoriert Mirella ihre Schumann-Lieder. Ob sie es wagen soll, aus »Frauenliebe und -leben« etwas zu improvisieren? Etwa den Anfang »Seit ich ihn gesehen, glaub ich blind zu sein«. Nein, das ist zu verfänglich.

Sixtus hat seine Gitarre einigermaßen gestimmt und versucht zu improvisieren, man merkt, dass er einmal recht gut spielen konnte ... Bei den Pfadfindern mussten wir immer singen und einer sollte begleiten, da habe ich Unterricht genommen, aber Klassisches kann ich nicht. Ich habe für die Beatles geschwärmt.

Gib mir bitte ein A, ich will es auch ohne Begleitung versuchen ... Mirella lehnt sich gegen das Fenster, sucht den Mond. Sie singt sich leise ein ... »Süßer Freund, du blickest mich verwundert an ... Kommen wird der Morgen, wo der Traum erwacht ...« Sie hört im Geiste die Klavierbegleitung, summt sie leise mit. Ihr leichter hoher

Sopran sucht die Schumannsche Melodie – eine einsame Frau, die um ihren Geliebten bangt, von ihm träumt.

Sixtus applaudiert, er sieht eine Bühnenmaske vor sich, ein weiches, fast faltenloses Gesicht mit schlank nachgezogenen Brauen, glänzenden blauen Augenkugeln hinter straffen Wimpern, eine leicht vorwitzige Nase und einen verspielten Mund, der Vokale, Konsonanten und vieles sonst genießt, eine schöne Bühnengestalt mit lockerem rötlich-braun getöntem Haar hier in seiner Bergeinsamkeit, und dieses verstädterte Wesen mag ihn offensichtlich. Sie singt noch ein zweites Lied von Veilchen, Rosmarin, Mimosen …»Liebes Herz gib dich zufrieden … « Sixtus versinkt in sich.

Aber jetzt möchte ich dich hören … Mirella setzt sich neben ihn; von ihrer Improvisation beschwingt, legt sie ihren Arm auf seine Schultern und zieht ihn zu sich.

Ach was, Stümpereien, lang ist's her. Ob ich noch den Text kann? … Er sucht ein paar weiche Akkorde … Damals habe ich für einen deutschen Liedermacher geschwärmt und ihn zu imitieren versucht, das klingt etwa so: »Und will man heut und hierzuland halbwegs als Mensch gedeihn, empfiehlt es sich zur rechten Zeit gefräßig, dumm und faul zu sein. Schafft Huren, Diebe, Ketzer her und macht das Land chaotisch, dann wird es wieder menschlicher und nicht mehr so despotisch.« … Ein paarmal bleibt ihm der Text aus, er dichtet sich etwas zurecht, am Ende findet er wieder den Faden und freut sich an den burschikos frechen Klängen. Auch Mirella hat Spaß an dem Song und will mehr hören … Also ein Liebeslied – »Liebes Leben, abgemacht? Darfst mir nicht verfliegen. Hab noch so viel Mitternacht sprachlos vor mir liegen.« …

Bravo, bravo, du machst das sehr lustig, schade, dass du deine Begabung so vernachlässigst. Wir sollten öfter miteinander musizieren, vielleicht lerne ich noch etwas von dir ... Mirella versucht nun selbst, auf der Gitarre zu zupfen, es klingt irgendwie spanisch ... In den Ferien habe sie einmal ein paar spanische Lieder geübt, vorbei, vorbei ...

Sixtus holt aus dem Schrank ein indisches Instrument, eine Sitar, ein Freund, der leider gestorben sei, habe sie ihm geschenkt. Er sei ein großer Bewunderer von Ravi Shankar, habe ihn auch einmal persönlich kennen gelernt ... Eine völlig andere Welt ... Sixtus versucht, ein paar Töne zu zupfen und sie gleiten und singen zu lassen, mit den Füßen klopft er den Rhythmus ... Ich wollte es einmal lernen, ich wollte, ich wollte. Und nichts kann ich wirklich. Alles nur Rollen, in die ich hineinschlüpfe, damit spiele, die Menschen verblüffe und dann klopft der Teufel. Die Welt ist ein großes Narrenhaus, alle machen Lärm und nehmen sich wichtig, nur ich kann mich nicht wichtig nehmen, mit meiner Rolle begnügen. Da schaut immer einer zu: Shiva, Tod oder Teufel. Siehst du das Gerippe dort in der Ecke, wie es Staub durch die Luft bläst und grinst? ... Sixtus wirft seinen Kopf in Mirellas Schoß und schluchzt in sich hinein.

Gibt es denn nicht eine Frau an deiner Seite, die dich betreut und dir hilft, die Gespenster zu vertreiben? ... Mirella streicht ihm über die krausen Haare.

Niemand hält es mit mir aus, sie denken alle nur an sich. Auch du bist morgen wieder verschwunden. Ich bin nur für mich gemacht und muss mit mir zurechtkommen, mich hassen, lieben, auslachen und vergessen, wenn ich das nur könnte ... Plötzlich greift Sixtus zur Weinflasche, setzt sie sich an den Mund und trinkt sie aus ... Aber heute ist alles anders ... Er zieht Mirella zu sich herüber und küsst sie leidenschaftlich, gierig, verzweifelt. Und sie kann sich diesem Liebesanfall nicht entziehen, gibt ihren Verstand auf, lässt sich treiben ins Niemandsland dieser Nacht. Ist es Mitleid? Ist es verdrängte Bewunderung? Ist es die Versuchung zum Abenteuer? Beide vergessen Ort, Zeit und alle Ordnung der Welt.

Der Hahn weckt sie in der Frühe, er kann sich nicht beruhigen. Mirella findet sich oben auf dem Dachboden, weiß nicht mehr, wie sie dorthin geraten ist. Sie hat tief geschlafen, da war ein Schweben im Traum, als ob sie im Walzer schwindelig würde, und Stimmen hatte sie gehört. Sie richtet sich auf und versucht sich zu erinnern. Nein, das hat sie gewiss nicht gewollt, sie stand irgendwie unter Hypnose. Dieser Sixtus wird ihr unheimlich. Jetzt nur schnell den Berg verlassen! Sie springt auf, zieht sich an, klettert die Leiter hinunter und sucht die Quelle hinter dem Haus, sie steckt den Kopf unter den Strahl.

Sixtus hat sie beobachtet und bringt ihr ein Handtuch ... Gut geschlafen? ... Etwas zu kurz ... Ich habe die halbe Nacht meditiert, Miranda war mein Mantra, es geht mir jetzt sehr gut ... Und ich habe im Schlaf getanzt, alles drehte sich ... Mirella kämmt sich ihre Haare ... vielleicht war es der Mond ... Ich mache uns ein kräftiges Frühstück, dann können wir, wenn es dir recht ist, den Gipfel besteigen, es ist nicht schwer ...

Sixtus zieht sich in sein Bolo-Bolo zurück, schlägt ein halbes Dutzend Eier in die Pfanne, schneidet Brot und stellt die Teller auf den Tisch. Sie brauchen einen kräftigen Kaffee.

Mirella streichelt den Esel, der sie beschnuppert ... Annie, geht es dir gut? Soll ich mal wieder auf dir reiten?

Als sie sich drinnen in den Sessel setzt, vermisst sie wieder die Katzen ... Sie sind weggelaufen, streichen irgendwo herum, wildern. Vielleicht hat ein Bussard oder Habicht die Kleinen längst erwischt. Ich warte nur darauf, dass jemand auf die Idee kommt, hier oben ein Hotel zu bauen, es hat einmal Pläne gegeben ...

Mirella lässt es sich schmecken. Aber die Wanderung auf den Gipfel wird sie nicht machen, das nächste Mal vielleicht … Ich muss zurück, vielleicht kommt heute Christian, er wird mich vermissen … Schade … Sixtus ist sichtlich enttäuscht … Aber komm bald wieder, damit wir wieder musizieren, ich werde vorher üben …

Sixtus packt in ihren Rucksack eine Hand voll Kräuter aus seinem Garten, frische Pilze und Eier … Damit du an mich denkst, Miranda … Sie stehen draußen auf der Wiese, das Gras ist noch nass vom gestrigen Gewitter. Sie geben sich noch einmal einen langen Kuss … Pass auf dich auf, du Prospero, und wenn dir etwas fehlt, ruf uns an oder komm uns besuchen … Schnell löst sie sich und stapft los, noch ein Blick zurück, ein kurzes Winken … Sixtus schaut ihr nach.

Fast mechanisch tragen sie die Beine hinunter ins Dorf, sie fühlt sich wie benommen – der Abend war verhext, wie konnte ich mich so vergessen? Was soll ich Christian sagen?

7

Als Mirella nach Hause kam, wurde sie von der Nachbarin, die sie gebeten hatte, in ihrer Abwesenheit nach dem Rechten zu schauen, mit der Nachricht überfallen: Die Katze ist weg. Es musste wohl das Küchenfenster offen geblieben sein, das hatte das Tier zur Flucht benutzt. Sie sei nirgends gesehen worden. Mirella streifte sofort durch den Garten und versuchte sie anzulocken, nirgends eine Spur. Sie stellte ihren Fressnapf vor das Fenster und hoffte, der Hunger würde sie zurückführen.

Zwei Tage später kehrte Christian aus Düsseldorf heim, er war in einer euphorischen Stimmung. Nicht nur sein Vortrag war sehr beachtet worden, er hatte den Auftrag von einem Verlag erhalten, über das Thema ein Buch zu schreiben. Im Zug konnte er sich bereits Notizen machen, er hatte eine Konzeption im Kopf. Als Nach- und Vordenker begann er an einen Sinn seines Pensionslebens zu glauben, aus Schwarzsehen sollte Klarsehen werden, er verspürte Lust, die Phrasen der Manager endgültig zu entlarven. Und außerdem brachte er gute Nachrichten von seinen Finanzspekulationen, er hatte an der Börse beachtliche Gewinne erzielen können. Sie sollten bald einmal Pläne machen für eine große Weltreise, schlug er Mirella vor.

Sie berichtete ihm zaghaft von ihrem Ausflug auf die Alm, sie habe sich Sorgen gemacht, Sixtus Indermauer sei sehr krank und brauche ärztliche Behandlung, aber man müsse das sehr vorsichtig einfädeln, denn er schimpfe auf alle Ärzte. Sie erzählte von dem dramatischen Gewitter und dem gemeinsamen Musizieren, sie hätten sehr gute Laune gehabt. Zurückzukommen sei wegen des Wetters unmöglich gewesen.

Und dann hast du mit ihm geschlafen … Christian schaute sie entsetzt an … Ja ja, irgendwie, es ist so über uns gekommen. Ich glaube, er hat mich hypnotisiert … Mirella stand auf und setzte sich zu ihrem Mann … Bitte sei nicht böse, er ist so ein verrückter Typ …

Christian rückte ab und zog sich in sein Arbeitszimmer zurück. In den nächsten Wochen sprachen sie kaum miteinander. Ihre Ehe war einer ernsthaften Prüfung ausgesetzt. Christian kannte die romantischen Neigungen seiner Frau, aber nur selten hatte er Anlass zu wirklicher Eifersucht gehabt. Alles sträubte sich in ihm, diesen Verrückten auf der Alm als Rivalen ernst zu nehmen.

Mirella übte für ihren Liederabend, mehrmals kam der Pianist, der sie begleiten sollte, aber sie fühlte sich stimmlich in schlechter Form, überlegte das Konzert abzusagen. Immer wieder schoss ihr bei den Texten der Schumann-Lieder ihr Gefühlsgewitter in den Sinn. Sie wollte es nicht mehr wahrhaben.

Im November regnete es wieder Tage lang. Mirella kam kaum dazu, ihren Garten zu bestellen, das Laub zusammenzukehren. An einem dieser grauen Tage klopfte es plötzlich energisch an die Haustür. Draußen stand, triefend vor Nässe, Sixtus Indermauer. Hinter ihm verbarg sich eine schwarze Frau mit zwei kleinen Mädchen. Die Überraschung hätte nicht größer sein können.

Sixtus stellt vor: Das ist meine Frau Brenda und das sind ihre Kinder Pat und Cecil. Dürfen wir reinkommen? Ich brauche dringend Rat …

Sie legen ihre Mäntel ab und schauen sich um. Brenda ist eine stämmige Person mittleren Alters mit stark ausgeprägtem Busen, kräftigen Armen und Händen. Wulstige Lippen und kleine zurückliegende Augen prägen ihr Gesicht. Sie hat gekräuseltes Haar, das sich in Locken auflöst. Um ihren Hals trägt sie ein Gewirr von silbernem Schmuck. Eigentlich keine Schönheit, aber sicher eine tüchtige, energische Frau. Sie spricht ein lustiges Gemisch von Englisch und Deutsch. Die beiden Töchter, etwa zwölf und acht Jahre alt, sind keineswegs schüchtern. Die Ältere dringt unbefangen in die Küche vor und tastet die Einrichtung und die Geräte mit ihren Händen ab. Die Jüngere zerrt am Rock der Mutter und will beachtet werden. Das Weiß ihrer Augen heftet sich an die fremden Menschen und sucht Kontakt.

Mirella führt den Besuch in ihr Zimmer, wo die Mädchen bald die Puppen auf der Couch entdecken und mit ihnen spielen. Bevor sie in der Küche Kaffee und Kakao machen kann, muss sie Christian über den unverhofften Besuch informieren.

Sixtus ist da und hat eine schwarze Familie mitgebracht, seine Frau und zwei Kinder. Du musst unbedingt mit ihm sprechen und hören, was er von uns will … Christian schüttelt den Kopf, ist ärgerlich über die Störung, dann entschließt er sich aufzustehen, geht zu Sixtus, begrüßt ihn kurz und bittet ihn, am Kamin Platz zu nehmen … Was ist los? Wer sind diese Leute? …

Sixtus sucht nach Worten, sichtlich verlegen … Ich bitte um Entschuldigung, bin Ihnen eine Erklärung schuldig. Ich habe viel von meinem abenteuerlichen Leben erzählt, aber von meiner Zeit in Afrika wisst ihr noch nichts. … Er wiederholt seine Erfahrungen bei Seiner Heiligkeit dem Maharishi, er wäre gerne noch länger dageblieben, aber er konnte die Kosten nicht mehr bezahlen, seine Ersparnisse seien verbraucht gewesen und von seiner Familie habe er nur geringe Unterstützung erhalten. Da wurde ihm angeboten, zusammen mit einem Freund nach Kenia zu gehen, um dort ein neues Meditationszentrum aufzubauen … Mehr als drei Jahre war ich da, lernte das Land lieben, machte viele Wanderungen, auch zu den Massai-Stämmen, die immer noch in fast unberührter Landschaft leben. Meine Meditationskurse hatten anfangs Erfolg, doch die Kenianer haben nur wenig Ausdauer, wir mussten immer wieder von vorne beginnen. Ich kam zu der Erkenntnis, dass sie unsere Meditationen eigentlich nicht brauchen, da sie noch stark in ihrem ursprünglichen Denken verhaftet sind, auch wenn sich viele Christen nennen. Ihre Seher und Medizinmänner haben nach wie vor großen Einfluss …

Er berichtet weiter von seinem Privatleben. In Nairobi habe er Brenda kennen gelernt, sie sei eine Massai von Adel und hatte ein kleines Kind. Ihren Mann hätten sie bei einer Stammesfehde getötet … Wir verliebten uns und heirateten nach dortigen Sitten. Ich fühlte mich wie im Paradies, meine Krankheit schien sich beruhigt zu haben. Brenda ist eine sehr phantasievolle Künstlerin, schnitzt wundervolle Statuetten aus Holz, Totemfiguren oder auch nur irgendwelche Phantasiegestalten. Und bald bekamen wir ein kleines Mädchen, nicht ganz so dunkelhäutig wie Pat. Wir nannten sie Caecilia, Cecil …

Christian starrt Sixtus hilflos an … Wunderbar, aber warum sind Sie nicht in Kenia geblieben? Sie waren doch glücklich mit Ihrer Frau und den Kindern …

Sixtus hält sich die Hand vor die Augen … Ja ja meine Unruhe. Warum, warum? Vielleicht hätte ich dort bleiben und irgendeinen anderen Beruf ausüben sollen: Hotelportier oder Schuhputzer. Es ist schwer, in Kenia als Weißer zu leben, wenn man keinen einträglichen Beruf hat oder ein sicheres Vermögen. Ein Weißer ist etwas Besonderes, jedenfalls kein Bettler oder Parasit mit dem Spleen einer falschen Religion. Ich hatte große finanzielle Probleme, wovon sollten wir leben? Brenda musste darunter leiden, ihre Verwandten haben sie ausgestoßen …

Konnte da die Schweizer Botschaft nicht irgendetwas vermitteln? … will Christian wissen, er denkt gleich in praktischen Dimensionen.

Ja, ja die guten Schweizer Landsleute … Sixtus lacht … Wenn ich die Schweizer Touristen betreut und ihnen die Elefanten zum Abschuss präsentiert hätte oder sonst solch einen Unsinn, aber das wollte ich nicht. Dann lieber nach Hause zurückkehren ins Hinterdörfli im Bündnerland, wo meine Eltern lebten. Ich kehrte nach zwanzig Jahren zurück in meine Kindheit und brachte eine schwarze Frau und zwei schwarze Kinder mit. Können Sie sich vorstellen, was die Leute für Augen machten? Und meine Eltern? Mein Vater, zu dem ich immer eine gute Beziehung hatte, ließ sich nichts anmerken, war freundlich zu den Fremden, aber meine Mutter, sie schämte sich über den missratenen Sohn, schaute meine Familie kaum an. Dabei wohnten wir im Dachgeschoss des gleichen Hauses …

Sixtus steht auf, um sich nach seiner Frau und den Kindern umzusehen. Mirella hat inzwischen ein Essen gezaubert, bringt eine frische Pizza auf den Tisch, viel Salat, frisches Brot. Da sitzen nun drei Schwarze, fühlen sich wie zu Hause, schmatzen, schwatzen, bald sind die Teller leer. Es ist lustig, ihnen zuzusehen. Sixtus wirkt unruhig, er isst nur wenig. Immer wieder schaut er verstohlen zu Christian, er hat seine reservierte Art wohl bemerkt. Aber Mirella meistert die Situation.

Man habe oben ein Gästezimmer und die Kinder könnten auf der Couch schlafen. Sie nimmt zu Recht an, dass sie heute nicht mehr auf die Alm zurückkehren können. Sixtus sieht, dass es draußen bereits anfängt zu dämmern, er müsse die Tiere versorgen und deshalb den letzten Zug erreichen. Er komme übermorgen wieder, dann könne man in Ruhe überlegen, was geschehen solle. Er zieht Mirella beiseite und flüstert ihr zu … Sie haben mich überfallen, gestern waren sie auf einmal da. In Kenia gibt es große Schwierigkeiten, sie können nicht mehr zurück. Bitte hilf mir … Er küsst ihre Hand, winkt Brenda und den Kindern und rennt davon.

Nach einer Weile kingelt es, er kommt außer Atem zurück … Ich habe etwas vergessen. Bitte gib dieses Heft deinem Mann, er weiß dann alles über uns … Sixtus hastet davon. Die schwarze Kladde legt sie auf Christians Schreibtisch.

Mirella hockt sich nach dem Essen auf den Boden und beginnt mit den Kindern zu spielen. Sie können sich gut verständigen, Pat spricht fließend Englisch und auch einige Brocken Schwyzerdütsch, macht einen sehr intelligenten Eindruck. Die kleine Cecil kann nicht lange ruhig sitzen, springt herum, fasst alles an und stellt unaufhörlich Fragen. Dann hat sie den Flügel entdeckt und klimpert herum. Mirella setzt sich zu ihr und spielt mit dem Kinderfinger eine kleine Melodie.

Christian sucht das Gespräch mit der Mutter. Sie ist keineswegs schüchtern, fühlt sich in der noblen Umgebung wohl und sucht sich zu erklären … Kenia nicht gut. Wovon leben? Niemand kauft meine Figures. Nix family, bin out wegen my husband. Hier sehr schön, oben kalt in mountains. You are very nice, thank you for all, danke, danke …

Allmählich konnten sie sich ein Bild machen. Brenda war mit ihren Kindern in die Schweiz gereist, weil sie kein Geld mehr bekamen von Sixtus. Sie brauchten aber die finanzielle Unterstützung, um leben zu können. Vor etwa drei Jahren hatten sie Graubünden verlassen müssen, es gab Probleme mit den Dorfbewohnern. Sie zogen mit Sixtus auf die Alm und blieben dort einen Sommer, Brenda konnte arbeiten, aber sie verkaufte keine einzige ihrer Plastiken. Und der Winter wurde für sie unerträglich. Sixtus habe ihnen den Rückflug nach Kenia ermöglicht und immer wieder gezahlt, wenn sie sich meldeten. Aber nun hatte er offensichtlich kein Geld mehr. Niemand wusste, wie es weitergehen sollte.

Die Gäste wurden liebevoll verpflegt, zu Bett gebracht. Am nächsten Morgen zeigte man ihnen den See, machte einen kleinen Ausflug nach Ascona und Locarno. Die Kinder bekamen ein Taschengeld, um sich kaufen zu können, worauf sie Lust hatten. Sie waren sehr dankbar und hatten immer neue Einfälle: Kahnfahren, mit dem Sessellift hinaufschweben auf den nächsten Berg. Auch Autofahren machte ihnen großen Spaß. Und nicht nur ihnen, auch Mirella und Christian hatten ihr Vergnügen an der munteren Gesellschaft.

Brenda schien eine sehr selbstsichere Frau, hatte manchmal einen barschen Kommandoton und mit ihren Gewohnheiten einige Schwierigkeiten. Sie rauchte eine Zigarette nach der anderen und steckte auch Christian, der sich schon vor Monaten das Rauchen abgewöhnt hatte, wieder an. Sie zeigte ihm Photos von ihrer Kunst, große und kleine Statuen, Masken, auch Amoulette, er begann sich dafür zu interessieren, fand Gefallen an einzelnen Objekten und hätte sie am liebsten hier im Zimmer gesehen. Das war eine naive afrikanische Kunst, die von starker Phantasie und Handwerklichkeit zeugte. Sollte man nicht auch hiesige Galeristen dafür interessieren können? Aber wie kam er eigentlich dazu, sich um diese Fremden zu kümmern? Eigentlich wollte er mit der Arbeit an seinem Buch beginnen.

8

Immer wenn Christian über seine schwarzen Besucher nachdachte, sah er sich vor der Frage, ob das Leben Ergebnis gesellschaftlicher und kultureller Verhältnisse sei oder doch zunächst Ausdruck individueller Begabung und Daseinsgestaltung. Gewiss, diese Familie war in Kenia von ihrer Kultur ausgestoßen worden, aber hatten sie nicht die Intelligenz und Vitalität, sich auch unabhängig eine neue Existenz aufzubauen? Man brauchte ihnen doch eigentlich nur den richtigen Weg zu weisen und ihnen eine neue Chance zu geben. Das individuelle Leben ist stärker als alle soziologischen Theorien, wenn wir doch nur unsere Freiheit und Gleichheit richtig zu nutzen wüssten. Und was geschieht mit denen, die an diesen Bedingungen scheitern? Warum hat dieser Sixtus Indermauer, gewiss vielseitig begabt, die Straße seines Lebens nicht gefunden?

Neugierig las er in der schwarzen Kladde, vielleicht konnte sie Aufschluss über sein Lebensrätsel geben. Es waren tagebuchähnliche Eintragungen, datiert vom 15. Februar 1995 bis zum 4. Mai 1996. Manche bestanden nur aus einem einzelnen Satz, andere waren seitenlange gedankliche Kommentare. Christian arbeitete sich langsam durch, die Schrift war oftmals schwer zu entziffern, sie hätte einem Graphologen sicher wichtige Aufschlüsse gegeben. Er machte sich ein paar Auszüge, um später mit Sixtus darüber sprechen zu können.

15. Februar.
Wieder zu Hause. Nach 25 Jahren. Die geschnitzte Uhr an der Wand, jede Stunde schlägt der Gong. Auf der Kommode Kristallvasen und Sammeltassen. Stilmöbel aus brauner Eiche. Bunte Orientteppiche am Boden. Vaters Schreibtisch wie immer bedeckt mit Aktenordnern. Er hat oft an uns gedacht, wollte uns in Kenia besuchen. Mutter meidet den Kontakt mit den Schwarzen, als ob sie eine Seuche hätten. Wir können im Dachgeschoss wohnen. Durch kleine Fenster Blick auf die Berge. Wie oft bin ich früher dort herumgeklettert.

17. Februar.
Wir müssen uns selbst versorgen, Mutter fühlt sich überlastet. Wann dürfen wir in die Küche? Kaufe im Dorf ein. Wiedersehen mit Schulfreund Ruodi, arbeitet im Gemeindeamt, kann helfen, vielleicht, aber die Einbürgerung meiner Frau sei schwierig, weil wir nicht nach Schweizer Recht verheiratet seien. Das kann man ja nachholen. Gehe durchs Dorf. Leute starren mich an. Bin ich ein Gespenst? Sie schneiden Fratzen, als ob der Totengräber umginge.

20. Februar.
Viel Schnee. Neu für Brenda und Pat, gehen nicht aus dem Haus. Für Cecil Schneemann gebaut. Muss Leerlauf organisieren. Vater wirkt müde. Zieht immer wieder seine Taschenuhr, öffnet den Deckel, schüttelt den Kopf. Er kämpft mit seiner Zeit. Sie ist ihm zu langsam. Oder zu schnell? Alles ist organisiert, aufstehen auf die Minute, essen auf die Minute, Arbeitsanfang, Arbeitspause, Arbeitsende. Die Uhr ist sein Gott, nie hat er frei.

25. Februar.
Wir haben kein Geld mehr. Muss bei Vater betteln. Seine Autowerkstatt und Tankstelle haben viel Betrieb. Vielleicht kann ich ihm helfen, Kunden bedienen. Eine neue Rolle – Autotheater. Verbeugen, Hände schütteln, Klatsch breittreten, Grinsen.

1. März.
Auseinandersetzung zwischen Vater und Mutter, höre Mutter schreien. Wie lange wir noch bleiben? In der Werkstatt herrscht der italienische Meister Paolo, sehr tüchtig, will mich nicht. Also Langeweile. Schauspieler, nein. Politiker, Straßenkehrer, Waldarbeiter. Meditation nicht gefragt, wozu auch? Die Leute sind wer sie sind, Steine, Kohlköpfe, krächzende Raben, nur nicht denken.

12. März.
In Chur Kontakt mit Yoga-Lehrerin. Soll Vorträge halten. Vielleicht Kursus für Meditation in Davos, Waldhotel. Elegant, moderner Zauberberg. Moribunde wollen sich vergessen. Modereligion Tibet. Bin kein Dalai Lama.

14. März.
Pat muss deutsch lernen, wird in die Schule gehen. Hat sich mit Mädchen im Dorf angefreundet. Brenda will wieder schnitzen. Kein geeignetes Holz. Suche Künstlerkontakt. Ich male alles in mich hinein. Warum ist meine Hand ohne Phantasie, ohne Lust, Glück, Wille? Brenda verbrennt in sich. Sieht überall Geister, die schreien, gebändigt sein wollen. Ich langweile mich, schaue durch alles hindurch.

15. März.
Schwester Rita zu Besuch. War früher im Ballett, jetzt Gymnastiklehrerin, hat drei Kinder, Mann immer auf

Montage in Indien. Schreibt nicht. Rita ist meine liebste Schwester, lädt die Kinder ein. Sie will uns helfen. Ältere Schwester Mona ist bei der Bank in Zürich, hat ihr Zuhause vergessen. Bürofrau. Will nicht heiraten. Muss in Davos Hotelmanager hypnotisieren, man will mich ankündigen als Wundermagier. Nein.

17. März.
Vater hat in der Nacht einen Schlaganfall erlitten, musste sofort ins Krankenhaus. Mutter fällt über mich her, ich sei an allem schuld. Vater habe sich zu sehr aufgeregt, alles in sich hineingeschluckt. Armer Vater, er war seiner Frau nie gewachsen, sie wusste immer alles besser, hat ihn gedrängt, den Betrieb zu vergrößern, zu bauen, Vertretungen anzunehmen. Er wäre lieber Bauer gewesen wie seine Vorfahren. Eine gute Seele. Hat immer geholfen, mir heimlich Geld gegeben.

18. März.
In Chur kleines Theater. Wollen Becketts »Warten auf Godot« spielen, aber alle Rollen besetzt. Zurück zum Theater? Warum nicht? Alles Theater – mein Kopf wie leere Bühne, suche meine Rolle, Regisseur, Publikum. Alle sind nur Masken, die Mutter, die Schwester, der Pfarrer, alle tanzen durchs Leben ins Niemandsland, sind geil auf Applaus. Ich auch? Habe zu viele Masken.

19. März.
Besuch im Hospital bei Vater. Er ist bewusstlos, einseitig gelähmt. Wird künstlich ernährt. Wenig Hoffnung. Im Lautsprecher pocht sein Herz, unregelmäßig, viele Pausen. Fühle meinen eigenen Puls. Werde ich wie er? Auf der Kommode liegt seine Uhr, wartet auf seine Hand.

25. März.
Vaters Zustand konstant. Er erkennt niemanden. Ob er je zurückkommen kann? Was wird aus der Werkstatt? Mutter lehnt jede Arbeit von mir im Betrieb ab. Paolo Caretti ist der Meister, kennt alles, sehr tüchtig. Ich bin der Versager, warum eigentlich? Gibt es Menschen, die nichts werden, bloß weil sie sind, wie sie sind? Unheilbare Lächler, Nichtskönner, Traumtänzer? Was kann ich gegen mich tun?

3. April.
Stunden am Bett des Vaters. Erinnerungen an Bergwanderungen, Leben auf der Alm, Skilaufen. Ich durfte immer alles, was ich wollte. Als Jüngster war ich sein Liebling. Er zeigte mir die Blumen, sang mit den Vögeln, kannte alle Pilze. Hat mir von der Kriegszeit erzählt, war vier Jahre Soldat. Musste polnische Internierte bewachen, sie wurden seine Freunde. Die Heirat mit Mutter hatte auch finanzielle Gründe, Landbesitz. Aber Geld war für ihn nicht wichtig. Es gibt viele schlechte Menschen, pflegte er zu sagen, aber wir haben sie selbst schlecht gemacht. Jeder ist für seinen Nächsten mitverantwortlich. Du musst immer zuhören, die Hand ausstrecken, auch wenn sie keiner will. Mutter ist die Geschäftsfrau, kann rechnen, sie gibt nur die Hand, wenn Geld daran klebt.

5. April.
In Davos Meditations-Parlando. Alles sehr interessant für diese humanen Schwätzer: Jenseitsphantasien. Snobistische Kapitalisten! Muss mich kostümieren, um zu profitieren von diesen Geldkranken. Verliere den Glauben an meinen Glauben, komme nicht mehr weg von mir. Beim Maharishi war alles ernst, jetzt nur noch Spiel, Routine, Geldmacherei.

7. April.
Vaters Zustand hat sich verschlechtert. Sitze Stunden an seinem Bett. Halte seine Hand. Manchmal öffnet er die Augen. Es ist als ob er etwas sagen wolle. Höre ihn im Geiste. Aufhören wollte er, auf der Alm wohnen, Tiere versorgen, weg von den Menschen. Pilze suchen, Forellen fangen – er träumt davon. Die Mutter kommt, schickt mich weg, alles so traurig. Ich habe Angst, mich zu verlieren. Was soll aus Brenda werden, wenn ich nicht da bin? Und die Kinder? Alles läuft in die Irre.

12. April.
Vater ist in der Nacht gestorben. Ein stiller Tod. Seine Uhr ist stehen geblieben. Ich möchte sie erben. Mutter will große Trauerfeier, das ist nicht im Sinne von Vater, er war bescheiden, fast menschenscheu.

16. April.
Am Grab des Vaters. Der Bruder aus Amerika ist gekommen, beide Schwestern, die Kinder. Alle Verwandten. Offizielle Reden, der Pfarrer lobt ihn als guten Christen, obwohl er nicht in die Kirche ging. Ich spreche ein Gedicht. Mutter will meine Familie nicht bei der Trauerfeier, sie passe nicht zu uns. Brenda spürt die Abneigung, schließt sich mit den Kindern ein. Ich müsste protestieren. Nicht einmal am Grab werden Schwarze als Menschen akzeptiert. Schreien oder verschwinden. Wohin?

20. April.
Bruder Felix lädt uns nach Amerika ein. Er hat dort eine gute Stellung als Chemiker. Will mir einen Job suchen, auch für Brenda sieht er Chancen. Wir sprechen über Amerika, auswandern, anfangen als Tellerwäscher, Nachtwächter. Brenda hasst Amerika, Skla-

venland. Lieber in Europa Nichts – als in Amerika Alles. Bin kein Reklameboy, keine angepasste Nummer. Brauche die Freiheit auf Strohhalm zu balancieren, zu scheitern.

24. April.
Anruf vom Kleinen Theater in Chur. Soll wegen Erkrankung eines Schauspielers den Lucky in »Warten auf Godot« übernehmen. Premiere bereits in zehn Tagen. Wenig Geld. Besorge mir den Text. Beckett reizt mich sehr.

26. April.
Probenbeginn. Nur wenig Text, aber viel Pantomime. Bin der Diener von Pozzo, gehe am Strick, muss Koffer mit Sand, Korb und Stuhl tragen, viel am Boden kriechen wie ein Hund. Nur noch Funktion, keinerlei Individualität. Werde gezogen, gestoßen, kommandiert, soll stinken wie ein Schwein.

30. April.
Regisseur will alles genau wie im Buch, Schauspieler wissen mit sich nichts anzufangen. Bleibe jetzt eine Woche in Chur bei einem Kollegen. Muss meine lange Rede lernen. Kwakwakwa, alle Phrasen der Zeit, kwakwakwa. Angepasster Funktionalist, kann alles auf Kommando. Sport, Fortschritte der Ernährung, Abschaffung des Stuhlgangs, Fliegen in das siebente Saeculum. Kopf, Kopf, Kopf. Denkapparat. Eine grandiose Vision Becketts. Ja, so sind die Zivilisationisten. Lerne das alles mit Lust wie mein negatives Ich.

1. Mai.
Zu Hause, Abschied von Bruder Felix. Nochmals: Komm nach Amerika! Die Auswanderung wird immer

unwahrscheinlicher. Soll ich Lucky nachlaufen, im Narrenhaus der Geldanbeter den Affen spielen? Dann lieber Warten auf Godot, der doch nie kommt. Vielleicht ist er schon da, wir haben nur vergessen, ihn zu suchen. Vielleicht steckt er in mir, anonym? Brenda hört mir meinen Text ab, versteht nichts, also bin ich richtig. Lucky ist eine Denkmaschine, nur sinnlose Wörter. Pseudowissenschaft, der persönliche Gott kwakwakwa, die anthropopometrische Akakakakakademie. Am Schluss wollen sie mich umbringen. Spreche wie Ansager im Fernsehen. Alles sehr aktuell. Die Medien haben die Macht, bestimmen was richtig oder falsch. Hauptsache ausgefüllte Zeit, Time-Manager sind top.

5. Mai.
Premiere. Großer Erfolg. Brenda schämt sich, niemals soll ich mehr den Hund spielen. Nein, zu Hause mache ich Wladimir und Pozzo, die Kinder haben ihren Spaß.

6. Mai.
Vaters Testament wird eröffnet. Wusste nicht, dass es eins gibt. Mutter behauptet, es stamme aus den letzten Tagen vor seiner Erkrankung. Sie erbt das Haus, den Betrieb, alle Ländereien. Für uns vier Kinder nur eine kleine Abfindung. Das ist ungerecht. Ich will das Testament persönlich sehen, Mutter legt es weg, deponiert es beim Anwalt.

9. Mai.
Vorstellungen sind schwach besucht, gestern nur 12 Zuschauer. Die Leute hier verstehen das Stück nicht, halten es für modernen Unfug. Dabei sagt es alles über uns heute, die wir auf irgendetwas warten und an nichts glauben. Aber in Graubünden gibt es ja noch Himmel und Hölle und der Pfarrer bestimmt, wo man hin-

gehört. Und die Politiker lassen sich verwöhnen. Und die Touristen zersiedeln das Land. Godot heißt hier Geld. Wer nicht am anderen verdient, ist aussätzig.

12. Mai.
Pat zum ersten Mal in der Schule. Lehrerin sehr freundlich. Brenda beginnt zu zeichnen. Die Moribunden in Davos haben keine Geduld, sie wollen in den Himmel, wenn sie dafür bezahlen. Lieber klug schwätzen als in sich hineinschauen lassen oder schweigen. Beides macht melancholisch.

13. Mai.
Mutter überträgt die Werkstätte mit Autovertretung an Paolo Caretti. Hat sie ein Verhältnis mit ihm? Traue ihm nicht. Sicher ein tüchtiger Mechaniker und fescher Kerl. Mir gibt er nicht einmal die Hand. Wenn ich ein Auto brauche, soll ich dafür bezahlen. Das Leben kommt mir vor wie eine schleichende Krankheit. Es gibt keinen Arzt, der etwas dagegen tun kann. Jeder muss sich selbst kurieren oder er verliebt sich in diese Krankheit und pflegt sie tagaus, tagein.

17. Mai.
Der Anwalt zeigt mir das Testament. Es gibt offenbar zwei Fassungen. In der Version, die ein Jahr vor dem Tode geschrieben wurde, soll ich den Betrieb übernehmen, Bruder und die beiden Schwestern erben die Ländereien. Meine Mutter hatte Anspruch auf eine regelmäßige Rente. Diese Version wurde später verworfen. Hatte meine Mutter die Hand im Spiel? Immer wieder das Geld – wie eine Teufelsmaske neben, vor, über jedem Kopf, grinsend, zwinkernd, höhnisch lachend. Was kann man dagegen tun? Spucken, schimpfen oder sich in die Ecke setzen und weinen aus Mitleid über die

korrupte Menschennatur? Predigen hilft am allerwenigsten, die Menschen sind auf dem Geldohr taub. Wisst ihr eine Alternative, ihr Nurchristen?

20. Mai.
Brenda fürchtet sich vor den Männern im Dorf. Einer wollte sie ins Wirtshaus einladen, ein anderer ist ihr nachgelaufen. Bildet sie sich das nur ein? Der Sex geistert in den Gehirnen, und Schwarze geilen die Phantasie auf. Urwaldmythen lauern. Die Kinder werden noch wie Puppen verwöhnt, aber wann werden auch sie zu Objekten? Auch im Dorf grunzen und klappern sie hinter den Scheunen.

25. Mai.
Meine Mutter verlangt, dass wir bald ausziehen, Caretti brauche die Wohnung, müsse näher am Betrieb sein. Wo sollen wir wohnen? Für Mutter gibt es nur eine Instanz: Was sagen die Leute im Dorf? Immer das tun, was die andern tun. Die alte Leier, wer spielt sie nicht in diesem Land der heiligen Anpassung. Christliche Schweiz, du belohnst die Deinen im Schlaf. Immer mit dem Wind, sei ein guter Demokratist!

28. Mai.
In Chur Vortrag, kleines Honorar. Auch Yoga-Unterricht einmal die Woche. Davon können wir nicht leben. Die Moribunden in Davos laufen davon, nur eine alte Dame will alles ganz genau wissen, reist demnächst nach Tibet. Sie schwärmt vom Nirwana, will Schmetterling werden. Aber sie legt wertvolle Eier in meine Hand.

8. Juni.
Träume von Vater: Wanderung auf deine Alm, immer höher hinauf, durch Felsen zum Gipfel. Sonnenunter-

gang, der Himmel ist rot, so weit man sehen kann. Blut, schreit er, Blut. Ich werde wach und will alle Uhren zerschlagen, die Kirchenuhr, die Wanduhr. Warum? Die Zeit mag mich nicht. Wo ist eigentlich Vaters Taschenuhr?

15. Juni.
Das Testament anfechten? Dokumente, Briefe, Zeugen? Ich suche nach Briefen. Hat mir vor zehn Jahren nach den Jugendunruhen versprochen, ich könne später den Betrieb übernehmen. Damit ich aus der Stadt herauskomme, die mich vergiftet.

1. Juli.
Wir müssen umziehen. Mutter hat uns eine Wohnung am anderen Ende des Dorfes ausfindig gemacht. Will sogar die Miete zahlen. Alles, was ich tue, ist verkehrt. Auch die Waldarbeit ist nur organisierter Leerlauf oder sollte ich darin einen neuen Sinn finden?

16. Juli.
Muss bei der Arbeit aufhören, werde ohnmächtig. Sie bringen mich ins Krankenhaus. Schwierige Diagnose. Herzkrank oder alles psychisch? Leide ich an der Leere? Ich höre ständig meinem Herzen zu, das macht mich wahnsinnig.

1. August.
Bin wieder zu Hause bei der Familie. Alle feiern, bin verzweifelt. Was soll aus uns werden? Ich habe Angst. Man müsste noch einmal von vorne beginnen. Nein, nicht Schauspieler, nein, nicht Politiker, nein, nicht Missionar, nein, nicht Familienmann, nein, nicht Dörfler. Allein sein, ein einfaches Leben suchen, die Natur belauschen. Ich stehle aus seinem Schreibtisch Vaters Uhr, sie soll für mich ticken.

Christian überflog die weiteren Eintragungen, es geht immer wieder um Geld, um die Berufsfrage, um das Erbe. Und um die Anpassung seiner Frau Brenda an die dörflichen Verhältnisse. Sixtus hat es erreicht, dass auch seine Geschwister die Erbregelung anfechten wollen. Schließlich kommt es unter Androhung eines Prozesses zur Einigung: Die Ländereien werden auf die vier Kinder aufgeteilt, die Mutter behält den Betrieb. Sie lebt mit dem italienischen Werkstattmeister zusammen. Sixtus verkauft bald seinen Bodenanteil an eine Immobilienfirma, es ist begehrtes Bauland. Da Brenda unter der Fremde leidet, sich als Künstlerin nicht entfalten kann, bleibt ihnen nichts anderes übrig, als sich zu trennen. Sie fliegen zurück nach Nairobi, er sucht eine günstige Wohnung, findet für Pat eine ordentliche Privatschule, gibt ihnen den größten Teil des Geldes, kehrt zurück. Durch Freunde hört er von der Alm im Tessin, er schaut sie sich an und beschließt, sich aus der Welt zurückzuziehen, ein neues Leben anzufangen. Im nächsten Sommer kommt ihn Brenda mit den Kindern besuchen. Er hatte gehofft, sie von seinem einfachen Leben zu überzeugen, sie lassen ihn bald wieder allein.

Jetzt hatte ihn seine Vergangenheit eingeholt, seine Flucht in die Einsamkeit war gescheitert. Wie sollte dieses Drama nur enden? Warten auf Godot? Oder etwas tun? Warum eigentlich?

9

Sixtus kam nicht übermorgen, auch nicht drei Tage später, doch endlich erschien er, fuhr mit einem kleinen Lieferwagen vor. Es sei schwierig gewesen, im Dorf ein Auto zu leihen, und er habe dreimal den Weg von der Alm und zurück machen müssen, Annie habe sehr schwere Last geschleppt, aber jetzt könne er ihnen Brendas Kunst übergeben, auf der Alm interessiere sich niemand dafür.

Und er begann, die in Decken eingewickelten Holzstatuen auszuladen und ins Haus zu tragen. Brenda tanzte im Zimmer herum vor Begeisterung. Sie begann sofort die Schnüre zu lösen, ihre Plastiken von den Decken zu befreien und sie ringsum an den Wänden aufzustellen. Die Figuren waren etwa einen Meter hoch, aus dunkelbraunem Holz, jede hatte einen Namen und eine verschiedene Bedeutung. Mit einem schwer verständlichen Redeschwall versuchte Brenda ihre Arbeiten zu erklären.

Das ist Sagi, arme Sagi, Erinnerung an tote Frau, war meine Freundin ... Die Plastik hatte spitze Brüste, lange traurig herunterhängende Arme mit abgespreizten Händen, das Gesicht mit dem halbmondförmigen Mund und der spitzen Nase wirkte starr, als Augen waren Glasperlen eingelassen. Das Haar zeigte ein genaues Wellenmuster und hing bis auf die Schultern herunter. Besonders große Ohren wirkten wie Fragezeichen. Christian wollte die Figur aus der Nähe betrachten, streichelte behutsam das glatte Holz.

Brenda war damit beschäftigt, ihre zweite Figur abzustauben, ebenfalls eine aufrecht stehende Frauengestalt, sie war rot, weiß und blau bemalt und hatte bewegliche Arme ... Wanya ist Tänzerin, soll Glück bringen ... erklärte sie ... Wird viel gebraucht für Kranke ... Das Gesicht von Wanya wirkte lachend, im Mund blinkten weiße Zähne, hinter fast verschlossenen Lidern zwinkerten lustige Äuglein.

Die nächste Figur, die Brenda vorstellte, war ebenfalls weiblich, sie hatte die Arme in großem Bogen hochgereckt, als wolle sie wie eine Priesterin den Himmel anrufen ... Das ist Omu, gut für Frauen, die Kinder wollen, sollen beten ... Gerade diese Plastik schien Christian besonders zu gefallen, er hob sie hoch und ließ sie tanzen im Raum. Brenda freute sich über diese spontane Bewunderung und gab ihm einen Kuss auf die Wange.

Aber die schönste Figur war für sie Kissi, eine etwas kleinere mädchenhafte Gestalt, die die Hände vor ihren Bauch hält, den Nabel zeigt; auf einem steifen langen Hals sitzt ein hübscher Kopf mit großen ovalen Augen, die Haare sind durch einen Stirnring zusammengehalten ... Ist ein Geist für gute Mädchen ... erklärte Brenda.

Die letzte Figur, die sie in die Mitte stellte, war männlich, ein aufgeschossener Körper, vorgestreckte Arme mit großen Händen; der Gesichtsausdruck mit kleinem Mund und platter Nase wirkte primitiv. Das Wichtigste schien ein lang herunterhängender Geschlechtsfinger mit dicken Hodensäcken. Brenda nannte den Mann Nyam, einen Stammesfürsten mit vielen Kindern ... sehr reich und mächtig...

Aber da waren noch zwei Säcke, gefüllt mit den verschiedensten Masken, sie legte sie nebeneinander auf den Boden. Gesichter mit großen runden oder eckigen Augenöffnungen, weit aufgerissenen Mäulern, in denen einzelne Zähne steckten, plumpen Nasen und abstehenden Ohren, die Haare mit einzelnen Strähnen angedeutet, grässliche Fratzen oder harmlose Unschuldsgesichter. … Für Tänze um böse Geister abzuwehren – werden oft gebraucht. Alle fürchten sich nachts vor Geistern der Toten, müssen vertrieben werden, bringen Unheil. Habe noch viele Masken in Kenia, alle wollen von mir Masken und Zauberstäbe …

In einem anderen Sack steckten einige lange Stöcke, die am oberen Ende geschnitzt waren mit magischen Zeichen, Köpfen, Hörnern, beklebt mit Strähnen von Rosshaar. Brenda nahm einen Stab, hielt sich eine Maske vors Gesicht und stampfte rhythmisch im Kreis herum, Schreie ausstoßend. Sie scheuchte alle aus dem Zimmer, wirkte unheimlich.

Als es wieder still geworden war, wagte Christian den Kopf in die Tür zu stecken … Dürfen wir wieder hereinkommen? … Brenda lag am Boden und schüttelte sich vor Lachen. Das große Wohnzimmer hatte sich in eine Galerie afrikanischer Kunst verwandelt, überall diese Statuen, Masken und Zauberstäbe, fremde Gäste, die den Raum beherrschten. Sagi, Wanya, Omu, Kissi, Nyam – sie wirkten lebendig, wann würden sie anfangen zu sprechen? Nein, das hatte eigentlich nichts mit Kunst zu tun, es waren phantasievoll gestaltete Gebrauchsgegenstände aus einer anderen Welt, erfüllt mit Sinn und Funktion; hinter der Primitivität verbarg sich kultischer Geist. Christian fühlte sich versetzt in eine urtümliche Welt, in der es wirklich Dämonen gab, in der das Leben beherrscht wurde vom Wissen um magische Strahlungen, übersinnliche Kräfte und die Geister der Toten. Und diese Gestalten und Masken gewannen an Kraft und Bedeutung, und die, die sie geschaffen hatte aus alten Traditionen, war nicht nur künstlerisch begabt, sie hatte ein geheimes Wissen um das Leben in seinen tieferen Dimensionen.

Christian hatte sich nie mit afrikanischer Kunst beschäftigt, sie sogar als primitiv abgetan und über die Touristen gespottet, die sich ihre Wohnung mit solchen Souvenirs ausschmückten. Jetzt begann er sich tastend in diese andere Kultur hineinzuversetzen. Und er stellte sich die Frage, wo die Dämonen und magischen Kräfte geblieben sind, die wir mit unserer Zivilisation verdrängt haben. Könnte die verdrängte Natur sich nicht eines Tages furchtbar rächen. Er lachte sich selber aus und bot Brenda eine Zigarette an.

Was machen Sie in Kenia mit diesen Objekten? Verkaufen Sie sie an Touristen? … Brenda lächelte … Ja, ja, aber auch an unsere reichen Leute, die Stammesfürsten, an alle, die sie brauchen. Sie gehören zu unserem Leben, ist nicht Kunst …

Christian beschloss, sich sofort mit der afrikanischen Kultur zu beschäftigen, er las in den Lexika, suchte im Internet, beschloss, sich durch seine Buchhandlung die Standardwerke zu bestellen und versprach Brenda, sich auch mit Kunstgalerien in Verbindung zu setzen. Die hölzernen Gäste starrten ihn an, allmählich wurde er mit ihnen vertraut.

Sein Leben hatte sich verändert. Sie verbrachten den Abend zusammen, unterhielten sich über Kenia, die Menschen und ihre Sitten, die Natur, das Klima. Brenda sang ein paar Volksmelodien, erzählte von ihren Eltern und Geschwistern, die nichts mehr von ihr wissen wollten, seit sie Sixtus geheiratet hatte. Aber sie schien gar nicht traurig darüber, ihre Augen funkelten, ihre Hände tanzten und aus ihrer Kehle sprudelte immer wieder ihr lustiges glucksendes Lachen. Mit ihrem Temperament brachte sie alles durcheinander, verschüttete ihr Weinglas, schmückte Christian mit ihren Halsketten und machte aus Mirella eine afrikanische Zauberin. Ein Kleidungsstück nach dem anderen wurde ihr zu warm. Es war tief in der Nacht, als die beiden Männer sie ins Bett tragen mussten.

Am nächsten Morgen – Christan hatte kaum geschlafen – musste ganz konkret über die Zukunft gesprochen werden. Was sollte nur werden aus dieser afrikanischen Bildhauerin und ihren beiden lustigen Mädchen? Gewiss war, dass Sixtus nicht die Mittel hatte, sich weiter um seine Familie zu kümmern, und außerdem kämpfte er ständig mit seiner Teufelskrankheit. Aber hier im Tessin war gewiss auch nicht der Ort, wo Brenda ihre Kreativität ausleben konnte.

Die beiden Mädchen waren als erste wach geworden und tobten durch die Wohnung, spielten mit den Masken und klimperten auf dem Flügel. Mirella musste im Dorf einkaufen, sich um das Frühstück kümmern. Sie wirkte keineswegs strapaziert von den fremden Menschen um sie herum, im Gegenteil, sie freute sich an ihrer Aufgabe, die Gäste zu bewirten. Endlich saßen alle am Tisch, ließen sich Kaffee oder Tee eingießen, genossen das frische Weißbrot, die selbst eingekochte Marmelade, die Früchte. Sixtus wirkte ganz still, fühlte sich fremd in dieser Umgebung, wagte jedoch nicht, sich irgendwie kritisch zu äußern. Er musste sich seinen Freunden unterwerfen, war abhängig von ihnen, am liebsten wäre er davongelaufen, beschämt über seine Hilflosigkeit, in seinen Augen unsichtbare Tränen.

Während sie so dasitzen und plappern, ergreift Mirella plötzlich die Initiative … Ich habe mir diese Nacht Folgendes ausgedacht, hört mir bitte einmal zu: Der Zufall, oder sagen wir das Schicksal, hat uns zusammengeführt. Lasst uns zusammenbleiben und füreinander sorgen. Sixtus kehrt auf seine Alm zurück, er wird dort gebraucht und kann nicht anders leben, Brenda ist Künstlerin und kann nur dort arbeiten, wo ihre Phantasie sie inspiriert, also in Kenia. Wir müssen ihr helfen, dort sinnvoll leben zu können. Und die Kinder brauchen eine gute Zukunft. Ich will für Pat ein Internat suchen, wo sie lernen kann, sich selbständig zu entwickeln und Cecil soll zunächst noch hier in die Schule gehen, sie kann bei uns wohnen, ich will mich um sie kümmern, dann sehen wir weiter. Wie denkst du darüber, Christian? Wir haben keine eigenen Kinder, nun können wir unser Leben ändern und Verantwortung übernehmen. Ich bin dazu bereit, es fehlt uns auch nicht an den Mitteln, diesen Plan zu verwirklichen …

Alle schweigen in sich hinein, sind überrascht, auch ein wenig gerührt. Christian sucht als Erster die richtigen Worte … Das ist alles sehr schön ausgedacht, Mirella, beinahe wie eine Utopie, aber was sagen die Betroffenen dazu? Ich will von mir aus noch hinzufügen, dass ich mich um die Objekte von Brenda kümmern will. Wir können zusammen die Kunstateliers und Museen besuchen. Ich bin überzeugt, dass es für diese afrikanische Kunst bei uns genug Liebhaber gibt …

Und ich soll meine Kinder verlieren? Allein zurückfahren? Nein, nein, das kann ich nicht … Brenda springt auf und wirft sich in einen Sessel.

Lasst uns das Ganze nicht überstürzen … lenkt Christian ein … Wir brauchen alle etwas Zeit, um mit der neuen Situation fertig zu werden. Und was meinst du, Sixtus? …

Ihr habt die Vernunft und die Mittel, Probleme zu lösen. Es ist sicher alles richtig, Brenda sollte die Chance nutzen. Ich kann mich leider nur um mich kümmern … Sixtus steht auf, geht zu Brenda, umarmt sie, nimmt die beiden Mädchen zu sich auf den Schoß, schaut ihnen in die Augen, spielt mit ihren Haaren, drückt sie plötzlich fest an sich, springt auf und verschwindet. Es ist wie ein Abschied für immer.

In den nächsten Tagen telefonierte Christian mit verschiedenen Museen und Kunsthändlern in Zürich und Basel, man war durchaus bereit, die Objekte kennen zu lernen. In den Fachbüchern, die er sich bestellt hatte, studierte er die Besonderheiten der afrikanischen Kunstlandschaften, zeigte die Bilder auch Brenda und diskutierte mit ihr die verschiedenen Hintergründe und Stammeskulturen. Es wurde ihm klar, warum die afrikanischen Skulpturen bei Künstlern wie Picasso, Matisse, Braque so viel Anklang gefunden hatten, warum sich viele Sammler dafür begeistern konnten; die einfache Aussagekraft dieser Menschenbilder wirkte in der Spätzeit unserer Kunst wie eine Besinnung auf die ursprünglichen Formen und Gesetze unserer Natur.

Christian mietete sich ein größeres Auto, in dem er die Plastiken transportieren konnte und fuhr zusammen mit Brenda nach Basel. Er hatte sich nicht getäuscht, in einer Kunstgalerie fand er lebhaftes Interesse, man war bereit, zunächst eine der Statuen auszustellen und demnächst bei einer Kunstmesse Brenda Gelegenheit zu geben, ihre Arbeiten zu erklären. Auch im Völkerkundemuseum hatte man offene Augen und Ohren. Es war sogar von einem gelegentlichen Ankauf die Rede. Brenda befand sich wie in einem Rausch, sie wusste nicht, wie sie ihrem Gönner danken konnte. Auch Christian fühlte sich zu dieser ungewöhnlich spontanen Frau hingezogen. Wen wundert es, dass er eines abends in seinem Hotelzimmer ein Klopfen an der Türe hörte, er öffnete und ließ Brenda herein, die ihm um den Hals fiel, ihr Körper wollte ihm danken.

Mirella hatte ein Internat im Unterengadin gefunden, das bereit war, Pat zu prüfen und eventuell aufzunehmen. Sie fuhr mit den beiden Kindern durch die Schweizer Berge über viele Pässe, sie hatten gemeinsam ihren Spaß an dem Abenteuer, übernachteten in kleinen

Gasthöfen, leisteten sich alles, worauf die Kinder Lust hatten. Im Internat wurden sie sehr freundlich empfangen, Pat musste eine Prüfung über sich ergehen lassen, da sie aber bereits recht gut Deutsch und fließend Englisch sprach, wurde sie aufgenommen und sollte zu Beginn des nächsten Schuljahres die achte Klasse besuchen. Sie war die einzige Schwarze in der Schule und ließ sich von allen bestaunen.

Die kleine Cecil gewöhnte sich bald an das neue Zuhause am Lago Maggiore, fand Freundinnen in der Nachbarschaft und sollte die örtliche Schule besuchen. Mirella bemühte sich, ihr Italienisch beizubringen und hatte viel Freude an ihrem quirligen Temperament, an ihrer Phantasie und musikalischen Begabung. Sie gab ihr Klavierunterricht und stellte bald fest, dass das Kind das absolute musikalische Gehör hatte. Allerdings machte es große Mühe, Cecil zur Ruhe zu bringen, sie flatterte von einer Idee zur nächsten. Und wollte alles wissen. Wofür man dieses und jenes brauche? Warum sie jetzt Italienisch lernen müsse, wo sie doch schon Englisch und Deutsch könne. Und wo ihr Vater sei? Warum sie nicht bei ihm sein könne?

Nach einigen Wochen flog Brenda zurück nach Kenia, Christian begleitete sie, um ihr bei der Einrichtung eines Ateliers zu helfen. Er kam sehr angeregt aus seinem Urlaub zurück und versäumte es seitdem kaum einen Tag, mit seiner Lebenskünstlerin zu telefonieren.

10

Da zogen einst zwei Verliebte aus, die davon träumten, im Tessin Arkadien zu finden, Esel zu treiben und in der Natur glücklich zu sein. Jahrzehnte später schien es ihnen zu gelingen, ihren Lebensabend in Ruhe zu genießen. Im Wald fanden sie einen Scheintoten, und der veränderte ihr Leben. Jetzt hatten sie zwei schwarze Adoptivtöchter und waren vollauf damit beschäftigt, ihnen die westliche Zivilisation zu erschließen. Eine kreative Unruhe hatte ihr Leben erfasst.

Um Pat, die begabte Schülerin im Internat musste man sich kümmern, die kleine Cecil bestimmte den Ablauf des Tages, war immer gegenwärtig, man konnte ihr nicht böse sein, auch wenn sie die Nerven oft arg strapazierte. Und hin und wieder tauchten aus Kenia schwarze Götterboten auf, gaben viele Rätsel auf und mussten der Fachwelt präsentiert werden. Das Telefon klingelte nicht mehr so oft, aber irgendwann im nächsten Jahr konnte der Gewittergeist aus Kenia plötzlich persönlich erscheinen.

Was war eigentlich aus Sixtus Indermauer geworden? Natürlich hatten sie ihn nicht vergessen, aber der Weg auf die Alm erschien ihnen immer steiler. Und außerdem hüllte sich Sixtus in Schweigen. Offensichtlich wollte er allein sein, allein mit seinen Hausgenossen, der alleswissenden Eule, der allestragenden Eselin Annie, dem allesmeldenden Müpfeli und den vielen Schafen, Rehen, Hirschen. Um zur Ruhe zu kommen, zu meditieren und den Teufelsgeist in sich zu hypnotisieren. Ja, aber eigentlich war er doch so etwas wie ein Patient, um den man sich kümmern musste.

Also beschlossen Christian und Mirella ihn nach Monaten wieder einmal zu besuchen. Der Aufstieg war schwerer geworden, aber es lag nicht nur an ihrer körperlichen Konstitution, dass sie des Öfteren eine Pause einlegen mussten. Der Wald war ihnen vertraut, sie stellten nur fest, dass es auffallend viele Schnecken gab, dass viele Bäume von Raupen abgefressen waren und dass es nirgendwo nach Pilzen roch. Als sie den Waldrand erreichten, hörten sie schon von weitem die frohen Signale des Hundes und schon bald sprang er an ihnen hoch, als ob er sie seit Jahren vermisst hätte ... Müpfeli, guter Hund ... streichelte ihn Mirella ... du hast ja ein paar graue Haare bekommen. Kämmt dich denn niemand? Und dieses Ungeziefer in deinem Fell! Aber deine Augen leuchten wie immer. Zeig uns, wo dein Herrchen steckt ...

Sie folgen ihm und werden beinahe wie Fremde begrüßt. Sixtus ist gerade dabei, den Stall der Schafe auszumisten, er hält nur kurz inne, um ihnen die Hand zu geben ... Bin bald fertig, diese Drecksarbeit musste schon lange gemacht werden ...

Sie setzen sich geduldig auf die Terrassenbank und packen den Rucksack aus. Wieder haben sie ihm Obst, Kaffee und eine Flasche Wein mitgebracht. Müpfeli bekommt sein Stück Zucker und die Pallas-Athene-Eule ein paar besonders gute Körner.

Sixtus berichtet ungefragt von seiner Gesundheit, die Anfälle seien häufiger als früher, obschon er alles tue, um den Teufel nicht zu reizen. Er sieht abgemagert aus, seine Augen scheinen grau verschleiert. Er habe sich das Reden abgewöhnt, viele Vokabeln vergessen, sein Gehirn könne er nur noch schriftlich zur Ordnung rufen ... Komme mir vor wie ein morscher Stamm, gefundenes Fressen für die Parasiten ...

Mirella berichtet von den Kindern, Christian von den neuen Schöpfungen Brendas in Kenia ... Ja, ja in Kenia, da hausen die gleichen Dämonen wie hier um mich herum ... erinnert sich Sixtus ... bei Vollmond kommen sie aus ihren Nestern, machen ihre Tänze, oft ist es zum Verrücktwerden, man muss schreien, herumtoben, um sie zu verscheuchen. Ja, lacht nicht, die Luft ist oft voll von Signalen, als ob mich jemand anrufen wollte, aber die falsche Nummer wähle. Wenn man dauernd allein ist, hört man alles, ob man will oder nicht. Vielleicht sind es auch die Geister der Toten, die nicht zur Ruhe kommen ...

Mirella erinnert ihn an seine Erfahrungen mit der Meditation als einem Mittel, alles um sich herum zu vergessen. Sixtus winkt ab ... Nein, die Stimmen in mir sind noch schlimmer, ich träume mit offenen Augen und sehe nichts als das Nichts ...

Sixtus hatte vergessen, seinen Gästen einen Espresso anzubieten, erst als sie sich zur Rückkehr rüsteten, bemerkt er es. Mirella mahnt ihn, seine Gitarre nicht zu vergessen, Musik sei das Mittel zur Harmonie der Seele, er solle wieder singen, und sei es, um die Lüfte zum Schwingen zu bringen, sie würde es bestimmt hören.

Der Abschied war kurz, viel zu kurz. Erst beim Abstieg wurde den beiden klar, wie sehr das Alleinsein Sixtus verändert hatte ... Es tut ihm nicht gut ... erklärte Christian ... Das nächste Mal nehmen wir Doktor Aldermann mit, den bekannten Psychiater, ich möchte wissen, was er von unserem Einsiedler denkt ...

Wieder vergingen ein paar Monate, der Winter brachte in diesem Jahr keine großen Probleme, wenig Schnee, milde Temperaturen. Cecil fragte immer wieder nach ihrem Vater. Warum er nicht einmal zu Besuch käme? Selbst Brenda schien gelegentlich an ihn zu denken. Sie sandte ihm eine besonders grimmige Maske zur Abwehr böser Geister.

Plötzlich erhielten sie einen Anruf von dem alten Krämer, bei dem Sixtus einzukaufen pflegte. Der Esel sei plötzlich vor dem Laden erschienen, als ob er etwas abholen müsste, aber man habe weit und breit keinen Almhirten entdecken können. Annie war offensichtlich allein zurückgekehrt. Man müsse sich wohl einmal nach dem Einsiedler umsehen. Christian und Mirella verständigten sofort Doktor Aldermann, der bereit war, mit ihnen hochzusteigen zur Alm.

Es war ein besonders schöner und klarer Frühlingstag, als sie sich auf den Weg machten. Überall blühende Primeln und Veilchen. Als sie die Hochfläche erreichten, meldete sich wie immer der treue Müpfeli und führte sie zu den Häusern. Sie suchten Sixtus, riefen seinen Namen – nirgendwo war seine Spur. Im Stall stand Annie und rührte sich nicht. Vereinzelte Schafe kamen ihnen entgegen. Schließlich öffneten sie die Tür, die abgeschlossen war, mit Gewalt. Alles schien aufgeräumt, der Boden war gekehrt, die Vorräte standen auf dem Tisch, keine Eule, keine Katzen … Da fanden sie auf seinem Bett einen Brief, sie öffneten ihn:

»Liebe Freunde,
Ihr werdet mich nicht mehr finden. Ich danke Euch für all Eure Hilfe. Grüßt bitte Brenda und die Kinder, vor allem meine kleine Cecil. In einem neuen Leben können wir uns wiedersehen.
Ich ertrage mein Dasein nicht länger. Es führt keine Straße hinaus, die ein Ziel hat. Alleinsein ergibt keinen Sinn. Ich allein bin schuldig, habe niemand neben mir ertragen können. Kein Du, kein Wir. Keiner nimmt meine Hand, weil ich keine Hand nehmen will. Meine

Schuld. Meine Schuld allein. Ich hasse das Ego, an dem die Welt zugrunde geht, deshalb gehe ich an mir zugrunde.

Alle spielen. Ich kann nicht mehr spielen. Der Teufel in mir, das bin ich selbst. Ich hasse mich, ich zerfleische mich, ich leide an mir. Ich kann nicht beten, weil es keinen Gott gibt. Er ist nichts als eine Erfindung des Menschen, um sich zu spiegeln. Ich will keine Spiegel, weil ich immer nur mich selbst sehe. Zerschlagt alle Spiegel, alles nur Lüge, Selbstbetrug. Die Wahrheit ist die Leere im All, ist ALLÜBERALL, sie erdrückt, macht blind. Deshalb gehe ich ab, löse mich auf, bin nicht mehr da. Jetzt hilft nur noch Yama, er führt mich zur Sonne. Der Rest ist Schweigen. Lernt Schweigen. Schweigt von mir.

Alles, was ich besitze gehört Euch und den Kindern. Lebt miteinander und vertragt euch.

Euer Sixtus Indermauer«

Niemand konnte ein Wort sagen. Tränen. Der Arzt zuckte die Achseln: Zu spät. Sie suchten seine Spur zu finden. Hoffnungslos. Sie gaben auf. Verschlossen das Haus. Kehrten zurück. Und gaben eine Vermisstenanzeige auf. Bergsteiger suchten das hohe Felsmassiv und die Hänge ab. Nirgends eine Spur. Die Existenz von Sixtus Indermauer hatte sich in Nichts aufgelöst. Oder brannte da noch irgendwo eine Kerze?

Doktor Hölderlin
Eine philologische Lebenserfahrung

Göttliches Feuer auch treibet, bei Tag und bei Nacht,
Aufzubrechen. So komm! daß wir das Offene schauen,
Daß ein Eigenes wir suchen, so weit es auch ist.
Friedrich Hölderlin – Brod und Wein

1

April 1968 – in einem Heidelberger Gymnasium – Deutschunterricht in der 12. Klasse, Thomas Busse hält sein Referat über Hölderlin:

Es ist für mich eine Zumutung, zwanzig Jahre nach dem größten Völkermord aller Zeiten, den »Tod fürs Vaterland« lesen und interpretieren zu müssen. Diese naive Vaterlandsbegeisterung, diese verlogene Todeshysterie, dieses hohle Pathos – damit hat man vergangene Generationen geködert; sie sind auf diese Phrasen hereingefallen und haben ihre mangelnde Zivilcourage mit dem Tod auf den Schlachtfeldern von Langemarck oder Stalingrad gebüßt. Ich weigere mich, diesen Tod zu rühmen:

O nimmt mich, nimmt mich mit in die Reihen auf,
Damit ich einst nicht sterbe gemeinen Tods!
Umsonst zu sterben lieb' ich nicht, doch
Lieb' ich, zu fallen am Opferhügel
Für's Vaterland, zu bluten des Herzens Blut
Für's Vaterland …

Nein, ich kann nicht weiterlesen. Was hat dieser aufgeblasene Poet für Unheil angerichtet! Was wusste er von den Stahlgewittern, Bombenteppichen, vom totalen Krieg? Er ist in der Nazizeit gefeiert worden als »Dichter der Wende« und seine dunkel raunenden Hymnen dienten als Offenbarung des germanischen Mythos. Wie viele hatten Hölderlin im Tornister, als sie in die Schlacht zogen, nicht um deutsche Kultur zu verteidigen, sondern um die paranoiden Weltmachtträume ihres »Führers« zu verwirklichen.

Und zähle nicht die Toten. Dir ist,
Liebes! nicht Einer zu viel gefallen.

Ich sage: zehn Millionen sind zu viel gefallen. Wir sollten die Toten heute wirklich genau zählen und sie beklagen. Sie sind Opfer falsch verstandener deutscher Romantik, falsch verstandenen Zarathustrawahns. »Wenn Volk wahrhaft Volk ist, ist sein Krieg ein heiliger Krieg«, hat damals ein literarischer Verführer im Ungeiste Hölderlins geschrieben. Wir sollten heute solche Phrasen ein für allemal brandmarken und in den Archiven der Geschichte verschließen. Ich protestiere dagegen, dass ich diese Verse Hölderlins heute im Deutschunterricht als Beispiele großer Poesie behandeln muss. Nein, Herr Tumler. So nicht!

Fast alle in der Klasse klopften auf ihre Pulte oder applaudierten Thomas Busse, einem lang aufgeschossenen Jungen mit Haaren, die bis auf die Schulter fielen. Er war bei politischen Debatten immer dabei und ging auch auf die Straße, wenn gegen Atomwaffen auf deutschem Boden demonstriert wurde.

Studienrat Dr. Hans Tumler hatte sich bei den Ausführungen seines Schülers nichts anmerken lassen, politisch waren sie sich einig. Aber diese Demagogie war ihm zu kurzatmig. Man konnte seinen Hölderlin nicht uniformieren und abschießen mit den neuesten Parolen. Es galt für den wahren, den ganzen Hölderlin zu kämpfen. Und da waren diese persönlichen Erinnerungen.

Bei der Abiturfeier vor mehr als 25 Jahren hatte er gerade dieses Gedicht aufsagen müssen, mitten im Krieg, und alle hatten die Einberufung zum Arbeitsdienst oder zur Wehrmacht in der Tasche. Kriegspsychose – er hatte vor Nervosität gezittert und war peinlicherweise steckengeblieben, die Zeile *Umsonst zu ster-*

ben lieb' ich nicht ... hatte er wiederholen müssen. Einige hatten gekichert, finstere Blicke des Rektors waren die Folge. Ausgerechnet diese Zeile, dachte er später.

Nein, nicht irgendwelche versteckten nationalen Tendenzen waren der Grund, warum er das Gedicht zur Lektüre empfohlen hatte, er wollte die Hölderlin-Rezeption der letzten anderthalb Jahrhunderte besprechen, um einen neuen Zugang zu suchen. Er rekapitulierte: der zu Lebzeiten vergessene Hölderlin, die ersten Textausgaben der Spätromantiker und dann die eigentliche Hölderlin-Renaissance um 1910 in Zeiten der Jugendbewegung, des Stefan-George-Kults, die große Tat des begeisterten Norbert von Hellingrath, 1916 vor Verdun gefallen. Wissenschaftler wie Wolfskehl, Gundolf, Klages, Landauer spielten eine große Rolle. Und dann die zweite politisch motivierte Renaissance durch die Große Hölderlin-Ausgabe, begonnen 1943 zum 100. Todestag des Dichters, durch Friedrich Beißner und die berüchtigte Feldausgabe »zur Stärkung der seelischen Widerstandskraft« bestimmt. Und wieder ein bedeutender Hölderlinphilologe, Hans Gottschalk, freiwillig an der Ostfront gefallen. ... Nein, das ist nicht der ganze, der wahre Hölderlin. Wir müssen ihn suchen, den Wahn aufklären, nüchtern analysieren ...

Einige Schüler grinsten, andere hatten sich bei der Aufzählung der Namen gelangweilt ... Aber bevor wir diskutieren, wollen wir zunächst das Referat von Peter Hacke hören über das Gedicht »Abendphantasie« ...

Der zog zum Gelächter der Klasse seine Schuhe aus und legte sich quer über die Schulbank, als ob er schlafen wolle ... Es ist Frühling ... kommentierte er ... Purpurne Wolken, Rosen überall, eine goldene Welt, leider kann ich nicht schlafen, immer muss ich an Mädchen denken, die mich nicht wollen ... Er juckte sich zwischen den Beinen ... Der Zauber flieht ... Allgemeines Gejohle in der Klasse.

Studienrat Tumler machte gute Miene zu dieser Persiflage. Plötzlich sprang der Schüler auf ... Und das soll ich ernst nehmen? Diese Dorfidylle um 1800? Haben wir nicht andere Sorgen? *Es leben die Sterblichen von Lohn und Arbeit* heißt es. Und wem dient diese Arbeit? *Fröhlich verrauscht des Markts geschäft'ger Lärm.* Und wer hat volle Kassen, und wer schaut in die Röhre? Die Abendglocke tönt, damit nur ja keiner auf dumme Gedanken kommt. Immer brav an die Kirche denken. *Friedlich und heiter ist dann das Alter.* Das ist doch wohl eine Parodie der Verhältnisse. Als das geschrieben wurde, war die französische Revolution gerade zu Ende und Napoleon begann sein Unwesen, aber in Deutschland dämmerte alles weiter vor sich hin, nur ja keine Veränderung, der Bürger muss friedlich seinen Feierabend genießen. Nein, Herr Tumler, das ist kein Beispiel progressiver Literatur, das ist der falsche Idealismus einer bürgerlichen Klassengesellschaft, die uns paradiesische Zustände vorgaukeln will, um jede Veränderung zu verhindern. Wahre Kunst muss ein subversives Potential haben. Hölderlin hätte Pfarrer werden sollen. ... Er setzte sich wieder in seine Bank und begann zu schnarchen.

Auch diese Szene fand großen Beifall, alle lachten, selbst Hans Tumler musste Phantasie attestieren. Er wusste natürlich genau, dass Herbert Marcuse der Vater dieser Gedanken war und dass ein Großteil der Schüler dieser 12. Klasse revolutionäre Phrasen wiederkaute. Aber sie taten seinem Hölderlin Unrecht. Er musste sich beeilen zu erklären, dass Hölderlin die Ideen der französischen Revolution anfangs sehr positiv aufgenommen habe, genau wie seine damaligen Freunde Hegel, Schelling, Fichte. Die Entwicklungen in Frankreich hätten aber im Laufe der Zeit alle beunruhigt. Im Übrigen sei die wirkungsvolle Szene des Schülers genau falsch gewesen. Der Schlüsselsatz des Gedichtes laute: *dunkel wirds und einsam unter dem Himmel, wie immer, bin ich –* . Der Dichter fühle sich geradezu ausgeschlossen aus dieser bürgerlichen Welt und trauere darüber, dass sein Herz zu viel begehre, nicht nur etwa in privater Liebe, sondern allgemein in einer Zeit ohne Götter, Mythen, Vorbilder, unter griechischem Himmel habe er sich eine ideale Welt ausgedacht, von der aus er seine Zeit verfremde und kritisiere. Der Gott der Zeit sorge für Unruhe *und es trümmert und wankt ja, wohin ich blicke.* Mit offenem Auge möchte er ihm begegnen und Neues schaffen. … Nein, Hölderlin war kein politikferner Bürger, sondern ein Seher, einer der großen Gestalter einer deutschen Utopie, immer wieder verkannt und missbraucht …

Seine Ausführungen fanden wenig Gehör. Es schien, als habe sich die Klasse gegen ihn verschworen. Hans Tumler spürte den Widerstand und versteifte sich nun selbst, um sein Bild von Hölderlin durchzusetzen … Hölderlin war einer der bedeutendsten Denker in der »Pädagogischen Provinz«, sein Deutschland ist den Musen gewidmet.

Wo ist dein Delos, wo dein Olympia,
Daß wir uns alle finden am höchsten Fest? –

heißt es im »Gesang des Deutschen«. Und seine Priesterin Germania gibt *wehrlos* Rat den Königen und Völkern. Die Taten, die aus Gedanken entstehen, *in des bildenden Geists werdender Werkstatt* sollen nicht zu Machtkämpfen und Kriegen zwischen den Völkern führen, sondern zu einem harmonischen und friedlichen Deutschland. Hölderlin war ein Dichter des Friedens. Seine Ode »Der Frieden« zählt zum Vollendetsten und Überzeugendsten, was er geschrieben hat:

Ersehnter Friede, komm und gib ein
Bleiben im Leben, ein Herz uns wieder …

Das sei doch alles langweilig und so zeitfremd. Ob man nicht mehr Autoren der Gegenwart im Unterricht berücksichtigen könne wie Böll, Grass, Walser? Tumler beteuerte, dass er gewiss nichts dagegen habe, auch zeitgenössische Literatur zu lesen, aber um sie richtig zu verstehen, brauche es gewisse Maßstäbe, sprachliche Werte, und die seien nur aus der klassischen Literatur zu gewinnen. Er möchte für alle Interessenten privat eine Arbeitsgemeinschaft vorschlagen, um ihnen den wahren Hölderlin, aber auch Schiller, Lessing, Kleist nahe zu bringen ... Wer will sich daran beteiligen? ... fragte er.

Nur zwei Schüler hoben die Hand, und einer ließ sie wieder sinken, als er sah, dass die andern sich verweigerten.

Die Klingel machte der Unterrichtsstunde ein Ende. Hans Tumler erhob sich, schaute noch einmal in die Runde. Er war mit seinem Hölderlin-Programm gescheitert. Wehmütig dachte er an seine eigene Schulzeit zurück. Wir waren begeistert von Hölderlin-Gedichten, haben sie genau studiert und auswendig gelernt. Und heute? Eine Generation von emanzipierten Materialisten, Wohlstandskindern und jetzt drehen sie die Ideologie um und träumen von einer Kulturrevolution, von Selbstbestimmung und vom Abbau des Leistungsprinzips. Mehr Zeit? Mehr Freiheit?

Wie hieß es doch in einem Brief Hölderlins Anfang 1797: *Ich glaube an eine künftige Revolution der Gesinnungen und Vorstellungen, die alles bisherige schamrot machen wird.* Aber sie haben ja keine Geduld mehr und wollen nicht mehr lesen.

2

Dichterisch wohnet der Mensch auf der Erde … Nein, Hölderlin war nicht umnachtet als er diesen Satz schrieb, wir heute sind umnachtet, indem wir das Dichterische ausgezogen haben wie einen schäbigen alten Rock. Wir brauchen das Licht, das in der Poesie leuchtet, so notwendig wie das tägliche Brot. Aber diese Jungen heute wollen davon nichts wissen, suchen sich ihre Pseudomythen auf der Leinwand, im Sport, in der Mode, in der Technik und wir, die noch eine Ahnung von Homer, Sophokles, Platon in uns fühlen, müssen verstummen. Wir sind dabei, Hölderlin wirklich zu umnachten. Man sollte genau lesen, was er in seinem Turm in Tübingen jahrelang unter dem Pseudonym Scardanelli niedergeschrieben hat und darüber meditieren. *Dann kann der Mensch des Lebens Sinn auch kennen.*

Hans Tumler litt unter seiner pädagogischen Ohnmacht. Immer wieder versuchte er, sich aufzuladen mit Sprache, gutem Willen, Einfühlungsvermögen, und fast jeden Tag kam er stumpf und ernüchtert zurück, warf sich auf die Couch und grübelte in sich hinein. War er fehl am Platze? Hatte er für den Lehrberuf nicht die richtigen Nerven? Hätte er nicht bei der Wissenschaft bleiben oder sich als Journalist versuchen sollen? Seine Eltern hatten ihn in die Schule gedrängt, wohl weil sie ihn versorgt sehen wollten oder weil so viele in der Familie Lehrer gewesen waren. Nein, es war eine Fehlentscheidung, an der er ein Leben lang leiden musste.

Oder gab es da doch noch Signale der Hoffnung, wenn hin und wieder einer seiner Schüler Lust zum Lesen und zu literarischen Versuchen hatte?

Immer wieder musste er zurückdenken an seine eigene Schulzeit. Er hatte Glück gehabt, die Musen waren noch nicht vom Nazigeist verdrängt oder vergiftet, obwohl sie alle ihre Hand heben mussten, wenn sie die Klasse betraten, diese alten, oft skurrilen Humanisten. Gewiss, sie hatten ihre Grillen und Tücken, verwechselten oft Disziplin mit Pedanterie, paukten und langweilten, aber da gab es auch diese Funken, die elektrisierten. »Nicht auf eure Pflichtlektüre kommt es an, sondern darauf, dass ihr Lust zum Lesen bekommt und selbst herausfindet, was gut und wichtig ist«, so hatte es ihnen der verehrte Deutschlehrer, der eigentlich ein Schauspieler war, eingeschärft. Und sie hatten sich anstecken lassen, einen Lesekurs gebildet, um Dramen mit verteilten Rollen vortragen zu können, nachmittags reihum alle vierzehn Tage. Und sie lasen Schiller, Hebbel, Ibsen, Hauptmann. Selbst an Hölderlins »Antigone«-Übersetzung hatten sie sich gewagt, hilflos die hohe Sprache skandierend.

Als »Fähnlein der sieben Aufrechten« wurden sie in der Klasse verspottet, statt dass sie Fußball spielten oder Mädchen nachstellten, rannten sie in Buchhandlungen und Bibliotheken, stöberten nach geeigneten Texten für ihre literarischen Übungen. Und die Eltern hatten Freude an ihren braven Literaturzöglingen; besser als sich in der Hitler-Jugend drillen zu lassen und grelle Lieder zu brüllen, dachten viele von ihnen. Doch Schiller und Hölderlin konnten ihnen nicht helfen. Auch sie mussten nach dem Abitur die braune Arbeitsdienstkluft oder graue Uniform anziehen, exerzieren, schreien, schießen, »Faust«, Rilke oder Hölderlin im Tornister verstecken und Hitlers Wahn dienen. Sie suchten noch lange den

Kontakt zueinander, schrieben sich sentimentale Briefe, verloren sich dann aus den Augen.

Und einer nach dem andern verstummte, musste dran glauben in diesem Fiebertraum des Mordens. Fünf der sieben Aufrechten kehrten nicht zurück. Der Erste, dessen Todesnachricht erschütterte, war Franz, körperlich der Kleinste, bescheiden und schüchtern; er unterbrach immer wieder, wenn er einen Vers nicht genau verstanden hatte – in Russland riss ihn eine Granate auseinander. Emil, mit dem immer wieder das Temperament durchbrannte, das Drama konnte nicht schnell genug zu Ende gehen – als Fallschirmspringer über Kreta wurde er abgeschossen. Hans, der stille, nachdenkliche, immer heimlich verliebte Blonde mit der dunklen Stimme, geeignet für die Autoritätspersonen der Literatur; weil er so gerne segelte, meldete er sich zur Marine – und ging im Atlantik in einem U-Boot unter. Otto, der geborene Philologe, der immer die Texte besorgte und die Rollen verteilte – er wurde in Afrika verwundet, geriet in Gefangenschaft und starb an einer Infektion. Und schließlich Martin, der, rhetorisch begabt, eigentlich Schauspieler werden wollte, dann gerne als Offizier kommandierte – von ihm keine Spur mehr, in Russland vermisst. Nur Albert, der schlaue Sanitäter, der es verstand, sich immer versetzen zu lassen, wenn es gefährlich wurde, überlebte, floh aus einem Gefangenenlager, um endlich sein Arztstudium beenden zu können.

Und Hans Tumler? Wieso hatte die Nemesis ausgerechnet ihn verschont? Warum wurden die andern, die nicht öfters »Heil« geschrieen hatten als er, mit dem Tod bestraft? Warum hatte sie ihre Liebe zur Literatur nicht immunisiert? *O heilig Herz der Völker, o Vaterland ... Du Land der Liebe.* Nein, du Land der Massendummheit, du Land der Kriege, deine Götter hast du verraten, deine Dichter und Denker.

Keiner seiner Freunde war überzeugt vom Sinn dieser *unerhörten Schlacht*; nur ihre Pflicht zu tun, zogen sie aus, suchten vielleicht sogar das kleinere Übel oder einen Weg, der ihnen gemäß schien. Und alles umsonst! Falsche Siegesboten, die Schlacht war verloren bevor sie auszogen, das »Vaterland« ein leerer Wahn, zu spät die Erkenntnis, ausgelöschtes Leben, bald vergessen. Sie waren – nein, sie sind meine Freunde. Und ich? Welches Recht habe ich, zu sein – ihnen gegenüber?

Auch er hatte die braune Arbeitsdienstkluft anziehen, mit dem Spaten exerzieren müssen. »Ein Lied – drei, vier: Es zittern die morschen Knochen …« Gräben ausheben im Emsländer Moor, entwässern, Torf stechen …Was dich nicht umwirft, macht dich nur stärker … Bis eine Scharlachepidemie ausbrach, zuerst einer in der Baracke, dann drei, dann sieben, dann erwischt es auch ihn. Also Lazarett, sechs Wochen und sofort wieder Dienst, in marschierender Kolonne ein Schwächeanfall, wieder Lazarett: ein Herzmuskelschaden, Entlassung, Sanatorium. Und die Erlaubnis zum Studium an der Universität Heidelberg, jederzeit widerrufbar von den uniformierten Schicksalsfratzen. Endlich wieder Literatur, Seminare über das Nibelungenlied, über die deutsche Romantik, über das Apollinische und Dionysische bei Nietzsche, über Hölderlins Hymnen.

Im Frühjahr 1943 hatte sich der Himmel an allen Fronten verdüstert, falsche Strategie, ungeheure Verluste, frisches Menschenmaterial wurde gebraucht nach Stalingrad. Wann kommt die Invasion am Atlantik? Erneute Musterung. Genaue Untersuchung in einem Militärhospital. Das Ende der Studienidylle schien gekommen. Hans Tumler machte sich auf russische Winter gefasst, es schauderte ihn.

Der Nächste bitte … er wurde aufgefordert, das Büro des Wehrkreiskommandos zu betreten. An der Tür blieb er stehen. Ein Oberstabsarzt in Uniform saß hinter dem Schreibtisch und war offensichtlich damit beschäftigt, seinen Untersuchungsbefund zu studieren.

Hans Tumler, nehmen Sie Platz ... Mit beklommenen Gefühlen setzte er sich und schaute die Militärperson vor sich intensiv an. Diese nahm die Brille ab und rieb sich die Augen.

Sie sind Student? Was studieren Sie? ... Germanistik, Philosophie, Geschichte ... Wie vieltes Semester? ... Jetzt im sechsten Semester, in zwei Semestern will ich mein Examen machen ...

Vielleicht konnte er noch eine Gnadenfrist erlisten, dachte er.

Und was hören Sie jetzt in der germanischen Vorlesung? ... Tumler stutzte. Was interessiert sich dieser Militärmensch für Germanistik?

Bei Professor Unterhauser: Hölderlin ...

Der Militärmensch schaute ihn an, dann wieder in die vor ihm liegenden medizinischen Papiere. Tumler spürte seine Herzschläge bis in den Hals. Von diesem Augenblick hing jetzt sein Lebensschicksal ab. Er versuchte, seine zitternden Nerven zu bezwingen und die Gedanken des Mannes in Uniform vor ihm zu durchdringen. Es entstand eine lange Pause, dann hörte er plötzlich:

Wer hub es an? wer brachte den Fluch? von heut
Ists nicht und nicht von gestern, und die zuerst
Das Maß verloren, unsre Väter
Wußten es nicht, und es trieb ihr Geist sie.

Kennen Sie das? ... Der Militärmensch blickte Tumler forschend an ... Natürlich ... beeilte sich Tumler ... Es ist aus der Ode »Der Frieden« ... Er konzentrierte sich, suchte vergeblich nach der Fortsetzung der Verse, aber plötzlich fiel ihm eine spätere Strophe ein.

Komm du nun, du der heiligen Musen ...
Und der Gestirne Liebling ...

Ersehnter Friede, komm und gib ein
Bleiben im Leben, ein Herz uns wieder …

Ja, diese Worte kamen aus seinem Herzen, er atmete auf und wartete auf die Reaktion seines Gegenübers.

Der Mann in Uniform war aufgestanden und zum Fenster gegangen. Er starrte hinaus und hielt seine rechte Hand vor die Stirn … Über diese Ode hat mein Sohn seine letzte Seminararbeit geschrieben. Er ist vor einem halben Jahr bei Stalingrad gefallen …

Tumler erhob sich und schaute zu Boden. Nach einer Weile kam der Mann in Uniform zurück zum Tisch, gab ihm die Hand … Auf Wiedersehen, Sie werden von uns hören …

Tumler drehte sich um und ging zur Tür, verbeugte sich noch einmal schweigend, bevor er das Zimmer verließ. Der Uniformierte schaute ihm nach.

Zwei Wochen später erhielt er den Bescheid: »Wehruntauglich. Ausgemustert«. Er fühlte sich wie begnadigt. Hatte ihn der Mann in Uniform gleichsam adoptiert – im Geiste Hölderlins?

Tumler konnte diesen Wink des Schicksals lange nicht fassen. Dann wurde ihm klar, dass er diesen Krieg überleben sollte. Als ein Jahr später der Aufruf zum Volkssturm erfolgte, tauchte er unter, wechselte seinen Studienort, mied jeden Kontakt mit Offiziellen. Nur nicht in den letzten Zuckungen dieses brutalen Mordens auffallen. Erst als die Amerikaner Heidelberg besetzt hatten, tauchte er wieder auf.

In den darauf folgenden Monaten und Jahren hatte er nichts anderes im Sinn als seine Studien zu beenden, seinen Beruf aufzunehmen. Das tägliche Leben war so aufregend und anstrengend, dass man keine Zeit fand, zurückzudenken an die kritischen Stunden. Die Zukunft war wichtiger als die Vergangenheit, alle diese Kriegserinnerungen abstreifen, verdrängen und nur nichts mehr über diesen Hitlerwahnsinn, diesen hysterischen Terror, die Gräuel der Konzentrationslager lesen und diskutieren.

Alles vorbei, eine neue Zeit hatte begonnen, »Aus der Vergangenheit lernen« hieß die Parole. Und die Beschäftigung mit der Literatur wurde zur Selbstverständlichkeit. Lesen bedeutet für ihn: dem Leben eine Richtung geben – Unterricht: die junge Generation zu verantwortungsbewusstem Leben ermutigen; die deutschen Klassiker neu erforschen und entschlacken, europäische Zusammenhänge aufdecken, linke und rechte Tendenzen gegeneinander abwägen, auch den wahren, den ganzen Hölderlin in sich integrieren.

Mit der Zeit hatte er völlig verdrängt, dass es da einmal eine Person gegeben hatte, der er sein Leben verdankte, bevorzugt vor den anderen seines Jahrgangs. Erst als er eingeladen wurde zur Jubiläumsfeier des Abiturs nach 25 Jahren und er im Gymnasium mit den wenigen noch Lebenden seiner Klasse die Erinnerungen austauschte, auch seine Ausmusterungsgeschichte erzählte, fragte ihn einer ... Und wie hieß dieser Oberstabsarzt? Hast du ihn einmal wiedergesehen und dich bedankt? ...

Es war, als ob ein Nervenschlag ihn durchzuckte.

Nein, Tumler, unmöglich, schämst du dich nicht? Vielleicht lebt er noch und wartet darauf, seinen Adoptivsohn wiederzusehen? ...

Er schwieg und verabschiedete sich bald. Ja, sie haben Recht, dachte er, ich muss ihn suchen – endlich.

3

Seine Ermittlungen gestalteten sich schwierig – die Informationsbüros der ehemaligen Wehrmacht konnten nicht helfen, weil er ja keine Namen wusste, sondern Namen suchte; auch in den Archiven fand er sich nicht zurecht. Schließlich half ihm ein ehemaliger Studienkollege, der sich auf Zeitgeschichte spezialisiert hatte; er konnte die Akten des Wehrbezirkskommandos einsehen. Und da fand er heraus, dass im Jahre 1943 die Stabsärzte, die auch im Lazarett verantwortliche Funktionen hatten, die Musterungen abnehmen mussten. Vier Namen schrieb er sich auf: Dr. Anton Dalbermayer, Dr. Hans Georg von Freyenstein, Dr. Carl Jungmann und Dr. Innozenz Haller. Seinem Ausmusterungsschein konnte er nicht entnehmen, wer von ihnen damals Dienst hatte. Aus Einwohnermeldeämtern, Adress- und Telefonbüchern stellte er bald fest, dass in einem Vorort von Mannheim ein Doktor Dalbermayer als homöopathischer Arzt niedergelassen war. Er telefonierte und ließ sich einen Termin als Patient geben. Ob er Mitglied der Anthroposophischen Gesellschaft sei, fragte ihn die Sekretärin. Nein, aber Rudolf Steiner sei ihm nicht fremd.

Das Wartezimmer des Doktor Dalbermayer war überfüllt, vor allem ältere Damen schienen seine Patienten zu sein. Er musste über eine Stunde warten. Nein, dieser Doktor war nicht sein Musterungsarzt: ein lang aufgeschossener Herr mit stark profiliertem Gesicht, gepflegtem weißem Haar und spielerischen Armbewegungen entschuldigte sich für die lange Wartezeit, seine Patienten beanspruchten ihn besonders intensiv, weil sie nicht nur Gesundheit, sondern ihren Lebenssinn suchten. Homöopathie brauche viel Geduld. Er fragte Hans Tumler nach seinen Lebensgewohnheiten aus, ließ ihn von seinen Berufsproblemen berichten, nickte verständig. Als konkrete Beschwerden meldete er die Übersäuerung seines Magens an. Er musste sich ausziehen, abtasten lassen und hörte dann eine beruhigende Diagnose, die mit homöopathischen Mitteln leicht zu behandeln sei. Der Arzt gab ihm ein Rezept und wollte sich verabschieden, als Tumler ihn um Auskunft bat. Er erzählte sein Musterungswunder.

Das kann nur mein Kollege Freyenstein gewesen sein, ein sehr gebildeter Internist und ganz gewiss kein Nazi ... Er sei im Sommer 1943 strafversetzt worden, irgendwo auf den Balkan, er habe ihn aus den Augen verloren. Soweit er wisse, sei er gefallen oder vermisst. Er könne Tumler leider nicht helfen, aber da sei der Kollege Haller, ein Österreicher, heute in Linz tätig, der hatte damals viel mit Freyenstein zu tun ... Versuchen Sie, ihn einmal zu fragen ... Er verabschiedete Tumler und bat ihn, gelegentlich einmal wiederzukommen ... Dann wissen Sie gewiss mehr ...

Hans Tumler nahm sich vor, einen seiner nächsten Urlaube in Österreich zu verbringen, dem Lauf der Donau zu folgen, Städte, Klöster und Schlösser zu besichtigen. Er kannte Linz nicht, aber er hatte sich intensiv mit Adalbert Stifter beschäftigt, und es lohnte sich gewiss, einmal seinen Lebensspuren zu folgen.

Sein erstes Ziel in Linz war natürlich dieser Doktor Innozenz Haller; es war leicht, seine Praxis in der Altstadt zu finden. Unangemeldet wagte es Tumler, vorstellig zu werden. Er sei Tourist, habe plötzlich Herzbeschwerden, brauche einen Rat. Die Helferin erklärte, der Doktor wolle eigentlich jetzt Schluss machen, aber sie könne ihn ja fragen. Tumler schaute sich im leeren Wartezimmer um, an der einen Wand ein großes Porträt von Kaiser Franz Joseph, an den anderen Wänden alte Stiche der Wiener Hofburg und des Stephansdoms, auf dem Tisch viele zerlesene illustrierte Zeitschriften.

Doktor Haller saß hinter seinem Tisch, faltete eine Tageszeitung zusammen, nahm den Kneifer von der Nase und betrachtete den unerwarteten Patienten. Nein, das war gewiss nicht sein Musterungsarzt: dessen Gesicht hatte keine Schmisse auf der Stirn und der rechten Backe, das hätte er sich sicher gemerkt.

Herzprobleme haben Sie? ... fragte der Doktor mit rauer Stimme ... Wo kommen's her? Aus Heidelberg? Da hätt i auch beinah mein Herz verlorn. Machen's mal frei, will mal hören ... Ein kleiner, wohlbeleibter Herr im weißen Kittel nahm sein Stethoskop ans Ohr und horchte ihn ab, zählte den Puls. Er schüttelte den Kopf und schaute ihm in die Augen ... Kein Problem, Herr ... wie war Ihr Name? Ein bisserl zu hastig, ein paar Extrasystolen. Das beruhigt sich wieder. Nehmen's ein paar der Pillen, die ich Ihnen gebe und fahren's ruhig heim nach Heidelberg ...

Tumler wagte ihn zu fragen, ob er einen gewissen Doktor Freyenstein kenne ... Wie kommen's denn auf den? Natürlich, dieser feine Herr, der immer alles besser wusste. Herr von Freyenstein, einer von denen, die damals miesmachten, feindliche Sender hörten, ein subversives Element, wie man das nannte. Bis man ihn erwischte, wurde strafversetzt, einsperren hätten's ihn. Und was wollen's von diesem Freyenstein? ...

Nein, er erzählte nicht die Geschichte seiner Musterung. Sein Sohn habe mit ihm studiert, log er, der sei gefallen. Er habe den Vater kennen gelernt und wolle ihn einiges fragen. Wo er ihn erreichen könne?

Weiß i net. Vielleicht ist er net zurückkomme. Haben's ihn erwischt bei seinen Konspirationen. Für solche Elemente musst i büßen – drei Jahre Sibirien und mein kaputtes Bein, bloß weil i mich freiwillig an die Front gemeldet hab, statt in Heidelberg mei Schoppe zu trinke ...

Er hinkte zu seinem Schreibtisch zurück, um das Rezept zu schreiben ... Und wer könnte mir Auskünfte über Freyenstein geben? ... wagte Tumler zu fragen. Der Doktor dachte nach ... Wenn er noch lebte, würde er heute gewiss das große Sagen haben ... Solche Typen seien in der Politk gefragt. Plötzlich lachte er auf ... Vielleicht kann Ihnen der Jungmann in Frankfurt etwas sagen, so ein Supergscheiter, flaniert herum, erzählt sein Larifari und macht damit sein Rebbach. »Alles Tinnef«, pflegten die Jidden zu sagen. Aber mit dem Freud können's alles erklären. Jungmann weiß bestimmt Näheres über Freyenstein, die passen zsammen ...

Tumler nahm sein Rezept, dankte für die Auskunft, wollte bezahlen. Doktor Haller winkte ab und strich sich über seine Glatze ... Grüßen's mir Heidelberg, vielleicht treffen wir uns mal beim Perkeo, dann dürfen's mich einladen ...

Als Tumler auf die Straße kam, durchfuhr es ihn: Wenn er solch einem Uniformträger zur Musterung ausgeliefert gewesen wäre, läge er jetzt irgendwo zwischen Weichsel und Wolga unter der Erde.

Er verdrängte den unverbesserlichen Doktor durch die pädagogischen Utopien von Adalbert Stifter, die man bis heute immer noch viel zu wenig beachtete. Als er im Museum die Handschriften studierte, sich an den Aquarellen des Dichters freute, tauchten »nachsommerliche« Gedanken in ihm auf: eine große, einfache, sittliche Kraft der elenden Verkommenheit gegenüberstellen. War das der biedermeierliche »Rosengeruch des Unwiederbringlichen« oder eine immer gültige Grundlage unseres Lebens? Wahrnehmung und Achtung der Natur, hilfreiche Menschenfreundschaft in Bescheidenheit und Demut: ein Brevier der Lebensheilkunde. Was Hölderlin in pathetischen Oden der Menschheit verkündet, beschreibt Adalbert Stifter in schlichter Prosa und beide meinen das Gleiche: die Lebens- und Liebesfähigkeit des Menschen in einer hasserfüllten Welt. In diese Gedanken versunken hörte er die Orgelklänge der Klosterkirche St. Florian, Anton Bruckner öffnete den wolkenverhangenen Himmel.

Nach Heidelberg zurückgekehrt, suchte er die telefonische Verbindung zu dem berühmten Frankfurter Psychiater Doktor Carl Jungmann. Nein, eine Analyse und Behandlung nicht mehr in diesem Jahr, der Terminkalender sei ausgebucht ... Aber nur für ein kurzes Gespräch über ein wichtiges Thema der Vergangenheit? ... Er wurde irgendwann an einem späten Abend eingeschoben ... Aber nur zehn Minuten ...

Die psychiatrische Praxis des Doktor Jungmann im zweiten Stock eines noblen Baus der Jahrhundertwende erinnerte ihn mehr an ein philologisches Seminar als an ärztliche Behandlungsräume. Eine Zimmerflucht mit Bibliotheks- und Arbeitszimmern, einem Salon und dem Allerheiligsten, wo der Doktor seine Seelenforschungen und Beratungen abzuhalten pflegte. Hans Tumler musste lange in der Bibliothek warten und studierte neugierig die Titel der internationalen Psychologie und Psychiatrie. In der »Traumdeutung« von Sigmund Freud begann er zu lesen.

Der Doktor störte ihn in seiner Lektüre ... Herr Tumler, wollen Sie mir von Ihren Träumen erzählen oder geht es mehr um reale Fragen? ... Carl Jungmann war elegant gekleidet, trug eine Krawatte in leuchtenden Farben und parlierte vor sich hin, während er seinen Besucher in sein Zimmer führte ... Aus Heidelberg kommen Sie? Da könnte ich viel erzählen von Jaspers, Gadamer, Löwith, aber wir wollen ja nicht über Philosophie disputieren. Was haben Sie auf der Seele?

Und Hans Tumler erinnerte an 1943, berichtete von seinem Musterungstrauma.

Ja, das kann nur mein Freund Freyenstein gewesen sein, er hatte ein Sensorium für seine Patienten, wusste sich zu öffnen, zuzuhören, zu helfen; natürlich ein Glück, dass Sie diesem Menschen gegenübersaßen, aber im Grunde haben Sie sich Ihr Schicksal selbst gestaltet. Ich stelle Sie mir vor in diesem Augenblick, aufs Äußerste konzentriert, voller Strahlung, durchleuchtende Augen, maskenhaft weißes Gesicht, die Phantasie Ihres Gegenübers brennt visionär. Er denkt an seinen eigenen Sohn, Sie sind dieser Sohn, Sie selbst haben sich dieses Wunder geschaffen, waren das Ich, das auf das richtige Es traf. Es war eine indirekte Wiedergeburt, ein Wandlungsprozess, fast ein Mysterium.

Wissen Sie, die Griechen hatten für diese Momente einen entscheidenden Gott: Hermes, später Merkur genannt. Er war anwesend wie ein miterlebender Myste, ein Mittler im Geiste. Hermes hat Ihr Leben in Harmonie eingestimmt. Ihm müssen Sie danken und natürlich dem Partner der die Mutation zuließ. Anders kann ich aus dem Erfahrungswissen von C.G. Jung den Vorgang nicht verstehen, ein Wandlungsritus im Zeichen Hölderlins ...

Hans Tumler verschlug es die Sprache, ihm drängte sich ein Hölderlin-Zitat auf ... »Mnemosyne« ... *Zweifellos ist aber Einer. Der kann täglich es ändern. Kaum bedarf er Gesetz ...*

Wenn es so wäre ... sagte er halblaut.

Wissen Sie, Freyenstein war ein Mensch des Friedens. Er spürte, dass Sie nicht das Aggressionspotential hatten, das die Nazis für ihre Schlachten brauchten, Ihr Einsatz wäre völlig sinnlos gewesen. Also handelte er auch im Sinne der Ratio richtig. Er war ein wundervoller Mensch, dieser Freyenstein und solch geistig Begnadeter konnte sich natürlich in diesen Zeiten nicht entfalten, der durchschaute ja das Lügengewebe der Phrasen, wusste, dass alles auf den Abgrund losmarschierte, er lebte in der Tragödie wie ein Empedokles ...

Tumler wollte Näheres über seinen Erretter wissen.

Man hat ihn denunziert. Um einem Gerichtsverfahren zu entgehen, meldete er sich freiwillig zum Fronteinsatz. Freunde verschafften ihm ein Kommando in Griechenland. Von dort ist er nicht zurückgekommen und keiner weiß, was ihm zugestoßen ist. Sie müssen versuchen Kontakt zu seiner Frau zu gewinnen, sie lebt, sehr krank, in der Schweiz ... Er suchte in seinem Notizbuch die Adresse

Tumler wollte sich erheben und Doktor Jungmann danken ... Machen Sie aus Ihrem Musterungstrauma eine Botschaft, Herr Tumler. Ihr Partner in diesem Mysterium war ein Mann des Friedens; seine Erfahrung bleibt: wer seine Aggression nicht beherrscht, wer andere bedroht und dann gar schlägt – der wird geschlagen, muss büßen, sei er Privat- oder ein Staatsmann. Man hüte sich vor aggressiven Parolen, mit Worten hat meist alles angefangen. Es gibt keinen Mythos der Prävention. Wir müssen mit dieser Neandertalermentalität Schluss machen und keine die Aggression weckenden Symbole mehr dulden, weder in der Politik noch in Ideologien und Religionen. Wer von sich behauptet, er habe die alleingültige Wahrheit, beginnt mit der verbalen Aggression. Es gibt immer nur subjektive Annäherungen an die

Wahrheit. Die wahrhaft Frommen leben in Toleranz zur Natur, zu den Menschen. Sehen Sie immer diesen gütigen und weisen »Doktor Hölderlin«, wie wir ihn genannt haben, vor sich. Hat der Dichter nicht auch einmal formuliert: »Gott ist in uns«? Entschuldigen Sie meine Predigt, wann darf ich meinen Patienten mal so etwas sagen? Sie wollen immer nur gut schlafen. Möge Hermes Ihnen auch weiter gewogen bleiben. …

Sie gaben sich in gegenseitiger Sympathie die Hand.

4

Auf seinem Weg in die Vergangenheit hatte Hans Tumler nicht nur neue Informationen erhalten, mehr noch, er fühlte sich wie neu inspiriert. In seinem Schuldienst glaubte er frischen Atem zu spüren, er überlegte sich jeden Tag neu, wie er diese aufsässige Generation überlisten könne. Er ließ die Klasse mitbestimmen, was sie lesen wolle und aus der entstehenden Leere, den aktuellen Schlagwörtern wusste er literarisches Kapital zu schlagen. Das Thema Revolution war in aller Munde, also las er mit seinen Schülern Büchners »Dantons Tod« und siehe da: sie waren plötzlich neugierig, referierten über die Zeitgeschichte, über die Biographie des Dichters, seine Briefe, und waren am Ende begeistert, als ihnen ihr Studienrat vorschlug, das Stück sogar aufzuführen. Er verteilte die Rollen, übernahm selbst den Robespierre, entwarf ein stilisiertes Bühnenbild und mietete die Klasse in einem Zimmertheater ein. Kostüme waren überflüssig, man wollte ja zeigen, dass sich seitdem nichts geändert habe. Der Traum von der großen Revolution, ein Sprecher sollte die Handlung immer wieder unterbrechen und aktuelle Texte zu diesem Thema einblenden, Martin Luther King und Che Guevara kamen zu Wort.

Das Publikum blieb spärlich, aber die Kritik berichtete sehr wohlwollend. Natürlich hatte das alles mit Theaterkunst wenig zu tun, aber die ganze Klasse fühlte sich engagiert und diskutierte bald schon das nächste literarische Thema.

Und beiläufig schob er ihnen seinen Hölderlin unter:
Dann am süßen heißerrungenen Ziele,
Wenn der Ernte großer Tag beginnt
Wenn verödet die Tyrannenstühle,
Die Tyrannenknechte Moder sind …

Und einige aus der Klasse lasen »Hyperion« … *Ich hasse sie wie den Tod, alle die armseligen Mitteldinge zwischen Etwas und Nichts.* Das war nicht mehr der langweilige Bildungsunterricht, für jeden Tag suchte sich Tumler ein aktuelles Motto und gab ihm literarische Relevanz durch Texte von Brecht, Frisch, Dürrenmatt. Er vermittelte eine subjektive Annäherung an die Wahrheit und die Warnung vor ideellen Phrasen von rechts und links.

An Frau Esther von Freyenstein nach Zürich hatte er sofort geschrieben, sich zu erkennen gegeben und seinen Wunsch ausgesprochen, sie bald einmal zu besuchen. Wochen vergingen bis er einen Antwortbrief erhielt, geschrieben mit zittriger Hand und kaum lesbar. Sie sei leider akut erkrankt und wenig ansprechbar, aber sie werde sich so bald als möglich melden. … Ich möchte Sie so gerne kennen lernen, mein Mann hatte mir von dem Hölderlin-Studenten erzählt, der die Ode über den Frieden rezitierte. …

Hans Tumler besorgte sich einen Stadtplan von Zürich, suchte die Straße in Wiedikon, wo das Altersheim lag, las über die historische und aktuelle Bedeutung der Stadt, ihre literarische Tradition und nahm sich fest vor, auch die Gräber von Georg Büchner und Thomas Mann zu besuchen.

Er wollte gerade einen kurzen Mittagsschlaf machen, als es an der Haustür klingelte. Eine Dame mittleren Alters, rotblondes Haar, klein von Statur, stellte sich vor. Sie sei Dorothee von Freyenstein, die jüngste Tochter, gerade auf der Durchreise, sie wolle einmal ihren imaginären Bruder sehen, von dem ihr die Mutter erzählt habe, ob er ein wenig Zeit habe?

Tumler traute seinen Augen und Ohren nicht … Aber natürlich, kommen Sie herein. Stören Sie sich nicht an meiner Unordnung, das ist halt bei Junggesellen so … Sie lachte nur, hatte offensichtlich Spaß an dem Überfall und sah sich in der Wohnung um … Bücher, Bücher und eine schöne Aussicht auf den Neckar haben Sie auch. Heidelberg, *Du, der Vaterlandsstädte Ländlichschönste*, wie mein Vater zu zitieren pflegte … Tumler bot dem Besuch einen Kaffee an und bestellte in einer benachbarten Konditorei ein kleines Kuchensortiment.

Sie lebe nicht in Zürich, sondern eigentlich in Neuseeland, sei nur in Ferien bei der Mutter, um sie ein wenig zu pflegen und zu trösten. Sie habe vor wenigen Monaten einen Schlaganfall erlitten und müsse den Rollstuhl benutzen, aber es gehe ihr langsam besser, vor allem geistig habe sie sich wieder gefunden, dank guter Pflege im Heim. Sie sei ja immer allein, der Vater im Krieg vermisst, der einzige Sohn gefallen, eine Tochter habe sich früh das Leben genommen – eine tragische Geschichte. … Meine Schwester wohnt in Chicago, hat einen Amerikaner geheiratet, ist Harfenistin im Orchester, gibt Unterricht, und ich treibe mich in der Welt herum, bin auch Musikerin, Klavier, Gesang, jetzt gerade in Neuseeland …

Ob man denn in Neuseeland von Musik leben könne, wollte Tumler wissen … Ich muss Unterricht geben an einer Schule, spiele im einzigen Orchester und male, wenn ich Zeit habe, besonders Aquarelle machen mir Spaß. Das Land in seiner Ursprünglichkeit ist faszinierend; nicht diese Vorurteile wie in Europa …

Die Konditorei brachte das Kuchensortiment. Die Besucherin sprang auf und schaute heißhungrig auf die

Tortenstücke … Oh, das ist ja Schwarzwälderkirschtorte! Darf ich das Stück haben? Ich bin genau wie meine Mutter, diesen deutschen Schlemmereien können wir nicht widerstehen. Jetzt kann sie das alles nicht mehr essen, die Arme, muss strenge Diät einhalten, sitzt in ihrem Rollstuhl und ist auf Pflege angewiesen, lebt von ihren Erinnerungen. Immer redet sie von ihrem Mann, dem Johannes, wie sie ihn nennt, vielleicht, weil er oft die großen Dichter zitierte und zu prophezeien pflegte, ich weiß es nicht. Und sie wartet, dass er eines Tages wiederkehrt. Diese Ungewissheit seit 25 Jahren. Schrecklich, was die Deutschen mit ihrem Hitlerwahn angerichtet haben …

Ja, ja, aber … Tumler gab ihr natürlich Recht … Aber Widerspruch öffnet Wege. Waren es nur die Deutschen? Waren es nicht die Ideologen dieses Jahrhunderts, die das Unheil angerichet haben? Nationalismus, Faschismus, Sozialismus, Kommunismus und alle diese Diktatoren als die schreckliche Folge dieser falschen Wahrheiten. Es gibt sie eben nicht, *die* Wahrheit, von der sich die Leute blenden lassen. Auch wir Deutsche können *tatenarm und gedankenvoll* sein …

Die Tochter des »Doktor Hölderlin« lachte höhnisch … Und waren gedankenarm und schlimme Täter. Sie wissen vielleicht, meine Mutter stammt aus der Schweiz, nur der rote Pass hat sie gerettet. Monatelang saß sie im Gefängnis, sie hatte eine jüdische Freundin versteckt, bis sie von lieben Nachbarn angezeigt wurde. Dann musste sie als Sanitäterin arbeiten und wartete auf ihren Mann – jahrelang. Bekam keinerlei Rente oder Unterstützung; als ihr Vermögen aufgebraucht war, bettelte sie um die Hilfe ihrer Verwandten in St. Gallen, zog nach Zürich, wo sie sich mit Sprachunterricht über Wasser hielt und mir das Studium ermöglichte. Jetzt kann ich sie ein wenig unterstützen, auch meine

Schwester in Chicago schickt immer wieder mal Geld, obwohl es ihr selbst nicht besonders gut geht. …

Hat sie nicht irgendwelche Wiedergutmachungsansprüche gestellt? … wollte Tumler wissen … Man darf mit ihr nicht darüber reden, sie hasst alle diese Behörden. Vielleicht können Sie ihr helfen. Fahren Sie so bald als möglich nach Zürich und besuchen Sie sie unangemeldet, dann ist sie unverkrampft und öffnet ihr Herz. Vielleicht …

Tumler versprach, diesen Rat zu befolgen. Und was könne er für die Tochter dieser verehrenswerten Mutter tun? Ihr Heidelberg zeigen?

Dorothee von Freyenstein bedankte sich, sie sei auf dem Weg zum Frankfurter Flughafen und fliege mit einer Gruppe von Freunden, alles Bergsteiger, nach Tansania, sie wollten den Kilimandscharo besteigen.

Tumler sah die kleine schlanke Person kritisch, staunend an. Seine Besucherin stand auf und lachte … Alle Viertausender der Schweiz habe ich bestiegen und war auch bereits im Himalaya. Das ist meine Leidenschaft. Weil ich so klein bin, will ich so hoch hinaus und als Musiker muss man die Welt von oben hören, da wo sie dem Himmel am nächsten ist und diese Menschen vergessen …

Sie wünschten sich von Herzen ein gutes Wiedersehen.

Hans Tumler nahm an einem der nächsten freien Tage wirklich den frühesten Zug nach Zürich, verschwendete keine Zeit für einen Gang über die Bahnhofstraße, kaufte einen großen Herbststrauß und fuhr mit dem Taxi direkt zum Altersheim in Wiedikon. Der Dame im Empfangszimmer sagte er, er sei ein alter Bekannter von Frau von Freyenstein und gab ihr seine Karte. Die Empfangsdame telefonierte eine Weile, schaute ihn mehrmals an und nickte schließlich … Bitte folgen Sie mir, Frau von Freyenstein wird sich freuen … Er musste im zweiten Stock vor der Zimmertür noch ein paar Minuten warten … Bitte treten Sie ein … Die Dame vom Empfang öffnete die Tür.

Am Fenster saß in einem Rollstuhl eine gepflegte alte Dame und hielt sich ihre Brille vor die Augen … Herr Tumler … sagte sie mit zittriger Stimme … Das ist eine Überraschung. Mir kommen die Tränen, entschuldigen Sie …

Hans Tumler gab ihr seinen Blumenstrauß, sie schaute ihn genau an … Dahlien, Astern, Chrysanthemen, welche Farben. Danke für Ihren Besuch, Sie machen mir eine sehr große Freude … Sie legte die Blumen auf ihren Schoß und streckte Tumler ihre zittrige Hand hin. Er nahm sie behutsam und drückte sie an seine Lippen.

Bitte setzen Sie sich hier an meine linke Seite, dort höre ich besser. Kommen Sie jetzt aus Heidelberg? Um mich zu besuchen? Das ist so lieb von Ihnen. Ich habe mich nicht getraut, Sie einzuladen, weil ich doch so behindert bin. Das Alter ist eine schreckliche Plage. Man sollte verschwinden, wenn man nichts mehr zu tun und zu sagen weiß …

Tumler versuchte, sie mit guten Nachrichten zu ermuntern, erzählte ihr vom Besuch ihrer gipfelstürmerischen Tochter, von seinen erfreulichen Schulerfahrungen, von seinen Hölderlinstudien.

Ja, ja, mein Mann hat mir sehr genau von Ihnen berichtet, von der Musterung. Er hat sich sehr viel mit Hölderlin beschäftigt, er hat ihn mit in seinen Tod genommen … Die alte Dame schloss ihre Augen, schien zu versinken. Tumler bedauerte es, sie mit diesem Stichwort getroffen zu haben. Er konnte nur aufstehen, zum Fenster gehen und schweigen.

Ich muss mich damit abfinden, dass er nicht zurückkommt, er lebt jetzt im Olymp, bei seinen Göttern, die er so verehrt hat. Dort auf der Kommode steht sein letztes Bild.

Tumler ging hin und nahm den silbernen Rahmen, um am Fenster besseres Licht zu haben. Ja, das war sein Gegenüber bei der Musterung: die hohe Stirn, tiefliegende Augen hinter einer Stahlbrille mit ovalen Gläsern, ein kleiner Mund mit sehr skeptischen Falten, schütteres graues Haar. Er glaubte, einen Zug von Melancholie wahrzunehmen, eine Fotografie, als ob er sich habe verabschieden wollen.

Hans Georg von Freyenstein, sein mystischer Vater. Er dachte an Hyperion: *Wenn ich hinsehe ins Leben, was ist das Letzte von allem? Nichts. Wenn ich aufsteige im Geiste, was ist das Höchste von allem? Nichts ...*

Mein Mann hat mir viele Briefe geschrieben, sie sind seine Hinterlassenschaft, alles was ich von ihm habe. Er hat sie wie ein Hyperion geschrieben, ganz in Hölderlins Sprache, um sich zu tarnen. Sie wissen, die Post wurde zensiert, aber diesen Hölderlin haben sie nicht beanstandet. ...

Und was wissen Sie über sein Schicksal? ... wagte Tumler zu fragen.

Sicher ist: man hatte ihn angezeigt, besonders einer seiner Kollegen war ein übereifriger Nazi, jedes zweite Musterungsurteil meines Mannes wollte er anfechten. Wissen Sie, da gab es viele Fälle von psychisch Kranken, die in eine Pflegeanstalt eingewiesen werden sollten, was ihr sicherer Tod gewesen wäre. Euthanasieprogramm. Hadamar. Wir haben ja in der Nähe gewohnt. Mein Mann war sehr gut informiert. Um nicht verhaftet zu werden, meldete er sich an die Front. Dank einiger Freunde ist es ihm gelungen, nach Griechenland versetzt zu werden. Er hat ein Lazarett in der Nähe von Athen geleitet. Der letzte Brief stammt vom 15. September 1944. Seitdem keine Spur mehr. Ich habe mit vielen Kameraden gesprochen, niemand wusste Genaues. Er sei plötzlich verschwunden, hieß es, habe den

Rückzug durch den Balkan nicht mitgemacht. Einige vermuteten, er sei untergetaucht und in Gefangenschaft geraten, andere, er sei wegen Befehlsverweigerung verhaftet und erschossen worden, aber es gab kein Verfahren, keine Zeugen, keine Dokumente. Er blieb verschwunden, wie von den Göttern verwandelt, vielleicht von Apollo unter die Sterne versetzt. Ich schaue jeden Abend zum Himmel und rede mit ihm …

Frau von Freyenstein hatte das alles, schwer atmend, in sich gesucht und ihrem Besucher anvertraut, sie fiel jetzt fast in sich zusammen. Zum Glück kam bald eine Pflegerin und wollte sie in den Speisesaal fahren. Tumler entschuldigte sich … Aber kommen Sie heute Nachmittag wieder, ich muss mit Ihnen sprechen … sagte sie ihm, als er sich verabschieden wollte.

Hans Tumler suchte sich den Weg zum Bahnhof, bummelte am rechten Limmatufer entlang, sah die Türme des Großmünsters, gegenüber das gotische Fraumünster, im Café Odeon nahm er eine kleine Mahlzeit zu sich und dachte an die vielen Autoren, die hier aus- und eingegangen waren: René Schickele, Klabund, Stefan Zweig, James Joyce, Hermann Hesse. Die Schweiz, das literarische Refugium aller großen Geister, die sich nicht geistig anpassen wollten an das Jahrhundert der nationalen Vergiftung. Am See vor sich das Panorama der Berge, von Hölderlin oft besungen, als er den »Kanton Schweiz« besuchte.

Könnt' ich dein vergessen, o Land der göttlichen Freiheit!
Froher wär' ich; zu oft befällt die glühende Scham mich,
Und der Kummer, gedenk' ich dein …

Er schaute auf die Uhr, um vier Uhr sollte er wieder im Altersheim sein, er musste seine Bank an der Seepromenade verlassen, nahm die Straßenbahn und kehrte pünktlich zurück. Frau von Freyenstein hatte bereits nach ihm gefragt.

Er erzählte ihr von seinem Spaziergang und beglückwünschte sie dazu, in dieser schönen Stadt leben zu können ... Ja, ja, als Tourist können Sie die Stadt genießen, wenn man sich hier als allein stehende Frau durchschlagen muss ohne Geld, ist das eine andere Sache; Frauen müssen hier immer noch um ihre Rechte kämpfen. Aber ich wollte Ihnen ein paar Familienbilder zeigen, damit Sie uns richtig kennen lernen ...

Tumler schob ihren Rollstuhl vor einen geöffneten alten Sekretär. Ein Familienalbum lag vor ihnen, sie blätterte die Seiten um und kommentierte ... Das ist Bernhard, unser ältester Sohn, der, wie Sie wissen, in Stalingrad gefallen ist. Ein fröhlicher Junge, immer zu Streichen und Abenteuern aufgelegt, und ein guter Schüler, wusste sich immer zu beschäftigen, las viel. Er hätte sicher einen erfolgreichen Lebensweg vor sich gehabt, wenn da nicht die Militärpflicht gewesen wäre. Ich glaube sogar, er war ein guter Soldat, sehr pflichtbewusst, deshalb hat er sterben müssen. Mein Mann und ich haben sehr unter dem Tod des Jungen gelitten.

Und hier ist unser Dreimäderlhaus: die Gundula, Annabelle und Dorothee, die Sie ja kennen. Hübsche Mädchen, nicht wahr, besonders die Annabelle, eine hochbegabte Musikerin, Harfenistin, sie hat sich in einen Amerikaner verliebt, ein wenig voreilig haben sie geheiratet und sind auf und davon. Die Gundula hat uns viele Sorgen gemacht; sie war eine sehr ernste Natur, nahm jeden Augenblick ihres Lebens wichtig, schrieb Tagebuch, dichtete, wäre vielleicht eine gute Schriftstellerin geworden, wenn da nicht eine tragische Liebesgeschichte gewesen wäre, sie fühlte sich verlassen, litt an ihrem Weltschmerz so sehr, dass sie sich ertränkte, ja, es ist schrecklich, ihre Leiche wurde vom Rhein angeschwemmt. Das gleiche Schicksal wie Karoline von Günderode. Ich muss immer wieder ihre Briefe lesen und sehe Gundula vor mir. Mein Mann hat das nicht mehr erleben müssen. Vielleicht sind sie da oben vereint ...

Tumler blätterte weiter in dem Photoalbum und sah immer wieder seinen »Doktor Hölderlin«, mit den Kindern, wandernd, als Bergsteiger, sein Cello spielend im Quartett und in der Uniform ...

Wie eng begrenzt ist unsere Tageszeit.
Du warst und sahst und stauntest, schon Abend ists,
Nun schlafe, wo unendlich ferne
Ziehen vorüber der Völker Jahre.

Tumler rezitierte diese Verse über Rousseau, die auch dem Doktor Freyenstein in seiner Sehnsucht nach einem natürlichen Leben gewidmet sein konnten.

Die Helferin klopfte, fragte, ob sie einen Kaffee oder einen Tee servieren dürfe ... Vielleicht einen Tee? ... fragte Frau von Freyenstein ihren Gast ... Ja gerne, bitte einen Darjeeling mit etwas Zitrone ... Während serviert wurde, schaute sie ihren Besucher genauer an.

Von Ihnen weiß ich gar nichts, außer dass Sie Hölderlin studiert haben. Erzählen Sie mir etwas über Ihr Leben, Herr Tumler, wenn Sie denn mein Sohn sein sollen ...

Hans Tumler entschuldigte sich, über ihn gebe es nicht viel zu berichten. Seine Familie stamme aus der Rheinpfalz, nahe der lothringischen Grenze, eine alte Winzerfamilie. Sein Vater sei Lehrer in Neustadt gewesen, jetzt sei er über 80 Jahre alt, gesund und munter, trinke täglich seine Flasche Wein. Seine Mutter sei früh verstorben, der Vater habe wieder geheiratet und mit seiner Stiefmutter gebe es leider häufig Probleme. Seine Schwester, eine schöne Blondine, habe sich gut zu verkaufen gewusst und einen reichen Bremer Bankier geheiratet, vier Kinder, zu ihr bestehe nur wenig Kontakt … Warum? … Wir waren zu verschieden. Sie ein attraktives Modegirl und ich ein armer Bücherwurm …

Ob er denn verheiratet wäre?, wollte die alte Dame wissen … Nein, leider ein ewiger Junggeselle, nachdem meine große Liebe zu Ende war … Aber vielleicht kommt sie noch einmal zurück? … Eine allzu begabte Schauspielerin, der die Bühne lieber war als meine treuen Augen. Wenn der Traum von der Karriere verklingt, vielleicht? …

Frau von Freyenstein hatte lächelnd zugehört. Dieser fleißige Hölderlin-Jünger hätte sicher auch Ihrem Manne Freude gemacht. Sie zog an ihrem Sekretär eine Schublade auf und holte einen blaue, verschnürte Kartonschachtel heraus.

Das sind die Griechenland-Briefe meines Mannes. Ich vertraue sie Ihnen an, lesen Sie sie und bringen Sie mir bitte alles unversehrt zurück, es ist mein Allerheiligstes. Er nennt mich in den Briefen immer seine Diotima, obwohl ich doch mit Hölderlins Freundin Susette Gontard nicht die geringste Verwandtschaft habe und er gewiss kein Sokrates war. Vielleicht wollte er auch nur die Post irreführen …

Tumler stand auf, nahm die blaue Schachtel entgegen und verbeugte sich … Vielleicht finden Sie noch irgendwelche Spuren meines Mannes in Griechenland, ich gebe Ihnen dann ein paar Kontaktadressen. Leider konnte ich selbst nicht die griechische Sonne sehen, nicht nach Delos, Delphi, Patmos reisen, meine Träume gingen nicht in Erfüllung, aber Sie sind ja noch jung …

Sie richtete sich in ihrem Stuhl auf, um ihn zu umarmen, es gelang ihr nicht. Hans Tumler stützte sie und gab ihr einen Kuss auf die Stirn. Es war ihm, als nehme er Abschied von seiner Mutter.

5

Hans Tumler hatte seine Neugier bezähmt, erst in seiner Heidelberger Wohnung schnürte er die blaue Schachtel auf. Da waren einige originale Feldpostbriefe des Doktor Freyenstein aus Griechenland, andere hatte seine Frau Esther später abgeschrieben, aus Angst vor einer Hausdurchsuchung durch die Polizei, wie sie auf einem Zettel erklärte, und es gab Stichworte zu ihren eigenen Briefen. Die Korrespondenz begann am 4. Juli 1943 und endete mit einem Abschiedsbrief am 15. September 1944, dann nur noch einige Notizen von Esther von Freyenstein über ihre Ermittlungen bis in die Fünfziger Jahre. Tumler machte sich Abschriften von den wichtigsten Dokumenten.

Athen, 5. Juli 1943

»Meine Diotima,
es gibt große Stunden im Leben. Wir schauen an ihnen hinauf, wie an den kolossalischen Gestalten des Altertums, wir kämpfen einen herrlichen Kampf mit ihnen und bestehen wir vor ihnen, so werden sie, wie Schwestern und verlassen uns nicht. Ich ging zum Lykabettos hinauf und blieb zuweilen stehen, in Gedanken und wundervollen Erwartungen. Da liegt also das heilige Chaos vor mir, herausragt die Akropolis mit ihrem gewaltigen Parthenon, wir haben den Göttern als Schnupftuch gleichsam eine große Fahne hingehängt wie vordem andere Barbaren; hoffen wir, dass sie keine Bomben anzieht oder ver-

teidigt werden soll, die Akropolis ist eine heilige Stätte. Unter den Felsen des Götterbergs die Agora, wo Sokrates und Plato gewandelt. Und dort hat er wohl auch seine Diotima kennen gelernt, die ihm, wie mir, alles über den Eros beigebracht hat, vor allem, dass die Menschen das Gute wollen. Wie schwer fällt es mir, diesem Glauben treu zu bleiben bei dem, was ich um mich sehe.

Aber ich will Dir lieber über die Geschichte der Stadt berichten, über den Aeropag, wo die Demokratie begründet worden ist, die Beteiligung des Volkes an der Herrschaft. Aber was ist in dieser Götterstadt nicht erfunden worden? Die Philosophie, die Theologie, das Theater. Wir sprachen untereinander von der Vortrefflichkeit des alten Athenervolkes, woher sie komme, worin sie bestehe. Einer sagte: das Klima hat es gemacht; der andere: die Kunst und die Philosophie; der Dritte: die Religion und die Staatsform. Das sind Blüten und Früchte des Baums, nicht Boden und Wurzel. Ihr nehmt die Wirkungen für die Ursache; ungestörter, von gewaltsamem Einfluss freier als irgendein Volk der Erde, erwuchs das Volk der Athener. Kein Eroberer schwächt sie, kein Kriegsglück berauscht sie, kein Götzendienst betäubt sie. Sich selber überlassen, wie der werdende Diamant, ist ihre Kindheit. Kein außerordentliches Schicksal erzeugt den Menschen, im Gegenteil, es zerstört die Menschen, macht sie blind und taub.

Meine Diotima, höre nicht auf die falschen Propheten, lass Dich nicht berauschen von den Trompeten des Schlachtenglücks. Der Mensch ist ein Gott, sobald er Mensch ist, nichts sonst, kein Held, kein Übermensch, kein Mythos. Lass uns trotz allem an den Menschen glauben, die Zukunft keimt im Verborgenen.«

Frau von Freyenstein hatte dem Brief einen Zettel angeheftet: Wenige Tage nachher stand plötzlich unsere

Quartettfreundin Frieda vor der Tür und bat mich flehentlich, sie aufzunehmen, sie könne nicht länger in ihrer Wohnung bleiben, weil die Gestapo sie suche. Ihr Mann konnte 1938 nach England emigrieren, wollte seine Frau nachkommen lassen, der Krieg machte diesen Plan unmöglich. Jetzt werden die Vermögenswerte aller Emigranten beschlagnahmt. Aber sie ist doch nur eine Halbjüdin und überzeugte Katholikin, geht jeden Sonntag in den Dom und betet.

Der nächste Feldpostbrief aus Griechenland ist datiert vom 5. September 1943.

»Meine Diotima,
wenn ich zum Fenster meines Hospitals hinausschaue, ragt das Hymettosgebirge mit seinen steilen Kalkfelsen vor mir auf. Alles ist kahl jetzt, verbrannt und war doch ein immergrüner Pinienwald. Menschen haben die Natur missbraucht und verwüstet. Und sie werden weiter verwüsten, erobern oder verteidigen mit Schwertern oder mit Bomben, die Zeiten bleiben sich gleich. Der Mensch, das Wesen, das sich selbst zerstört.

Dabei könnte alles so schön sein. Dieses himmlische Licht, das mich immer wieder verzaubert, die Natur strahlt Vollendungsruhe aus, irgendwie ist das Elysium nahe. Wenn ich im Schatten unseres Obstwaldes spaziere oder mich ausruhe, spüre ich einen liebenden Gott in mir und denke an Dich, meine Diotima. Wann endlich sehen wir uns wieder? Warum kannst Du nicht bei mir sein?

Jetzt gerät wieder alles in Gärung. Die Italiker ziehen sich zurück, sie wollen keine Verlierer sein und wechseln deshalb rechtzeitig die Fronten. Warum haben sie nicht vorher ihren Seneca oder Marc Aurel gelesen und Vernunft walten lassen? Wer immer nur mitessen will, wenn der Tisch gedeckt ist, darf sich nicht wundern, wenn er zum Bettler wird. Ich fürchte das Schlimmste. Jetzt werden unsere Puritaner auch hier die Stammbäume beschnüffeln. In dem Augenblick, wo sie mit den äußeren Feinden nicht mehr fertig werden, rächen sie sich an Wehrlosen. Ich habe das Hospital für Griechen geöffnet und helfe den Kranken und Alten so gut ich kann.«

Notiz von Frau von Freyenstein: Auch hier in Limburg fast jeden Abend Fliegeralarm. Ich gehe nicht in den Luftschutzkeller, weil ich Frieda nicht allein lassen will, man darf sie nicht entdecken. Dem Hauswart ist nicht zu trauen. Die Töchter alle außer Haus, Gundula hat sich als Luftwaffenhelferin gemeldet und wird in Bremen bei der Flak ausgebildet. Ist gerne unter Soldaten, wartet auf die Wunderwaffe.

Feldpostbrief aus Athen, 15. Oktober 1943

»Meine Diotima,
nun habe ich mit griechischen Freunden eine Reise nach Korinth gemacht, wandere über die Höhen und sehe zu beiden Seiten das Meer. Hier lernt man stille sein über sein Schicksal. Ich liebe dieses Griechenland überall, es trägt die Farbe meines Herzens. Wohin man sieht, Friede, Freude. Die Felder sind abgeerntet, der Wein gärt in den Fässern, bald wird man die Oliven abschütteln. Große Schafherden ziehen über das Land. Der Schäfer stützt sich wie vor tausenden Jahren auf seinen Stab und spielt auf seiner Flöte. Warum müssen wir den Gang der Natur stören mit unserer selbstherrlichen Gegenwart? Wir beschlossen, hier zu übernachten, tranken Retsinawein, aßen Schafskäse. Hohe geistige Stille umfing uns. Erd und Meer waren selig verstummt, wie die Sterne, die über uns hingen. Kaum dass ein Lüftchen von der See her zu uns ins Zimmer flog und zart mit unserm Lichte spielte.

Aber wehe, wenn wir über den Krieg und die Zukunft sprachen. Mir ist, als würd ich in den Sumpf geworfen, als schlüge man den Sargdeckel über mir zu, und wenn mich einer einen Deutschen nennt, so wird mir immer, als schnürt er mit dem Halsband eines Hundes mir die Kehle zu.

Wir fuhren nach Epidauros und kletterten die Stufen des übermächtigen Halbrunds hoch, bis wir unter uns ganz klein den Menschen sahen in der Orchestra und hörten jedes Wort:

Ungeheuer ist viel. Doch nichts
Ungeheurer als der Mensch …

Hohe Worte, wenn sie nicht in hohen Herzen widertönen, sind wie ein sterbend Blatt, das mit dem Kot weggefegt wird. Ein Volk, von dem die Großen im Geiste sich trennen, wo Kunst und Literatur drangsaliert werden, hat keine Rechte mehr. Und in Mykene erblickte ich Agamemnon, wie er seine Tochter Iphigenie opfert, um in den Krieg gegen Troja ziehen zu können. Seine Frau wird ihm das nie verzeihen, hat ihn ermordet als er von dem Morden zurückkehrt. Und ich sah aus ihrer Gruft emporsteigen Elektra, wartend auf ihren Bruder Orest, damit er räche der Mutter Verbrechen. Er kommt und mordet. Mord erzeugt Mord. Wann, ihr Götter, hört Geschichte auf, ein Massengrab zu sein, darin die Generationen versinken?«

Konnte lange nicht antworten, schreibt seine Frau. Plötzlich Polizei an der Tür, sucht Frieda Layers, wird verhaftet, seitdem keine Spur mehr von ihr.

2. Oktober Vorladung ins Polizeipräsidium, Verhör. Warum ich Frieda versteckt habe, eine Feindin des Volkes! Weil wir immer zusammen Quartett gespielt haben, sie spielte die Bratsche: Schubert, Mendelssohn, Brahms. Worüber wir gesprochen, wo ihr Mann sei,

warum Kontakt mit Juden? Volksfeindliches Verhalten! Aber ich bin doch Schweizerin, bitte das Konsulat verständigen.

Drei Wochen in Untersuchungshaft, zusammen mit einer alten Frau, die über die Nazibande geschimpft hat und einem jungen Mädchen, das ein Liebesverhältnis hatte zu einem polnischen Gastarbeiter und ihm regelmäßig Lebensmittel ins Lager gebracht hatte. Bei Fliegeralarm müssen wir in der Zelle bleiben. Sollen wir doch krepieren wir Volksverräter. Endlich Entlassung, aber jede Woche bei der Polizei melden.

Der nächste Feldpostbrief aus Athen war datiert vom 5. Dezember 1943 und sehr schwer lesbar, offensichtlich von der Zensur geöffnet.

»Meine Diotima,
lange habe ich von Dir nichts gehört, bist Du wohlauf? Wo sind die Mädchen? Müssen Sie auch in den Krieg? Warum können wir nicht zusammen sein? Noch bleiben wir hier verschont, wie lange noch? Die Front rückt näher, auf einigen Inseln tobt der Sturm. Wein aus Samos werden wir nicht mehr trinken. Oft schaue ich auf das wolkenverhangene Meer hinaus und überdenke mein Leben.

Bin mit dem Boot nach Aegina hinübergefahren, quer über die Insel gewandert, um den berühmten Aphaia-Tempel zu sehen, ein uraltes Heiligtum dessen dorische Säulen gut erhalten sind. Von hier oben ein herrlicher Blick zu den Inseln des Golfs, darunter die berühmte Salamis, wo die persischen Invasoren geschlagen wurden. Gibt Geschichte einen Funken Hoffnung in unserem unheilbaren Jahrhundert? Nichts lebte, wenn es nicht hoffte. In der Nähe der Aghia Trias traf ich einen Mönch, der mich zu sich einlud, wir konnten uns verständigen. Bald feiern sie Weihnachten, die Geburt von Christus, des Herakles Bruder, der die Todeslust der Völker aufhalten soll. Ich finde zu lang, zu lang schon ist die Ehre der Himmlischen unsichtbar. Möge die stillleuchtende Kraft aus heiliger Schrift sich unseren Blicken mitteilen. Der Mönch ist festen Glaubens, dass Christus lebt, es liegt nur an uns, die Buchstaben richtig zu deuten. Anbetung aus übergroßem Glauben ist nicht ohne Gefahren. Möge das Rettende stärker sein.

Ich wünsche Dir, meine Diotima und den Kindern, dass wir unseren Gott fühlen, in einem Seelengesang kindlich und freudig ihn feiern, endlich Frieden finden, nicht sinnlos umherirren müssen in dieser von Stürmen umtobten Welt.«

Frau von Freyenstein teilt mit, dass sie jetzt nicht gerne allein zu Hause ist, sie besucht die Tochter Annabelle in Bonn, die dort Medizin studiert, um nicht Kriegsdienst leisten zu müssen. Über Weihnachten kommt auch Dorothee zu Besuch, sie hat ihr Abitur im Internat bestanden und muss bald zum Arbeitsdienst. Viele sorgenvolle Gespräche über die Kriegslage. Ein Freund berichtet, dass die Versorgung der Armee mit Treibstoff und Munition infolge der Luftangriffe bald zu Ende gehe. Man müsse die Generäle zum Teufel jagen, an allem sei nur der Gröfaz schuld.

Feldpostbrief vom 20. Februar 1944.

»Meine Diotima,
die Gewitter ziehen näher. Aus Italien grollt der Donner herüber, man sieht vereinzelte Blitze. Wehe, wenn es einen der unseren trifft, ganze Dörfer gehen in Flammen auf, Unschuldige müssen sterben, Frauen, Kinder. Es kann nicht einmal ein schöner Traum gedeihen unter

dem Fluche, der über uns lastet. Der Nordwind heult. Wir sind am Abend unserer Tage. Wir irrten oft, hofften viel, wir wagten lieber als dass wir uns besannen, wir spielten mit dem Schicksal und es tat mit uns ein Gleiches. Wir haben zu lange geschwiegen, gezüchtigt von einem Grillenfänger.

Meine Diotima, ich muss Dir von meinem Freund berichten, ich nenne ihn wie der Dichter: Alabanda, er wohnt in einem kleinen Gartenhaus beim Kloster Kaiseriani, einer Oase am Fuß des steilen Hymettosgebirges. Hier sprudelt eine berühmte Quelle, zu der viele Frauen pilgern. Aber hier sprudelt auch die Weisheit. Alabanda lebt in seinen Büchern, legt Kranken, die zu ihm kommen, die Hand auf und meditiert. Er ist im Bunde mit der Natur, der Gottesgeist wohnt in ihm. Wie eine schöne Taube schwebt er über dem Zukünftigen. Wenn ich bei Alabanda bin, finde ich Trost in meinen Nöten.

Was lebt ist unvertilgbar, bleibt in seiner tiefsten Knechtsform frei, bleibt Eins und wenn du es schneidest bis auf den Grund, bleibt es unverwundet. Du musst die Freiheit in dir entdecken, sonst bist du tot. Im Bunde der Natur ist Treue. Diotima, suche die Natur, wo Du nur kannst, sie lässt dich allen Ungeist vergessen, Du lebst in der Freiheit. In unserem Menschenchaos hilft nur die Natur, den Sieg über alle Verderbnis zu feiern. Sage das auch den Kindern, dass sie lernen, diese giftigen Fliegen abzuwehren. Ich sehe Euch in mir.«

Frau von Freyenstein kommentiert: Hoffentlich verliert mein Johannes nicht den Sinn für die Realität. Dieser Alabanda kann ihm sehr gefährlich werden. Ich habe mich nicht in die Natur geflüchtet, sondern im Gegenteil mich beim Roten Kreuz als Krankenschwester gemeldet. Ich muss etwas tun, um das Elend zu mildern. In einem Krankenhaus in der Nähe von Bonn muss ich die Bombenopfer von Köln pflegen, das Hospital ist viel zu klein, es gibt zu wenig Ärzte, zu wenig Medikamente, zu wenig Verpflegung. Und dann immer wieder Fliegeralarm, die meisten können nicht in die Luftschutzkeller gebracht werden, ein ständiges Chaos, komme nicht mehr zum Schlafen.

Abschrift eines Briefes vom 2. April 1944.
Musste das Original verbrennen, war zu gefährlich, schreibt seine Frau.

»Es ist aus, Diotima, unsere Leute verfolgen Unschuldige, sie irren hilflos herum und ihre Jammermiene ruft Himmel und Erde zur Rache gegen die Barbaren, die ich vertrete. Niemand konnte es hindern. Die Pest ist ausgebrochen. Alle, die das gelbe Pestmal am Ärmel tragen, werden zusammengetrieben wie Vieh. Männer und Frauen, Mütter mit kleinen Kindern und Greise. Nur einen Koffer dürfen sie mitnehmen und Proviant für drei Tage. Dann sollen sie Viehwaggons besteigen und abfahren in eine dunkle Zukunft. Goldene Berge verspricht man ihnen, eigenes Land, eigene Städte, um sie gefügig zu machen. Und manche glauben den Parolen.

Ich habe mich geweigert, bei der Aktion mitzumachen. Ich habe verlangt, dass ein Arzt sie begleitet mit Medikamenten. Man hat mich ausgelacht. Acht Tage sollen sie unterwegs sein nach Polen; und was wird dort mit ihnen geschehen? Man hört das Schlimmste. Ich bin beim General vorstellig geworden und habe alle humanitäre Verantwortung abgelehnt. Der hat mich belächelt: Verantwortung, die haben Sie nicht, die habe ich nicht, die hat nur der Gott des Abraham und der sich dafür hält. Immerhin konnte ich erreichen, dass einige hundert Alte und Kranke sich freikaufen durften. Ein Hohn, ihr Vermögen wurde ohnehin konfisziert. Ich gab dem Rabbiner Medikamente mit. Gestern fuhren sie ab nach Norden.

Ich sah einmal ein Kind die Hand ausstrecken, um das Mondlicht zu haschen; aber das Licht ging ruhig weiter seine Bahn. So stehen wir da und ringen, das wandelnde Schicksal anzuhalten. Noch bin ich nicht gezüchtigt von diesem Grillenfänger – aber ich habe lange genug geschwiegen.«

Frau von Freyenstein hatte aus Dokumenten des Auschwitz-Museums ermittelt, dass in Griechenland zur Kriegszeit etwa 69.000 Juden lebten. Im März 1943 begann die Deportation der griechischen Juden aus Saloniki und den besetzten Inseln. Am 18. März erließ die Okkupationsregierung eine Anordnung, 8000 Juden aus Athen zu verhaften. Im Judenrat meldeten sich kaum 1200, die Übrigen versteckten sich unter der »arischen« Bevölkerung. Im März 1944 bildete man einige Deportationstransporte. Einige hundert »Privilegierte« leitete man am 2. April ins Lager Bergen-Belsen, etwa 1500 kamen nach Auschwitz. Insgesamt wurden aus Griechenland 54.533 deportiert, davon überlebten nur 12.757. Diese Zahlen sind belegt durch die Eisenbahn-Kontrollmarken und Namenslisten. Der Kommandant des Konzentrationslagers Auschwitz Rudolf Höß hat vor Gericht die Vernichtung von 65.000 Juden aus Griechenland mehrfach zu Protokoll gegeben. Von den angeblich Überlebenden kehrten in Wirklichkeit nur 2.469 Personen nach Griechenland zurück.

Feldpostbrief vom 20. April 1944.

»Liebe Diotima,
man hat mich verwarnt, über die Pest zu berichten, aber ich zitiere ja nur unseren nationalen Dichter Friedrich

Hölderlin aus der »Feldauswahl für Soldaten«: Ich kann kein Volk mir denken, das zerrissener wäre, wie die Deutschen, Handwerker siehst du, aber keine Menschen, Denker, aber keine Menschen, Herrn und Knechte, aber keine Menschen – ist das nicht wie ein Schlachtfeld, wo Hände und Arme und alle Glieder zerstückelt untereinander liegen? Ich sage Dir: es ist nichts Heiliges, was nicht entheiligt ist bei diesem Volk.

Ich habe zu lange geschwiegen, mich geschämt. Auch auf die Inseln hat die Pest übergegriffen. Aus Rhodos kommen sie, auf kleinen Schiffen zusammengepfercht, erhoffen ein besseres Leben und fahren in Viehwaggons in den Norden. Wir sind schuldig geworden für alle Zeiten. Lies nur den Dichter, was er uns prophezeit.«

Frau von Freyenstein berichtet über ihre eigenen Nöte:

Ich konnte leider meinen Dienst im Krankenhaus nicht lange durchhalten, bin selber krank geworden, eine Hepatitits, wahrscheinlich habe ich mich angesteckt. Musste zurück nach Limburg in unsere Wohnung, wo Annabelle mich pflegte. Hörte in den Nachrichten von der Kapitulation von Rom, jetzt braucht der Papst nicht mehr zu schweigen. Endlich die große Invasion an der Atlantikküste. Gundula liegt irgendwo bei Dünkirchen im Bunker und hört den feindlichen Funkverkehr ab, sie ist immer noch optimistisch, der Atlantikwall sei sicher. Ich bin sicher, dies ist der Anfang vom Ende des Krieges. Alle müssen jetzt zum Volkssturm. Dorothee beim Arbeitsdienst im Ruhrgebiet. Am Abend sei der Himmel rot von brennenden Städten.

Der letzte Brief von Oberstabsarzt Doktor von Freyenstein an seine Frau, Athen 15. September.

»Meine Diotima,
die Wanderung geht weiter. Ich werde mein Hospital, das ich so lieb gewonnen habe, verlassen müssen. Besonders um die griechischen Menschen tut es mir Leid, meine Freunde, die tüchtigen Krankenschwestern. Auch Doktor Adamas muss ich verlassen, ich konnte mit ihm wieder Cello spielen. Wir haben ein Quartett gebildet, zwei Deutsche, zwei Griechen, Beethoven gespielt. Es klang wie Hölderlin in Musik. Über die anderen Menschen, die mit mir hier sind, will ich keine Worte machen. Sie denken nur daran, was sie mitnehmen können. Man lernt zu schweigen unter solchen Menschen, und das ist nicht wenig.

Ein letztes Mal habe ich den weisen Alabanda besucht. Er hat mir erzählt von dem Gottesberg Athos, seinen Klöstern, wo Versöhnung ist mitten im Streit und alles Getrennte sich wiederfindet.

Ich weiß nicht, was das Schicksal mit mir vorhat. Dunkel wird's und einsam unter dem Himmel. Das hier ist von Grund auf ein falsches Leben; und wie man sich auch wendet, es gibt am Ende keine Möglichkeit, darin mit gutem Gewissen zu bestehen, das muss man wissen, wenn man noch einmal die Wahl haben sollte.

Meine Diotima, wenn wir uns in dieser kalten Nacht der Menschen nicht mehr wiedersehen sollten, wird uns ein reines, neues Leben erblühen, wir werden uns finden, weil wir uns nie verloren haben.

Mein Geschäft auf Erden ist aus. Wohin könnt ich mir entfliehen? Wir haben dem Staat zu viel Gewalt eingeräumt und ihn zur Hölle gemacht. Dafür müssen wir jetzt büßen, es trifft jeden. Der Himmel gebe, dass wir in Zukunft nicht lässig seien, dass wir alles mit Maß tun, das Schickliche treffen in dem, was unsere Sache ist. Vielleicht beginnt dann neue Freiheit.

Meine Diotima, ich weiß, dass Deine wie meine Gedanken immer bei unseren drei Musentöchtern sind. Hilf ihnen, die Versuchungen der Zeit zu bestehen und vergiss nie unseren armen Hyperion in Stalingrad, er hat meinem Leben den Weg gewiesen.

Liebe Esther, viel der großen Worte habe ich wunderlicher Briefeschreiber gemacht oder weitergegeben. Du kennst mich besser. Und ich weiß, dass alles, was ich gesagt habe, auch aus Deinem Munde hätte kommen können. Ich bin überzeugt: Es endet alles in unserem Leben mit Frieden.

Dein Johannes«

Beigefügt war dem Brief eine Abschrift der letzten Strophe des Hölderlin-Gedichts Hyperions Schicksalslied:

Doch uns ist gegeben,
Auf keiner Stätte zu ruhn,
Es schwinden, es fallen
Die leidenden Menschen
Blindlings von einer
Stunde zur andern,
Wie Wasser von Klippe
Zu Klippe geworfen,
Jahr lang ins Ungewisse hinab.

Dieses war die letzte Nachricht aus Griechenland. Frau von Freyenstein hatte den weiteren Weg seiner Einheit ermittelt: Das Lazarett wurde nach Thessaloniki verlegt. Am 25. August mussten die Aegäischen Inseln geräumt werden, am 21. September begannen sich die deutschen Truppen vom Peloponnes zurückzuziehen, am 13. Oktober zogen die britischen Truppen in Athen ein, am 31. Oktober wurde auch Thessaloniki aufgegeben. Die Heeresgruppe E begann ihre »Anabasis«

durch Jugoslawien zur Drina-Linie. Am 6. April 1945 erreichte sie Österreich und kapitulierte. Doktor von Freyenstein war nicht dabei.

Ein Kurzbericht von Esther von Freyenstein über ihre Ermittlungen folgte. Sie hatte sich an das Internationale Rote Kreuz gewandt, in den alliierten Gefangenenlagern war sein Name unbekannt. Auch die Auskunftstellen der ehemaligen Wehrmacht konnte ihr nur mitteilen: vermisst seit dem 18. September. Hatte er sich von der Truppe abgesetzt, war irgendwo in Nordgriechenland untergetaucht oder beim Rückzug umgekommen durch Unfall oder Selbstmord? Auch fünf Jahre nach Kriegsende gab es keine Informationen.

6

Was ist es, das
An die alten Seligen Küsten
Mich fesselt, dass ich mehr noch
Sie liebe, als mein Vaterland?

Diese existentielle Frage, die Hölderlin in der Ode »Der Einzige« an sich stellt, war auch für den Wanderer auf seinen geistigen Spuren lebensentscheidend geworden. Nicht in irdische Gefangenschaft war Doktor von Freyenstein geraten, sondern in eine *himmlische*, als er dort *wo, wie Steine sagen Apollo ging*, seine Uniform auszog und ein neues Leben in der Natur suchte. Vielleicht wollte er anfangs die Sprache Hölderlins wirklich nur als Tarnung gegenüber der Zensur benutzen, mehr und mehr begann er dann jedoch, sich mit Hyperion zu identifizieren und sah mit eigenen Augen, was der Dichter nur in seiner Phantasie erleben konnte. Und allmählich vertauschte er die Fronten; aus dem nationalen Aufstand der Griechen gegen die osmanischen Barbaren wurde der Widerstand gegen den militärischen Auftrag der deutschen Besatzungsmacht. Hölderlin mit seiner Philippika gegen die Deutschen hat ihm dann so aus dem Herzen gesprochen, dass er begann, den Dichter umzudeuten und umzuschreiben. Der Philologe musste hinter den Moralisten zurücktreten.

Natürlich suchte sich Hans Tumler in seiner kritischen »Hyperion«-Ausgabe die Zitate, strich die verwendeten Textstellen an, aber seine anfänglichen philologischen Bedenken wichen immer mehr der Hochachtung vor Mut und Haltung dieses »Doktor Hölderlin«. Da hatte ein uniformierter Arzt der Wehrmacht tatsächlich versucht, gegen die Methoden des Systems zu protestieren und seinen hippokratischen Eid in Taten umzusetzen ohne Rücksicht auf die eigene Karriere, das eigene Leben. Er fühlte sich nicht als ein Besatzungsangehöriger, sondern als ein Mensch unter Menschen, viele Griechen waren seine Freunde geworden. Gewiss hat er ein Beispiel dafür gegeben, dass diese Deutschen nicht nur vom *Fluch der gottverlassenen Unnatur* gezeichnet waren. Man sollte sein Lebensschicksal dokumentieren.

War dieser »Doktor Hölderlin« nicht eigentlich so etwas wie ein deutsches Symbol? Aus dem Gefühl der Heimatlosigkeit in der Gegenwart, dem Bewusstsein des moralischen und politischen Ungenügens, entwickelt sich die Sehnsucht nach einer heilen, besseren Welt. Die verlorenen Götter, Dichter und Philosophen der Antike dienen als Projektion einer von Idealen geprägten Zukunft der Menschheit. Es geht ja eigentlich um eine gerechtere Gegenwart, wenn Winckelmann die »Nachahmung der Alten« predigt. Auch Hölderlin sucht die *künftige Revolution der Gesinnungen und Vorstellungsarten.*

Die Pilgerfahrt nach Athen traten nach ihm unzählige deutsche Humanisten, Philologen, Archäologen wirklich an und wurden darüber zu Realisten, die für sich den Zauber von Hellas entdeckten, den »Griechischen Frühling« wie Gerhart Hauptmann und »daß der große Pan nicht gestorben ist«. Die Sonne Homers, »sie ist jeden Tag jung« und leuchtet auch heute über den »Ölbergen, Weinbergen« eines Erhart Kästner.

Diese griechischen Freuden hat auch der Doktor von Freyenstein inmitten der Kriegswirren erlebt, aber sie bedeuteten für ihn nicht Urlaubsglück, sondern wurden ihm zur Vision des wahren Friedens, der einen neuen Anfang nach dem Inferno ermöglicht.

Hans Tumler begann von dem *herrlichen Götterland* zu träumen, sah sich auf der Akropolis, in Delphi, auf Delos und zugleich wuchs in ihm die Entschlossenheit, bald selbst den Versuch zu unternehmen, in Griechenland die Spuren dieses deutschen Arztes und Menschenfreundes zu suchen und vielleicht auch das Mysterium seines Todes aufzuklären. Er schrieb an Frau von Freyenstein und berichtete ihr von dem starken Eindruck, den die Dokumente auf ihn gemacht hatten. In den nächsten Sommerferien wolle er nach Griechenland reisen und sie vorher in Zürich besuchen, um die versprochenen Adressen zu erhalten. Er bereite sich gründlich auf die Reise vor, versuche auch ein wenig die neugriechische Sprache zu erlernen.

Sie antwortete nicht selber, ihre Pflegerin telefonierte, Frau von Freyenstein sei leider ans Bett gefesselt, könne nicht schreiben, aber er möge so bald als möglich kommen und nach Griechenland reisen, sie wolle ihn im Geiste begleiten, ihre Lebenszeit laufe ab. Die Pflegerin fügte hinzu, die Patientin neige zu Übertreibungen, aber gewiss würde ihr sein baldiger Besuch viel Freude bereiten.

Es gelang Hans Tumler, sich von seinem Schuldienst zwei Wochen vor den Sommerferien zu beurlauben. Er buchte mit der Olympic Airways einen Flug von Zürich nach Athen, fuhr mit dem Zug nach Zürich und meldete sich im Altersheim in Wiedikon. Er erfuhr, dass Frau von Freyenstein ihren Fuß gebrochen habe, als sie nachts versucht hatte, aufzustehen und zu gehen. Sie leide an Osteoporose, müsse leider das Bett hüten.

Die blaue Schachtel mit den Dokumenten trug er mit beiden Händen vor sich, als er ihr Zimmer betrat ... Ihr Sohn meldet sich zurück und hier ist das Allerheiligste ...

Esther von Freyenstein saß aufrecht in ihrem Bett, wirkte merklich gealtert. Mit zittrigen Händen wollte sie ihn umfassen und an sich drücken … Mein Lieber, ich habe immer an Sie gedacht. Wann kommt er endlich? Und der Johannes hat mir gefehlt, ich will ihn doch wieder lesen. Geben Sie die Schachtel meiner Tochter Annabelle, sic ist zu Besuch aus Amerika …

Eine schlanke Frau mit blonden Haarsträhnen, rotem Pullover und Jeans stand vor ihm, einige Jahre jünger als er. Durch große runde Brillengläser strahlte sie ihn an … Ja, ich bin die Harfenistin aus Chicago, Sie haben bestimmt schon von mir gehört. Gerade auf Urlaub in der Schweiz, muss mich doch mal um meine arme Mama kümmern …

Sie setzten sich nebeneinander ans Bett … Annabelle würde so gerne mit Ihnen nach Griechenland fliegen, aber sie hat ihre beiden Töchter mitgebracht, und die brauchen ihre Mutter sehr dringend, wollen die Schweiz kennen lernen … Mit ihrer flatternden Hand suchte sie Tumler näher an sich heranzuziehen … Erzählen Sie mir von Ihren Gedanken und Plänen …

Hans Tumler wiederholte seine Bewunderung, erklärte seine philologischen Erkenntnisse, berichtete von seiner Lektüre anderer Griechensucher. Er sei zu seiner Expedition bereit. Wer die Freunde Alabanda und Adamas gewesen seien? Ob sie noch lebten? Ob es noch weitere Namen gebe?

Nach dem Krieg habe sie sich die Adressen beschafft und mehrfach geschrieben, nur der Doktor Adamas habe geantwortet und sie eingeladen; auch er hatte jede Spur zu seinem Freund verloren. Wahrscheinlich lebe er noch, vielleicht auf einer der Inseln. Und dann sei da noch die Adresse einer früheren Krankenschwester in Athen, sie wisse alles. Aus der Schublade ihres Nachttisches holte sie ein zerknittertes Papier mit den Adressen

… Ich wünsche Ihnen viel Glück, denke immer an Sie. Schreiben Sie mir viele Postkarten … Tränen rannen aus ihren müden Augen.

Da der Besuch ihre Mutter sehr anstrengte, schlug Annabelle vor, sie könnten jetzt irgendwo einen Kaffee trinken und nachher nochmals vorbeischauen. Die Mutter nickte.

An der nächsten Straßenecke fanden sie in einem kleinen italienischen Ristorante eine ruhige Ecke, bestellten sich Coca Cola und eine Pasta. Annabelle schaute immer wieder ihrem Heidelberger »Adoptivbruder«, wie sie ihn nannte, kritisch in die Augen.

Sie haben die Briefe des »Doktor Hölderlin« gelesen und glauben ihn jetzt zu kennen. Mein Vater war ja ganz anders, dieses Pathos ist völlig fremd an ihm. Ich kann mir fast nicht vorstellen, dass er sich in Athen so verändert hat. Irgendjemand muss ihn dort beeinflusst haben. Und diese Briefe sind nicht seine Schrift …

Aber vielleicht hat er seine Schrift bewusst geändert, damit sie nicht erkannt wird … Hans Tumler wollte auf die Zweifel der Tochter nicht näher eingehen, aß schweigend seine Pasta.

Annabelle nahm sein Argument nicht wahr und plauderte weiter drauflos, es schien ihr Spaß zu machen, sich ihren Vater zurückzuerobern. Sie erinnere sich nicht, dass ihr Vater viel gelesen habe, er sei ein praktischer Mensch gewesen und ein leidenschaftlicher Musiker, in jeder freien Stunde habe er am Klavier gesessen oder Cello geübt und immer Zeit gehabt für seine Kinder. Sie kenne ihn nur als einen immer fröhlichen Menschen und gerade das habe ihn bei seinen Patienten so beliebt gemacht. Er wusste ihnen ihre Krankheiten auszureden, seine Diagnosen seien immer perfekt gewesen.

Und seine politischen Überzeugungen? … wollte Tumler wissen. Annabelle schwieg vor sich hin, suchte offensichtlich eine klare Antwort ... Das Problem war sein Vater. Sie wissen, seine Familie stammte aus Niederschlesien, alter Landadel, entsprechend konservativ. Sein Vater war Offizier, Oberst im Generalstab während des Ersten Weltkrieges und seine Söhne sollten auch Offiziere werden. Vati hat sich dagegen gewehrt, wollte Musik studieren, aber das hat ihm sein Vater verboten. Dann muss es eine große Auseinandersetzung in der Familie gegeben haben. Vati ist auf und davon, zuerst nach Berlin, wusste immer toll zu erzählen von seinen Abenteuern am Alexanderplatz, die Mutter hat ihm manchmal heimlich Geld geschickt. Schließlich erklärte er, er wolle Arzt werden, das wurde vom Vater akzeptiert. Aber er wollte unbedingt ins Ausland. So kam er nach Zürich zu Bekannten und hat dort Medizin studiert. Als der I. Weltkrieg begann, verlangte der Vater, er solle sich sofort freiwillig melden, doch er blieb in der Schweiz bis zum Ende seines Studiums; erst 1917 kehrte er nach Deutschland zurück, wurde Sanitäter, dann Frontarzt. Aber seinen Vater hat er bis in die Zwanziger Jahre nicht gesehen ...

Ja, das ist aber doch alles sehr wichtig ... wagte Tumler zu unterbrechen ... erklärt vieles , seine Abneigung gegen den Krieg, gegen die Autorität, gegen die Nazis. ...

Ich fürchte, Sie machen sich ein falsches Bild von meinem Vater ... Annabelle wich Tumlers Blick aus, zerriss ihre Papierserviette in immer kleinere Fetzen ... Er war ein versöhnlicher Mensch, vermied die Konflikte; immer, wenn es in unserer Familie Probleme gab, wusste er zu vermitteln. Er hat sich in den Zwanziger Jahren auch mit seinem strengen Vater ausgesöhnt, obwohl er über seine politischen Ansichten immer den Kopf schüttelte. Mein Großvater war nämlich ein Freund des Generals Ludendorff und extrem deutschnational; und Vatis jüngerer Bruder, Onkel Friedhelm, machte später im Dritten Reich als Jurist große Karriere. Wenn er uns besuchte, gab es immer großes politisches Theater, wie Vati das nannte. Aber ich glaube, auch er ist 1933 in die Partei eingetreten, ein »Märzgefallener«, ein Mitläufer, nein, ein Mitschleicher, nur um seine Ruhe zu haben, gewiss nicht aus Überzeugung. Etliche der Musikfreunde waren Juden, danach hat er nie gefragt, Hauptsache, sie waren gute Musiker. Immer freundlich, gutmütig, ohne politischen Instinkt, ohne Bekennermut, wie die meisten Deutschen ...

Ich frage mich immer wieder: Warum ist er nach dem Krieg nicht in die Schweiz zurückgekehrt zu seiner Verlobten und hat dort ein neues Leben angefangen, sich in Zürich oder St. Gallen als Arzt niedergelassen, das wäre möglich gewesen ...

Nein, er musste in sein chaotisches Vaterland zurückkehren und helfen, die Kriegsopfer zu pflegen. In Limburg hat er dann eine Praxis übernommen, Mutti musste nach Deutschland kommen, um ihn zu heiraten. Nation und Religion wechselt man nicht, war seine Rede, aber seine Frau sollte sich ihm anpassen ...

Bitte nehmen Sie mir nicht meine Illusionen ... wagte Tumler sie zu unterbrechen ... Ich kenne ihn nur als Menschenfreund. Ihr Vater hat mir das Leben gerettet.

Das hat er gewiss vielen ... bitte verstehen Sie mich richtig. Er war eine im tiefsten tolerante und hilfsbereite Natur. Deshalb hat er auch meine Schwester immer in Schutz genommen als sie begeisterte BDM-Führerin wurde und für den Führer schwärmte. Wer hat nicht in seiner Jugend Fehler gemacht, sie wird schon zur Vernunft kommen, erklärte er immer wieder. Sie blieb stur und hat sich in ihrem nationalen Wahn das Leben genommen. Vielleicht spielte auch die unglückliche Liebe zu ihrem verheirateten Professor eine Rolle. Niemand weiß es genau. Sie hat mit ihren Schwestern kaum noch gesprochen. Ein tragischer Fall, so nennt man das wohl. Aber hätte man sie früher nicht anders prägen, politisch beeinflussen sollen?

Vielleicht können Sie sich jetzt vorstellen, warum ich emigriert bin. Ich hatte jede Lust an diesem Deutschland verloren. Unsere Familie ist daran zugrunde gegangen. Und wieder hörte ich die Stimmen: das hat der Führer bestimmt nicht gewollt, es war doch nicht alles so schlecht, von dem Schicksal der Juden haben wir nichts gewusst. Und ehemalige Nazis machten wieder politische Karriere. Nein, neu anfangen in einem anderen Land schien mir die einzige Lösung meiner Generation. Wie haben Sie diese Zeit nur ausgehalten? …

Warum wohl bin ich Lehrer geworden! … entgegnete Tumler … Soll sich denn das alles zum dritten Mal wiederholen? Man muss diesem Ungeist die Stirn bieten. Wo? Gewiss zuerst in der Schule. Ihr Vater hätte jetzt bestimmt Hölderlin zitiert:

Du Land der Liebe, bin ich der deine schon,
Oft zürnt ich weinend, dass du immer
Blöde die eigene Seele läugnest

Annabelle schaute ihn zweifelnd an … Hoffentlich haben Sie mehr Erfolg als meine Lehrer. Auch wir in Amerika sind jetzt gefordert, Stichwort Vietnam. Und was singen meine Kinder? Was wird aus unserer Musik? Alles nur Pop, wohin ich höre. Wer wagt heute, aus der Reihe zu tanzen? …

Tumler brach das Thema ab … Gestatten Sie mir eine Frage: wie ist Ihr Vater umgekommen? Was sagt Ihnen Ihr Gefühl? …

Mein Vater war kein Held. Vielleicht wollte er sich absetzen, ist irgendwo ertrunken, wurde von einer Schlange gebissen oder von Griechen ausgenutzt und umgebracht, ich weiß es nicht. War es Zufall? War es Schicksal? War es Gottes Wille? Suchen Sie ihn! Ich habe die Hoffnung, Sie werden ihn finden – seinen Geist, seine Seele. Sie werden wie sein Schatten sein …

Annabelle stand auf, umarmte ihn kurz, wendete sich dann schnell ab, das Gespräch hatte ihr zugesetzt, sie entschuldigte sich. Tumler bezahlte, sie kehrten ins Altersheim zurück.

Annabelle öffnete behutsam die Tür des Zimmers ihrer Mutter … Sie schläft, wir sollten sie nicht wecken. Bitte kommen Sie uns in Chicago besuchen. Hier meine Adresse. Melden Sie sich rechtzeitig, damit ich viel Zeit für Sie habe. Sie gehören jetzt zu unserer Familie …

Tumler schaute auf seine Uhr und verabschiedete sich. Er musste zum Flughafen Kloten, um 17.35 Uhr ging seine Maschine nach Athen. … Ich werde Ihnen von Ihrem Vater viel Wahres, Schönes, Gutes berichten können; ich bin sicher ihn zu finden … Wieder tauchte Hölderlin in ihm auf:

O Hoffnung, holde, gütiggeschäftige,
Die du das Haus der Trauernden nicht verschmähst …

7

Er hatte ein kleines Hotel in der Plaka, der Altstadt von Athen gefunden, gleich weit entfernt vom Dionysos-Theater wie von der antiken Agora. Wenige hundert Meter vor seinem Fenster ragte die steile Felswand der Akropolis auf, das fahle Mondlicht zeichnete ihre Konturen. Fledermäuse huschten lautlos vorüber. Es war ein heißer Abend, nicht der leiseste Windhauch. Auf den Plätzen und in den Hinterhöfen der alten Tavernen saßen Touristen, diskutierten und tranken Bier. Aus Lautsprechern tönten die Klänge der neuesten griechischen Schlager, irgendwo versuchten einige Griechen, den Besuchern den Sirtaki-Tanz beizubringen.

Da Hans Tumler in der schwülen Nacht nicht schlafen konnte, entschloss er sich, durch die Gassen zu bummeln, kam zum weiten Syntagma-Platz vor dem Parlament, wo malerische Soldaten Wache hielten. Die Plätze vor den Cafés und Bars waren besetzt, überall in Gruppen diskutierende Griechen. Schließlich fand er noch einen Stuhl, bestellte sich einen großen Eisbecher. Obschon es bald Mitternacht war, herrschte eine gespannte Atmosphäre; immer wieder kamen Gruppen junger Leute aus den Seitenstraßen und verschwanden. Von Zeit zu Zeit kreuzte eine Polizei-Patrouille den Platz. Er versuchte mit einem seiner Nachbarn auf Englisch ins Gespräch zu kommen, verstand nur die Worte Diktatur, Obristen, Opposition der Studenten. Und bald hörte er auch schon die Sprechchöre ... Pa-pandre-u ... immer wieder rhythmisch skandiert und immer lauter. Die Leute um ihn herum schrieen mit ... Dimokratia ... Elefteria ... Der ganze Platz war bald ein einziger Chor, niemand dirigierte, alle hatten den gleichen Atem. Das Spektakel dauerte einige Minuten. Plötzlich von zwei Seiten Polizei mit gepanzerten Fahrzeugen, Tränengas, alles rannte durcheinander, ein großes Chaos. Ehe er die Gefahr erkannt hatte, spürte Tumler den Reiz des Gases in seinen Augen ... auf und davon! so schnell wie möglich ... Es dauerte wohl eine halbe Stunde, ehe er sein Hotel gefunden hatte. Er schüttete sich Wasser über die Augen, wusch sie aus, es brannte noch Stunden später.

Er hatte eine Lektion in griechischer Demokratie erhalten und erlebt, dass die Freiheitsliebe der Griechen auch heute nicht eingeschlafen war. Die frühere Sekretärin des Doktor von Freyenstein, mit der er sich telefonisch verabredet hatte, wusste ihm die Schrecken dieser Obristendiktatur anschaulich zu schildern. Eva Andreadi, eine temperamentvolle kleine Frau, deren Alter er nicht schätzen konnte, besuchte ihn in seinem Hotel. Sie war jetzt Dolmetscherin und Fremdenführerin, klagte über die schlechten Zeiten.

Da waren ja die deutschen Besatzer noch besser als diese Tyrannen ... meinte sie ... Wer nur ein Wort der Kritik sagt, kommt ins KZ auf die Inseln ... Viele ihrer Freunde seien verschwunden. Auch der weise Alabanda, wie Johannes ihn nannte, in Wirklichkeit hieß er Christodoulos, fast achtzig Jahre alt, wurde verschleppt. Ob er noch lebt? Nur weil er ein Manifest für Demokratie und Gerechtigkeit unterschrieben hatte ... Aber den Doktor Adamas könne Tumler gewiss besuchen, er habe sich nach Aigina zurückgezogen, praktiziere nur noch selten. Sie wolle ihm auch gerne das Hospital zeigen, wo sie mit Doktor von Freyenstein gearbeitet habe.

Sie berichtete von dem gemeinsamen Jahr, ihre Augen glänzten, wenn sie ihren Johannes beschrieb … Er wollte nicht, dass wir an seinem deutschen Namen herumstammelten. Also nennt mich einfach Johannes, sagte er. Ein wirklich guter Arzt und immer frohen Mutes, dabei hatte er sicher andere Gedanken in seinem Kopf. Und da war ja auch dieser junge Chirurg, ein sehr strammer Herr, vor dem man sich in Acht nehmen musste, er wollte immer mit mir anbändeln, aber ich mochte ihn nicht. Ich glaube, er hat Johannes verraten. Wie sein Name war? Doktor Obermeier oder so ähnlich …

Was sie zuletzt von ihrem Doktor gehört habe, wollte Tumler wissen. Er habe schweren Herzens sein Hospital verlassen, um sich mit den Truppen nach Thessaloniki zurückzuziehen. Für uns kein leichter Abschied, wer würde kommen? Und dann haben wir gehört, Johannes sei nicht mehr am Leben, vielleicht verurteilt, erschossen? Sie wissen ja, er hat sich gegen seinen Militärkommandanten gewehrt wegen des Massakers in Distimo, Sie haben sicher davon gehört? …

Hans Tumler schüttelte den Kopf.

Da haben griechische Widerstandskämpfer eine deutsche Einheit in einem Dorf überfallen, einige Tote; fünf Verwundete kamen in unser Lazarett. Der Kommandant dieser Einheit, es waren wohl SS-Soldaten, kehrte am nächsten Tag mit Verstärkung zurück und hat ohne jedes Verhör mehr als 200 Einwohner des Dorfes Distimo erschossen, Alte, Frauen, Kinder, ein grässliches Blutbad. Als Johannes davon hörte, ist er aufgeregt zu seinem Kommandanten gerannt und hat eine genaue Untersuchung verlangt. Er kam sehr deprimiert zurück. Seitdem wollte er nicht mehr mitmachen …

Ja, die Deutschen haben viel Unheil angerichtet in den besetzten Ländern … Tumler wollte sich entschuldigen, aber Eva Andreadi ließ ihn nicht zu Wort kommen … Dann kam es noch viel schlimmer. Sie haben sicher vom griechischen Bürgerkrieg gehört im Norden, Nationalisten gegen Kommunisten, fast fünf Jahre lang, sie haben sich gegenseitig abgeschlachtet, entsetzliche Opfer. Und wenn die Amerikaner jetzt diesen Diktator weiter unterstützen gibt es sicher bald wieder Terror. Griechen gegen Griechen, nichts kann grausamer sein. Das war in der Antike schon so …

Tumler fand seine Informantin sehr sympathisch, er lud sie ein, ihm Athen zu zeigen, er wolle ihre Dienste auch gerne bezahlen. Eva Andreadi lehnte energisch ab, es sei ihr eine Freude, ihn zu begleiten. Und sie kannte ihre Stadt sehr genau, wusste viele kunsthistorische Details, Anekdoten und Sprichwörter. Er genoss es, an der Seite dieser gebildeten Frau sein Wissen über die Antike auffrischen zu können.

Auch das Hospital im Norden der Stadt, wo Doktor Freyenstein als Militärarzt tätig gewesen war, zeigte sie ihm – ein dreistöckiger langgestreckter Bau aus Ziegeln, er wirkte ziemlich verwahrlost. Heute sei hier ein Sozialheim für pflegebedürftige Alte, es habe keinen guten Ruf. In der Nähe ein alter Friedhof mit einer kleinen Kirche. Auch deutsche Soldaten seien hier bestattet worden. Während des Afrikakrieges sei das Lazarett überbelegt gewesen. Sie suchten die deutschen Gräber vergeblich.

Schließlich meldete Eva Andreadi ihn auch bei Doktor Adamas auf Aigina an und brachte ihn zu seinem Schiff in den Hafen Piräus … Hoffentlich höre ich bald wieder von Ihnen. Ich denke oft an Johannes …

Ein leicht gebeugter schlanker Herr mit langem weißem Haar wartete bereits am Hafen in Aigina auf ihn, sie stellten sich vor und Doktor Adamas führte ihn durch enge Gassen bergauf zu seinem von Reben überwucherten Haus. Tumler genoss den weiten Blick über das Meer bis zu den Bergen des Peloponnes; auf der anderen Seite zeigte ihm der Hausherr die Insel Salamis … und dahinter, wo die vielen Rauchwolken aufsteigen, lagen früher die Tempel von Eleusis mit ihren Mysterien, jetzt beten wir nur noch die Technik an. Und hier oberhalb, das sind die Pistazienhaine, die unsere Insel so berühmt gemacht haben. Sie können die Kerne gleich probieren. Sie trinken doch ein Glas Wein mit mir? …

Sie setzten sich auf die schattige Terrasse und begannen, sich gegenseitig vorzustellen. Er erfreue sich jetzt der Kontemplation und er habe sich diese Lebensphase nach fast vierzig Jahren Menschenleid in seiner Arztpraxis verdient; er blättere im Bilderbuch seines Lebens, freue sich an der Natur und bemühe sich, trotz der kleinen Beschwerden, um Heiterkeit, Nachsicht und Geduld. Je älter er werde, desto mehr gebe es zu staunen, im Kleinen wie im Großen. Über die Menschen könne man nur immer wieder den Kopf schütteln, aber er lasse sich nicht entmutigen. Und seine Frau, eine Malerin, stachle seine Phantasie an. Sie sei leider in diesen Tagen in Athen, wo sie eine Ausstellung ihrer Bilder vorbereite.

Ob er gerne Fisch esse, fragte er seinen Gast, frisch gefangen. … Wenn ich Fische haben will, ziehe ich hier die griechische Fahne auf, dann weiß mein Freund, der Fischer Papadakis Bescheid, sein Junge bringt sie zu mir hoch …

Er entschuldigte sich, um das Essen zuzubereiten, zeigte Tumler zuvor sein Zimmer. An den Wänden hingen expressive Ölbilder, Landschaften, Stillleben, Porträts, alles in leuchtenden Farben, die eine starke Naturkraft ausstrahlten.

Nach köstlichem Essen, Retsina und dem unentbehrlichen Ouzo kamen sie allmählich zum Thema. Doktor

Adamas hatte seinen Freund Johannes in sehr genauer Erinnerung ... Er war einfach anders als die meisten Deutschen, die ich damals kennen gelernt habe. Er wusste nicht alles besser, sondern fragte, er schrie nicht herum, sondern blieb immer freundlich, leise, zugänglich. Er bemühte sich, uns Griechen zu verstehen, sprach sogar manchmal so etwas wie Altgriechisch, was wir natürlich nicht verstanden. Und wenn die anderen soffen oder Karten spielten, kam er zu mir, um ein wenig Klavier zu üben. Schließlich habe ich dann ein Quartett organisiert, aber als wir uns allmählich eingespielt hatten, musste er abziehen.

Wir haben oft über die Zeit nach dem Krieg gesprochen, er wollte nicht mit den andern zurück, hat mich ausgefragt nach den Inseln, nach Klöstern. Auch über den Berg Athos haben wir gesprochen, die Mönchsrepublik. Vielleicht hat er es versucht, dort unterzutauchen, ich weiß es nicht. Manchmal denke ich, er lebt noch irgendwo als Einsiedler. Er strahlt weiter, ich träume von ihm ...

Hans Tumler erzählte von seiner Witwe, den Töchtern und seiner eigenen Geschichte, vom »Doktor Hölderlin«, den Briefen.

Adamas stand auf und trat auf die offenen Terrasse hinaus. Er blickte hinauf in den Sternenhimmel, in die Unendlichkeit ... Viele Religionen des Ostens glauben an die Wiederkehr der Seele eines Verstorbenen, die Hindus und Buddhisten wissen mehr über das Karma eines Menschen als wir. Ich bin offen für diese Weisheit, aber ich lebe außerhalb dieser Kulte. Jeder Mensch muss sich seinen Gott selbst suchen, irgendwann zündet ein heiliger Strahl und wir spüren etwas Göttliches in uns, staunen, singen, beten. Das All fließt, atmet, wandelt sich ständig, warum sollten unsere Seelen nicht daran teilhaben?

Tumler zitierte Hölderlin:

Wenn von Asiens Bergen herein das heilige Mondlicht
Und die Sterne sich in deiner Woge begegnen

Leuchtest du von himmlischem Glanz …
es tönt die Weise der Brüder
Droben, ihr Nachtgesang, im liebenden Busen dir wieder …

Am nächsten Morgen machte Doktor Adamas ihm den Vorschlag, seine Insel zu durchstreifen, es gebe viel zu sehen. Und er erzählte ihm von den Mythen, den Göttergeschichten, von Pindar und Pausanias überliefert.

Mit einem Auto fuhren sie in den Süden, wanderten auf den Oros, den Berg mit dem Zeus-Heiligtum und genossen den wundervollen Rundblick, fuhren dann zum Aphaia-Tempel, über den auch Doktor von Freyenstein in einem seiner Briefe berichtet hatte. Tumler bestaunte die zum größten Teil erhaltenen dorischen Säulen, die Reliefs der Giebelfelder mit Kampfszenen um die Göttin Athene. Doktor Adamas wusste ihm zu berichten, dass hier ein berühmtes Asklepieion, also eine antike Heilstätte für Geisteskranke gewesen sei. Als er mit Johannes diese Stätte besucht hatte, war ihnen nach Scherzen zumute gewesen; jeder nannte bekannte Politiker, die dort behandelt werden müssten, von H... bis M... bis St... Die Göttin Aphaia sei verehrt worden, weil sie sich immer in der Natur, in Höhlen versteckt gehalten hätte, also die verborgene Gottheit … Diese Götter sind mir die liebsten … erklärte Adamas … Wir müssen sie immer suchen …

Am Abend erzählte ihm sein Gastgeber vom Aghios Athos, der autonomen Mönchsrepublik, die man nur mit einer besonderen Genehmigung besuchen könne. In Thessaloniki sei ein Konsulat, bei dem man sich um ein »Diamonitirion« bewerben müsse. Er werde ihm einen Empfehlungsbrief schreiben, die Zahl der täglichen Visa sei begrenzt; die Mönche wollten sich gegen den Tourismus schützen. Und dann kenne er in der Verwaltung der Klöster Vater Alexis, der auch gut englisch spreche. Er werde ihm einen Brief mitgeben und von Doktor von Freyenstein berichten, vielleicht könne er helfen. Der Besuch auf dem Athos werde für Tumler ein großes Erlebnis werden, am liebsten würde er ihn begleiten.

Je mehr ich ihn mir vorstelle, desto sicherer bin ich, dass Johannes lebt – entweder in einem aktiven Sein, verborgen, der Welt abgekehrt oder in einem passiven Sein unter uns allen, die ihn gekannt haben …

Sie werden ihn auf dem Athos finden … Er brachte Tumler zum Hafen und umarmte ihn beim Abschied … Wie gut, Ihnen begegnet zu sein …

8

Mit der Bahn fuhr Hans Tumler nach Thessaloniki, suchte nach dem Konsulat der Mönchsrepublik, wurde von einem Mönch freundlich begrüßt … Sind Sie orthodoxen Glaubens? … war seine wichtigste Frage … Also kein Pilger, ein Tourist … Tumler gab ihm den Empfehlungsbrief von Doktor Adamas. Der Mönch las ihn langsam, schaute zwischendurch immer wieder sein Gegenüber an … Also Sie suchen Ihren verschollenen Freund? Das waren schlimme Zeiten damals, wir mussten uns gegen die ganze Welt wehren, um beten zu können wie vor tausend Jahren. Wann wollen Sie zum Heiligen Athanasios pilgern? …

So bald als möglich … Er erhielt eine Urkunde der Hiera Epistasia Aghion Athos, die ihn zur dreimaligen Übernachtung in den Klöstern berechtigte, bezahlte seine Gebühr und verabschiedete sich. Mit einem Linienbus inmitten von Bauern, Müttern mit kleinen Kindern und einigen Mönchen fuhr er durch die Chalkidike nach Ouranopoulos, dem Hafenort an der Grenze zur Mönchsrepublik. Er erkundigte sich nach der Schiffsverbindung zum Hafen Daphni, das Boot gehe nur einmal täglich, morgens um 8 Uhr. Also musste er sich ein Quartier suchen, fand die hübsche Pension »Olympia«, wurde an der Rezeption freundlich in deutscher Sprache begrüßt. Die Wirtin hatte seine Nationalität erahnt und bekannte von sich, sie habe einige Jahre in Wien gelebt, bevor sie sich nun hier durchschlagen müsse ... Nur eine Nacht wollen Sie bleiben? Dabei haben wir es so schön hier, Sie können baden, segeln, wandern und sehr gut essen. Die Klöster verderben uns das Geschäft und nicht einmal Frauen dulden sie bei sich. Im nächsten Leben gründe ich auf dem Athos ein Frauenkloster »Zur heiligen Theodora«, aber ganz so heilig wird es nicht zugehen ...

Tumler versprach ihr, sich nach dem Besuch des Athos bei ihr auszuruhen, zog sich auf sein Zimmer zurück und schrieb Postkarten an Esther von Freyenstein und alle Freunde.

Am nächsten Morgen war er rechtzeitig am Hafen. Das alte, umgebaute Fischerboot war bereits überfüllt mit Pilgern, Mönchen und einigen Kaufleuten, die ihre Ware in Körben, Säcken und Kisten bei sich führten. Das Boot fuhr endlich ab, an mehreren Klöstern vorbei, die nahe der Küste lagen, man sah einige Mönche beim Fischen. Dann tauchte ein großes, hohes, kasernenähnliches, verfallenes Gemäuer auf, das Russenkloster Agiou Panteleimonos. ... Früher waren hier über tausend Mönche gewesen, heute ist es nahezu verlassen. Die Kommunisten lieben keine Mönche ... erklärte ihm ein Mitreisender.

Der heilige, fast zweitausend Meter hohe bewaldete Berg kam immer näher. Nach etwa einer Stunde erreichten sie die Anlegestelle Daphni. Zwei Gendarmen kontrollierten ihre Pässe, dann stürzten sich alle Besucher auf einen alten Bus, der den Hafen mit dem zentralen Ort Karyes verbindet. Tumler quetschte sich als letzter Passagier in das überfüllte Fahrzeug, die Türen ließen sich nicht mehr schließen. Der Bus knatterte langsam über eine Schotterstraße die Serpentinen hoch.

Und wieder stürmten alle zu einem langgestreckten Gebäude mit Galerien, wo jeder sein Diamonitirion vorweisen musste. Es war wohl bekannt, dass die Mönche viel Zeit benötigten, um jeden einzelnen zu begrüßen und ihm gute Ratschläge zu geben. Tumler ließ sich seine Papiere abstempeln und fragte nach Vater Alexis. Man zeigte ihm den Weg zu einem anderen Gebäude, wo das Archiv untergebracht war.

Ein Mönch in grauer Leinensoutane saß ihm gegenüber, der Raum war bis an die Decke mit Akten angefüllt. Er überbrachte sein Empfehlungsschreiben und trug ihm auf Englisch sein Anliegen vor. Vater Alexis bot ihm einen Stuhl an und ging suchend an seinen Aktenwänden vorbei, schließlich holte er eine Trittleiter und kletterte hoch. Er zog mehrere Hefte mit Dokumenten des Jahres 1944 heraus und begann zu blättern … Doktor von Freyenstein … murmelte er vor sich hin. Schließlich bat er seinen Besucher höflich, in einer Stunde noch einmal vorbeizukommen, die Sache scheine kompliziert, gegenüber sei eine Taverne.

Hans Tumler schaute sich um, der Ort war weder ein richtiges Dorf noch ein richtiges Kloster, aber es gab eine große Kirche, eine dreischiffige Basilika mit mehreren Apsiden, an den Wänden sehr alte Malereien; der Glockenturm war vom Gebäude getrennt, und hinter der Kirche stand ein großes repräsentatives Gebäude mit Freitreppe, der Amtssitz der heiligen Gemeinschaft der zwanzig Klöster, die den Athos gemeinsam verwalten. Drum herum einige kleine Kaufläden, die Post und eine Taverne. Er bestellte sich einen Salat, einen griechischen Kaffee und viel Wasser, es war sehr heiß. Mönche kamen und gingen, in blauen oder schwarzen Gewändern, mit langen weißen Bärten, hohen Hüten, sie hatten offensichtlich viel Zeit.

Nach einer Stunde wieder bei Vater Alexis. Der bot ihm sofort ein Glas frisch gepressten Orangensaft an. Er habe in den Akten einen Hinweis gefunden, dass ein deutscher Zivilist am 5. Oktober 1944 vom Kloster

Vatopedion aufgenommen worden war. Die Klöster seien verpflichtet gewesen, Ausländer zu melden. Damals seien wohl öfter fahnenflüchtige Deutsche in den Klöstern des Athos aufgetaucht, um sich zu verstecken, einige seien in abgelegenen Klöstern aufgenommen, einige zurückgeschickt worden. Den Namen von Freyenstein habe er nicht gefunden, aber er möge das Kloster Vatopedion aufsuchen, vielleicht erinnere sich einer der älteren Mönche des Flüchtlings.

Tumler ließ sich den Weg zum Kloster Vatopedion beschreiben. Es sei ein Fußmarsch von etwa drei Stunden, meist durch Wald, nicht zu heiß, schöne Landschaft. Er bedankte sich bei Vater Alexis und machte sich auf den Weg.

Die Hänge um den Ort herum waren bedeckt von uralten knorrigen Olivenbäumen, die Blätter spielten silbern glänzend im leichten Wind. Sein Weg führte bergauf, bergab durch Kastanien und Steineichenwälder, in der Ferne sah er eine Reihe hoher Zypressen, die wohl zu einer Klosteranlage gehören mussten. In verschiedenen Tonlagen zirpten Grillen, Zikaden sägten vor sich hin, vereinzelt gurrten wilde Tauben. Wenn er zurückschaute, beherrschte der in der Sonne glühende Berg den Horizont. Ein unendlicher Friede lag über dieser Landschaft, entstanden aus Gebeten seit mehr als eintausend Jahren.

Unten am Meer erkannte er das große Kloster Pantokratoros, mit seinem hohen Turm, wie eine Burg von hohen Mauern umgeben. Der heilige Berg hatte offensichtlich auch kriegerische Zeiten erlebt, die Klöster mussten sich wehren gegen aggressive Nachbarn, Seeräuber, Türken und ihre religiöse Immunität verteidigen, sie waren nicht nur Zufluchtsort der Armen und Frommen. Aber nicht alle Mönche wohnten offensichtlich in den großen Klosterburgen, es gab auch Einsiedeleien und Skiten, in denen sich kleine Gemeinden absonderten und einem erwählten Heiligen wie dem Elias oder Demetrios verpflichteten. Auf seinem Weg sah er solch kleine Inseln der Frömmigkeit, wollte die Mönche aber nicht stören. Immer näher kam er seinem Ziel, dem Kloster Vatopedion, er hörte das Trommeln auf Holz, mit dem die Mönche zur Andacht gerufen wurden. Und er stand vor dem Tor einer Festungsstadt. An der Pforte meldete er sich bei einem kleinen, geschäftigen Mönch in grauem Leinengewand, der ihn mit einem Redeschwall begrüßte, zu sich in seinen Warteraum bat und ihm süße Geleewürfel, Lukumi genannt und selbstgebrannten Raki servierte.

Woher er denn komme? Zum ersten Mal auf Athos? Tumler versuchte sich auf Englisch verständlich zu machen und erzählte vom Grund seines Besuches. Der Mönch hörte genau zu und schien durch Phantasie zu ergänzen, was er nicht verstanden hatte. Mit vielen lustigen Gesten versuchte er zu erklären, dass dies ein Kloster nach der idiorhythmischen Ordnung sei, jeder Mönch lebe für sich, versorge sich selbst, nur zu den Gebeten versammle man sich in der Kirche.

Er forderte den Gast auf, ihm in den Innenhof dieser kleinen Stadt zu folgen: Ringsum aneinandergeschmiegt die Zellen und Wohnhäuser der Mönche, in der Mitte auf weitem Platz das rote Katholikon, die Klosterkirche mit ihren Türmen und geschwungenen Dächern, davor das Refektorium, wo die Gäste zum Essen erwartet werden, daneben das Haus mit den Schlafsälen, drüben die Bibliothek. Im Übrigen werde er sich erkundigen, wer von den Mönchen nach so langer Zeit noch etwas über den deutschen Besucher wisse.

Müde von der langen Wanderung legte sich Tumler auf ein Bett im ersten Schlafsaal, der offen war, nahe am Fenster und schlief ein. Geweckt wurde er von

Trommeln auf Holz, in bestimmtem Rhythmus, höher und tiefer, sich langsam entfernend. Also die Stundentrommel, Simantron genannt, dachte er, schaute hinaus: ein Mönch hämmert mit Holzklöppeln auf einen langen, flachen Stab, ein trockener, knöcherner Klang, ein Memento. Zeit zum aufstehen, ein wenig kaltes Wasser ins Gesicht, zur Andacht in die Kirche gehen.

Ringsum im Kuppelraum stehen schwarze Mönchsgestalten, aufgestützt auf ihre Wandstühle, hören dem liturgischen Gesang zu, antworten zuweilen. Überall brennende Kerzen. Die holzgeschnitzte vergoldete Altarwand ist mit vielen Ikonen bedeckt, an den Seiten des Mittelgangs die dunklen Bilder Christi und der Gottesmutter. Die Fresken an den Wänden verdämmern. Tumler stellt sich in eine Ecke, hält die Augen zu und versucht in sich aufzunehmen: *Denn noch lebt Christus ...*

Nach der Andacht die Mahlzeit im Refektorium. Die griechischen Pilger haben sich versammelt, warten auf den Einzug des Abtes und einiger Mönche, dann darf man sich setzen. Es gibt für jeden einen Teller kalter Bohnensuppe, einige Oliven und Brot. Auf dem Tisch steht eine Karaffe mit Retsina. Nach einem Gebet darf man essen, auf der Kanzel beginnt ein Mönch mit liturgischer Lektüre. Schon bald ist die Mahlzeit vorüber, ein Gebet, alle kehren in ihre Zellen zurück.

Tumler sucht noch ein wenig die Atmosphäre des Klosterabends in sich aufzunehmen, als ein alter Mönch ihn anspricht, man tastet sich ab nach der richtigen Verständigungssprache, schließlich französisch. Bruder Dimitrios – seine Familie stammt aus Kleinasien, viele Flüchtlinge hier im Kloster aus Bulgarien, Serbien, einige zurückgekehrt, immer weniger Mönche, keine Jungen.

Ob vielleicht jemand deutsch spreche, fragt Tumler … O ja, Vater Athanasios, aber sehr alt, hört nicht mehr gut. … Bruder Dimitrios will ihn verständigen.

Nach einer Weile kommt er zurück … Morgen bitte, nach der Kirche, heute zu müde … Sie verabschieden sich. Im Schafsaal wartet der Bruder Pförtner und lädt ihn ein, am nächsten Tag die Bibliothek zu besichtigen, er hat nichts über einen deutschen Flüchtling erfahren, auch der Abt weiß nichts … alte Geschichten nicht gut …

Nur zwei ältere Griechen teilen mit ihm den Schlafsaal, besuchen hier Verwandte, haben wenig Interesse an einem Gespräch. Er legt sich auf sein hartes Bett, kann nicht schlafen. Weshalb ausgerechnet dieses Kloster? Vielleicht weil es einen Hafen hat? War von Freyenstein mit einem Boot unterwegs gewesen und hier an Land gegangen? Alles leere Vermutungen. Wo sollte er suchen? Wen fragen? Er grübelte vor sich hin.

Und wurde wieder geweckt vom Klang der Stundentrommel. Also aufstehen, es ist noch dämmrig draußen, kurze Erfrischung, er kommt rechtzeitig mit den anderen Mönchen zur Frühmesse. In der Vorhalle spürt er eine Hand auf seiner Schulter, ein Mönch lädt ihn ein, den Kuppelraum zu betreten und sich einen Betstuhl an der Wand auszusuchen. Die Morgenlesung, Proti genannt, beginnt. Rechts und links an den Lesepulten vor der Ikonostase singen zwei Mönche liturgische Texte, der eine mit schöner Tenorstimme, der andere fast nur noch sprechend. Immer die gleichen Intervalle, ab und zu chromatische Verzierungen. Die Klänge und Fresken an den Wänden verschmelzen.

Tumler schaut die etwa zehn Mönche um sich herum genau an, meist zerfurchte Gesichter mit langen weißen Bärten, bei näherer Betrachtung verhalten sich alle verschieden: der eine betet mit geschlossenen Augen, ein anderer hält sich die Hände an die Schläfen, einer mit gesenktem Kopf, auf den Boden starrend, ein anderer scheint stehend zu schlafen, nur einer hält ein Gebetbuch vor sich, trägt eine dicke Brille und scheint die Texte mitzusprechen. Seit zehn oder zwanzig oder dreißig Jahren stehen sie täglich mindestens fünf Mal in ihrem Katholikon und sehen, hören und tun immer das Gleiche. Lebt in der Gewohnheit wirklich noch Frömmigkeit? Wissen Sie, was die Texte, die durch sie hindurchgehen, bedeuten? Es scheint, sie fühlen sich in ihren Riten wohl, haben ihren Kopf abgeschaltet, ihre Seele schwebt außerhalb von ihnen in Weihrauch zwischen Bildern und Klängen, die Körper sind nur mehr leere Hüllen.

Ein Priester mit gekreuzten Kerzen geht herum und segnet jeden einzeln.

Vor der Kirche wartet Bruder Dimitrios und stellt Hans Tumler Vater Athanasios vor. Er erkennt den Mönch mit der dicken Brille, der immer mitgelesen hat. Ganz nahe vor sein Gesicht tritt Vater Athanasios und legt ihm die Hand auf die Schulter ... Herzlich willkommen, lieber Freund aus Deutschland. Kommen Sie mit mir in meine Klause ... Er spricht sehr langsam, ein wenig ungewohnt, Wörter suchend, ein makelloses Deutsch.

Langsam, auf seinen Stock gestützt, die Hand seines Gastes haltend, überqueren sie den Platz, steigen einige Treppen hoch, Vater Athanasios öffnet die Türe und lädt Tumler ein, den Wohn- und Schlafraum als Erster zu betreten. Es gibt nur ein großes hohes Bett, in der Ecke einen kleinen Herd und einen Tisch mit zwei Stühlen ... Setzen Sie sich, mein Freund, ich werde uns einen Kaffee kochen und hier ist etwas Brot und Käse, mehr kann ich Ihnen nicht anbieten ...

Tumler bedankt sich, aber schon bald stellt sich heraus, dass Vater Athanasios fast taub ist ... Sie müssen mir aufschreiben, was Sie mir sagen wollen, hier ist

Papier und Bleistift. Seit mehr als zwanzig Jahren höre ich nicht mehr viel, und auch meine Augen werden immer schlechter. Aber Gott wird mir weiter helfen ...

Woher er so gut deutsch spreche?, schreibt Tumler auf das Blatt.

Ich habe mit meinen Eltern bis in die Dreißiger Jahre in Göttingen gelebt, auch dort Religionswissenschaft studiert, mein Vater war Professor, Nationalökonomie. Als die Nazis kamen, kehrten wir nach Athen zurück. Mein Vater wollte nicht Heil Hitler sagen. Dann habe ich orthodoxe Theologie studiert, aber ich konnte nicht Pope werden wegen der Ohren, also habe ich mich entschlossen, auf den Athos zu kommen. Bin jetzt schon dreißig Jahre hier – nicht immer ist alles gut, ich bin gegen das idiorhythmische System, zu mühsam, zu wenig Gemeinsamkeit, deshalb mögen mich manche Brüder hier nicht, besonders der Abt ...

Vater Athanasios schenkt den Kaffee ein, segnet das Brot und bricht es ... Wo kommen Sie her? Was tun Sie? Schreiben Sie auf ... Tumler macht einige Stichworte. Vater Athanasios liest sie, nickt erfreut ... Heidelberg. Ja, da war ich auch früher. Gute Theologen und Philosophen. Karl Jaspers, ich habe ihn gekannt und sehr verehrt ...

Nachdem sie Brot und Käse gegessen, Kaffee getrunken hatten, holt Vater Athanasios seinen Klosterlikör ... Nur einen kleinen Schluck, das tut jetzt gut ... Und dann will er wissen, warum Tumler auf den Athos und in sein Kloster gekommen sei.

Der schreibt den Namen des Doktor von Freyenstein auf, deutscher Militärarzt, flüchtig, 1944, ob er ihn kenne?

Ein Leuchten geht über das Gesicht des Mönchs, er steht auf, geht zu seinem in die Mauer eingelassenen Schrank und kramt in Büchern, Briefen, Papieren. Dann findet er, was er gesucht hat und zeigt ein vergilbtes Photo ... Ist das Ihr Doktor? ...

Hans Tumler springt auf, die Tränen kommen ihm … Ja, ja, das ist der Mann, der mir das Leben gerettet hat … Er drückt die Hand von Vater Athanasios und schreibt: Bitte erzählen Sie, was wissen Sie?

Der Mönch tritt an ein kleines Fenster, schaut hinaus. … Es muss Ende September 1944 gewesen sein. Bruder Philippos klopft an die Tür, er war unser Fischer, »hier ist ein Mann, der Deutsch spricht und bei uns bleiben will.« Ich sehe einen Herrn in Zivil, mit einem Rucksack, grau meliertes Haar, Brille, sieht intelligent aus, er stellt sich vor. Er heiße Johannes, sei Arzt, wolle nicht mehr nach Deutschland zurück. Damals hörte ich noch besser. »Bitte nehmen Sie mich auf in Ihr Kloster, ich bin ein guter Christ.« Was sollte ich tun? Ich gab ihm zu essen, legte ihm hier auf den Boden mehrere Decken.

Es sprach sich herum, dass ein Deutscher bei mir zu Besuch sei, ich musste es dem Abt melden. Der war von Anfang an sehr ablehnend, er wolle keine Schwierigkeiten mit der Hiera Epistasia, der Verwaltung aller Klöster, der Protos, der die Exekutivgewalt hatte, müsse sich streng an das Konkordat mit Hitler halten, das uns Neutralität zusicherte.

Ich flehte ihn an, einen guten Christen, einen Arzt, der uns helfen könne, einen Musiker zudem, den könne man nicht ausliefern. Wir müssen immer zuerst an Jesus denken: Liebe deinen Nächsten wie dich selbst. Ich bin sehr laut geworden, habe gedroht und gebettelt. Wir Mönche haben auch unsere Leidenschaften, es gibt leider oft Zwist und Eifersüchteleien. Dieser Abt war ein kleiner Duckmäuser, wollte es der Regierung in Karyes recht machen, vielleicht sogar in die Verwaltung aufsteigen. Kurz: er hat einen Bericht geschrieben …

Vater Athanasios geht erregt auf und ab, redet Griechisch mit sich selbst, schlägt mit Fäusten an die Wand. Vor der kleinen Ikone mit einem Jesusbild, vor dem eine

Kerze brennt, bleibt er stehen, bedeckt seine Augen und beginnt leise zu beten.

Es vergeht lange Zeit, Tumler schaut auf das Photo in seiner Hand. Endlich setzt sich Vater Athanasios seinem Besucher gegenüber und erzählt leise weiter … Ich habe mich sehr gut mit Johannes unterhalten, niemals hat er mir seinen wahren Namen und seine Heimat verraten, er wolle niemanden gefährden, sagte er. Immer wieder ist er mit mir heimlich in die Kirche gegangen, er wollte wirklich die orthodoxe Konfession annehmen und offiziell in unser Kloster eintreten. Ich habe ihn dem Abt vorgestellt und ihm seinen Brief übergeben. Er hat ihn wie einen Fremden, einen Feind der Griechen behandelt.

Und dann hörte ich von einem Bruder, der dem Abt die Schreibarbeit erledigt, es kämen in den nächsten Tagen zwei Gendarmen, um den Deutschen abzuholen. Ich musste Johannes warnen. Er hat mich umarmt, mir für alles gedankt, seine letzten Worte waren, ich weiß sie noch ganz genau: *Versöhnung ist mitten im Streit und alles Getrennte findet sich wieder*. Es war wohl ein Zitat. Als es dunkel war, lief er hinaus und verschwand in den Wäldern …

Und was ist aus ihm geworden?, schreibt Tumler auf das Papier.

Die Gendarmen kamen, ich wurde verhört und nach Karyes mitgeschleppt, dort wieder Verhör und ich habe ihnen meine Christenmeinung deutlich gesagt. Und ich hörte, dass man drei weitere deutsche Deserteure gefasst habe, das deutsche Militär sei bereits verständigt. Ich wollte sie sehen, weil ich fürchtete, sie hätten Johannes irgendwo aufgegriffen, das wurde mir jedoch verweigert. Also habe ich gewartet, bis man sie nach Daphni abführte. Johannes war nicht dabei. Ich bin ihnen nachgelaufen bis zur Höhe, von der aus man das Meer sehen kann, ein deutsches Militärboot fuhr ab. Später glaubte ich Schüsse zu hören ...

Nach einer Pause schreibt Tumler: Und wo ist Johannes hingelaufen? Hat er sich versteckt? Wurde er Einsiedler?

Ich habe nichts mehr von ihm gehört ... sagt Vater Athanasios ... Bin später zu den Klöstern im Süden, nach Megisti Lavra und habe gefragt. Niemand hat ihn gesehen. Auch auf der anderen Bergseite nach Dionysiou – keine Spur von Johannes. Viel später kam mir ein Verdacht. Er hatte sich von mir eine Landkarte des Athos ausgeborgt und wollte irgendwann einmal auf den Gipfel steigen, da sind steile Felsen. Vielleicht hat er sich hinuntergestürzt irgendwo in das Meer, der Heilige Geist hat ihn zu sich genommen ...

Die Idee schießt Tumler durch den Kopf: den Gipfel muss ich besteigen, dort werde ich gewiss Johannes am nächsten sein.

Behutsam beginnt er, sich für alle Auskünfte zu bedanken; wie kann er nur diesen Vater Athanasios schnellstmöglich verlassen? Der scheint seine Unruhe bemerkt zu haben ... Kommen Sie, wir wollen in der Kirche noch ein gemeinsames Gebet sprechen für unseren Freund ...

Tumler schreibt ihm die Adresse der Witwe von Freyenstein auf, dass die beiden Töchter in Chicago und Neuseeland leben, dass er der ganzen Familie berichten werde, leider sei die Witwe sehr krank.

Schenken Sie ihr das Photo und lesen Sie den Spruch auf der Rückseite: »Dank lieber Vater Athanasios. Ohne Tod ist kein Leben.« Tumler drückt das Bild an sein Herz und dankt. Aus seinem Rucksack holt er seine Ausgabe des »Hyperion«, zerlesen und mit vielen Bemerkungen versehen und schenkt sie Vater Athanasios. »Das war das liebste Buch von Johannes«, schreibt er auf das Papier, »es soll sie an zwei deutsche Freunde erinnern.«

Wieder erklingt das Simantron. Vater Athanasios wirft sich seine Kutte über, langsam gehen sie Hand in Hand zum Katholikon, stellen sich nebeneinander an die Rückwand der Kirche, schauen in die Kerzen.

Die Liturgie beginnt, die Kuppel strahlt in der Sonne, in der Apsis erkennt man das Goldmosaik des Pantokrators, des Schöpfers dieser Welt. Tumler denkt, dass an der gleichen Stelle auch Doktor von Freyenstein gestanden und gebetet hatte für seine Frau, seine Kinder und für diese Welt, die den Frieden verweigerte. Er lässt sich immer tiefer fallen in die sakralen Klänge im Raum, die ihm erscheinen wie eine Zwiesprache mit Gott.

Er merkt es kaum, dass Vater Athanasios ihn an der Hand nimmt, hinausführt. Sie umarmten sich ...Gott sei mit Ihnen, lieber Johannes-Sucher ... sagt er zum Abschied.

Tumler holte schnell aus dem Schlafsaal seinen Rucksack, trank noch einmal am Brunnen und machte sich auf die Wanderschaft zum zweitausend Meter hohen Berg Athos. Bis zum späten Abend kam er noch zum Kloster Philotheou, wurde von den Mönchen freundlich aufgenommen, fragte früh am nächsten Morgen nach dem Weg zum Gipfel; man empfahl ihm, zunächst nur bis zu einer Kapelle der Panagia aufzusteigen, dort zu übernachten, um am nächsten Morgen bei Sonnenaufgang oben zu sein.

Zuerst durch Kastanienwälder, dann durch niederes Macchia-Gebüsch ging es hoch, er konnte den Pfad nicht verlieren, die steilen Felsen des Marmorkegels kamen immer näher. Bei der Panagia-Kapelle fand er eine kleine Hütte, in der er sich ausruhen konnte, an der Zisterne stillte er seinen Durst, aß Brot und Käse und schlief bald ein.

Als es zu dämmern begann, stapfte er die letzten fünfhundert Meter weiter hoch und erreichte den Gipfel, als sich gerade der rote Sonnenball am Horizont von der Erde löste. Vor ihm die Weite des silberblauen Meeres, das im Dunst verschwamm, in der Ferne einzelne Inseln, auf der Seite die beiden Finger der Chalkidike und hinter sich die schmale Halbinsel mit den Klöstern.

Er war so überwältigt von diesem Gipfelblick, dass er kaum zu atmen wagte. Hier hatte wohl auch der Flüchtling Johannes gestanden, Abschied genommen von der Menschenwelt und sich von den steilen Felsen ins Meer gestürzt.

Er schaute hinunter in die Tiefe, in ein Niemandsland. Stille strömte ihm entgegen. Gab es dort in der Unzeit ein zweites Leben? Atmete er einen Hauch Ewigkeit? Immer sicherer fühlte er in sich, dass ihn aus dem Auge der Zeit ein Johannes anschaute. Ein um sein Leben trauernder Johannes, ein erlöster, ein neu erblühender? Je länger er den Horizont zu durchdringen suchte, desto wärmer wurde die Hand, die sich ihm auf die Brust legte: ich bin bei dir.

Plötzlich weckte ihn das Krächzen von Bergdohlen. Wollten sie ihn von diesem Ort jenseits der Zeit verjagen? Als er sich nach seinem Rucksack umsah, entdeckte er am Himmel einen Kranich, der mit leichtem Flug die Zeit einteilte. Auch er musste seine Stunden nutzen. Noch einmal nahm er den Gipfelblick in sich auf. Da kam ihm »Der Tod des Empedokles« in den Sinn:

Wie ist mir? Staunen muss ich noch, als fing
Ich erst zu leben an, denn all ist's anders.
Und jetzt erst bin ich, bin …
Was? Am Tod entzündet mir
Das Leben sich zuletzt?

9

In Zürich fuhr Hans Tumler vom Flughafen direkt nach Wiedikon ins Altenheim, um Esther von Freyenstein seine Neuigkeiten zu berichten. Es gehe ihr leider sehr schlecht, vor vierzehn Tagen habe sie einen weiteren Schlaganfall erlitten, sie sei fast ohne Bewusstsein … Vor vierzehn Tagen? … fragte Tumler … Genau in der gleichen Zeit als ich bei Vater Athanasios war? …

Die Pflegerin führte ihn ins Zimmer. Frau von Freyenstein lag mit starken Kissen aufgestützt im Bett und regte sich nicht. Ab und zu schlug sie die Augen auf und starrte auf die Wand … Der Arzt meint, dass sie hören kann und vielleicht etwas versteht. Wir wissen es nicht … sagte die Pflegerin.

Hans Tumler beugte sich zu ihr hinunter und sprach sie an. Es schien ihm, als ob ein leichtes Lächeln in ihrem Gesicht schimmerte. Er berichtete von seiner Reise, von Eva Andreadi, von Doktor Adamas auf Aigina und schließlich vom Berg Athos und der Begegnung mit Vater Athanasios. Er zeigte ihr das Photo ihres Mannes mit der Widmung. Sie schaute genau hin, atmete tief und schloss die Augen. Tumler nahm ihre kalten Hände und schob das Bild ihres Mannes zwischen ihre Finger. Er gewann den Eindruck, dass sie sich von der Welt verabschieden wollte, vielleicht war sie im Geiste schon bei ihrem Mann. Er setzte sich zu ihr und schwieg.

In Trauer verließ er später das Heim, er war um vierzehn Tage zu spät gekommen.

In Heidelberg musste er sich wieder auf die Schule vorbereiten, es fiel ihm schwer, die Erinnerungen an Griechenland zu verdrängen. Er stand seiner Klasse gegenüber und versuchte auf einfache Weise, seine Eindrücke vom klassischen Hellas zu beschreiben – vergeblich. Sie alle hatten ja viele Urlaubserlebnisse, waren weit gereist. Warum wieder dieses Hellas?

Plötzlich hatte er eine Idee … Ich schlage vor, wir spielen einmal griechisches Theater: »Der Tod des Empedokles« von Hölderlin. … Ein Stöhnen ging durch die Klasse … schon wieder Hölderlin … Nein, nicht so, wie Ihr denkt, nicht im Zimmertheater, auch nicht als Festspiel im Schlosshof oder in der Thingstätte der Nazis, nein, auf dem Fußballplatz! …

Großes Erstaunen, jetzt ist der Alte verrückt geworden, dachten viele … Also die Klasse spielt Fußball gegen die Mannschaft der Parallelklasse, ein munteres Spiel bei Kunstlicht. Plötzlich ein anschwellender Klang, mit einem Schlag geht das Licht aus, in der Mitte des Platzes in Scheinwerfern ein Denkmal: Hölderlin, der Dichter, genannt Empedokles. Alle Fußballspieler scharen sich um ihn, sprechen im Chor seine Verse, lachen ihn aus, verspotten ihn, er solle sich aus dem Staube machen, nicht ihre Spiele stören. Er benehme sich anmaßend, wie ein Gott, man brauche keine Dichter mehr. Kirchenleute und Politiker kommen hinzu, reißen das Denkmal nieder, treiben Empedokles fort.

Das Fußballspiel geht weiter, aber bald kommen die Freunde des Dichters zurück, alle sehen aus wie ihr Meister, sie verteidigen ihn, er wollte doch nur eine bessere Welt. Man habe den Mann, den uns die Götter sandten, gemordet. Schließlich werden sich alle bewusst, dass ohne ihn alle Kultur zu Ende ist.

Man muss ihn suchen, zurückholen. Alle sind bereit, neu anzufangen, sich zu bessern. Sie schleppen Empedokles herein, aber der hat mit der Menschenwelt abgeschlossen, will sterben, er wird wahnsinnig, redet nur noch unverständliche Sätze.

Ein Hubschrauber fliegt heran, Empedokles ergreift die Seile und fliegt wie eine Silberwolke auf und davon. Allgemeines Entsetzen. Wir haben unseren großen Dichter verloren, schnell holen sie den Sockel des Denkmals und einer von den Freunden nimmt die Haltung des Dichters an, nein, ein anderer kann es besser, sie prügeln sich gegenseitig und verschwinden schreiend. Im Lautsprecher ein großes Gelächter.

Ja, die Texte habe ich zusammengeschrieben aus allen drei Fassungen, sehr lustig, morgen können die Proben beginnen … Keiner in der Klasse sagte ein Wort, sie sahen sich an … Unfug, Herr Tumler, das ist nicht »Empedokles«, sondern ein Satyrspiel … meinte schließlich der Schüler, der immer gegen Hölderlin protestierte … Warum nicht? … antwortete Hans Tumler.

Das Kruzifix
Aus einer deutschen Familienchronik
1938 – 1939

Der Text beruht auf Tagebucheintragungen des damals sechzehnjährigen Gymnasiasten Reinhold E.

I

Mai 1938. Österreich »kehrt heim« ins Deutsche Reich. Adolf Hitler lässt sich in Wien von den Massen feiern. Er ist auf der Höhe seiner Macht. An allen öffentlichen Gebäuden weht die Hakenkreuzfahne.

Als Reinhold an einem dieser Tage nationalen Hochgefühls mittags aus der Schule nach Hause kam und sich bei seiner Mutter in der Küche meldete, saß dort überraschend Onkel Franz. Auch sein Vater hatte das Büro früher als sonst verlassen, er ging erregt auf und ab und wollte gerade etwas Wichtiges sagen. Die Mutter hockte am Tisch und bedeckte ihr Gesicht mit den Händen, sie schien zu weinen. Ehe er verstehen konnte, um was es ging, wurde er von seinem Vater zur Tür hinausgeschoben. … Das ist hier nichts für dich, geh auf dein Zimmer, wir rufen dich, wenn das Essen fertig ist … Selten hatte Reinhold seinen Vater so energisch erlebt.

Natürlich ging er nicht in sein Zimmer, sondern lauschte an der Küchentür. Nach einer Weile setzte Onkel Franz das Gespräch fort. … Ihr könnt sagen, was ihr wollt, ich nehme das Kruzifix nicht aus dem Klassenzimmer. Dieser Ortsgruppenleiter hat mir nichts zu sagen. Ich bin kein Parteigenosse und werde nie einer werden …

Reinholds Vater versuchte zu beruhigen … Aber Franz, sei doch vernünftig. Du kommst nicht gegen die an. Denk daran, du hast Familie, du musst Rücksicht auf deine Kinder nehmen … Onkel Franz unterbrach ihn … Eher werde ich meinen Lehrerberuf aufgeben und auswandern als dass ich den Glauben verleugne. Ihr wisst, wir haben schließlich das Konkordat mit dem Vatikan. Was man 1933 vertraglich vereinbart hat, muss eingehalten werden. Katholischer Religionsunterricht in den Schulen ist unser Recht und dazu gehört das Kruzifix. Ich werde mich wehren …

Aber Franz, du kannst doch die Kinder in christlichem Geiste unterrichten, deshalb muss nicht unbedingt ein Kruzifix an der Wand des Klassenzimmers hängen … Die Stimme von Onkel Franz wurde immer lauter … Wir beten zu Jesus Christus, er schaut uns an, wenn wir arbeiten, er gehört zu unserem Leben. Wir sind Christen und sollen das zeigen, jetzt erst recht, wenn die Politik sich über alle Werte christlicher Moral hinwegsetzt. Habt ihr die neueste Enzyklika des Papstes gehört? »Mit brennender Sorge« verfolgt er die Entwicklung in Deutschland. Jetzt dürfen wir nicht nachgeben …

Franz, die Partei hat immer das letzte Wort. Du weißt, dass ich den Schreihals nicht hören kann und die Nazis nie gewählt habe, aber du bist Beamter und vom Staat abhängig. Irgendwann solltest du Mitglied werden, dann habt ihr Ruhe. Du bezahlst deine Beiträge und kannst tun, was du willst …

Solche Sprüche hatte Reinhold von seinem Vater nie gehört. Ob er das wirklich glaubte? Onkel Franz schlug mit der Hand auf den Tisch … Nie und nimmer werde ich diesen Größenwahn unterstützen! Du hast gut reden, arbeitest in der freien Wirtschaft und ich soll »Heil Hitler« schreien!? Nein, nein, ich tue das nicht, ich will von der braunen Bande nichts wissen. Ich bin und bleibe ein christlicher Lehrer, ich ersetze das Kreuz nicht durch das Hakenkreuz. Wenn ich das tue, versündige ich mich an unserem Herrn …

Aber Franz, lasst uns doch erst einmal in Ruhe essen … versuchte seine Mutter zu vermitteln … Danach können wirimmer noch überlegen, was für euch richtig ist …

Ich kann jetzt nichts essen! … schrie Onkel Franz, öffnete die Türe, stieß Reinhold beiseite, nahm Hut und Mantel und rannte davon.

Noch nie hatte er seinen Onkel so erregt gesehen. Keiner sagte ein Wort. Der Vater nahm nur wenige Bissen zu sich, schaute auf die Uhr und wollte verschwinden … Bei uns hängt auch kein Kruzifix in der Klasse … versuchte Reinhold zum Thema zurückzukehren. … Aber wir haben ja auch zwei Juden bei uns … Der Vater schaute ihn an … Wie lange noch? … Die Haustür schlug hinter ihm zu.

Das ist kein Thema für dich … mahnte die Mutter … Vergiss nicht, du hast heute Nachmittag HJ-Dienst. Ich habe dein Braunhemd gebügelt. …

Ich gehe heute nicht zur HJ. Ich will wissen, was hier vorgeht. Onkel Franz ist mein bester Freund. Wenn er Probleme hat, sind das auch meine Probleme …

Die Mutter schüttelte nur den Kopf und zog sich zurück.

Reinhold vergaß die Szene nicht und machte sich seine Notizen im Tagebuch. Wie oft hatte er schon mit Onkel Franz über politische und literarische Fragen diskutiert; mit seinem Vater konnte er ja nicht reden, der wich immer allen Tagesfragen aus, hatte seine finanziellen Sorgen oder zog sich in seinen Schrebergarten zurück. Und die Mutter hatte Angst, Angst vor jedem lauten Wort, Angst vor den Nachbarn.

Franz war der jüngere Bruder seines Vaters und hatte eine jüngere Schwester der Mutter geheiratet. Während sich die anderen Verwandten des Vaters in alle Winde zerstreut hatten, nach Brasilien, Belgien, Holland, an den Niederrhein und nach Berlin, war Onkel Franz in der Heimat geblieben und Lehrer geworden, wie sein Vater, selbst Lehrer, es gewünscht hatte. Dabei war er musikalisch so begabt. Doch von der Musik könne man nicht leben, glaubte man in der Familie; seine Künstlernatur musste er als Organist befriedigen.

Auch seine Frau, Tante Judith, war Reinhold besonders sympathisch. Sie hatte nicht den langen Zeigefinger seiner Mutter und schimpfte nicht, wenn er bis tief in die Nächte im Bett las. Dass Onkel Franz politisch in vielem anderer Meinung war, das wusste er, aber dass er so leidenschaftlich für sein Christentum kämpfte, das war ihm bisher nicht aufgefallen.

2

Anfang September 1938. Sudetenkrise. Drei Millionen Sudetendeutsche, politisch aufgehetzt, wollen heim ins Reich. Die Tschechoslowakei kämpft um ihre staatliche Existenz, die Westmächte drohen mit Krieg. Im Radio tönt die großdeutsche Begeisterung.

Nach längerer Zeit wollten die Eltern wieder einmal Onkel Franz in seinem Dorf Frankenforst besuchen. Man musste sehr früh aufstehen, um den ersten Zug in die Eifel zu erreichen. Er war voll besetzt mit Sonntagsausflüglern. Viele hatten ihre Fahrräder mitgenommen.

Onkel Franz holte sie am Bahnhof ab und führte sie zur Kirche, wo er das Hochamt an der Orgel begleiten musste. Von weitem sahen sie schon die neugotische Halle aus roten Backsteinen und ihren spitzen Glockenturm. Im Innern Heiligenstatuen aus Gips, bunte Glasfenster mit Szenen aus der Bibel. Keine besonders schöne Kirche, aber sie hatte eine Orgel.

Während sich die Eltern ihre Plätze aussuchten, stieg Reinhold mit dem Onkel auf die Empore. Der öffnete den Spieltisch, erklärte das geschnitzte Gehäuse, die silbern glänzenden Pfeifen, die Windlade mit ihren vielen Luftkanälen und den Blasebalg. Schließlich setzte er sich an die Manuale, tastete sie ab, bediente, noch ohne Ton, mit den Füßen die Pedale für die Bässe, zog verschiedene seitlich angeordnete Registerknöpfe für die Klangfarben ... Wenn du willst, kannst du heute den

Blasebalg treten, aber du musst deine Beinmuskeln tüchtig anstrengen, sonst geht mir die Luft aus … Er zeigte ihm den Mechanismus der Bälge, die abwechselnd mit den Füßen niedergedrückt werden mussten, wobei man sich mit dem Rücken an die Ballustrade anlehnen konnte.

Reinhold erhielt das Zeichen für die Entrata, begann die Bälge zu treten, die Orgel bekam Wind, die Pfeifen erklangen in hellem, durchdringendem Ton. Es machte ihm großen Spaß, der Melodie den Atem einzublasen. Onkel Franz spielte ohne Noten, er begleitete die ganze Messe, sang auch den Chorpart als Antwort auf die Worte des Pfarrers am Altar. Immer musste er die Tonart wechseln, weil der Pfarrer zu tief intonierte. Der Gesang der Gemeinde klang sehr dürftig.

Als die Messe mit dem »Ite missa est« zu Ende ging, gab Onkel Franz ihm ein Zeichen, den Blasebalg stärker zu treten. Für die Passacaglia zog er Register rechts und links. Einige der Messebesucher drehten sich um und verharrten in der Kirche, bis der mächtige Orgelklang verhallt war. Reinhold spürte, dass seine Beinmuskeln bald erschöpft waren, er bekam kaum noch Luft, aber die Musik durchströmte ihn.

Sie gingen eine halbe Stunde zu Fuß ins Nachbardorf, wo Onkel Franz Lehrer war. Das mehrstöckige Schulhaus aus grauem Kalkstein überragte die niederen Bauernhäuser, unten waren die Klassenräume, darüber die Wohnung des Lehrers. Die Sonne wollte den verregneten Sommer nachholen, die Wälder begannen sich bereits zu färben. Ob das Kruzifix wohl noch in der Klasse hing? Reinhold kletterte auf eine Fensterbrüstung und konnte in den Raum hineinschauen. Das Kruzifix hing tatsächlich über dem Pult an der Wand.

Da bis zum Essen noch Zeit war, führte sie Onkel Franz in sein Arbeitszimmer und bot ihnen ein Glas selbst gekelterten Apfelsaft an. Er fragte Reinhold nach dem Klavierunterricht, er solle ihm doch mal etwas vorspielen. Er habe keine Noten, versuchte dieser sich herauszureden, aber Onkel Franz holte schnell die Mozartsonaten, die er üben musste. Und so blieb ihm nichts anderes übrig, als sich zu versuchen. Onkel Franz setzte sich bald neben ihn, spielte mit der linken Hand die Begleitung und wollte ihm zeigen, wie die Komposition klingen müsse ... Ja, ja, du solltest mal wieder die Lehrerin wechseln, damit du mehr Spaß an der Musik bekommst ... meinte er schließlich.

Bald war wieder der Religionsunterricht und das Kruzifix Thema der Unterhaltung. Reinhold wagte zu bemerken, dass er nicht verstehe, warum das Kruzifix so wichtig sei, es komme doch auf den Text der Bibel an. Onkel Franz kniete sich plötzlich vor ihn auf den Boden und schaute ihm in die Augen.

Hast du dir unser Kreuz einmal genau angesehen? Dieser Ausdruck des Leidens, die Dornenkrone, die Wunden, die Nägel in Händen und Füßen, das Blut, das aus der Seite fließt. Gibt es wohl einen Menschen, der mehr gelitten hat? Und das haben andere Menschen ihm angetan, haben sogar Lust verspürt, ihn zu quälen, ihn sterben zu sehen. Ist das nicht furchtbar? Und das Schlimmste ist: das geschieht immer weiter seit fast zweitausend Jahren. Menschen morden Menschen, im Krieg, aus nationaler oder religiöser Überzeugung, als ganz normale Bürger oder als Verbrecher. Hast Du einmal von den Autodafés gehört, den Hexenverbrennungen, den Massakern, Hinrichtungen, bloß weil jemand eine andere Meinung hat? Immer wieder wird Jesus gekreuzigt die Menschen haben nichts aus der Geschichte gelernt, auch nicht die so genannten Christen. Deshalb müssen wir uns das Kruzifix immer wieder ansehen, Mitleid haben mit dieser geschundenen Kreatur, die doch nur Gutes wollte, die Liebe predigte, damit wir niemals auf den Gedanken kommen, unseren Nächsten zu verdammen … Onkel Franz nahm Reinholds Hände und schaute ihn an … Junge, vergiss das nie in deinem Leben! Wir sind gerade wieder dabei, andere anzuklagen, einzusperren, umzubringen …

Auch Reinholds Vater schien beeindruckt von diesen Gedanken … Das klingt sehr gut, Franz. Aber wer sieht das Kruzifix heute so? Es ist doch nur das Symbol des christlichen Glaubens …

Und der fordert: Liebe deinen Nächsten wie dich selbst, liebe deine Feinde, bringe sie nicht um, sperre sie nicht ins Gefängnis oder in Konzentrationslager, bloß weil sie ein anderes Parteiprogramm haben, eine andere Religion oder eine andere Rasse. Seid ihr denn blind und taub? … Erregt war Onkel Franz aufgesprungen und rannte im Zimmer hin und her.

Du solltest nicht so verallgemeinern, Franz … versuchte sein Bruder zu klären … Es gibt das Gute und das Böse, das Wahre und das Falsche, Recht und Unrecht. Und wer die Gesetze übertritt, verdient eine Strafe …

Onkel Franz schüttelte den Kopf … So fängt das alles an. Die Deutschen sind die Guten, sie wollen ja nur das Wahre, die Unrechtsverträge von Versailles annulieren, ein neues deutsches Reich schaffen, die Juden enteignen und davonjagen, die germanische Rasse soll herrschen, und wer nicht hört, muss fühlen. Ist es nicht so? Und wieder wird gekreuzigt. Deshalb muss das Kruzifix in der Schule bleiben, damit ich immer wieder hinzeigen kann: Denkt an Jesus …

Onkel Franz hatte rote Flecken in seinem sonst so bleichen Gesicht … Darüber hätte der Pfarrer heute predigen können, aber dem fällt so etwas nicht ein. Er ist ja ein Beamter der Kirche, könnte sonst Schwierigkeiten bekommen …

Es reizte Reinhold, seinem Onkel zu widersprechen. Ob man nicht statt des Kreuzes ein positives Bild an die Wand hängen könne, ein Kunstwerk, eine antike Statue oder ein Gemälde von Dürer oder ein Frühlingsbild aus der Renaissance von diesem Botticelli? Er erinnerte sich an seinen Kunstunterricht.

Die Schule ist doch kein Museum … erwiderte Onkel Franz. Womit soll ich anfangen? Die Kunst wechselt alle Jahrhunderte ihren Stil, dann kann ich ja auch gleich die Nazikunst von diesem Breker ausstellen … Es geht um Symbole, um unseren Glauben …

Und das Gemälde dort an der Wand? Hat es auch eine besondere Bedeutung? … fragte Reinhold … Natürlich, schau es dir einmal genauer an. Es heißt »Die Vision des heiligen Bernhard«, ein berühmtes Renaissancebild, in München kannst du das Original sehen. Der Heilige liest einer schönen Frau aus seinen Schriften vor. Damit ist die Madonna gemeint, aber sie trägt keinen Heiligenschein. Schau sie dir einmal genau an, vielleicht hast du sie schon einmal gesehen …

Im Nebenzimmer stand das Essen bereit. Tante Judith wies jedem seinen Platz zu, sie selbst nahm die beiden Buben an ihre Seite. Onkel Franz sprach ein kurzes Tischgebet. Dann begann er, den Braten aufzuschneiden, mit Lust wetzte er das große Messer, machte dazu furchterregende Grimassen, die Kinder versteckten sich unter dem Tisch. … Ach Franz, hör doch auf, wir sind hier nicht unter Kannibalen … mahnte seine Frau … Bitte bedient euch … sie goss jedem das gewünschte Getränk ein.

Plötzlich wurde es Reinhold klar: Tante Judith hatte eine erstaunliche Ähnlichkeit mit der Madonna auf dem Bild; mit ihrem tiefschwarzen, nach hinten gekämmten Haar, ihren dunkelbraunen Augen, der hohen Stirn, glich sie der südländischen Schönheit, die dem heiligen

Bernhard zuhörte. Onkel Franz verehrte seine Frau wie eine heimliche Madonna.

Nach dem Essen machten sie zusammen einen Waldspaziergang, vielleicht könnten sie Pilze sammeln, schlug Onkel Franz vor. Alle wussten, dass er sich als Botaniker in den verschiedenen Pilzarten genau auskannte. In einem nahen Mischwald fanden sie bald große Stein- und Butterpilze, auch ganze Familien von Pfifferlingen. Plötzlich hörten sie Onkel Franz rufen ... Hier, kommt mal her, das ist der berüchtigte Knollenblätterpilz, schaut ihn euch genau an, er hat einen grünlichen Schirm und einen langen Stil mit Scheide. Das ist der giftigste Pilz, der bei uns wächst. Wenn man einen umbringen will, gibt man ihm, unter Salat vermischt, einen solchen Pilz zu essen, er lebt nur noch wenige Stunden ...

Reinholds Vater hatte wenig Sinn für solche Phantasien ... Franz, zeig den Kindern lieber das Männlein, das im Walde steht und sing ihnen dazu das Lied ...

Onkel Franz lachte ihn aus ... Du meinst den Fliegenpilz mit seinem roten Hut und den weißen Punkten? Wenn man den isst, muss man sofort ins Krankenhaus, sich den Magen auspumpen lassen. Der Knollenblätterpilz ist dann doch besser, um jemanden umzubringen ... Franz, hör jetzt auf mit deinen grausigen Phantasien, lasst uns nach Hause gehen. ... Aber Onkel Franz ließ sich nicht beirren ... Zum Beispiel den Hitler könnte man mit einem solchen Pilz leicht erledigen, ist er nicht Vegetarier? Dann wäre uns allen geholfen, und ihr müsstet nicht in den Krieg ...

Halte deinen Mund, Franz, du bist ein Misanthrop und siehst immer nur das Schlechte. Es geht uns doch eigentlich gut. Alle haben Arbeit und Brot ... Er nahm seinen Bruder unter den Arm und zog ihn fort ...

Er sei der einzig Gesunde hier, alle seien von einer Massenpsychose befallen, niemand könne mehr normal denken. Onkel Franz führte halblaut Selbstgespräche. Den Knollenblätterpilz hatte er sorgfältig in ein Zeitungspapier eingewickelt.

Es gab Kaffee und Kuchen. Man redete nur noch über belanglosen Familienklatsch. Um den letzten Zug zu erreichen, musste Reinhold mit seinen Eltern bald aufbrechen. Das Wetter hatte sich verschlechtert. Ein kalter Wind wehte über den Schulplatz, die Laternen schaukelten hin und her. Onkel Franz begleitete sie noch ein Stück Weges; als es anfing zu regnen, wollte er umkehren. Er drückte Reinhold an sich … Komm bald wieder, es gibt so viel zu bereden und vergiss nicht zu üben …

Der Zug war wieder dicht besetzt mit Ausflüglern, einige hatten offensichtlich zu viel getrunken, sie grölten die Kampflieder der Partei und suchten alle zu animieren, mitzusingen.

Als sie zu Hause ankamen, nahm sein Vater Reinhold beiseite … Du musst das vergessen, was Onkel Franz gesagt hat; er ist etwas verrückt in seinen politischen Ansichten, schadet sich nur selbst …

3

Ende September 1938. *Die Sudetenkrise ist durch das Münchener Abkommen überwunden. Hitler hat sich durchgesetzt. Deutsche Truppen marschieren in das Sudetenland ein und werden gefeiert. Die Tschechoslowakei ist noch einmal gerettet, wie lange noch?*

Beim Geburtstag von Opa Niklas, wie der Onkel des Vaters genannt wurde, sah Reinhold auch seinen Onkel Franz wieder. Man feierte wie immer ein großes Familienfest. Opa Niklas wurde achtzig Jahre alt; er saß meist regungslos in seinem Lehnstuhl und rauchte Pfeife, sein langer Bart hatte gelbe Strähnen. Aber er war geistig noch sehr rege, las gründlich die Zeitung und schnitt alle Nachrichten, die ihn besonders interessierten aus, um sie in sein Tagebuch zu kleben. Als ehemaliger Gerichtsbeamter war er über die Zunahme der politischen Justiz besorgt. Besonders aufmerksam verfolgte er die Judenpolitik der Regierung. Eine seiner Töchter war Prokuristin in einer arisierten Bank und kommentierte diese Vorgänge mit unverhohlenem Zorn. Opa Niklas schlug öfters mit der Faust auf den Tisch: Zum Teufel jagen sollte man diese Nazis! …

Als Höhepunkt des Familienfestes galt immer der Augenblick, wenn Opa Niklas eine Geschichte aus seiner Jugend erzählte.

Diesmal schilderte er das sonderbare Bad seines Dorfpfarrers auf der Tenne. Dieser Kauz pflegte jeden

Sonnabend, weil es noch keine Badewannen gab, in ein großes Weinfass zu steigen, das seine Haushälterin mit heißem Wasser gefüllt hatte. Er kam in weißem Nachthemd aus seiner Wohnung in die Scheune, stieg über eine angelegte Stehleiter in das Fass, breitete das Nachthemd darüber und tauchte unter.

Eines Abends hatte ihn Opa Niklas mit einer Bande von Schulbuben bei diesem Bad überrascht. Auf Zehenspitzen schlichen sie sich an, warteten bis der Pfarrer untergetaucht war, stürzten auf ein Zeichen von allen Seiten heraus und kippten das Fass um. Blitzschnell waren sie wieder in ihrem Versteck und hatten ihren Spaß. Als der Pfarrer nass und völlig nackt aus dem Fass herausgekrochen und, mühsam seine Blöße verbergend, davongerannt war, brachen sie alle in schallendes Gelächter aus. Der Pfarrer habe seitdem nie mehr gebadet, behauptete Opa Niklas.

Großes Gelächter. Onkel Franz lachte am lautesten. Dann stürzte er ans Klavier und illustrierte das Geschehen musikalisch. Er ließ den Pfarrer auf Zehenspitzen heranschleichen, das Wasser plätscherte verführerisch, eine Choralmelodie, dann großer Krach mit Arpeggien hinauf und hinunter über die ganze Tastatur, das Gelächter der Buben und das Fluchen des Pfarrherrn im Bass. Großer Beifall. Onkel Franz wischte sich den Schweiß von der Stirn und spielte den erschöpften Pfarrer.

Es wurde bald getanzt. Einer der Vettern brachte ein Grammophon, legte Platten auf mit dem neuesten amerikanischen Jazz. Das Fest wurde immer ausgelassener. Onkel Franz war von allen der beste Tänzer und obendrein ein Charmeur. Keine der jüngeren Cousinen konnte sich seinen Zärtlichkeiten entziehen. Niemand dachte mehr an die politischen Ereignisse der letzten Wochen.

Da sprang plötzlich Onkel Franz, leicht schwankend, auf den Tisch und wollte eine Rede halten … Freunde, Freunde das Leben ist wert, vergessen zu werden. Die Menschheit ist bald am Ende, die Herrschaft der Schnecken und Spinnen beginnt. Ein großes Leuchten wird sein … Onkel Franz malte einen Regenbogen in die Luft … Azaliel zieht ein, der größte Dämon aller Zeiten, mit tausend Füßen und gefräßigen Rüsseln. Und hinter ihm kommen seine Kommissare in endlosen Reihen, alle Füße marschieren im Takt. Die Erde erzittert unter dem Getrampel der Tausendfüßler. Azaliel schreit, und auf Kommando wird alles aufgefressen, was auf dem Planeten noch lebt …

Onkel Franz schmatzte und grapschte den Damen nach den Haaren und Kleidern. Und dann kreischte er: Alle lassen auf Kommando ihren Unrat fallen! Eins, zwei, drei, sie scheißen die ganze Erde voll. Alles ist von einer schleimigen, stinkenden, braunen Masse bedeckt! …

Unmut begann sich zu regen … Hör auf Franz, du verdirbst uns die Laune! Lass deine stinkenden Phantasien zu Hause aus …

Aber er war nicht zu bremsen … Die Tausendfüßler bilden einen hohen Turm, einer steigt auf den anderen, sie erdrücken sich gegenseitig, ächzen, speien um sich. Jeder will der Oberste sein, Azaliel am nächsten. Ein ungeheurer Haufen von krabbelndem halbtotem Ungeziefer. Azaliel lacht höllisch. Er allein bleibt übrig, er, der Auserwählte …

Und wieder begann sich Protest zu regen. Eine Cousine wollte ihn vom Tisch herunterziehen. … Hör jetzt auf, Franz … beschwor ihn seine Frau, … Du machst dich unglücklich. Wenn das jemand hört … Aber er schüttelte alle ab.

Passt auf, jetzt kommen die Schnecken … Er wurde ganz leise … Winzige kleine Schnecklein, weiße, rote, schwarze, vor allem braune. Riesenschnecken, Dinosaurierschnecken mit gewaltigen Fühlern. Sie wälzen sich klebrig über den Boden, fressen den Kot, schlürfen den Schleim. Überall wachsen Schnecken aus dem Boden, Generationen von Schnecken, kleben sich fest aneinander und tanzen ihren Hochzeitstanz im 0,38stel Takt. Und Azaliel dirigiert mit phosphoreszierenden Fühlern – ein musikalisches Genie. Eine tolle Nacht des Todes, denn was sich paart, stirbt aneinander. Fäulnis leuchtet überall. Ein Triumph der Langsamkeit. Und Azaliel schreit wieder, alle hören nur auf sein Kommando. Ganze Heere von Spinnen fallen vom Himmel. Sie hängen an langen Fäden aneinander, spinnen ihr tödliches Netz. Bedecken die Schnecken mit ihrem Gift, diese krümmen sich, öffnen sich, geben den Schleim, den sie gefressen haben, wieder von sich und krepieren. Die Dinosaurierschnecken sterben aus. Das goldene Zeitalter der Spinnen beginnt …

Die Zuhörer hatten genug gehört von diesen unappetitlichen Phantasien, einer nach dem anderen stand auf und ging in das Nachbarzimmer, um zu beraten, was mit Onkel Franz geschehen solle, sie hielten ihn für verrückt. Aber der war noch nicht am Ende.

Azaliel hängt im Netz der Spinnen, leckt seinen Schnurrbart, er langweilt sich, sucht eine neue Rasse, die unsterblichen Super-Arier aus Aranien. Sie werden für ihn die Welt erobern, in der Luft, auf dem Wasser und auf der Erde. Die Lust, die Welt auszurotten, ist unerschöpflich. Freunde, hört mich an: Das ist unsere Geschichte, wir sind alle im Netz, wir können nur eines tun, um uns zu wehren, wir müssen lachen, lachen, lachen … Wie hysterisch lachte er drauflos, immer wieder mit neuem Atem.

Allmählich wurde Onkel Franz leiser, sein Lachen ging in Weinen über, er sank auf dem Tisch in sich zusammen, verlor das Bewusstsein. Tante Judith war bei ihm … Wir müssen einen Arzt holen, er hat einen Anfall, braucht sofort Hilfe …

Alle stürzen gleichzeitig ans Telefon, einige holen nasse Tücher, um seine Stirn zu kühlen. Man öffnet seinen Anzug. Judith flüstert ihm ins Ohr … Franz, hörst du mich, ich bin bei dir, wir müssen nach Hause, du brauchst Ruhe …

Er hörte sie nicht. Ein Krankenwagen fuhr vor, man legte ihn auf eine Bahre und lieferte ihn ins Krankenhaus ein. Tante Judith blieb an seiner Seite.

Reinhold setzte sich zu Hause sofort hin und schrieb die Rede auf, er war fasziniert von diesen Phantasien.

4

10. *November 1938. Nach einem Attentat auf einen Sekretär der deutschen Botschaft in Paris hetzt der Propagandaminister die Bevölkerung zu judenfeindlichen Demonstrationen auf. Es kommt zur von der SA organisierten »Reichskristallnacht«. Die Synagogen brennen, tausende Juden werden verhaftet.*

Franz war nach einer Woche aus dem Krankenhaus entlassen worden, er brauche psychiatrische Behandlung. Auf Empfehlung von Reinholds Vater wurde er Patient bei Doktor Löwenthal, dem renommiertesten Spezialisten der Stadt. Jede Woche hatte er einen Behandlungstermin, und vorher kam er bei Reinholds Eltern vorbei, um sich auszuruhen, einen Kaffee zu trinken, ein paar böse Witze zu erzählen. Die Medikamente schienen ihn gedämpft zu haben, er wirkte ein wenig teilnahmslos, seine Augen hatten ihren Feuerglanz verloren.

An diesem Freitag wollte Reinholds Mutter Onkel Franz zurückhalten. Heute Morgen sei der Milchmann in Stiefeln und Braunhemd erschienen, den weißen Kittel offen darüber, damit jeder es sehen könne. … Haben Sie das Feuerwerk diese Nacht gesehen? … habe er gefragt. … Die Synagoge hat gebrannt, wir haben es diesen Scheißjuden heimgezahlt. … Laut grölend sei er die Treppe hinuntergetrampelt. Sie habe Angst gehabt. Bei einigen Judengeschäften seien die Fensterscheiben eingeschlagen worden, das Radio berichte fürchterliche

Dinge. Er solle vorsichtig sein und lieber heute nicht zu Doktor Löwenthal gehen.

Dann kam plötzlich Reinholds Vater nach Hause. Der Mob sei los und die SA patrouilliere durch die Straßen, berichtete er. Er solle noch eine Stunde warten, bis es dunkel werde. Onkel Franz schien aufzuwachen. Nein, jetzt werde er erst recht gehen, er habe einen festen Termin.

Dieser Antisemitismus sei der größte Schwachsinn der Nazis. Statt sich mit der jüdischen Intelligenz zu verbünden, um seine Forderungen durchzusetzen, schaffe sich Hitler international nur Feinde. Auch in die Kirche sei dieser Ungeist schon eingesickert, wieder einmal. Als ob wir Christen nicht schon genug Juden auf dem Gewissen hätten … Man müsse jetzt zusammenhalten, wir Christen seien doch auch mosaischen Glaubens, respektierten die Zehn Gebote. Und Jesus sei schließlich wie seine Jünger Jude gewesen … Wenn mich jetzt irgendeiner fragt, ob ich ein Jude bin, werde ich ihm sagen: Natürlich, ich bin ja Christ und glaube an den Allmächtigen Gott, wie die Juden …

Reinholds Vater schüttelte den Kopf, er sei zwar auch ein Feind jeder Aktion gegen die Juden, aber er wisse, dass es nicht nur sympathische sondern auch unsympathische Juden gebe, und mit letzteren wolle er auch nichts zu tun haben.

Wie es ja auch sympathische und unsympathische Arier gibt … lachte Onkel Franz, deshalb wolle er ja mit den Nazi-Ariern nichts zu tun haben. Die Juden seien gewiss oft tüchtige Geschäftsleute. Warum? Weil die Christen so dumm gewesen seien, Zinsgeschäfte zu verbieten … Aber Geld brauchten die Christen, besonders die Könige und dann sperrten sie die Juden in Ghettos. Ich könnte die Juden verstehen, wenn sie sich an diesen falschen Moralisten rächen. Es gibt nur eine Lösung der Judenfrage: die Juden völlig zu integrieren und nicht, sie an den Pranger zu stellen und auszurauben. Am Ende werden die Nazis am Pranger stehen und um Vergebung bitten, ich prophezeie euch das …

Onkel Franz war wieder der engagierte Bekenner, wie Reinhold ihn schätzte. Er werde ihn zu Doktor Löwenthal begleiten … Aber seid vorsichtig, dass euch niemand erkennt … rief die Mutter ihnen nach.

Sie kamen bald in die Hindenburgstraße, wo Doktor Löwenthal seine Praxis hatte. Sein Namensschild an der Hauswand war entfernt worden. An der Klingel stand kein Name mehr. Die Haustür war offen. Onkel Franz schickte ihn nach Hause und stieg die Treppen hoch.

Reinhold wartete noch eine Weile, dann schlenderte er durch die Straßen und sah die zerstörten Auslagen bei einem bekannten Kaufhaus. Auch bei einem Juwelier in der Nachbarschaft waren die Fensterscheiben eingeschlagen. Und da hingen diese Schilder: *Ein guter Deutscher kauft nicht bei Juden.* Vor dem Kaufhaus standen Menschen und diskutierten … Alles organisierte Sache und uns werden die Pogrome in die Schuhe geschoben … Andere fanden, das sei die gerechte Strafe für den Preiswucher der Juden. Als ein paar SA-Leute in die Nähe kamen, lösten sich die Gruppen auf.

Reinhold kehrte zur Praxis von Doktor Löwenthal zurück, um auf den Onkel zu warten. Schon von weitem sah er, dass vor dem Haus zwei uniformierte SA-Männer auf und ab gingen. Wie konnte er seinen Onkel warnen? An der nächsten Straßenecke war eine Post, von wo aus er telefonieren konnte. Er suchte nach der Nummer von Doktor Löwenthal, rief an, bekam jedoch keine Verbindung. Schließlich kehrte er zu dem Haus des Psychiaters zurück, versteckte sich hinter einer Litfasssäule.

Nach etwa einer Viertelstunde kam Onkel Franz tatsächlich aus dem Haus und wollte in gewohnter Weise zum Bahnhof gehen. Einer der beiden Uniformierten sah ihn und ging auf ihn zu … Waren Sie bei Doktor Löwenthal? … Statt sich herauszureden, sagte Onkel Franz einfach … Ja natürlich, ich hatte meine Behandlung … Sie gehen zu diesem Judenschwein? Ein guter Deutscher lässt sich nicht von jüdischen Ärzten behandeln. … Das sei Privatsache, antwortete Onkel Franz, … er ist der beste Arzt den ich finden kann …

Der SA-Mann rief seinen Kameraden. … Das hier ist ein Judenfreund, er versucht, frech zu werden. Wie heißen Sie? … Ihre Papiere! … mischte sich der Zweite ein. Onkel Franz wehrte sich … Das geht Sie gar nichts an. Lassen Sie mich, ich muss zum Bahnhof … Die beiden SA-Männer wollten ihn durchsuchen. Er schüttelte ihre Hand ab. Da packten sie ihn an den Armen und am Kragen und schleppten ihn ab. Onkel Franz schimpfte laut … Eine Unverschämtheit! Ich habe ihnen nichts getan! …

Einige Passanten sahen zu, aber sie wagten nicht, sich einzumischen. Reinhold rannte sofort nach Hause und berichtete. Man musste doch irgendwie helfen. Seine Mutter zuckte mit den Achseln … Das musste so kommen, ich habe ja gewarnt. Jetzt haben sie ihn erwischt … Vater hatte sofort die Idee, sie müsse mit ihrer Schwester reden, deren Freund sei ja bei der SS. Die Polizei habe keine Macht mehr.

5

November 1938. *Die weitere Judenverfolgung, Enteignung und Emigration vieler angesehener jüdischer Bürger wird von der Außenpolitik verdrängt. Nach der Eingliederung des Sudetenlandes wartet man auf die nächste Aktion. Die Aufrüstung sorgt für Vollbeschäftigung. An der Westgrenze wird mit Bunkern und Panzersperren der Westwall gebaut.*

Onkel Franz war nach kurzem Verhör und Feststellung seiner Personalien wieder freigelassen worden. Er berichtete später, Doktor Löwenthal habe sich von ihm verabschiedet, er könne die Praxis nicht weiterführen, werde emigrieren. Er hatte ihm die Medikamente, die er in den nächsten Monaten brauchen werde, mitgegeben und mit ihm offen über seine Krankheit gesprochen. Der Name der Krankheit wurde jedoch in der Familie streng geheim gehalten. Es hieß nur, Onkel Franz sei unheilbar krank.

Reinhold war in die Obersekunda versetzt worden und hatte viel für die Schule zu arbeiten, in Mathematik musste er Nachhilfeunterricht in Anspruch nehmen, seine Vorliebe war weiterhin die deutsche Literatur. Er las nicht nur die Klassiker, die ihm sein Mentor, der schauspielernde Doktor Hacker, schmackhaft machte, sondern auch die wichtigsten Neuerscheinungen der Zeit, »Der Großtyrann und das Gericht« von Werner Bergengruen und »Las Casas vor Karl V.« von Reinhold

Schneider. Onkel Franz hatte ihn auf diese Bücher aufmerksam gemacht, in denen die aktuellen Probleme verschlüsselt dargestellt würden, eine Art Widerstandsliteratur. Von der Willkür der Mächtigen war die Rede, von den Leiden der zu Unrecht Verfolgten.

Reinhold besuchte auch regelmäßig das Theater. Eine Aufführung hatte ihn im Tiefsten erschüttert – »Gespenster« von Henrik Ibsen. Er selber fühlte seine eigenen »Gespenster«, ... tote Ansichten, unter denen wir leiden, toter Glaube, der uns im Blut sitzt, und all die Erbanlagen, die uns beschränken und vielleicht einmal umbringen ... Natürlich dachte er dabei auch an seinen Onkel, der ihm so nahe stand, obwohl er sich immer wieder geistig von ihm freizumachen suchte.

Seit Wochen hatte man nichts mehr voneinander gehört, bis eines Tages Reinholds Vater aufgeregt nach Hause kam und berichtete, Onkel Franz sei plötzlich vom Dienst suspendiert worden. Der Schulrat habe seine Klasse unerwartet inspiziert und ihn vor allen Schülern zur Rede gestellt, warum er immer noch nicht das Kruzifix aus dem Klassenzimmer entfernt habe. Er konnte nicht anders, nahm das Kruzifix ab und legte es auf sein Pult. Der Schulrat soll dann in seiner Abwesenheit die Schüler ausgefragt haben über die Methoden seines Unterrichts. Als er hörte, dass man gemeinsam jeden Morgen bete und dass auch der Deutsche Gruß nicht üblich sei, wütete er herum, habe Onkel Franz ab sofort weiteren Unterricht verboten. Er müsse jetzt mit Disziplinarmaßnahmen und wahrscheinlich einer Strafversetzung rechnen.

Für den darauf folgenden Samstag wurde ein Besuch in Frankenforst vorgesehen. Tante Judith holte sie mit den drei Kindern vom Bahnhof ab und berichtete über den Zustand ihres Mannes. Er sei ganz apathisch, wolle nichts essen und trinken und niemanden sehen, nicht einmal die Kinder. Sie war völlig verzweifelt … Und das nur, weil ihn jemand verpfiffen hat. Ich traue niemandem unter den Kollegen. Wie soll das nur weitergehen …

Als sie beim Schulhaus eintrafen, war gerade der Unterricht zu Ende. Die Schulkinder kamen ihnen entgegen, einige Mädchen sprachen die Tante an und fragten, wann ihr Lehrer zurückkäme. Über den neuen Lehrer wollten sie sich nicht äußern, er sei sehr streng. Während sie noch mit den Kindern sprachen, kam der Neue gerade vorbei, grüßte mit strammem »Heilitler«. Tante Judith war verlegen, sie nickte nur.

Onkel Franz saß an seinem Schreibtisch, den Kopf in die Hände gestützt, grübelte vor sich hin. … Besuch, Besuch … wollte ihn seine Frau aufmuntern. Er fuhr aus seiner Erstarrung auf, streckte seine Arme aus, ohne die Gäste anzuschauen. Vater versuchte sich mit aufmunternden Sprüchen … Nur Mut, Franz, das geht auch vorbei. Es gibt Schlimmeres, stell dir vor, du müsstest jetzt Soldat werden, oder emigrieren. Du hast deine liebe Frau und diese prachtvollen Kinder …

Onkel Franz hielt sich die Ohren zu … Das Beste wäre es, nicht geboren zu sein, nicht zu sein, nichts zu sein. Das Zweitbeste bald zu sterben … War das nicht ein Nietzsche-Zitat!? Seit wann las Onkel Franz Nietzsche? Reinhold hatte gerade in der Schule Nietzsches Lehre vom Antichrist diskutiert. Gott sei tot, behauptet Nietzsche, das Jenseits nur eine Erfindung der Kirche.

Onkel Franz protestierte … Ich glaube das nicht. Wir haben nur eine falsche Vorsellung von Gott, er ist nicht gerecht, gütig, liebend, wie wir gelernt haben, er spielt mit uns, überlässt uns dem Teufel, und der ist heute überall, an jeder Ecke, im Radio, in der Schule. Der Teufel, das sind die falsche Götter. Wie sollen wir nur mit ihnen fertig werden? … Onkel Franz stand auf, nahm Reinhold beiseite ... Glaube nicht an den Übermenschen, diese blonde Bestie mit dem Raubtiergewissen! Dieser Nietzsche speit Gift, erst zerstört er sich, dann uns ...

Reinhold meinte nur, vielleicht sei es nötig gewesen, dass ein Nietzsche frischen Wind in die Gehirne gebracht habe.

Sein Vater hatte praktische Dinge im Sinn: Er könne sich ja jetzt der Musik widmen, Orgel- und Klavierunterricht geben, nicht nur hier auf dem Dorf, auch in der Stadt. Er werde mit dem Schulrat reden, vielleicht könne er anderswo neu anfangen.

Nie mehr! ... unterbrach ihn Onkel Franz, nie mehr wolle er in diesem Staat unterrichten, der keine Verträge einhalte, die Menschen verachte und nur eine braune Masse heranzüchte.

Und deine Familie? Du hast eine Verantwortung ... Onkel Franz schaute seinem Bruder in die Augen ... Wer nicht sein Kreuz auf sich nimmt und folgt mir nach, der ist mein nicht wert. Matthäus 10,38. Hast du das schon einmal gehört? ... Er ging zu seinem Schreibtisch und zeigte ihm das Schulkreuz ... Das gehört jetzt mir, niemand hat mehr Verwendung für diesen Kruzifixus, er ist im Inventar gestrichen ...

Auf den Karfreitag folgt bekanntlich Ostern, Auferstehung, Christus die Lichtgestalt, der König. Hast du das vergessen? Du kennst doch die Liturgie. Das gilt auch für dein Leben, Franz. Du musst lernen an Wunder zu glauben, auch an dein Wunder ... Onkel Franz zuckte mit den Achseln.

Mehr war nicht zu sagen. Man setzte sich an den Tisch, Onkel Franz aß nur zum Schein ein paar Bissen. Sie redeten über praktische Fragen, über Geld, die Krankenversicherung, über den Garten – ob sie wohl wohnen bleiben könnten?

Nach dem Essen ging man wie gewohnt spazieren. Da die Waldwege nach langem Regen aufgeweicht waren, wollten sie die Chaussee benutzen. Über die Felder wehte ein frischer Wind. Franz ging mit Reinhold und seinem Vater voraus, die Frauen folgten mit den Kindern. Vereinzelt überholten sie Autos.

Plötzlich warf sich Onkel Franz zu Boden, gerade als ein schwerer Lastwagen auf sie zukam. Der Vater erkannte die Gefahr, lief dem Lastwagen mit erhobenen Händen entgegen. Der Fahrer konnte rechtzeitig bremsen. Reinhold kniete bei seinem Onkel und half ihm aufzustehen. Er torkelte ein wenig, wischte sich den Schmutz von seinem Mantel. Seine Frau war bei ihm … Franz, ist dir übel geworden? … Er antwortete nicht. Sie griff ihn unter den Arm und zog ihn mit festen Schritten fort.

Zu Hause schloss sich Onkel Franz in sein Zimmer ein. Nach einer Weile begann er Klavier zu spielen, oder besser, zu üben. Er arbeitete an dem »Wohltemperierten Klavier« von Johann Sebastian Bach.

Onkel Franz sei gemütskrank, müsse dringend in einem Sanatorium eine längere Kur machen, Tante Judith sei mit der Pflege überfordert. Es brauche gute Ärzte. Er wolle sich erkundigen.

Bei einbrechender Dunkelheit verabschiedeten sie sich. Onkel Franz unterbrach nur kurz seine Übungen … Entschuldigt mich bitte … Tränen standen in seinen Augen.

6

Dezember 1938. *Hitler gilt als der größte Deutsche aller Zeiten. Wer sind seine nächsten Opfer? Die Rest-Tschechoslowakei? Polen? Wie lange lässt sich der Westen die Aggression gefallen? Um zu beschwichtigen gibt es eine deutsch-französische Nichtangriffserklärung. Also doch noch Friedenshoffnungen?*

Weihnachten wurde wie jedes Jahr bei der Großmutter gefeiert. Reinhold verehrte sie sehr, nicht nur, weil sie immer wieder ihren Enkeln ein paar Silbermünzen in die Tasche steckte und sie mit Süßigkeiten verwöhnte, sie war eine außergewöhnliche Frau, hatte ihr Schuhgeschäft über zwanzig Jahre erfolgreich geführt und sagte immer, was sie dachte.

Aus der ländlichen Umgebung eines südlichen Vororts ragte ein schmalbrüstiges, drei Stockwerke hohes Geschäftshaus heraus, rechts das offene Holzlager eines Sägewerks, gegenüber eine Kolonie von Schrebergärten. Vor allem die Arbeiter eines nahe gelegenen Hüttenwerks waren die Kunden. Wenn die Ladenklingel ertönte, kam Großmutter eilends aus der Küche, trocknete sich die Hände an der Schürze ab und musterte den Kunden über den Rand ihrer auf die Nase gerutschten Nickelbrille. Meist fragte sie zuerst nach dem Befinden, nach den Kindern, nach dem Beruf, man kannte sich ja in der noch beinahe dörflichen Gemeinde. Und sie begleitete die Auskünfte mit teilnahmsvollem Seufzen

… Ja, ja, diese Zeiten, wo das noch hinführt mit diesem Hitler …

Nachdem sie die Wünsche des Kunden angehört hatte, trug sie die Leiter an das richtige Regal, kletterte noch in hohem Alter behende bis unter die Decke und balancierte einen Stapel Schuhkartons herunter. Das Anprobieren der Schuhe besorgte sie immer selbst, beobachtete den Kunden, auf dem niedrigen Hocker sitzend, neugierig von unten. Meist kam bald die Preisfrage. Keiner ihrer Schuhkartons trug ein Preisschild, sie wusste alle Preise auswendig und modifizierte sie nach der geschätzten Einkommenslage des Kunden. Oft konnten die Arbeiter den Betrag nicht zahlen, dann vereinbarte sie Teilzahlung – zehn Mark die Woche – und schrieb das mit einem Blaustift, den sie vorher mit der Zunge befeuchtete, in eine schwarze Kladde. Nachdem sie den Kunden verabschiedet hatte, musste sie zurück in ihre Küche, um für eine große Familie zu kochen. Nach dem frühen Tod ihres Mannes hatte sie ihre sieben Kinder alleine großgezogen, vier Mädchen, die inzwischen alle geheiratet hatten, und drei Jungen, von denen der Älteste an einer Kriegsverletzung gestorben war, die beiden anderen in der Werkstatt arbeiteten, um später einmal das Geschäft zu übernehmen. Trotz der vielen Familienprobleme behielt sie Einkauf und Buchführung des Geschäfts in der Hand, fand sogar gelegentlich noch Zeit für soziale Verpflichtungen in der Pfarrei Sankt Katharina. Und immer wieder suchte der alte Pfarrer bei ihr Rat.

An jedem ersten Sonntag im Monat kam die ganze Familie abends im großen Wohnzimmer zusammen, man saß an einem langen Tisch, am Kopfende die Großmutter, die Enkel am unteren Ende. Meist gab es Schweinebraten mit Pommes frites oder holländische Seemuscheln. Die lieben Verwandten ließen es sich schmecken, tranken zahlreiche Flaschen Moselwein und schwatzten über die Neuigkeiten von nebenan, tuschelten und lamentierten. Aber Weihnachten hatte natürlich sein besonderes Zeremoniell, die Lichter eines großen, bunt geschmückten Tannenbaums brannten, jeder fand auf seinem Teller ein kleines Geschenk, und besonders die Enkel wurden mit Spielzeug und Bilderbüchern verwöhnt.

Der Weihnachtsabend 1938 wurde für Reinhold unvergesslich. Wieder war die ganze Familie versammelt, das große Wort führte Onkel Jakob, der Mann der älteren Schwester seiner Mutter, als Studienrat der einzige Akademiker in diesem Kreise; er hörte sich gerne Witze erzählen und lachte selbst am lautesten darüber. Seine Frau, Tante Josefine, hatte nur den neuesten Klatsch über die bessere Gesellschaft im Sinn. Die beiden jüngeren Brüder der Mutter stritten sich über die letzten Spiele der Fußballmannschaft des Ortes. Während sich Tante Judith bemühte die Neugierde ihrer Kinder zu besänftigen, saß Onkel Franz alleine in einer Ecke und las. Die Großmutter lief unruhig von einem zum andern und tuschelte. Man warte auf Tante Karin und ihren Verlobten, sie seien noch auf einer anderen Weihnachtsfeier und hätten sich verspätet, sie wolle mit der Lesung aus der Bibel nicht eher beginnen, bevor die Familie vollzählig sei.

Endlich, mit einstündiger Verspätung, erschienen sie in sehr guter Stimmung, wie es schien: Tante Karin mit langem blonden Haar, in elegantem, roten Seidenkleid, und ihr Verlobter, Anton Mayers, in schwarzer SS-Uniform. Er schlug an der Tür die Hacken zusammen, begrüßte alle stramm mit erhobenem Arm. Die Gespräche verstummten … Ihr hättet doch auf uns nicht zu warten brauchen … Die Großmutter rieb nervös den Kopf an ihrer Halskrause und räusperte sich.

Bitte setzt euch alle an den Tisch, ich will mit der

Bibellesung beginnen, Lukas, 2. Kapitel: *Es begab sich aber zu der Zeit...* Kaum hatte sie einige Sätze gelesen, als der Uniformierte aufstand, zum Fenster ging und sich eine Zigarette anzündete. Der Großmutter verschlug es die Sprache, sie fand nicht mehr die richtige Zeile. Onkel Franz sprang auf, nahm ihr das Buch aus der Hand und setzte die Lesung fort, langsam, jedes Wort betonend ... *Ehre sei Gott in der Höhe und Friede auf Erden und den Menschen ein Wohlgefallen* ... Er ging sofort zum Klavier und intonierte »Stille Nacht, heilige Nacht«. Und alle sangen leise vor sich hin. Einige andere bekannte Lieder folgten.

Onkel Franz stand vom Klavier auf und schaute den Uniformierten an ... Auch denen, die es nicht nötig zu haben scheinen, wünsche ich eine gesegnete Weihnacht ...

Tante Karin redete auf ihren Verlobten ein, versuchte ihn zu bewegen, an den Tisch zurückzukehren. Dieser sträubte sich zunächst und wollte gehen, doch dann schaute er in die Runde und lachte ... Es gibt schließlich noch andere Gründe, diesen Tag zu feiern. Es ist das germanische Sonnwendfest, das sollten wir nicht vergessen. Wir brauchen keinen jüdischen Messias mehr, es lebe unser geliebter Führer! ...

Alle schauten betreten vor sich hin, die Großmutter tupfte sich Tränen von den Augen und schluchzte ... Wir wollen trotzdem das Weihnachtsfest feiern, wie wir es seit Jahren gewohnt sind. Lasst uns anstoßen auf den Frieden, auch in unserer Familie ...

Das Essen wurde aufgetragen, allmählich kamen wieder die gewohnten Gespräche auf, niemand hatte bemerkt, dass Onkel Franz verschwunden war. Erst als eine große, mit Kerzen verzierte Eisbombe serviert wurde, tauchte er wieder auf und brachte zur allgemeinen Überraschung einen weiteren Gast mit, den kleinen Joszi, einen buckligen Schustergesellen aus der Werkstatt, der unter dem Dach in einer Mansarde hauste, ein Zigeunerkind, das vor zwei Jahren von der Großmutter aufgenommen worden war. Seine Eltern hatten ihn allein im Krankenhaus zurückgelassen, als sie weiterziehen mussten. Er lebte seitdem in der Familie, hatte sich in der Werkstatt nützlich gemacht und versuchte deutsch lesen und schreiben zu lernen. Sein besonderes Talent aber war sein Geigenspiel. Joszi sträubte sich, unter so vielen Leuten mit dabei zu sein, aber Onkel Franz setzte ihn auf seinen Platz und stellte einen gut gefüllten Teller vor ihn hin. Er konnte kaum über den Tischrand schauen, man musste ihm Kissen unterschieben.

Die Großmutter zog Onkel Franz beiseite … Das ist gefährlich, was du da machst, Joszi ist nicht gemeldet, man sollte ihn nicht so viel in der Öffentlichkeit sehen …

Aber Onkel Franz hörte nicht zu, sondern setzte sich wieder ans Klavier, improvisierte einen Choral und sang dazu. Die Melodie klang wie eine Parodie auf das Horst Wessel-Lied … *Selig sind, die geistig arm sind, denn ihrer ist das Himmelreich. Selig sind, die da Leid tragen, denn sie sollen getröstet werden. Selig sind die Sanftmütigen, denn sie werden das Erdreich besitzen. Selig sind die Barmherzigen, denn sie werden Barmherzigkeit erlangen …*

Als der Uniformierte bemerkte, was da gespielt wurde, und dass es ihn anging, blieb er zunächst wie versteinert sitzen, dann sprang er auf und zog Tante Karin zur Tür und schrie … Reaktionäre Bande! Ihr habt mich hier zum letzten Mal gesehen! … Er stürzte mit seiner Verlobten die Treppe hinunter.

Onkel Franz hörte auf und umarmte die Großmutter … Wir sind ihn los, den Übermenschen. Jetzt lasst uns lustig sein! Joszi, hol deine Geige, wir wollen tanzen …

Während Joszi in seine Dachkammer kletterte, um sein Instrument zu holen, begann Onkel Franz auf dem Klavier Operettenmelodien von Franz Lehár und Emmerich Kalman zu improvisieren: »Spiel Zigeuner mir was Feines, etwas fürs Gemüt«, »Hurrah, man lebt ja nur einmal, und einmal ist keinmal«, »Ach, wie ändert sich die Zeit«, »Tanzen möcht ich«. Aber seinen Zuhörern blieb der Atem im Halse stecken, einige schüttelten den Kopf, schließlich kamen seine Kinder und patschten mit ihren kleinen Händen auf die Tasten, er nahm sie auf seinen Schoß und presste sie an sich.

Joszi setzte sich auf einen Schemel unter den Weihnachtsbaum und begann, ungarische Weisen zu fiedeln. Und alle staunten über dieses kleine, verkrüppelte Menschlein. Zwanzig Jahre war er alt, sah aus wie ein Kind. Und nie hatte er Unterricht gehabt, seine arme, verlorene ungarische Heimat sprudelte aus ihm heraus. Die ganze Runde begann beim nächsten Csardas in die Hände zu klatschen, einzelne versuchten zu tanzen. Mit Weihnachten hatten diese Klänge gewiss nichts zu tun, aber sie verscheuchten die versteinerte Stimmung der Zeit mit ihren Zwängen, Ahnungen und Todeswolken.

Nach Mitternacht bestellte Großmutter das große Taxi, das alle reihum nach Hause fahren konnte.

Wenige Wochen später gab es plötzlich eine Polizeikontrolle im Haus der Großmutter. Man suchte einen verschollenen Zigeuner, der nicht gemeldet war. Trotz aller Beschwörung wurde Joszi abgeführt. Man hat nie mehr etwas von ihm gesehen oder gehört.

7

Februar 1939. Wieder Aufregung in Berlin. Generäle und Minister wie Fritsch, Blomberg und Neurath werden entlassen. Sind sie zu konservativ für Hitlers Pläne? Man vertraut auf die Achse Berlin-Rom. Mussolini ist der große Verbündete.

Es kam wie vorausgesagt: Onkel Franz erhielt die Mitteilung seiner Strafversetzung nach Schlesien. Verzweifelt kam er zu Reinholds Vater ... Nein das müssen wir verhindern, du bist krank, also brauchst du ein richtiges Attest. Ich werde mit unserem Hausarzt sprechen ... Vaters Rat wurde befolgt und schließlich bestätigte auch der Amtsarzt den labilen Gesundheitszustand, der Patient brauche dringend eine Kur, um wieder einsatzfähig zu werden. Aber zuerst Zeit gewinnen, der Vater wolle nach einem geeigneten Sanatorium Ausschau halten.

Onkel Franz hatte tatsächlich einige Schüler für Orgel- und Klavierunterricht gefunden, seinen Organistendienst erfüllte er gewissenhaft. Durch die Proben mit dem kleinen Kirchenchor blieb er in Kontakt mit den Dorfbewohnern, sie fragten ihn immer wieder, wann er in die Schule zurückkehren werde. Er zuckte die Achseln ... Wenn unser Führer es will ... sagte er scherzend.

Plötzlich kam er auf die Idee zu zeichnen. Zuerst versuchte er sich an Blumen und Stillleben, dann begann er mit Porträts. Er suchte sich historische Köpfe, studierte ihre Physiognomien, und begann sie zu karikieren.

Friedrich den Großen, Bismarck, Hindenburg. Überall glotzte ihn Hitler an, er hatte Lust, den Führer zu verführen: Hitler als Mephisto mit kleinen Hörnern und langen Zähnen, Hitler als Großinquisitor mit durchdringenden Augen, Hitler als Münchhausen, durch die Lüfte jagend, oder einfach Hitler als Clown. Er reagierte seinen politischen Hass ab. Seine »Rassenforschung« nannte er es. Haarlocken und Schnurrbärte klebten an Fenstern und Schränken. Schließlich wurde es Tante Judith zu gefährlich, er musste sein Atelier auf den Speicher verlegen, die Bilder in alten Truhen verstecken.

Sein Gesundheitszustand schwankte zwischen Euphorie und Lethargie. Tagelang war er munter und aktiv, dann folgten Tage der Niedergeschlagenheit, wo er an sich und der Welt verzweifelte, von Todesvisionen verfolgt. Sein Gesichtsausdruck hatte sich in den letzten Monaten stark verändert. Da er sich nicht mehr rasierte, verloren sich seine Gesichtskonturen in grau-blondem Flaum, seine immer schon schmalen Lippen wirkten verbissen. Die Augen schienen im Kopf zu versinken. In gebeugter Haltung, mit fahrigen Bewegungen hetzte er umher, als sei er ständig auf der Flucht. Man hatte Mitleid mit ihm.

Seine Besuche in der Stadt waren nie vorauszusehen, er konsultierte seinen neuen Arzt oder besuchte irgendwelche Freunde von früher, denen er vertrauen zu können glaubte. Oft saß er bei Reinholds Mutter in der Küche und hörte ihre Berichte über das Musikleben der Stadt, besonders interessierte er sich für das Programm des Domchores, in dem sie sang. Von der Familie wollte er nach dem weihnachtlichen Skandal nichts mehr wissen. Wenn Reinhold aus der Schule kam, fragte er ihn nach seiner Lektüre, nach den Theatererlebnissen aus. Natürlich ging es immer wieder auch um Politik.

Onkel Franz rechnete fest damit, dass es bald zu einem Attentat oder einem Putsch gegen Hitler kommen würde, der Generalstab der Wehrmacht lasse sich nicht in dieser Weise bevormunden … Und dann müssen wir alle auf die Straße gehen und diese braune Bande vertreiben … Aber Onkel Franz, hörst du denn nicht, wie die Massen ihm zujubeln?! … Das sagt gar nichts, sie jubeln immer, wenn einer zu predigen versteht. Im Übrigen sag doch nicht immer Onkel zu mir. Ich will nicht dein Onkelchen sein, das immer alles besser weiß. Gar nichts weiß ich, und das ist viel besser für uns alle als diese Patentrezepte der Parteibonzen …

Franz hatte eine neue Idee, er wollte Bachs »Matthäuspassion« aufführen. Je mehr ihm seine Freunde und Verwandten abrieten, desto hartnäckiger verfolgte er seine Pläne. In seiner Dorfkirche sollte die Aufführung stattfinden, nicht in einem Konzertsaal: Bach sei heute aktueller denn je. Reinholds Vater versuchte zuerst, die neue Idee seines Bruders zu ignorieren, dann machte er ihm die Schwierigkeiten und Kosten klar. Die Mutter schüttelte den Kopf, woher das Orchester, die Solisten, der große Chor?

Franz ließ sich nicht davon abbringen. Er hatte die Partitur genau studiert, wusste Einzelheiten der Besetzung bei der Leipziger Uraufführung 1729, mit 18 - 20 Instrumentalmusikern und etwa ebenso vielen Chormitgliedern … So viele Musiker bekomme ich auch zusammen und so viele haben auch auf der Empore in unserer Kirche Platz. Von der Orgel aus kann ich dirigieren. Die Akustik ist sehr gut bei uns, ihr wisst es …

Aber das ist doch tief provinziell. Das kann man doch heute nicht mehr anhören. Warum denn ausgerechnet das Schwerste, die Matthäuspassion? Er solle doch zuerst einmal mit einfacherer Kirchenmusik anfangen und wenn er Erfolg habe, sich größere Werke vornehmen. Die Mutter hörte mit ihren städtischen Ohren, sie dachte nicht an Franz, an sein persönliches Anliegen. Reinhold glaubte zu wissen, um was es Franz eigentlich ging: um das Kruzifix, die Passion, seine Passion.

Franz bekannte sich und sang ihnen seinen liebsten Choral vor:

Wenn ich einmal soll scheiden,
so scheide nicht von mir.
Wenn ich den Tod soll leiden,
so tritt du denn herfür.
Wenn mir am allerbängsten
wird um das Herze sein,
so reiß mich aus den Ängsten
kraft deiner Angst und Pein.

Kennt Ihr diese Passion überhaupt? Diese Choräle? Diese Arien? Es gibt nichts Größeres, Tieferes in der gesamten Musik. Es ist der Anfang und das Ende unseres musikalischen Lebens. Auch meines Lebens. Einmal muss ich dieses Werk gespielt, wirklich erlebt haben. Dafür bin ich auf dieser Welt. Diese Musik hat Gott mir geschenkt, ich muss ihm dafür danken. Helft mir bitte, meine Verpflichtung zu erfüllen …

Wie konnte man sich da verweigern? Reinholds Vater und Mutter wussten, dass es nicht mehr um Kunstmaßstäbe ging, sondern um die Lebenshoffnung eines Ertrinkenden. Da musste sofort geholfen werden, allen Zweifeln zum Trotz. Man nahm sich Zeit und beratschlagte.

Der Pfarrer, dieser musikalische Banause, lehnte die Vorstellung einer Matthäuspassion in seiner Kirche natürlich ab. Die Kirche sei kein Konzertsaal, noch dazu für das Werk eines Protestanten, das mit der Liturgie nichts zu tun habe. Ihn könne man nur umstimmen durch einem Wink von oben, der Bischof müsse gewonnen werden. Es sei Passionszeit, politische Passionszeit, das große Leiden stehe allen bevor, wenn sie jetzt nicht auf Jesus hörten ... *Denn wer das Schwert nimmt, der soll durch das Schwert umkommen ...*

Vater versprach, mit einem Domdechanten ein Gespräch zu suchen, seine Meinung zu hören. Mutter traute sich die hohen Sopran-Arien nicht mehr zu, aber sie war bereit, im Chor mitzusingen. Und Reinhold wollte organisatorisch helfen.

Franz erläuterte ihnen die Probleme seines Projektes. Die Matthäuspassion bestehe aus Texten des Evangeliums, aus Rezitativen, Arien und den Chorälen. Für den Evangelisten habe er seinen früheren Kollegen, Samuel Rosenblatt gewinnen können, der einmal Kantor der Synagoge gewesen war. Nach seiner Heirat sei er zum evangelischen Christentum übergetreten. Sein hoher lyrischer Tenor sei ideal für die Partie, er habe sie bereits mehrfach in Konzerten erfolgreich gesungen. Die Choräle habe er schon mit seinem Chor und dem Chor des Nachbardorfes einstudiert, blieben die anderen Solisten und das Orchester. Ein Kollege mit schöner Bassstimme sei bereit, den Judas und eventuell auch andere, kleinere Partien zu singen ... Aber wer soll Jesus sein? ... Auch die beiden Frauenstimmen seien zu suchen. Ein Streichquartett befreundeter Musiker habe sich angeboten, aber es fehlten die anderen Instrumente ... Probleme genug ...

Und alle bemühten sich redlich, es wurde auch ihre eigene Veranstaltung. Als Jesus bot sich begeistert ein junger Bariton an, aus dem Theater meldeten sich eine Sopranistin und eine Altistin, aber sie verlangten eine Gage. Die benötigten weiteren Musiker stellte durch Vermittlung von Reinholds Musiklehrer das HJ-Orchester. Trotz gewisser Bedenken hatte sich das

Sekretartiat des Bischofs eingeschaltet und den Pfarrer überredet, die Veranstaltung ausnahmsweise zu dulden. Selbstverständlich musste der Kelch mit den geweihten Hostien in die Sakristei gebracht, das Ewige Licht gelöscht werden, damit niemand die Matthäuspassion mit einem Gottesdienst verwechseln könne. Auch befürchtete man Schwierigkeiten mit der evangelischen Kirche, die die Aufführung von Passionen als ihr Vorrecht betrachtete.

Für die Proben bis zum Palmsonntag hatte Franz noch etwa vier Wochen Zeit. Er war mit Feuereifer bei der Sache, bestellte sich alle Sänger nach Hause oder kam in die Stadt zu ihnen, mit dem kleinen Orchester probierte er in der Aula von Reinholds Gymnasium, ab und zu überraschte sie der Musiklehrer, glaubte etwas besser zu wissen, hier ein Tempo, dort einen Einsatz, aber Franz konnte ihm in seiner Partitur nachweisen, was richtig war. Er zuckte die Achseln und verschwand. Die Vorarbeit kostete Geld, wer sollte die Theatersolisten bezahlen? Aus der Kirchenkasse war keine Unterstützung zu erhoffen, Eintrittsgelder wollte man nicht verlangen, nur freiwillige Beträge nach der Aufführung. Aber auch hier wusste sich Franz zu helfen, bettelte sich beim Bäcker, Metzger, in den Geschäften der Umgebung einen stattlichen Betrag zusammen. Auch die Großmutter steuerte ein paar hundert Mark bei.

Auf einer der letzten Proben in der Kirche kam es plötzlich zu einem unvorhergesehenen Eklat. Ein junger Cellist aus dem HJ-Orchster fragte, ob der Sänger des Evangelisten eigentlich ein Jude sei? Ein Jude könne doch heute nicht den Text des Matthäus singen. Zuerst versuchte Franz sachlich zu klären, sein Freund Rosenblatt sei heute Christ und Matthäus sei Jude gewesen, aber es kam zu einer Diskussion. Die jungen HJ-Musiker könnten nicht zusammen mit einem Juden auftreten, das sei verboten. Einige wollten bereits ihre Instrumente einpacken, als Samuel Rosenblatt plötzlich verschwunden war. Franz lief ihm nach, rief ihn, suchte ihn – vergeblich. Er musste die Probe abbrechen.

Wütend kehrte er nach Hause zurück, schimpfte auf diese jungen Bengels, auf diese Hitlerei, diese Vegiftung von Musik und Religion. Seine Matthäuspassion war gefährdet, Rosenblatt würde nicht zurückkehren. Wo jetzt, wenige Tage vor der Aufführung, einen anderen Evangelisten finden? Alle Freunde und Verwandten tauchten bei Franz auf, wollten ihn trösten, ihn beraten. Reinholds Mutter kannte den Namen eines anderen bekannten Sängers, den sie als Evangelisten gehört hatte, man forschte nach ihm, er war irgendwo unterwegs. Vater erkundigte sich sogar in der evangelischen Kirche, aber niemand konnte helfen. Alle Arbeit vergebens? Man saß herum, grübelte, phantasierte. Bis Franz aus seinem Zimmer auftauchte und verkündete ... Ich singe den Evangelisten selbst, das wird nicht so schön klingen wie bei Rosenblatt, ich werde manches sprechen, wo ich kann singen, ich muss improvisieren, die Proben gehen weiter ...

Zur Generalprobe hatte Franz sein Schul-Kruzifix mit in die Kirche gebracht, befestigte es vor sich an der Orgel. Er müsse es sehen, wenn er den Evangelisten singe, Jesus werde ihm helfen. Seine Aufgabe, Orgel zu spielen, sich selbst als Evangelist zu begleiten, sich dann blitzschnell umzudrehen, die Einsätze für die Solisten, das Orchester zu geben, den Chor zu dirigieren, das war unvorstellbar schwierig. Er hatte die Partitur im Kopf, beherrschte jedes Instrument, kannte die Schwierigkeiten der Stimmen, alle rhythmischen, dynamischen Details, wusste um die Schwächen der Mitwirkenden. Dazu noch sollte er sich mit dem Evangelisten identifizieren – es schien für jeden Kenner des Werkes einfach unmöglich. Und doch wollte er es so.

Natürlich hatte er sich Striche und Vereinfachungen ausgedacht, übernahm etliche Rezitative als Orgelpart. Die Sopranistin musste ihm leider noch die Arie »Ich will dir mein Herze schenken«, die er besonders liebte, im letzten Moment absagen. Auch der Bass klagte über Stimmprobleme infolge einer Erkältung. Er hörte kaum noch hin, wenn ihn irgendjemand etwas fragte, seine Nerven waren bis zum Alleräußersten gespannt.

Die Generalprobe begann. In der Kirche saßen einige Dutzend Leute, vor allem die Angehörigen der Mitwirkenden. Franz begann mit einigen Orgelakkorden, um alle einzustimmen ... *Sehet – wen? Seht ihn – wie? Sehet – was? Seht – wohin? Sehet ihn aus Lieb und Huld Holz zum Kreuze selber tragen. Erbarm dich unser, o Jesus ...* Dieser geniale Anfang, dachte Reinhold, aus dem Nichts taucht diese Gestalt auf und weckt unser Mitleid.

Der Evangelist greift in das Geschehen ein, in zwei Tagen Ostern, Kreuzigung. Die Intrige der Hohenpriester. Da gießt jemand Jesus Wasser über sein Haupt – ein gutes Werk? Er sieht in allem einen Sinn. Auch im Verrat des Judas Ischariot. Darauf der innige Choral, der jeden auf Erden zwingt, diese Schuld zu büßen, mit zu leiden, jeden Christen, jeden Juden. Das Abendmahl zur Vergebung der Sünden. Abschied von der Welt. Die Szene am Ölberg: Ich werde den Hirten schlagen und die Schafe werden sich zerstreuen. Wahrlich, die Hirten wurden oft geschlagen in der Geschichte, wo sind die Schafe heute? Und dieses Großmaul Petrus, auf diesen Versager eine Kirche bauen, warum gerade auf ihn? Der Chor fordert heraus ... *Ich will hier bei dir stehen ...* Jesus weiß, was auf ihn zukommt, er hat Angst, der Kelch möge an ihm vorübergehen. Der Chor tröstet ... *Was mein Gott will, das gescheh allzeit ...* Dann der

Verrat, der die Welt verändert hat, Geld ist das Motiv. Geld, Besitz, Vorteil, Eigennutz. Wird sich das je ändern? Bach verliert die betrachtende Geduld, er fordert Blitz und Donner, die Hölle soll den Verräter verschlingen. Welche dramatische Explosion. Aber als einer das Schwert zieht, kommt sofort die Warnung, Gewalt führt zu Krieg. Und alle Jünger fliehen. Choral: *Oh Mensch, bewein dein Sünde groß*. Welche Botschaft, welche musikalische Vielfalt, spannendes Drama, wie eine antike Tragödie.

Reinhold eilte auf die Empore, um Franz seine Begeisterung zu zeigen. Judith war bei ihm, trocknete ihm das Gesicht ab. Er war erschöpft, aber zugleich erfüllt. Bis auf einen zu frühen Einsatz der Altistin hatte er nichts zu beanstanden. Er fragte, ob man ihn verstanden habe. Ja, fast immer, die Orgel wirkte als Resonanzfläche. Mehr Sprechgesang als schöne Töne. Wie großartig hätte das bei Samuel Rosenblatt geklungen, dachte Reinhold. Franz gab das Zeichen zur Fortsetzung.

Sachlicher Bericht über die Gerichtsverhandlung, lyrisch kommentiert in der ergreifenden Arie *Mein Jesus schweigt zu falschen Lügen stille.* Und dann wieder ein dramatischer Ausbruch des Chores *Er ist des Todes schuldig.* Der Verrat des Petrus: *Ich kenne diesen Menschen nicht …* Ja, das ist Menschenart, sich verleugnen, wenn es gefährlich wird, untertauchen, seine Haut retten. Wer will heute Märtyrer werden, im KZ verschwinden? Judas bereut seinen Verrat, gibt das Geld zurück, man lacht ihn nur aus, er erhängt sich.

Warum haben die Christen den Juden nie verziehen? Reue verlangt Verzeihen. Das Volk lässt sich aufhetzen, wie schon immer, schreit wie heute: *Barrabam … Lass ihn kreuzigen* und wieder *Lass ihn kreuzigen.* Lernen sie denn nie etwas aus der Geschichte, diese Fanatiker, Ideologen, Orthodoxen? *Sein Blut komme über uns und unsere Kinder.* Zweitausend Jahre jüdische Geschichte schreien uns an, Diaspora, Verfolgung, Pogrome bis zur Kristallnacht vor wenigen Wochen. Man führt uns vor, was man selbst gewollt. Hohn, Schläge, Dornenkrone *O Haupt voll Blut und Wunden …* Wer weint nicht bei diesem Chorgebet? Die Kreuzigung, Finsternis im Land. Und Jesus schrie *Eli, Eli, lama asabthani.* Aus Schmerz, aus Verzweiflung, aus Verlassenheit, eine erschütternde Dissonanz, der sterbende Mensch, ohne Gottes Hilfe, im Tod allein, tragisch. Der Choral *Wenn ich einmal soll scheiden …* versucht zu trösten.

Plötzlich Stille. Der Evangelist singt nicht weiter. Die Passion schließt nicht so, Kreuzabnahme, Grablegung folgen. Was ist geschehen? Alle Zuhörer drehen sich um. Franz hatte noch den Einsatz zum Choral gegeben, dann aufgehört zu dirigieren, war in sich zusammengesunken, die Sänger und Musiker standen um ihn herum. Judith, die hinter der Orgel gesessen hatte, war sofort bei ihrem Mann, hielt seinen Kopf in ihrem Arm. Er war offensichtlich bewusstlos. Die Generalprobe musste abgebrochen werden. Mehrere Chorsänger trugen Franz nach unten, brachten ihn mit einem Auto nach Hause. Man alarmierte den nächsten Arzt. Er stellte Herz- und Atmungsprobleme fest, gab ihm Medikamente. Nach ein paar Stunden schlug Franz die Augen auf, wusste nicht, was geschehen war.

Die Aufführung der Matthäuspassion musste abgesagt werden.

8

April 1939. Hitler verfolgt seine Expansionspolitik weiter. Das Memelland wird von deutschen Truppen besetzt. Kurz darauf erfolgt der Einmarsch in die Tschechoslowakei, das »Reichsprotektorat Böhmen und Mähren« wird gegründet. Die Westmächte sehen zu. Wann ist ihre Geduld am Ende?

Endlich war es Reinholds Vater gelungen, für seinen Bruder einen Pflegeplatz in einem Sanatorium für psychisch Kranke an der Ahr zu finden. Die Krankenkasse übernahm die Kosten. Franz hatte sich von seinem Zusammenbruch körperlich einigermaßen erholt, aber er blieb sehr depressiv. Niemand durfte ihn auf die Matthäuspassion ansprechen. Alle Freunde wussten jedoch, dass er als Sänger des Evangelisten beim Tode Jesu von seiner Phantasie überwältigt worden war. Er hatte sich mit dem Gekreuzigten identifiziert.

Reinholds Vater hatte ein Auto organisiert, um Franz mit seiner Frau abzuholen und zum Sanatorium zu bringen. Reinhold wollte unbedingt dabei sein. Als sie in Frankenforst ankamen, war Franz reisefertig, seine Koffer wurden in das Auto verladen. Er musste Abschied nehmen von seinen drei Kindern, hob jeden der Buben einzeln hoch, drückte ihn fest an sich, küsste ihn auf Augen und Stirn. Den Jüngsten schwenkte er im Kreise herum und warf ihn der Mutter in die Arme. Alle wandten sich ab, um ihre Tränen zu verbergen ... Es ist ja nur für ein paar Wochen, Vater kommt gesund und fröhlich zurück und kann wieder mit euch spielen ... Reinholds Vater versuchte den Abschied zu bagatellisieren.

Sie stiegen in das Auto und wollten gerade abfahren, als Franz plötzlich rief ... Halt, halt! Auf meinem Schreibtisch liegt mein Kruzifix aus der Schule, ich muss es mitnehmen ...

Nein, Franz, lass bitte das Kreuz zu Hause. Du sollst ja gerade deine Schule vergessen ... Aber er hörte nicht auf seine Frau, sprang aus dem Wagen, holte das in in ein schwarzes Tuch eingeschlagene Kruzifix, drückte es an sich und stieg wieder ein. Reinholds Vater erklärte während der Fahrt die Landschaft, einzelne Dörfer und Kirchen. Aber niemand hörte ihm zu.

Das Sanatorium war ein klosterähnliches, um einen Innenhof errichtetes Gebäude aus roten Ziegelsteinen. Zwei Nonnen mit weißen Flügelhauben geleiteten sie in das Sprechzimmer. An den Wänden hingen bunte Heiligenbilder, in der Ecke stand auf einem Sockel eine Herz Jesu-Madonna, vor der ein rotes Kerzenlicht brannte. In einer anderen Ecke suchte ein Gummibaum vergeblich die Sonne. Sie setzten sich in korbgeflochtene Stühle und warteten auf den Arzt. Währenddessen nahm die Nonne die Personalien auf ... Wir werden sie bald gesund pflegen. Sie müssen nur genau die Anweisungen des Arztes beachten und sich an die Hausordnung halten ...

Franz starrte vor sich hin, immer noch hielt er das Kreuz in seinen Händen. Seine Frau seufzte tief, sie zweifelte im Innersten, dass ihr Mann in dieser Atmosphäre gesund werden würde. Sie suchte seine Hand, schaute ihn an ... Franz, willst du wirklich hier bleiben? ... Scheu erwiderte er ihren Blick ... Wie soll es sonst weitergehen? ... Sie nahm ihm sanft das Kruzifix weg und schmiegte sich an ihn. ... Franz, bitte, komm bald wieder ...

Der Arzt in weißem Kittel begrüßte Franz mit kräftigem Händedruck und klopfte ihm auf die Schulter … Nur Mut, mit Ihren Problemen, Herr … er schaute in den Personalien nach, … Herr Franz Essert, werden wir bald fertig …

Er sah, wie Franz das Kruzifix langsam auswickeln wollte. … Jetzt geben Sie mir mal das schöne Kreuz, das wollen wir in unserer Kirche aufhängen, da können Sie es so oft sehen, wie Sie wollen. In Ihrem Zimmer soll eine freundliche Atmosphäre herrschen … Aber Franz wehrte sich … Bitte lassen Sie mir das Kruzifix, ich kann sonst nicht gesund werden …

Der Arzt schaute Judith an, schüttelte unmerklich den Kopf. Sie hatte den Arm um ihren Mann gelegt … Bitte lassen Sie ihm das Kreuz, so lange er es braucht … Der Arzt zwinkerte der Schwester zu … Nun ja, wir sind ja beinahe ein Kloster, es wird unsere Schwestern freuen, einen so frommen Patienten bei uns zu haben …

Er ging voraus durch lange mit Steinfliesen bedeckte Flure, man stieg über eine Treppe mit hohem eisernen Geländer in den zweiten Stock. Wieder viele Türen mit kleinen Beobachtungsfenstern. Nonnen und Pflegerinnen eilten geschäftig hin und her. Der Arzt ließ sich Zimmer 217 aufschließen … Ist das nicht ein hübsches Zimmerchen? …

Franz versuchte sofort ein Fenster zu öffnen, um in den Innenhof zu schauen, aber das Fenster war verriegelt, nur die kleinen Oberlichter ließen Luft herein. … Eine leider notwendige Sicherheitsmaßnahme … erklärte der Arzt … aber Sie können ja in unserem Anstaltsgarten spazieren gehen …

Gibt es hier ein Klavier? … fragte Judith … Mein Mann braucht unbedingt Musik … Er könne ja das Harmonium in der Kirche spielen. Und wann sie mit den Kindern zu Besuch kommen dürfe? … Zunächst brauchen unsere Patienten unbedingte Ruhe. Jede Emotion stört den Heilungsprozess. Kinder sind hier nicht gerne gesehen, Sie werden es verstehen ... Judith starrte den Arzt fassungslos an.

Alle umarmten Franz noch einmal, versprachen, ihm regelmäßig zu schreiben. Judith konnte sich nicht von ihrem Mann trennen ... Franz, willst du wirklich hier bleiben? Ich kann dich nicht allein lassen. Sollen wir nicht zu Hause einen anderen Arzt suchen? ...

Franz wirkte apathisch, ließ alles mit sich geschehen, aber er versprach, seiner Frau jede Woche zu schreiben, immer an sie und die Kinder zu denken. Und Judith vertröstete sich ... Du bist ja bald wieder gesund, dann wird alles wie früher, ich kann ohne dich nicht leben ... Sie küsste sein Gesicht und rannte davon. Franz folgte ihr bis zur Pforte und winkte lange.

Im Auto weinte Judith still vor sich hin. Niemand sprach ein Wort.

9

August 1939. Der politische Schwerpunkt der Politik Hitlers verlagert sich nach Osten. Deutschland verlangt Danzig und einen Korridor nach Ostpreußen, Polen schließt Garantieverträge mit den Westmächten. Größte Überraschung ist der deutsch-sowjetische Nichtangriffspakt, durch den Osteuropa aufgeteilt wird. Wann beginnt Hitler den Krieg?

Über den gesundheitlichen Zustand von Onkel Franz wusste man nichts Genaues. Der behandelnde Arzt berichtete auf telefonische Anfragen, der Patient sei auf dem Wege der Besserung, er füge sich problemlos in die Ordnung des Hauses. Ein Besuch seiner Frau sei jedoch zur Zeit nicht ratsam, man müsse starke Emotionen vermeiden.

Die Postkarten, die Franz regelmäßig schrieb, waren sehr allgemein gehalten, er lobte die Ärzte, die Nonnen widmeten sich ihm mit großer Liebe, sonntags dürfe er das Harmonium spielen, nicht nur zum Gottesdienst. Und dann fügte er mehrmals an, die Briefe, die er erhalte, würden vorher geöffnet. Damit warnte er Reinhold, bei politischen Berichten allzu freimütig zu sein. Sehr herzlich bedankte er sich für die Bücher, die sein Neffe ihm schickte. Ein Buch schien ihn besonders zu fesseln, »Auf den Marmorklippen« von Ernst Jünger. Immer wieder machte er kurze böse Bemerkungen über den Oberförster und seine Bluthunde. Reinhold wusste, wer gemeint war. Franz sehnte sich nach seiner »Rautenklause«, also nach Kontemplation und Botanik. Das Sanatorium schien ihn geistig nicht zu befriedigen. Auch von dem Feuerregen, auf den alle warteten, war die Rede. Seine Mitteilungen wurden immer spärlicher, blieben dann zwei Wochen ganz aus.

Plötzlich wurde Reinholds Vater verständigt, er solle dringend kommen, seinem Bruder ginge es schlecht. Er besorgte sich ein Auto und fuhr sofort zum Sanatorium. Seine schlimmsten Befürchtungen wurden übertroffen: Franz war tot. Die Ärzte führten ihn in sein Zimmer. Man hatte ihn auf dem Bett aufgebahrt. Sein Gesicht wirkte gelöst, keine Spur von Leiden, Schmerzen. Das Kreuz lag auf seiner Brust.

An welcher Krankheit er gestorben sei, so unerwartet? Selbstmord. Er habe sich am Griff des Oberlichtes erhängt, mit seinem Gürtel, den Schemel hatte er mit den Füßen weggestoßen. Genickbruch, sofortiger Tod. Die Krankenschwester habe ihn bei der ersten Visite am Morgen gefunden. Um seine Brust sei das Kruzifix gebunden gewesen.

Vater kniete an seinem Bett nieder, nahm die kalte Hand, strich ihm über die Stirn, verabschiedete sich von Franz, seinem armen, unglücklichen Bruder. Im Innersten fühlte er, dass dieser Tod eine Erlösung war. Sein Leiden hätte sich mit der Zeit nur verschlimmert.

Man machte ihn auf einen Brief aufmerksam, den Franz vor seinem Tod an seine Frau geschrieben hatte:

»Meine liebste Judith,
es ist besser für Dich, wenn Du nicht mit mir leiden musst. Verzeih mir. Ich ertrage meinen Zustand nicht länger. Erzähle bitte den Kindern nie, wie ich gestorben bin. Wir fallen nicht aus der Welt. Wir werden uns wiedersehen. Glaube mir, wie ich an Dich glaube. Unser

Leben war so schön. Es hatte einen Sinn. Alles hat einen Sinn. Auch mein Tod. Eli, Eli lama asabthani. Gott, warum hast Du mich verlassen?

Für immer Dein Franz«

Der Arzt versuchte Vater zu erklären, dass das Sanatorium keine Schuld treffe. Das Verhalten des Patienten sei nicht ungewöhnlich gewesen, man habe ihm die richtigen Medikamente verabreicht, auch immer wieder Gespräche geführt. Er müsse ein Trauma gehabt haben.

Die Beerdigung sollte auf einem besonderen Friedhof der Anstalt erfolgen, auf dem nur Selbstmörder beigesetzt werden, natürlich ohne kirchliche Zeremonie. Der Pfarrer werde die Leiche einfach segnen und ein Gebet sprechen.

Reinholds Vater protestierte. Sein Bruder müsse auf dem Friedhof seines Dorfes beigesetzt werden, dort, wo er fast fünfzehn Jahre Lehrer gewesen war. Man einigte sich auf eine Todesurkunde, bei der nur der Name der Krankheit genannt wurde. Die Anstalt forderte ihrerseits eine Bestätigung, dass niemanden am Tod des Patienten eine Schuld treffe. Dies geschah wohl, um den Verdacht der Euthanasie auszuschließen. Die Leiche wurde so schnell wie möglich nach Frankenforst überführt.

Vater überbrachte die Botschaft, schloss Judith in seine Arme. Er gewann den Eindruck, dass sie im Innersten bereits Abschied von Franz genommen hatte.

10

1. September 1939. »Ab heute wird zurückgeschossen.« Deutscher Angriff auf Polen. Großbritannien und Frankreich erklären Deutschland den Krieg. Der Zweite Weltkrieg hat begonnen.

Franz wurde auf dem kleinen Waldfriedhof seines Dorfes beigesetzt. Es war ein warmer Spätsommertag, die Bäume auf den Wiesen hingen voller Äpfel, letzte Kornblumen und Margeriten blühten. Der Bach, an dem Franz so gerne mit seinen Kindern gespielt hatte, war fast ausgetrocknet.

Alle Dorfbewohner und viele aus dem Nachbardorf, wo Franz die Orgel gespielt hatte, waren gekommen, um Abschied zu nehmen. Der Pfarrer hielt eine kurze Ansprache; von Pflichterfüllung, großer Musikalität und Menschenliebe war die Rede. Auch von langer Krankheit, beruflichen Schwierigkeiten, Widerspruchsgeist. Er schloss in sein Gebet die nächsten Opfer ein, jeder dachte an den Krieg.

Judith stand mit ihren drei Kindern am offenen Grab. Sie konnte nach dem Schmerz der letzten Tage und Wochen nicht mehr weinen. Die Kinder suchten sich in ihrem Rock zu verbergen. Der Kleinste wollte immer noch eine Schaufel Erde auf den Sarg werfen.

Reinholds Vater steckte das Kruzifix hinter dem Grab fest in den Waldboden. Auf dem dunkelbraunen Holz leuchtete der weiße Corpus Christi in der Sonne. Er sprach am Grab einige Worte über Menschenliebe, Anerkennung des Nächsten, wer er auch sei, was er glaube, Bekenntnis zur Musik. Er zitierte die Schlussworte der Matthäuspassion, die Franz nicht mehr gehört hatte … *Wir setzen uns mit Tränen nieder und rufen Dir im Grabe zu: Ruhe sanfte, sanfte ruh. Ruht, ihr ausgesognen Glieder, Euer Grab und Leichenstein soll dem ängstlichen Gewissen ein bequemes Ruhekissen und der Seelen Ruhstatt sein. Welt geh aus, lass Jesum ein …*

Unter den vielen Kränzen war auch einer der Schulverwaltung mit roter Schleife und Hakenkreuz: *Dem pflichtbewussten Kameraden ein letzter Gruß.* Der Schulrat war nicht erschienen.

Wochen später fragte Reinhold seinen Vater nach den Aufzeichnungen, die man bei Franz gefunden habe. Er durfte sie einsehen. Darunter waren auch Notizen über Träume, Angstträume, Kriegsträume, grausame Bilder von Toten und Verwundeten. Er erfuhr, dass Franz im Ersten Weltkrieg trotz seiner anfälligen Gesundheit Soldat gewesen war. Im letzten Kriegsjahr hatte man ihn auch an der Front eingesetzt. Bei einem Trommelfeuer auf seine Stellung wurde er im Unterstand verschüttet, erst nach zwei Tagen bei einem Gegenangriff geborgen. Er selbst hatte darüber nie gesprochen. War dieser Schock die Ursache seiner Krankheit? War er eigentlich ein Kriegsopfer? Daher sein Pazifismus? Sein innerer Protest gegen den neuen Nationalismus?

Reinhold glaubte, Franz zu verstehen. Sein Bild prägte sich ihm ein. Er versuchte, seine Botschaft in seinem eigenen Leben zu verwirklichen.

ISBN 3-920862-24-4,
576 S., gebunden, € 30,-

Erinnerungen an fünfzig Jahre Schauspiel- und Opernarbeit in neun Städten und vier Ländern. »Und für den Theaterfreund ist es erhellend, wie einfühlsam Drese die seelischen Prozesse beschreibt, die sich in Proben und Aufführungen auf der Bühne abspielen.« **Kölnische Rundschau**

ISBN 3-920862-31-7,
456 S., kart. € 20,-

»Dreses ›geheime‹ Tagebuchnotizen berichten von seiner Zeit als Operndirektor in Wien. Die kulturelle Weltstadt Wien und ihre Provinzialität. Viele seiner Analysen erweisen sich als scharfsinnig und pointiert.«
Fermate